Prix du

des lec

Ce roman fait partie de la sélection 2014 du
**Prix du Meilleur Roman
des lecteurs de POINTS !**

D'août 2013 à juin 2014, un jury composé de 40 lecteurs
et de 20 libraires recevra à domicile 10 romans récemment
publiés par les éditions Points et votera pour élire le
meilleur d'entre eux. Le jury sera présidé par l'écrivain
Agnès Desarthe.

Une femme fuyant l'annonce, **du romancier israélien
David Grossman, a remporté le prix en 2013.**

Pour tout savoir sur les livres sélectionnés, donner votre
avis sur ce livre et partager vos coups de cœur avec d'autres
passionnés, rendez-vous sur :

www.prixdumeilleurroman.com

Natif de New York, Eric Gethers a vécu en Californie, au Texas, au Chili, en Italie, avant de s'établir dans le Languedoc. Issu d'une famille d'écrivains, il a travaillé comme scénariste à Hollywood.

Eric Gethers

LES BALEINES
SE BAIGNENT NUES

ROMAN

Traduit de l'anglais (États-Unis)
par Roxane Azimi

Calmann-Lévy

TEXTE INTÉGRAL

TITRE ORIGINAL
Whales swim naked
© original : Eric Gethers, 2013

ISBN 978-2-7578-3682-8
(ISBN 978-2-7021-4437-4, 1re publication)

© Calmann-Lévy, 2013, pour la traduction française

*Ce livre est dédié à mon fils
Morgan qui en a balbutié le titre
alors qu'il n'avait pas trois ans.
Puisse-t-il toujours garder le cap
sur le rivage.*

PREMIÈRE PARTIE

« Le grand-duc voit plus loin que tous les autres oiseaux de notre planète. La baleine grise nage plus longtemps que n'importe quel poisson ou mammifère. La sterne arctique, lorsqu'elle migre, parcourt des milliers de kilomètres, depuis le pôle Nord jusqu'au pôle Sud où vit le pingouin Frisquet.

Et maintenant, imagine des champs de lupin bleu à perte de vue ondoyant sous une brise douce et fraîche. Voilà le spectacle que ta mère a admiré quand elle est descendue du perron pour se diriger vers l'étang le 21 mars, le plus beau jour de notre vie.

Arrivée aux figuiers qui poussaient au bord de l'eau, elle s'est perdue dans la contemplation d'un ciel digne du pinceau de Monet. Comme s'il l'avait créé rien que pour elle, pour lui donner l'impression que tout était juste et bon en ce monde.

Les nuages se sont écartés, et un rai de lumière solitaire a illuminé le ventre arrondi de ta mère. C'était un présage. Elle en était sûre, aussi sûre qu'elle savait respirer, bouleversée par le miracle de la création alentour.

Nous avions programmé ta naissance pour le premier jour du printemps afin qu'elle incarne le changement. Pas un simple changement de saison. C'était plus spirituel. Nous voulions que tu arrives ici-bas avec un sentiment d'émerveillement, petit aventurier qui n'aurait pas peur de l'inconnu et qui vivrait une vie riche en possibilités plutôt qu'en occasions ratées.

Ta mère a senti soudain quelque chose de tiède lui couler entre les cuisses, comme si Dieu avait ouvert un robinet.

Il était temps d'aller me réveiller pour m'annoncer qu'elle était prête.

Dans quelques minutes, nous allions retourner dans le champ où elle s'accroupirait au milieu des lupins, écarterait les jambes et pousserait. Pas d'hôpital. Pas pour nous. Tu étais un miracle de Dieu, et tu allais voir le jour sous le ciel même qu'Il nous a donné.

Même si les docteurs jurent que c'est impossible, tu m'as souri, Henry, en sortant de la matrice, et c'est depuis que nous nous aimons et nous comprenons mutuellement.

Si je pouvais avoir la photographie du seul instant dont je voudrais me souvenir jusqu'à la fin de mes jours, un instant en tous points parfait, ce serait celui-là. »

Ça, c'est l'histoire que mon père, Jack, me racontait à propos du jour de ma naissance jusqu'à mes cinq ans. Pour des raisons indépendantes de ma volonté, peu à peu son récit se transforma.

Les grands-ducs voyaient toujours plus loin que les autres oiseaux, et les sternes voyageaient sur des distances invraisemblables, mais l'information sur les baleines grises s'étoffa, si bien que je les sus en voie d'extinction. Pourquoi ? Car personne ne voulait appliquer les lois censées les protéger. Quelquefois il est plus facile d'ignorer un problème que de chercher la solution.

Les lupins ployaient sous une brise chaude et humide.

Le ciel que vit ma mère en arrivant à l'étang était

maintenant peint par Rothko, un artiste qui mélangeait les couleurs jusqu'à abolir les limites... or Dieu sait qu'il en fallait, des limites.

Il bruinait.

Le miracle dans la vie de ma mère n'était plus tant ma naissance imminente que le dévouement sans faille de mon père resté à ses côtés, quand un époux ordinaire, un homme plus faible, serait déjà parti.

Enfin, et surtout, le filet d'eau entre ses cuisses annonçant mon arrivée, ce don de Dieu, tourna à la fuite.

Cette version-là subsista jusqu'à mes neuf ans. Après quoi, les choses se gâtèrent sérieusement.

Le grand-duc voyait toujours plus loin que ses congénères, sauf que maintenant il se tenait à côté de mon père et lorgnait vers la maison de Holly Scott, tout là-bas, dans Travis Street, où elle aimait à se déshabiller devant la fenêtre quand son mari n'était pas là. La sterne arctique migrait encore sur des milliers de kilomètres, mais ce n'était rien comparé aux amis de mon père au zinc du White Roc, prêts à aller à pied au pôle Sud plutôt que de passer le samedi soir avec leur femme. La baleine grise nageait toujours plus longtemps que les autres poissons ou mammifères, mais elle souffrait d'un surpoids abject qu'elle attribuait à des problèmes de circulation imaginaires.

Les lupins avaient été déchiquetés par le vent.

Le 21 mars était la journée la plus froide de l'année.

L'eau était stagnante, les figuiers, déracinés, ravagés par les vers, les champignons et les plantes grimpantes qui s'étaient enroulées autour de leur tronc jusqu'à étouffer toute trace de vie.

Le ciel était peint par Turner qui était mort seul et aigri : paysage marin biblique avec des rouleaux qui évoquèrent à ma mère Lillian la puissance indomptable de la nature et l'emplirent d'une passion qu'elle n'avait pas connue depuis sa nuit de noces.

Et ce n'était que le début.

Lorsque ma mère eut tourné les talons, un faisceau lumineux balaya les arbres qui bordaient l'allée, tel le rayon d'un phare. Dix secondes plus tard ma tante Carolyn descendait d'une vieille Ford.

Si j'utilisais d'autres termes que ceux de mon père, l'histoire risquerait d'en pâtir.

« Vieux jeu dans sa manière d'être et de se vêtir, Carolyn avait une préférence pour des tenues amples aux couleurs foncées et portait ses cheveux en chignon, histoire de se fondre dans la masse, à l'inverse de ta mère. Quand elle marchait, son allure était aussi rigide que sa mentalité. C'était aussi un avertissement. Quiconque l'approcherait de trop près allait le regretter.

Tout cela était toujours d'actualité.

Ce matin-là, c'est Lillian qui avait changé. Au moment où sa sœur la rejoignait, elle a remarqué ses seins pour la première fois. Des seins parfaits aux mamelons durs, dressés juste ce qu'il faut. Elle a aussi prêté attention aux muscles de ses mollets. Ils ne bougeaient pas. Solides comme le reste de sa personne. Des bras forts, vigoureux, sans une once de masculinité. Des épaules, un torse larges et puissants. Un ventre ferme et plat. Chaque pas titillait la curiosité de Lillian, comme un pays étranger vu à la télé et qu'elle rêvait de visiter depuis toujours.

Se précipitant vers sa sœur, Lillian l'a étreinte de toutes ses forces. Au contact de son ventre proéminent, Carolyn a songé elle aussi au changement. Ne serait-il pas merveilleux si Lillian pouvait profiter de l'accouchement plutôt que de le subir ? Le travail, après tout, mettait en jeu une quantité colossale d'hormones dont l'augmentation était censée déclencher l'extase et non la douleur. Qui plus est, un bébé qui entre dans le canal utérin, ce n'est pas très différent d'un objet qu'on y insère.

Il n'y avait aucune raison pour que Lillian n'ait pas un orgasme.

Sitôt le travail commencé, Carolyn l'a embrassée et caressée sans relâche. Deux heures plus tard, tu étais né, fruit de l'extase plutôt que de la souffrance, et dont l'intensité et la perversité allaient t'accompagner pour le restant de tes jours. »

Ça, c'est ce que j'ai cru à partir de mes dix ans.

La stricte vérité, si tant est qu'elle existe, se rapproche davantage de ceci.

C'était une journée grise et glaciale ; il neigeait depuis plus d'une semaine, et le poids de la neige ployait les branches et les fils du téléphone qui bloquaient les voies, provoquaient des accidents et des coupures d'électricité à Dallas et dans les environs.

Assise à la table de la cuisine face à sa sœur, ma mère écoutait la radio branchée à côté de l'évier où s'empilait la vaisselle de trois jours.

Stand By Your Man.

La voix grêle, Tammy Wynette avait à peine fini le premier couplet quand la chaussure droite de Lillian vola à travers la pièce. Pendant que la radio glissait dans l'eau savonneuse au milieu d'une gerbe d'étincelles, Lillian ressentit une douleur fulgurante à l'abdomen qui la fit se plier en deux. Son mascara coula sur ses joues, traçant deux sillons tremblotants.

« Ça va ? demanda Carolyn, effrayée par la détresse dans les yeux de son aînée.

– Tu vois bien que non, bordel ! »

Repoussant sa chaise, Carolyn se mit à quatre pattes et se posta sous la table comme un chien en quête de rogatons. Elle examina Lillian par en dessous, inspection rapide qui révéla le haut de mon crâne pointant entre deux cuisses trempées.

« Nom de Dieu, Lillian ! La tête du bébé est au couronnement ! »

Ma mère n'avait aucune idée de ce que ça voulait dire.

Elle était aussi peu préparée à l'accouchement qu'elle l'avait été à la perte de sa virginité, étape qui le précédait de sept mois jour pour jour : dix mille battements de cœur sacrificiels avant que je ne pointe le bout de mon nez minuscule pour jeter un œil dehors.

La question de la contraception ne se posait pas, vu que Lillian avait bu deux Mountain Dews[1], fumé un joint et avalé une capsule d'eau de Javel sitôt qu'ils avaient eu terminé. Par ailleurs, elle ne pensait pas qu'on pouvait tomber enceinte à la suite d'une première expérience sexuelle.

Même après que les faits lui eurent donné tort, il ne lui vint pas à l'idée de se préparer au jour où ma venue lui changerait irrévocablement la vie. Elle faisait la bringue tous les soirs, buvait, fumait et prenait une triple dose de médicaments dont l'usage restait incompréhensible aux autres : des cachets susceptibles de me faire naître avec trois têtes, restreindre l'afflux sanguin à mes poumons et provoquer des trous idoines dans mon cœur.

Elle s'inquiétait plus pour la couleur de ses cheveux, les taches qui envahissaient sa peau normalement satinée et son tour de taille qui ne cessait de croître.

---

1. Boisson gazeuse censée affaiblir les spermatozoïdes et donc servir de contraceptif. (*N.d.T.*)

Les histoires de nourrissons, c'était le problème des parents, de la belle-famille et de leurs amis qui, en l'espace de deux mois, afflueraient chez elle pour s'extasier sur moi.

Une naissance prématurée n'était même pas envisageable.

Rien de tout cela ne traversa l'esprit de Lillian tandis que Carolyn l'escortait dehors. La température avait chuté de 10 degrés, et le sol était dur comme du ciment. Le vent leur rougit les joues. La neige tourbillonnante les empêchait de voir la voiture dont Carolyn avait fait le plein le matin même, juste au cas où.

La Ford ne lui en sut nullement gré.

Elle toussa, cracha et refusa de démarrer, aussi implacable que ma mère vis-à-vis de sa grossesse.

Carolyn rouvrit sa portière à la volée et courut vers la route. Un double faisceau de phares halogènes l'aveugla. Lorsqu'elle eut recouvré la vue, un pick-up cabossé tournait le coin en zigzaguant, un cerf attaché au capot.

Trente secondes plus tard, les deux sœurs, leur voisin éméché, Mike, et le malheureux animal fonçaient vers l'hôpital Florence-Nightingale.

À chaque dérapage, Mike se cramponnait au volant à s'en faire blanchir les jointures pour suivre une route qui tenait davantage d'une course d'obstacles que du trajet qu'il connaissait par cœur.

La douleur et les plaintes de Lillian empiraient également. Jamais elle ne survivrait à cette épreuve. Carolyn tenta de la distraire en énumérant les nombreuses grâces dont l'existence l'avait comblée, mais Lillian continuait à trembler comme une enfant perdue. Désireux de l'aider, Mike raconta le premier accouchement de sa femme, rapprochant le processus de la naissance de son service dans la Garde nationale. Cela non plus ne consola pas Lillian ; du coup il commit l'erreur de comparer mon arrivée imminente au fait de sortir un téléviseur avec écran géant du pénis d'un homme... la télécommande incluse.

Lillian saisit le volant et donna un coup brutal à droite. Le pick-up fit une embardée et finit dans une congère, à moitié sur le bas-côté et à moitié sur le bitume. Pendant que, légèrement surélevées, les roues arrière tournaient dans le vide, Lillian bondit dehors, s'agenouilla et essaya de m'expulser de son organisme comme si j'étais un fragment de crustacé avarié.

Voyant ma mère accroupie dans la neige fondue à la manière des habitants de Tijuana, Mike fit le tour du pick-up en titubant et détacha le cerf. Malgré sa carrure athlétique, il grimaça tandis qu'il le traînait jusqu'à Lillian et le glissait maladroitement sous son corps suant et grelottant.

Alors qu'elle poussait en gémissant, Mike fit les cent pas, agita les bras, frappa dans ses mains et tapa des pieds pour leur éviter de s'engourdir. Chaque fois qu'il demandait à Lillian comment elle se sentait, elle perdait le peu de patience qu'il lui restait. La douleur, pour elle, était insoutenable. Essayer de la décrire ne faisait que prolonger son supplice. Frustré, Mike expliqua que ses propres enfants, qui étaient grands maintenant, ne téléphonaient pas, n'écrivaient pas et ne venaient jamais les voir. À 23 h 43, il défit sa ceinture d'un cran, alluma une cigarette et confessa sobrement que ses gosses n'étaient qu'une bande de branleurs égoïstes. Il les avait nourris. Habillés. Divertis. Il avait payé leurs études. Il ne leur avait rien refusé, et comment le remerciaient-ils ? Ils étaient égoïstes. Ils lui avaient volé de l'argent pour s'acheter de la drogue.

Ils lui avaient menti et daignaient tout juste lui adresser la parole, comme s'il ne s'était jamais soucié d'eux.

Je sortis à 23 h 55.

Une fois que Carolyn eut dénoué le cordon ombilical enroulé autour de mon cou et m'eut posé sur le ventre de Lillian, je vis ma mère me contempler avec une expression à la fois rassurante et emplie d'une joie sans partage, malgré mes huit semaines d'avance. J'étais trop neuf pour connaître la nature capricieuse des rousses, dont l'âme est régie par ses propres lois et reste à moitié vide, quelles que soient les grâces dont on la comble. Pour tout dire, l'instinct maternel était aussi éloigné du cœur et de l'esprit de Lillian que mon père l'était de l'autoroute I-30.

Si seulement j'avais su alors ce que je sais maintenant. J'aurais compris que je faisais face à l'ignorance et à la peur. Ma vie aurait pu être différente.

J'aurais pu être héroïque.

Je me serais levé le matin avec un sourire chaleureux, confiant dans mes capacités. Je me serais fait un nom ; j'aurais fait face, téméraire, à toutes les situations, conquis tout ce qui m'effrayait. J'aurais été fou amoureux, marié et fidèle à la même femme tous les jours de ma vie. J'aurais eu des centaines de moments extraordinaires gravés dans ma mémoire, au lieu de rester là à en chercher désespérément un seul qui puisse justifier mon existence.

Mais ça ne s'est pas passé ainsi.

Lillian n'arrivait pas à croire que Jack ne soit pas là, à ses côtés, pour ma naissance, au moment où elle avait le plus besoin de lui. Était-elle vouée à rester seule jusqu'à la fin de la semaine ? Du mois ? De sa vie ? Si elle avait eu le moindre soupçon sur la manière dont cela devait se terminer, jamais elle ne lui aurait offert sa virginité. C'était, après tout, son atout le plus précieux, dernier vestige de l'innocence et unique jeton dans le jeu de l'ambition dans une petite ville.

D'un autre côté, mon père représentait une prise de choix.

Tout le monde se prenait de sympathie pour lui au premier coup d'œil. C'était dû en partie à son tempérament placide du Midwest. Il ne se sentait jamais de trop. Mais aussi à son assurance : il était sûr de lui comme ces fils de famille de Highland Park qui fréquentaient les meilleures écoles privées, conduisaient des voitures de luxe, descendaient dans des hôtels, jamais dans un motel, et ne se laissaient impressionner par personne. Il possédait leur sens inné du privilège, chose qui n'est pas naturelle pour ceux qui gagnent leur vie à la sueur de leur front. Mais surtout, c'était sa manière d'être avec les gens. Il écoutait ce qu'ils avaient à dire sans jamais les interrompre. Il était aussi doué pour parler de la pluie et du beau temps que pour les conversations sérieuses, selon l'interlocuteur, comme ces prostituées sur les ferries marocains qui apprennent une cinquantaine de langues pour vous extorquer des dollars. Et même s'il se rendait parfois coupable de rire trop facilement ou de placarder sur sa face un grand sourire amical comme sur une photo de vacances, ce que Jack disait, même si ce n'était pas forcément la vérité, c'était *votre* vérité, si bien que vous ne doutiez jamais de sa franchise.

Son enthousiasme juvénile, ses airs de beau ténébreux et son physique de rêve y étaient également pour quelque chose. Cette façon de se passer les doigts dans les cheveux et de frotter ses grands yeux bleus quand Lillian parlait d'ouvrir un salon de coiffure. Même son odeur. Ce n'était pas un parfum de grand magasin comme Canoe ou English Leather. C'était lui. Il l'exhalait par tous les pores de sa peau.

Il y avait juste un inconvénient. Lillian semblait terne à côté de lui. Même avec une jupe courte et un corsage fin et décolleté, quand ils arrivaient quelque part, le point de mire, c'était Jack. Cela lui rappelait un soir, des années plus tôt, où elle se trouvait dans un restaurant à Dallas. Et devinez qui entra ? Elizabeth Taylor. Bien qu'elle ne fût plus toute jeune, et sûrement pas une ravissante ingénue, tout s'arrêta. On aurait entendu une mouche voler jusqu'à ce que les gens se lèvent et applaudissent. Pour la première fois, Lillian comprit ce que c'était que d'être une star.

Jack était de cette étoffe-là.

Toutefois, Lillian était prête à assumer le second rôle car derrière tout ce charme il y avait une belle âme d'artiste. Elle pouvait lui confier ses secrets les plus inavouables, les plus obscurs. Et puis, il ne lèverait jamais la main sur elle comme d'autres garçons. Elle le sut dès leur premier baiser, et elle en pleura à chaudes larmes. Elle aurait cependant mieux fait de remonter sa culotte cette nuit fatidique et de se garder pour M. Domoff.

Arnold Domoff, son professeur d'histoire en classe de terminale, avait changé sa note de F en B après l'avoir pelotée dans le local audiovisuel. Au summum de l'égarement sexuel, il promit également de quitter sa femme si Lillian acceptait de « payer de sa personne ».

Si elle avait été plus maligne, si elle avait su tirer son épingle du jeu, elle aurait eu un A à la place d'un bébé.

Voilà ce que pensait ma mère en me regardant pour la première fois.

Découragée, Lillian sentit le sang pulser dans ses oreilles et son cœur battre plus vite que jamais. Elle en eut mal à la tête. Elle ferma les yeux, mais rien n'y fit.

Elle se concentra sur sa respiration, mais rien n'y fit. Elle avait la nausée. Elle se couvrit de sueur froide. Elle avait envie de pleurer. Au lieu de quoi, Lillian ouvrit grand la bouche, comme ses jambes la nuit où elle avait perdu sa virginité, et hurla, le volume sonore directement proportionnel à son absence de jugeote.

Déconcerté, je cessai de couiner. Ma mère, à son tour, ressentit un petit picotement à la base de la nuque, comme une ampoule qui grille ou comme quand on crève un ballon. Tout ralentit. Ses yeux se révulsèrent. Ses mains glissèrent. Elle me lâcha, comme si je n'avais jamais existé, et je tombai sur l'animal raide et froid dont la peau avait bien besoin d'être traitée.

Le jour de ma venue au monde, une suite d'événements tragiques fut mise en branle, comme un chauffard ivre qu'on ne peut arrêter jusqu'à ce qu'il sème la mort et la désolation.

Deux télégrammes pour mon père attendaient à Fort Hood, la base militaire juste à la sortie de Killeen, Texas, où il était stationné. Le premier le félicitait de ma naissance inopinée. Le second l'informait de la mort de ma mère. Ni l'un ni l'autre n'avaient été remis au destinataire car le sergent de garde n'avait trouvé personne à qui les remettre. Jack s'était débrouillé pour décrocher une permission de trois jours afin d'aller consulter des spécialistes de la médecine interne en ville. Les médecins militaires refusaient de le recevoir car ils considéraient que c'était une perte de temps. Après une dizaine d'examens, ils le déclarèrent en parfaite santé, attribuant ses symptômes autoproclamés, depuis les palpitations jusqu'au syndrome de la Tourette, au manque de volonté.

« Vous n'avez rien. C'est tout dans la tête. »

Jack n'était pas d'accord.

Il avait un mal fou à se concentrer sur des choses pratiques, comme s'organiser, commencer un travail, le terminer et ne pas agir impulsivement, sans tenir compte des conséquences… autant de règles de base nécessaires pour garder la maîtrise de soi et une discipline personnelle au quotidien.

En cela, d'ailleurs, il était tout le contraire de son père Dwight, qui était mort avant ma naissance et qui se plaignait toujours que la semaine de travail était trop courte.

Lui non plus, personne ne l'écoutait.

Dwight avait rendu son dernier soupir le jour de ses trente-trois ans, deux mois après avoir reçu d'excellents résultats de son bilan de santé chez le médecin de famille. Jack comparait cela aux commentateurs de base-ball qui interrompent une action en fin de manche en disant des choses comme : « Deux retraits de plus, et ce sera un match parfait. » Le batteur suivant frappe toujours une flèche au milieu ou expédie la balle en dehors du terrain, hors d'atteinte du champ centre.

Du coup, depuis que le cœur de son père l'avait lâché, Jack s'était promis de profiter de tout ce que la vie avait à lui offrir. Le fait de verser dans les excès, de tirer sur la corde au-delà des limites du raisonnable lui permit de se démarquer à une époque où il avait résolu de ne pas se conformer aux normes… même s'il en avait désespérément besoin. Cela lui procurait non seulement du plaisir, mais aussi un sentiment de puissance inhabituel ; chaque transgression était une œuvre d'art qui lui aurait valu la réprobation de son père. Cela expliquait aussi l'enthousiasme débordant de Jack quand, à son retour de la ville, il tomba sur Peggy, la nièce du général Ethan Parks, son commandant en chef, âgée de seize ans.

Pas tout à fait blonde et avec des rondeurs là où il fallait, Peggy illustrait le vieil adage : « Une fille aux longues jambes peut faire énormément sans bouger un cil. » Sa beauté offrait un contraste saisissant avec les clients rougeauds et dépenaillés du bar où Jack l'avait croisée la première fois. Les clients comme l'établissement étaient en pleine décrépitude. Comparée à eux, Peggy venait d'une autre planète. Ajoutez une tenue hyperaguicheuse, un visage empreint de douceur, une voix mi-plaintive mi-traînante, et vous obtiendrez l'objet de convoitise de n'importe quel soldat.

Il était facile de comprendre pourquoi mon père ne s'était pas aperçu qu'elle était drapée de tristesse même quand elle riait. Il avait remarqué ses lèvres pleines et accueillantes plutôt que les yeux d'une femme torturée et trois fois plus vieille que son âge. Il ne se rendit même pas compte de son intelligence supérieure, bien que je ne puisse le lui reprocher. Peggy était à des années-lumière de laisser son intellect influer sur son apparence.

Plus tard, mon père eut la bonté de définir les filles comme Peggy pour ma gouverne.

« Si Dieu Lui-Même t'apparaissait dans le ciel et te prévenait que si tu baisais cette femme, tu mourrais, tu ne réfléchirais pas à deux fois. Tu la baiserais. »

C'est pourquoi, après trois bouteilles de vin bon marché, Jack dit à Peggy que ce ne serait pas considéré comme du sexe extraconjugal, vu qu'ils n'envisageaient pas de se marier. Peggy hocha la tête, sourit et expliqua que les premières capotes remontaient à mille ans avant Jésus-Christ. On avait découvert des dessins représentant des Égyptiens portant des étuis en tissu, même si on ne savait pas très bien si c'était pour se protéger ou à des fins rituelles.

Ils ne refirent surface qu'au bout de trois jours.

Jack n'était pas mort… mais il avait perdu trois kilos.

Résultat, ce fut la sœur de ma mère qui dut prononcer l'éloge funèbre à son enterrement. Cela la chagrina presque autant que le décès de Lillian, car elle bégayait dès qu'elle prenait la parole en public, malgré tous ses efforts pour vaincre ce handicap.

« C'est le bo-bo-bordel », commença Carolyn.

N'ayant pas d'autre choix que de s'enliser davantage, elle continua à bégayer. Trébuchant sur ses émotions autant que sur ses pieds, elle perdit l'équilibre et se cogna violemment la poitrine contre une statue de saint Jude. Le temps que l'ambulance arrive, le coup avait endommagé le système électrique de son cœur, dont le rythme normal se mua en arythmie fatale.

Jack reparut une semaine plus tard.

À l'hôpital Florence-Nightingale, il fut accueilli par l'infirmière de garde. Assise derrière un bureau jonché de photos d'enfants, de minuscules jouets mécaniques, de cierges votifs et de tasses maculées de marc de café, elle portait un badge sur lequel on lisait « Vivienne Holt ».

Contrairement à Jack convoité par toute la gent féminine, Vivienne n'avait jamais été dans la fleur de l'âge et donc n'avait point connu la joie et le fardeau d'être une menace, ce qui faisait partie de son charme.

Avant même d'avoir fêté ses treize ans, elle avait déjà un physique de matrone, corpulent et sans grâce.

À l'école, ses camarades la charriaient sans merci, disant qu'elle avait acheté un corps XXL en solde chez Wal-Mart et qu'elle n'avait pu l'échanger parce qu'il était en mauvais état. Vivienne pensait que les moqueries cesseraient avec le temps, mais rien n'y fit. Elle était toujours le summum du ridicule. Elle s'habitua aux quolibets et finit même par accepter certaines méchancetés qu'on disait sur elle, mais elle ne s'accoutuma jamais à la souffrance.

Sa mère disait qu'elle avait une forte ossature et la poussait à se tenir droite.

Le sourire de Vivienne, en revanche, transcendait tous ses défauts. Il illuminait son visage tout entier, et il en était de même pour ceux qui le remarquaient, persuadés que cela l'aiderait à surmonter ses imperfections. Il n'était pas rare de les entendre commenter, généralement à haute voix : « Elle pourrait être belle, avec vingt kilos de moins. »

Elle ne tenait guère à ce que Jack me voie.

Selon le règlement de l'hôpital, on mettait à l'isolement les enfants dont le pronostic vital était engagé. Or depuis le décès de ma mère, je souffrais d'hypertension pulmonaire, de dyspnée, d'accès de fièvre, de crises de convulsions et, cerise sur le gâteau, d'une dysenterie aiguë qui divisa mon poids par deux.

Le bon sens disait que ça allait mal finir.

De toute façon, règlement ou pas, la position de Vivienne était claire et nette. À quoi bon infliger un surcroît de douleur à quelqu'un qui était déjà en deuil ? Surtout un militaire. Pour permettre à mon père de tourner la page, le meilleur espoir qu'elle avait à lui offrir était l'absence totale d'espoir.

Malgré son inébranlable foi en la force de l'esprit et la faculté des hommes de faire face à l'adversité, elle savait également que la cause la plus fréquente de la mort prématurée chez les nouveau-nés était une naissance prématurée.

Depuis vingt ans, Vivienne voyait les prématurés mourir aussi régulièrement qu'elle tapait sur la pointeuse. Cœurs à demi formés. Maladie des membranes. Il y avait même eu un cas où un jumeau avait absorbé le corps de l'autre, et les deux avaient suffoqué avant de sortir de l'utérus. S'ils ne mouraient pas de malformations génétiques, ils succombaient au vice des hommes. Alcoolisme. Drogues. Ravages de la luxure.

Vivienne les traitait tous pareillement.

Elle montait la garde vingt-quatre heures sur vingt-quatre, contrôlait et recontrôlait les mètres de tuyau plastique et d'électrodes qui permettaient de surveiller leur rythme cardiaque, analysaient leur sang et montraient s'ils avaient manqué d'oxygène au moment du travail et de l'accouchement.

Au début, elle aurait préféré que la mort survienne rapidement et mette fin à leurs souffrances. Très vite, cependant, elle se rendit compte de ce que ce raisonnement avait de monstrueux : il s'agissait davantage de s'épargner des émotions désagréables, avant de se donner entièrement et de ne plus pouvoir faire marche arrière, comme avec son corps.

À partir de là, de retour chez elle, elle étudia tous les soirs les revues médicales et les manuels sur les affections qui détruisaient ses enfants.

Leur souffrance devint sienne.

Elle se mit à les caresser. Elle leur frottait doucement le dos, passait la main sur leur minuscule poitrine, faisait courir ses doigts le long des muscles et appendices, les massait en profondeur jusqu'à ce qu'ils gloussent, gazouillent et se rendorment, soulagés de pouvoir souffler momentanément dans leur combat pour la survie.

Elle avait du mal à comprendre pourquoi les parents ne faisaient pas la même chose, pourquoi ils préféraient garder leurs distances. Lorsqu'elle s'aperçut que c'était parce qu'ils se sentaient coupables, même si leur enfant était né sans poumons ou sans cerveau, elle fit de son mieux pour les convaincre qu'ils n'y étaient pour rien.

La tristesse et le malheur, la futilité de l'existence lui devinrent aussi familiers que le bonheur et ses gratifications lui étaient étrangers.

Vivienne croyait également ceci :

« Si le faux espoir est l'origine de chaque nouveau jour, il est le naufrage de chaque lendemain qui déchante. »

Hélas, elle ne parlait jamais de ces choses-là. Contrairement à mon père, elle n'excellait pas dans l'art de la conversation et se bornait à fournir les informations requises par le sujet. De cette retenue ses collègues déduisaient qu'elle fuyait les contacts et ne s'intéressait pas à eux, ce qui était vrai, et qu'elle manquait de curiosité, ce qui ne l'était pas. Simplement, elle était plus à l'aise avec les pensées qu'avec les paroles. Les premières lui laissaient la liberté de se tromper, chose impensable dans sa vie professionnelle ou dans ses relations avec autrui. C'est pourquoi elle garda le silence et évita le regard de Jack quand il arriva, se comportant comme si elle avait peur. C'est pour cela aussi, lorsqu'elle eut pris son courage à deux mains, qu'elle en dit beaucoup trop.

Elle voulait s'acheter un pull en cachemire marron qu'elle avait vu dans un grand magasin. Son chandail préféré, celui qu'elle portait habituellement, commençait à s'effilocher côté col. Même si le cachemire était plus abordable qu'autrefois, le pull en question était au-dessus de ses moyens. Après une explication détaillée sur les robustes chèvres cachemire de la Mongolie intérieure et ce pourquoi le meilleur cachemire avait les fibres les plus longues et les plus blanches, elle se jeta à l'eau et avoua la vérité à Jack. Elle savait que c'était la meilleure chose à faire étant donné les circonstances, mais elle n'en avait pas moins le cœur lourd. Ce n'était pas seulement à cause de Jack qui la rendit tout étourdie lorsqu'elle se résolut à le regarder dans les yeux. C'était à cause de la dureté et du mystère de la vie même.

Du coup, au moment où mon père tournait les talons pour s'en aller, la tristesse l'auréolant comme les flocons de neige le soir de ma vraie naissance, Vivienne prononça les mots qu'elle allait regretter jusqu'au jour de sa mort.

« Ça vous dit, un café ? »

Papa retira ses deux mains de ses poches arrière.

« Je pourrais aller vous chercher une tasse à la salle des infirmières. Si ça vous dit, bien sûr. »

Relevant légèrement la tête, presque craintif, Jack nota qu'elle ne portait pas d'alliance à l'annulaire de sa main gauche.

« Parlez-moi encore de ce fameux pull… »

Après le travail, Vivienne prit en voiture, avec Jack à ses côtés, le boulevard Jim-Bowie qui traversait son quartier, Lone Star Springs. Elle avait décidé de se donner entièrement à lui, comme un disciple à un maître, dès l'instant où elle avait senti sa tristesse et son incertitude. Pour adoucir sa peine, elle lui transmettrait les leçons que Dieu lui avait enseignées : Il n'envoie pas de croix qu'on ne puisse pas porter, la vie n'est jamais perdue, irréparable ou à court de miracles.

« Optimisez la foi et ses infinies possibilités. Minimisez le drame. »

Elle lui prêcherait la philosophie qui lui servait à l'hôpital. Quand Jack aurait compris que Dieu avait Ses raisons, qu'Il pouvait même faire naître une opportunité de la perte d'un enfant, elle s'allongerait auprès de lui. Rien de charnel ni de pervers comme la troisième version du récit de ma naissance. Juste un respect partagé pour la cruelle ironie de la vie. Si le moment était bien choisi, ce respect conduirait au désir. Auquel cas, elle se ferait porter pâle pour permettre au désir de s'épanouir. Comme en quinze ans elle n'avait pas manqué un seul jour, personne ne se poserait de questions sur ses motivations.

Cette pensée la fit sourire.

Elle n'était pas comme les autres infirmières en pédiatrie. Toutes des alcooliques, ses collègues s'étaient habituées au drame de la mort et considéraient la foi et la compassion comme le lot des âmes sensibles, des faibles et des oisifs.

Pour Vivienne, cela restait un drame.

Si elle aidait mon père, elle était bonne et aimante.

Même s'il n'était pas encore au diapason, sachant cela, Jack aspirerait à sa compassion avec autant de ferveur que les parents de ses prématurés se raccrochant au faux espoir. Son heure viendrait. Elle n'avait aucun doute là-dessus. Il serait à elle, et elle serait à lui.

En même temps, elle peinait à s'imaginer avec quelqu'un d'aussi beau. Le mieux, pensait-elle, serait qu'elle rencontre un homme aussi banal qu'elle, un peu comme un vieux meuble transmis de génération en génération, qui avait besoin d'être rafistolé et auquel on était trop attaché pour le jeter. Fonctionnel, oui. Joli ? Sûrement pas. Bien sûr, le confort était un atout majeur dans son petit monde étriqué. En soi, il lui permettrait de mener la vie conjugale, avec tous ses avantages, que Dieu voulait pour elle et que sa mère, Julie, jurait qu'elle n'aurait jamais… « parce que quels que soient leur âge, taille, forme ou couleur, tous les hommes sont des ordures sans foi ni loi. »

Incapable de se parer de couleurs vives depuis que Frank, son mari, l'avait quittée pour une femme plus jeune travaillant à la poste, le cœur de Julie avait été baigné de tristesse comme le ventre de ma mère avait été baigné de lumière.

Frank, qu'elle avait connu adolescente, était le seul homme que Julie ait fréquenté, et surtout le seul avec lequel elle ait couché. Même si cela lui conférait une certaine supériorité morale, l'aidant à supporter l'humiliation d'avoir été larguée, cet abandon restait tapi dans un recoin de son esprit comme un malfrat au fond d'une ruelle. Elle aurait volontiers renoncé à la souffrance pour revenir à son ancien mode de pensée, mais elle était consumée par la rage chaque fois qu'elle recevait du courrier.

Ensevelie sous une avalanche de catalogues de Noël, Julie avait fini par sombrer dans une profonde dépression et… mais je m'égare. Revenons plutôt à nos moutons.

Moi, entre-temps, j'étais plus préoccupé d'observer les patients qu'on transportait aux soins intensifs l'un après l'autre, nimbés d'une aura noire. Comme avec ma mère, je ne pouvais voir au-delà des apparences pour comprendre la gravité de la situation. La leur ou la mienne. Heureusement, j'en étais conscient. Quelque chose commençait à croître et à suppurer à l'intérieur de moi. Quelque chose de mauvais. Je savais que j'allais suffoquer si je restais dans le ventre de ma mère une minute de plus, comme je savais que je périrais si je ne sortais pas de cette salle couleur vomi avec son atmosphère épaisse et confinée chargée d'insatisfaction.

Comme Lillian avant moi, j'ouvris grand la bouche et hurlai à pleins poumons.

Vivienne aurait compris.

Mais ça ne s'est pas passé comme je l'avais prévu.

Au lieu de se fier à son don inné pour l'écoute et la compassion quand quelqu'un lui parlait de sa vie, elle monopolisa la conversation en discourant nerveusement sur son addiction aux émissions de voyage. C'était plus que de la simple anxiété. Dès l'instant où elle et Jack avaient franchi le seuil de sa maison, Vivienne fut assaillie par les certitudes de sa mère.

Les incartades comme celle-ci étaient un crime contre l'humanité, comparable à l'Holocauste.

Elle ne remarqua pas que mon père se pomponnait subrepticement, étudiant son reflet dans la vitre à l'autre bout de la pièce, pendant qu'elle radotait sur les safaris au Kenya. Elle ne le vit pas se tortiller alors qu'elle décrivait la course hippique du Palio de Sienne. Ce fut seulement en voyant son érection poindre sous son pantalon qu'elle comprit qu'il était temps de passer outre à son éducation. Rejetant ses cheveux en arrière, Vivienne défit les deux premiers boutons de son chemisier et sourit comme une jeune fille qui invite un garçon à danser.

« Allez-y doucement », dit-elle.

Dix minutes plus tard, son érection à lui et ses espoirs à elle n'étaient plus qu'un lointain souvenir.

Jack n'en voulait pas à Vivienne de bavarder de tout et de rien pendant l'amour. Il le lui dit poliment, car il était réellement le jeune homme sensible que ma mère avait imaginé. C'était juste qu'il existait des moments plus opportuns pour entendre parler des rongeurs qui s'échappent des fourmilières géantes dans l'Ouest australien.

À peine avait-il joui qu'il se leva pour aller se doucher.

Vivienne alla au congélateur et en sortit un litre de glace à la fraise, nourriture qui fournissait un réconfort physique et moral chaque fois que sa mère critiquait les hommes de son milieu… nourriture que Dieu avait créée pour des moments comme celui-ci, quand la vie ne se déroule pas comme prévu.

Contrairement à mon père, elle retourna en courant au lit pour savourer l'odeur depuis longtemps oubliée du sexe, aussi bref et mécanique fût-il. Le parfum d'homme sur son oreiller l'excitait, lui rappelait le temps de sa jeunesse où elle s'était bercée de dizaines d'autres illusions du même genre.

Pendant qu'à côté, l'eau cascadait sur le cauchemar maternel devenu réalité, pendant qu'elle resserrait sur elle les draps souillés comme un sceau protecteur, l'esprit de Vivienne luttait contre la panique qui montait en elle.

Les années à l'hôpital lui avaient appris surtout une chose. L'abnégation et la révérence ne relevaient pas que de la foi. Elles étaient le résultat final d'un processus simple : à force de persister, on apprend à apprécier la moindre nuance, le moindre trait qu'on n'avait pas décelé au début d'une relation.

La répétition était le christianisme du patient.

La persévérance était la principale qualité de Vivienne.

Elle retrouva le sourire.

Elle réalimenterait la vaillance de Jack aussi facilement qu'elle remplissait sa tasse de café.

Le lendemain matin, Vivienne passa devant une dizaine de couveuses ; avec tous les tuyaux tordus qui leur sortaient des veines, les bébés ressemblaient à un plan de métro. Sans prêter attention au badge bleu qui disait « Félicitations, c'est un garçon », elle se pencha au-dessus de moi, s'attendant au pire. Au lieu de quoi, elle trouva un enfant alerte et sanglotant, animé de la rage de vivre. Me prenant dans ses bras, elle me serra instinctivement sur son cœur qui battait la chamade, comme si nous étions reliés par le sang et non par le malheur.

Je cessai de pleurer.

Cette fois, cela n'avait rien à voir avec les hurlements

ou le manque de discernement. Le regard de Vivienne était non seulement rassurant et empli d'une joie sans partage, mais aussi sincère.

Deux minutes plus tard, Vivienne se ruait dans la salle d'attente, me tenant devant elle comme un bouquet de mariée. Ma guérison miraculeuse renforçait sa croyance en la vaillance de la nature humaine. Qu'elle puisse triompher de la confiance aveugle de la médecine dans la technologie, le diagnostic et le traitement prescrit ne gâchait rien. En son for intérieur, elle savait aussi que ma résilience éveillerait des sentiments purs et entiers qui pousseraient Jack encore plus dans sa direction.

Son seul problème, lorsqu'elle balaya la pièce du regard, fut que mon père avait disparu.

Elle ne pouvait savoir qu'il faisait route vers Fort Hood, la seule base militaire des États-Unis capable d'accueillir et d'entraîner deux divisions blindées. Les mains de Jack étaient entravées par des menottes, qui lui rentraient dans les poignets au point de les faire saigner.

Pendant que Vivienne s'émerveillait de mon miracle prématuré, deux membres de la police militaire à la carrure athlétique avaient pénétré dans l'hôpital, identifié Jack d'après sa photo de recrue et l'avaient arrêté.

Peggy, la nièce de son commandant en chef, avait relayé sa philosophie sur le sexe extraconjugal à son père, pasteur méthodiste. Le brave révérend avait appelé Ethan qui aussitôt émit un mandat d'arrêt à l'encontre de Jack.

Tandis que les policiers et leur prisonnier fonçaient vers le portail ultrasurveillé de Fort Hood, Vivienne prit l'avenue Clyde Barrow, bordée d'érables dont le feuillage se préparait à changer… à l'image de sa propre existence.

N'ayant pas trouvé mon père, elle avait tranquillement longé le couloir, s'était faufilée dans le monte-charge rempli de matériel médical, avait traversé le hall, était entrée dans le garage par une porte latérale censée être verrouillée, s'était glissée dans sa voiture et avait pris la seule décision possible après des décennies de désolation pédiatrique.

Elle avait décidé de me garder.

Dès notre arrivée à la maison, elle téléphona à l'hôpital. Elle dit qu'elle était souffrante et trop mal en point pour reprendre le travail. Comme prévu, personne ne s'en souciait.

Pendant le reste de la soirée, elle ne me quitta pas des yeux, m'examinant sous tous les angles possibles. De près. De loin. Elle grimpa sur le canapé. S'allongea sur le dos. Elle me tint au-dessus de sa tête. Me berça sur ses genoux. Elle se lova même à côté de moi comme si nous étions un vieux couple marié. Mais elle avait beau me scruter, à chaque position elle trouvait autre chose à admirer.

À la tombée de la nuit, alors que mes traits étaient à peine visibles, elle continua à inspecter mon visage normal, deux mains normales, deux pieds normaux et la peau normalement colorée… comme si j'étais une précieuse œuvre d'art qui la touchait à un endroit dont elle croyait qu'il était seulement accessible à Dieu.

Elle savait également que je ne serais jamais normal.

J'étais plus petit et plus faible que la plupart des nouveau-nés, et je le resterais même une fois parvenu à l'âge adulte. J'allais probablement subir les moqueries des autres garçons à l'école, tout comme elle, et les filles me regarderaient de haut, au propre et au figuré. Alors, ce soir-là, Vivienne conclut un pacte avec Dieu. Elle obéirait éternellement à Sa volonté, ferait tout ce qu'Il demandait, s'Il veillait sur moi et me protégeait.

Pour la première fois, elle verrait un enfant triompher de ses débuts dans la vie.

La douleur dans mon cou diminua pendant ce temps-là. Malgré mon âge tendre, je savais que je le devais à Vivienne. Je ne pouvais pas parler, bien sûr, mais dérivant entre veille et sommeil, je la remerciai avec mes yeux. Les yeux de mon père. Les yeux pétillants d'un homme capable de par son charme d'extorquer n'importe quoi à n'importe qui.

Si une photo de ma naissance représentait l'événement central dans la vie de mon père, une photo de Lone Star Springs représenterait les valeurs suprêmes du Midwest : Dieu, la famille et le Texas… pas forcément dans cet ordre-là.

Chaque jour était semblable à un paresseux dimanche après-midi.

Les rues portaient les noms des légendes du Texas. Une idée des promoteurs, pour que les acheteurs potentiels tirent fierté de leur parcelle de terrain, avec l'impression d'appartenir à l'Histoire, d'entrer dans l'éternité plutôt que d'emménager dans un quartier homogénéisé, peuplé de classes moyennes. Non seulement la collectivité s'en trouvait grandie, bien plus que les propriétaires individuels, mais c'était un trait de génie côté marketing. Une maison spacieuse et sans prétention allée Davy-Crockett se vendait deux fois plus vite et plus cher que la même maison cours du Porc-Épic.

Chaque logement était situé sur un terrain de quatre mille mètres carrés, brique blonde et style ranch, même si les maisons témoins affichaient parfois un étage ou de la superficie en plus. Les trottoirs étaient tous de la même largeur. Les boîtes à lettres identiques étaient plantées sur de vastes pelouses, avec un drapeau américain métallique qu'on levait pour annoncer la présence du courrier en partance. Jusqu'aux toits ignifugés en bardeaux de cèdre qui avaient tous la même forme. Résultat, il n'y avait pas de distinction de classe entre Lone Star Springs est et Lone Star Springs ouest, contrairement à Majestic Meadows, une trentaine de kilomètres plus au nord, et plus près de Dallas. La tranquillité d'esprit qui en découlait était comme des ondes radio. On ne la remarquait pas, on n'y pensait pas, mais elle était toujours là pour vous rassurer.

Les nouveaux arrivants étaient accueillis par des hommes joviaux et souriants qui portaient des cravates-lacets, et des femmes en jupe courte et bottes en cuir verni, tenue qu'elles arboraient même à l'Opéra. On leur offrait des paniers garnis de fleurs de saison du jardin, des confitures du pays, des livres condensés du *Reader's Digest* et des bouteilles de vin texan.

Vous pourriez vivre n'importe où aux États-Unis, jamais vous ne trouveriez des voisins aussi attentionnés que ces braves gens. Cela tenait essentiellement au fait qu'ils se préoccupaient peu de ce qui se passait en dehors de leur communauté. Personne ne regardait les informations ni ne lisait les journaux car les médias mettaient en péril les valeurs fondamentales de l'Amérique profonde, centrées sur les offrandes que le comité d'accueil apportait aux nouveaux venus. Tout le reste était démesure et risquait de causer leur perte plus vite que les étrangers tant redoutés.

Les habitations avaient beau être modernes, aussitôt qu'on mettait un pied hors de chez soi, on était transporté dans une époque plus simple.

Les femmes, même s'il leur arrivait d'être tristes, trouvaient des raisons d'être heureuses. Elles pouvaient aller se coucher le cœur lourd, mais après avoir rêvé de tartines à la jelly et au beurre de cacahuète, de réunions de parents d'élèves et de goûters d'enfants, elles se réveillaient avec le sourire…

Quand il était au travail, leur mari leur manquait ; à son retour, elles l'accueillaient comme s'il rentrait d'un long voyage.

Les hommes estimaient leurs femmes tout autant. Nouvelles tenues. Coiffures impeccables. Repas chauds. Rien ne passait inaperçu. Ils leur tenaient la porte de la maison ou la portière de la voiture en disant : « Honneur aux dames. » Les épouses étaient reconnaissantes, jamais agacées, comme cela peut arriver aujourd'hui où l'on taxe les hommes de sexisme.

Chaque garçon était une graine de star de foot, chaque fille, une reine de beauté. Les enfants pensaient aux anniversaires de leurs proches, écrivaient des mots de remerciement sans qu'on le leur demande, avaient des dents d'une blancheur immaculée, jouaient à chat, sautillaient en marchant et gloussaient jusqu'à en avoir les larmes aux yeux. Il n'y avait pas de grossesses précoces, pas de divorces, pas d'histoires d'amour illicites… dont les gens soient au courant, en tout cas. Les voitures étaient de fabrication américaine, et personne n'utilisait de passeport ou d'antidépresseurs.

La ville même de Lone Star Springs, deux courts pâtés de maisons, se composait d'une grande quincaillerie où l'on trouvait du pop-corn frais, une poste et un distributeur automatique tout au fond, derrière le rayon gadgets. À côté, il y avait une station-service Chevron avec une pompe à essence d'un bleu éclatant et un mécanicien qui nettoyait le pare-brise et vérifiait le niveau d'huile sans qu'on le lui demande. Au-delà, il y avait la succursale de la société qui employait mon père, une pièce unique qui ressemblait à une agence de voyages, l'agence immobilière du coin et le café de Bee. Bee confectionnait ses tartes sur place et les mettait à refroidir sur le rebord de fenêtre comme elle le faisait chez elle ; les gamins les convoitaient dès la sortie de l'école qui se trouvait à deux pas.

Comme il n'y avait ni murs ni barrières, il n'était pas rare de voir des cerfs s'aventurer hors des bois environnants et déambuler nonchalamment sur la route. Selon l'heure du jour, ils pouvaient croiser un renard, un opossum, des lapins et quelquefois un faisan. Jamais de coyotes. Ils étaient bien nourris ; tous les animaux de compagnie étaient domestiqués et restaient principalement à l'intérieur.

Les terres alentour n'étaient pas touchées par le développement industriel et commercial. Il n'y avait pas de supermarché. Pas de solderies. Pas de grandes autoroutes, trains ou autocars. Les gens venaient là seulement en cas de besoin. Pour affaires ou en touristes, ils ne restaient jamais longtemps. Cela ne leur était pas possible. Il n'y avait pas d'hôtels, pas de distractions, et Bee fermait à 16 heures.

Si on en voulait plus, il fallait se rendre à Majestic Meadows.

Quelques années avant l'arrivée de Vivienne, les habitants avaient eu l'opportunité d'accueillir un supermarché 7-11, mais ils avaient voté contre. C'était un pousse-au-crime, et il s'en faudrait de peu pour que leurs rues soient infestées de dealers, d'adolescents vindicatifs aux tatouages vulgaires et de prostituées jouant au bonneteau.

À l'époque, je doute que cela aurait changé grand-chose car la plupart des gens sortaient rarement de chez eux. Cela n'avait rien à voir avec l'isolement. Ils étaient les plus heureux entourés de leurs enfants, de photos de leurs enfants, de leurs petits-enfants et de Pat Robertson, le bon pasteur vénéré pour son dévouement sans faille aux associations caritatives chrétiennes, dont la sienne. S'ils quittaient leur domicile, c'était pour aller au travail, à l'église, en vacances et, pour finir, au cimetière. Le commerce de proximité représentait un cinquième élément lointain.

Cachée par un bouquet de chênes, la maison de Vivienne était située une vingtaine de mètres à l'écart de la route. Les fenêtres des trois chambres donnaient sur l'étang d'en face. On le voyait aussi du porche équipé de crochets au plafond pour une balançoire qui n'avait jamais été accrochée. Les pièces étaient petites mais avaient du cachet. Les murs de pierre servaient de tête de lit, créant une atmosphère hivernale, même si les hivers étaient doux. Aucune fenêtre n'était pareille aux autres. Aucune porte non plus. Cela n'avait rien à voir avec un travail bâclé. Les fondations des maisons texanes n'étaient jamais fixes ; elles étaient aussi changeantes que la moralité des hommes politiques du Sud. C'est pourquoi il y avait si peu de sous-sols et de présidents au sud de la ligne Mason-Dixon.

La maison était restée vide durant cinq longues années.

Le propriétaire d'origine était un médecin qui pratiquait des avortements. Lorsque les voisins l'avaient appris, ils avaient formé un piquet de grève sur sa pelouse à 7 heures du matin et crié des obscénités jusqu'à ce qu'il parte travailler. Un vendredi matin, après qu'une grand-mère eut lancé une brique par la fenêtre de son séjour, il s'était préparé un casse-croûte et était parti en voiture pour ne plus revenir.

Malgré les dizaines de visites organisées par l'agence immobilière, personne ne s'était décidé à emménager… comme si la maison était hantée par l'inconduite prénatale.

Vivienne, elle, s'en moquait. Que la vie d'un bébé soit interrompue par un dysfonctionnement génétique ou un aspirateur ne faisait pas grande différence.

Cette maison avait besoin d'elle.

Il y eut une autre controverse analogue dans la ville, quand les habitants se regroupèrent et adressèrent une lettre à la chaîne de télévision locale pour exiger l'arrêt de l'émission matinale *Captain Kangaroo*. En faisant apparaître et disparaître de la nourriture et des marionnettes au gré de ses lubies, il apprenait aux enfants à compter sur lui plutôt que sur Jésus-Christ en matière de miracles, et cela ne pouvait signifier qu'une seule chose.

Captain Kangaroo était l'Antéchrist.

Vivienne était en train de poncer la porte d'entrée quand elle reçut un appel de l'avocat de mon père, un avocat commis d'office. D'abord choquée par les charges à l'encontre de Jack, plus elle y pensait, plus la conversation avec sa mère, le soir du départ de son père, lui revenait en mémoire.

« Les hommes, surtout les hommes mariés, considèrent les femmes comme un renard qui pénètre dans une basse-cour considère les poules. Une fois qu'ils ont connu le goût du sang, il n'y a plus rien à faire pour les éloigner. »

Les actes de Jack étaient déplorables mais compréhensibles. Le fait qu'il risquait dix ans de prison était génétiquement injuste.

Le trajet jusqu'à Fort Hood me parut interminable. Vivienne, pour sa part, n'y voyait qu'un obstacle de plus dans la course contre les sombres prophéties de sa mère.

Lorsque mon père me vit pour la première fois, Vivienne comprit qu'elle avait pris la bonne décision.

Le regard d'ordinaire si prompt à tromper son monde se fit direct et limpide. Instinctivement, elle voulut lui prendre la main. Au lieu de saisir la sienne, de la serrer avec force en quête de réconfort, Jack la tapota comme si elle était un petit enfant ou un chien errant qu'il aurait cherché à amadouer.

D'abord récalcitrant, plus Jack s'expliquait, plus il enjolivait et se justifiait. Une fois éliminée toute trace de culpabilité, il suggéra à Vivienne d'aller trouver Peggy et de la convaincre de revenir sur ses accusations.

Peu avant midi, Vivienne se gara devant la maison du pasteur et s'avança dans l'ombre, comme n'importe quel vendeur au porte-à-porte qui aurait gravi, empressé, les marches du perron avant elle.

Peggy était exactement comme elle l'avait imaginée, le bout de la chaîne alimentaire vertueuse, mais cette impression changea une fois qu'elle vit sa chambre.

Pas de posters de musiciens rock ni de stars de cinéma qu'on s'attend à trouver chez une jeune fille de seize ans. Absolument rien de frivole. Juste un petit espace impersonnel croulant sous les livres, ouverts et écornés. Des romans essentiellement. Empilés sur le plancher. Entassés contre les murs. Débordant des placards et des étagères. Disposés par ordre de lecture. *Les Cent Un Dalmatiens*. *Un raccourci dans le temps*. Tout Mark Twain. Tout Jack London. *Orgueil et préjugés*. *Jane Eyre*. La plupart des couvertures ne tenaient plus qu'à un fil ou étaient tombées à force de relecture. Les pages étaient noircies de notes personnelles griffonnées en marge au crayon, jamais au stylo.

Peggy parlait de ses livres comme Vivienne parlait des émissions de voyage.

Vivienne n'imaginait pas qu'on puisse lire autant. Elle avait essayé de lire *Orgueil et préjugés* dans sa prime jeunesse, mais elle n'avait pas dépassé le premier chapitre. Elle avait bien trop de responsabilités et n'avait pas une minute à perdre car la vie n'était pas censée être complaisante ou insouciante. Sa mère veillait au grain.

« Qui dit esprit oisif, dit main baladeuse. »

Peggy expliqua que c'était seulement une partie des livres qu'elle avait dévorés au fil des ans. Le reste était entreposé au grenier, dans des cartons, en vrac. Vivienne n'avait aucune raison d'être jalouse, d'autant qu'il y avait dix fois plus de livres que Peggy n'avait pas lus, et qu'elle aurait dû lire dans la mesure où elle espérait devenir écrivain un jour. Si cela devait arriver, si elle comptait partager ses idées et expériences avec le monde extérieur, elle se devait d'apprendre auprès de celles et de ceux dont les idées et expériences surpassaient les siennes.

Comme Willa Cather ou Edith Wharton.

Peu habituée à se confier, dès qu'elle se rendit compte de sa vulnérabilité, Peggy se tut, alluma une autre cigarette et regarda ailleurs, comme Vivienne le jour où elle avait rencontré mon père. Il ne s'agissait pas d'une dérobade, non. Ces quelques instants permettaient à Peggy de se ressaisir et d'imaginer Vivienne enfant, à neuf ans tout au plus. Ainsi, elle ne se sentait pas menacée car elle pouvait voir Vivienne à une époque où son cœur et son esprit étaient exempts de complications. En se concentrant sur le bon fond de la personne plutôt que sur les dégâts chez l'adulte, elle arriverait peut-être à comprendre pourquoi les gens faisaient tant de mal autour d'eux une fois qu'ils avaient grandi.

À l'inverse de sa réaction face à Jack, Vivienne refusa de céder du terrain. Elle n'agissait pas uniquement par devoir. Maintenant qu'elle avait rencontré Peggy, elle savourait l'occasion de se montrer charitable, ce dont elle-même avait été si longuement privée.

Elle avait aussi pris conscience d'autre chose.

Le radotage nerveux auquel elle s'était livrée le soir où elle avait ramené Jack chez elle n'était plus nécessaire.

« J'avais envie de vous tuer, lâcha-t-elle comme on demande un verre de thé glacé, mais plus maintenant. »

Peggy, au lieu d'être horrifiée, fut touchée par l'honnêteté de Vivienne. Bien que les secrets fussent son seul refuge, sa solution pour échapper à la honte, elle brûlait de les régurgiter.

« Si je vous raconte mes emmerdes personnelles, vous irez tout répéter à votre petit ami et aux autres. »

Vivienne secoua la tête.

« Ils sont comme ça, les adultes », insista Peggy.

Vivienne secoua la tête de plus belle.

Fermant les yeux, Peggy s'adossa à une pile de romans russes et grinça des dents.

« C'est contre nature de garder un putain de secret. »

Les vannes s'ouvrirent après un dernier déni.

Connaissant sa passion pour la lecture, son père, le bon pasteur, lui avait offert un livre sur Jeanne d'Arc pour son dixième anniversaire. À l'entendre, la vie de Jeanne était exemplaire. Elle prouvait l'immense pouvoir que Dieu octroyait à un cœur pur et virginal. Alors que la virginité était une expérience érotique et sensuelle en soi, elle représentait bien plus que la sublimation de la sexualité à travers l'abstinence. C'était le premier pas crucial vers l'union transcendante, spirituelle avec le Christ. Qui plus est, l'histoire montrait comment Dieu punissait les femmes dont la pureté avait été corrompue.

Sur ce, le pasteur lui avait fourré sa langue jusqu'au fond de la gorge.

Lorsqu'il l'eut retirée, il s'excusa, admit qu'il était

content de l'avoir fait et prononça les trois mots qui allaient hanter Peggy jusqu'à la fin de ses jours.

« Tu te tais. »

Chaque dimanche de cette année-là, tandis qu'elles s'approchaient de l'autel pour recevoir le saint sacrement de la communion, Peggy chantait « Jeanne d'Arc » de Leonard Cohen à sa mère dans un murmure.

« Le monde est plein de putains de salopards qui font des putains de saloperies que personne ne veut voir, putain de bordel. »

Après l'office, se tenant aux côtés de sa mère pendant que les fidèles descendaient les marches de la cathédrale, enchantés du sermon de son père, Peggy répétait ces paroles.

Sa mère, dotée d'une excellente ouïe héritée du côté maternel de sa famille et qui prêchait l'importance de la communication, surtout dans les ventes de pâtisseries maison destinées à la collecte de fonds, était encore plus douée pour l'évitement.

Elle tournait les talons et s'éloignait.

Cette réaction étourdissait Peggy au point qu'elle était obligée de s'asseoir, n'importe où, même en pleine rue. Non pas qu'elle fût souffrante. Ce n'était pas de la panique. Simplement, elle avait la très nette impression que si elle ne se raccrochait pas à quelque chose, elle allait quitter son corps définitivement. Et comme ce n'était pas un concept auquel elle croyait, ni même auquel elle avait déjà songé, elle avait décidé de faire attention et de ne pas lâcher prise.

C'est à ce moment-là qu'elle commença à toucher les objets, à suivre leurs contours avec les doigts comme si elle était aveugle. Cela l'aidait à s'ancrer et, tandis que les voitures klaxonnaient autour d'elle, à se prouver que ce qu'elle ressentait était réel et non imaginaire.

Dans les années qui suivirent, après chaque abominable visite nocturne, son père posait sa main droite sur le front de Peggy. Sur sa poitrine. Sur son bras gauche. Puis sur son bras droit, effectuant un signe de croix. Après quoi, il baissait la tête et disait : « Prie pour nous, ma douce. Remettons notre sort entre les mains du Seigneur. »

Vu qu'en l'occurrence le Seigneur n'aidait pas beaucoup Peggy, elle n'était pas pressée de remettre son sort entre Ses mains poisseuses. Mais il fallait qu'elle fasse quelque chose car elle avait l'impression de perdre la tête et de ne pas pouvoir tenir un jour de plus. Un après-midi après la classe, au lieu de prendre le bus pour rentrer, elle alla voir le conseiller principal d'éducation. En larmes, elle lui parla de Jeanne d'Arc, d'exemple, de cœur pur et virginal, de déni et de châtiment.

Le CPE écouta attentivement chaque mot, hochant la tête et prenant des notes quand c'était nécessaire.

Puis il lui fourra sa langue jusqu'au fond de la gorge.

Lorsque Peggy protesta, il lui reprocha de fuir l'intimité et lui recommanda de se taire.

Elle ne chercha plus jamais à se faire aider.

La figure du pasteur terrifiait Peggy presque autant que ses actes. Normalement d'une blancheur de porcelaine, son visage devenait rouge écarlate quand il buvait, si bien que son haleine empestait toujours le whisky. Son front, haut, bombé et creusé de rides semblables à des cicatrices, était strié en diagonale de veines épaisses où le sang courait en proportion directe avec ses désirs prédateurs. Son menton était pointu, à l'instar de son nez d'où sortaient des poils frémissants comme des algues sous-marines. Ses dents étaient couleur de vieux magazines. Des verres épais grossissaient de minuscules yeux noirs, pareils à ceux d'un rongeur, qui ne cillaient jamais, ne vacillaient jamais pendant qu'ils parcouraient son corps avec avidité, tout comme quand il les levait au ciel pendant ses sermons.

Et il se léchait toujours les babines.

Les doigts tachés de nicotine de Peggy tapotaient le paquet de Pall Mall pour faire tomber une cigarette après l'autre, tandis qu'elle décrivait le calvaire de ses dépressions, la haine de soi, l'abus d'alcool et les dizaines de fois où elle s'était enfoncé le canon du pistolet de son père dans la gorge, priant pour trouver le courage de presser la détente.

Contrairement à Jack, elle saisit la main de Vivienne et ne la lâcha plus. Sa poigne était vigoureuse, ses doigts, glacés. Elle lui montra même le mot qu'elle gardait en permanence sur elle, au cas où elle trouverait la force d'en finir.

« J'ai gagné », disait ce mot.

À ce moment précis, Vivienne remarqua deux choses :

1. Presque tous les ongles de Peggy étaient rongés jusqu'au sang.

2. Le verrou de sa porte avait été enlevé.

Un lien naquit de la souffrance, qui aurait été impossible en des temps plus heureux ; toutes deux, Peggy et Vivienne, venaient de trouver ce qui leur manquait depuis toujours.

Une confidente.

Avant notre départ, Peggy attrapa le téléphone, appela son oncle et le supplia d'écouter ce que sa nouvelle amie avait à lui dire.

Une heure plus tard, Vivienne s'asseyait en face d'Ethan dans son bureau de Fort Hood, avec moi sur ses genoux.

Elle refusa de chercher des excuses à mon père, mais

insista sur le fait que l'épisode avec Peggy tournait plus autour de l'alcool que d'un quelconque acte interdit.

Surtout, elle parla de Peggy.

« Plus on voit ce qui ne va pas dans le monde, plus on doit intervenir pour y remédier. »

Une fois que tout avait été dit, l'oncle Ethan remercia Vivienne d'être venue et nous raccompagna à la porte. Il lui promit de réfléchir sérieusement à la situation, mais lui rappela que ces questions-là étaient délicates et demandaient du temps.

Il n'en croyait pas un mot.

Fourrageant dans son sac, Vivienne sortit une feuille de papier que Peggy lui avait donnée avant qu'on parte.

« Qu'est-ce que c'est ? demanda Ethan.

– Les tripes de Peggy », fut tout ce qu'elle trouva à répondre.

Pendant qu'elle s'enfuyait, Ethan leva le papier à la hauteur des yeux, l'inclinant de façon à capter la lumière.

Si seulement j'avais une autre vie.
Quelque part très loin
Sous un nom différent,
Avec un visage hideux
Et des membres tordus
Pour que les hommes se détournent,
Horrifiés.

Même Dieu
Ne saurait me trouver
Mais pas faute d'avoir essayé.
Il irait de maison en maison,
Y entrant par effraction la nuit
Comme un voleur,
Vidant placards et tiroirs

En quête d'un nouveau sacrifice.
Ma reddition.

Il y a une douceur, une enfance
Que je ne connaîtrai jamais.
Et quand je mourrai,
Adieu la fille tendre et aimante,
Que je boirai la dernière gorgée
De ma chère vodka
Avec deux doigts de jus d'orange,
Il n'y aura pas un seul être
Qui m'aura aimée assez pour prendre le temps
De regarder au-dedans de moi,
Voir mon âme
Et demander « Comment ça va ? »

Peu accoutumé à la passion et la nudité de la poésie, Ethan reposa la feuille et ouvrit le tiroir du bureau où il gardait ses effets personnels. Médailles et rubans. Une lettre de l'administration concernant la retraite. Plusieurs cartes pliées et un exemplaire dédicacé de *Merci pour les souvenirs*. Écartant tout ce bric-à-brac, il prit au fond à droite son Colt 45 de fonction et vérifia le chargeur.

D'habitude, Ethan mettait trente minutes pour aller chez son frère. Ce jour-là, il en mit vingt. Quand le pasteur vint ouvrir, il fut surpris par l'expression de son aîné, et plus surpris encore lorsque ce dernier coinça un pied dans la porte et lui tendit le poème de Peggy.

« Qu'est-ce que c'est ? » demanda le pasteur en parcourant la page.

Calmement, Ethan lui exposa ce dont on l'accusait.

Feignant d'être choqué, le pasteur ouvrit la porte à la volée et hurla : « Judith ! »

Il fit signe à son frère d'entrer et le précéda dans le salon où Judith, sa tendre moitié depuis vingt ans, attendait déjà. Sitôt qu'Ethan s'assit, le pasteur se planta face à lui, le dominant légèrement à cause d'une marche, et se mit à déambuler de long en large comme il le faisait devant la chaire.

« Il y a des enfants qui naissent maudits ! »

Il parlait d'une voix de stentor, de prédicateur, une voix de velours raisonnable et condescendante, pour se protéger d'un appétit sexuel qu'il savait indéfendable.

« Depuis qu'elle est toute petite, Peggy a toujours été rebelle et malveillante. Tu es bien placé pour le savoir, Ethan. Rien ne la rendait heureuse. Ni la musique. Ni les jouets. Ni même la foi. Elle dédaignait les conseils que je pouvais lui prodiguer et mentait effrontément pour se sortir des catastrophes qu'elle ne cessait de s'attirer. Par bonheur, Judith et moi lui portons une profonde affection, contrairement à bien d'autres parents dans des circonstances similaires. »

Il désigna d'un hochement de tête approbateur sa fidèle compagne qui sourit et, tranquillement, offrit à Ethan une assiette de mendiants… même si sa voix hésitante la trahit.

« Peggy a beaucoup de chance. Nous vivons dans cette maison magnifique, et nous avons la belle vie. »

Le pasteur poursuivit son oraison pendant qu'Ethan posait l'assiette sur la table en face de lui.

« Nous ne l'avons jamais laissée tomber. Pas une fois. Contre vents et marées, elle est notre fille et, qui plus est, une enfant de Dieu. »

Comme mon père, il était lancé.

« Nous avons toujours été convaincus qu'un jour elle verrait la lumière. Je l'ai constaté avec les membres de ma congrégation. Tiens, prends le fils de Wendell Tyler.

Tu le connais. C'est un bagarreur. Même toi tu pensais qu'il finirait sur la chaise électrique. Tu me l'as dit à plusieurs reprises. »

Il marqua une pause et chercha le regard de son frère.

« Maintenant, c'est un respectable juriste d'entreprise. »

Il reprit son va-et-vient.

« Ou bien la fille de Jim Duarte. Elle était en charge de sept autres jeunes femmes au bal des débutantes de Lone Star. Elle a été présidente de la sororité Chi Omega. Elle a attrapé le bouquet au mariage de Melinda, l'une des plus belles cérémonies à laquelle j'aie assisté à ce jour, et elle se piquait à l'héroïne comme certains font de la gym au quotidien. »

Il s'interrompit à nouveau.

« Elle étudie dans une école d'art à New York où elle apprend à fabriquer des vitraux. »

Une larme perla au coin de son œil droit.

« C'est juste une étape dans la vie de Peggy. Qu'elle ait consumé une bonne partie de son existence est plus une épreuve qu'une indication. La véritable famille chrétienne est capable de reconnaître ça. »

Ses lèvres se mirent à trembler.

« En même temps, je n'arrive pas à croire que Peggy ait pu inventer une histoire pareille. Ceci dépasse, et de loin, ses mensonges habituels.

CECI EST UN BLASPHÈME ! »

Durant le reste de la conversation, la femme du pasteur se tint à distance respectueuse, l'air affable comme face à la file des invités venus la féliciter à son mariage. Cela était dû à sa croyance que la valeur d'une épouse, outre le fait de garder le silence, consistait à être polie, inoffensive et conciliante. Elle s'affairait à remplir les verres, à garnir les bols de chips, de sauce et de noisettes. Quand elle ne s'occupait pas d'amuse-gueules, elle s'asseyait sur le canapé, le dos bien droit et les chevilles croisées sagement, et triturait l'ange en or épinglé à son revers dans l'espoir de désamorcer les vilenies qui se disaient. Elle ne s'adressait jamais directement à Ethan et évitait de croiser son regard. Quand le pasteur la regardait, en revanche, elle intervenait sans hésitation ; son niveau d'énergie montait si vite qu'elle était essoufflée avant d'arriver au bout de sa pensée, et on avait l'impression qu'elle allait s'effondrer.

Si Ethan avait pu nourrir des soupçons, ceux-ci se dissipèrent rapidement. Il était tellement convaincu de l'innocence de son frère qu'il décida d'affronter Peggy. Il voulait qu'elle prenne conscience des dégâts qu'elle avait failli causer.

« Peggy ! »

Il se dirigeait vers sa chambre quand le pasteur, qui ne parvint pas à réprimer un frisson, craqua et avoua.

Il mit ses actes, au début, sur le compte d'une défaillance morale dans ses compétences, un peu comme quand on triche à un examen. Il était un homme bon, un mari meilleur encore et un excellent soutien de famille.

« Je pardonne les gens toutes les semaines pour chaque péché capital et véniel. Pourquoi ? Parce que l'être humain est bourré de contradictions. Nous voulons vivre selon un idéal. Nous voulons bien faire, mais nous n'y arrivons pas toujours. Déchoir n'est pas seulement le centre de notre univers, c'est ce qui nous permet invariablement de distinguer le bien du mal. Être pasteur ne m'empêche pas de commettre des erreurs de jugement. Je suis un homme de Dieu, certes, mais je suis fait de chair et de sang. »

Comme Ethan ne manifestait aucun signe de pardon, le pasteur changea de tactique : c'étaient les manières et les tenues aguichantes de Peggy qui l'attiraient dans sa chambre nuit après nuit.

« Elle s'est offerte à moi. »

À son grand soulagement, Ethan lui assura que tout allait s'arranger. Posant une main réconfortante sur l'épaule de son frère, il se servit de l'autre main pour ouvrir sa mallette et en sortir le Colt. Peggy entra dans la pièce au moment où il tirait quatre coups avec l'entrain qui lui avait valu de l'avancement lors de la guerre de Corée. Une balle dans la tête. Une dans le cœur. Deux dans l'aine. La femme du pasteur se mit à hurler ; ses cris, d'après le témoignage des voisins, avaient été entendus jusque dans la rue Bowie, trois blocs plus loin. Pendant qu'Ethan composait calmement le 911 pour rendre compte de son geste, pendant que la femme du pasteur courait dans tous les sens, renversant tables et luminaires dans sa précipitation, Peggy s'approcha du corps sans vie et murmura à son oreille : « Tu te tais. » Vengeance et justice immanente.

Le temps et la délicatesse n'étaient plus de mise.

Trois jours plus tard, Vivienne et moi étions blottis à côté de Peggy à l'enterrement de son père. Pendant qu'un pasteur lisait l'éloge funèbre, j'examinais les gens autour de moi. C'étaient des inconnus, mais leur expression m'était familière : je l'avais déjà vue chez ceux qu'on amenait aux soins intensifs. Le vide. L'abattement. La tristesse. Le remords. Je reconnaissais les failles de la vie mieux que quiconque. Simplement, j'étais trop jeune pour les cataloguer.

Tandis que j'étais occupé à observer, Peggy luttait contre les vagues de colère et de dégoût, sentiments bien légitimes dans son cas. À entendre le pasteur, son père était un pilier de la communauté. Adulé de tous ceux qui le connaissaient, c'était un homme intègre à l'excès qui toute sa vie avait combattu la luxure et l'avarice, qualité rare dans notre société victime de la faillite morale.

De son côté, la mère de Peggy suivait son propre raisonnement.

« Ton père n'a plus à s'inquiéter de rien maintenant. Il a de la chance. C'est moi qui dois me coltiner tous les problèmes.

– Maman. »

Peggy avait la voix rauque, une voix de gorge.

« Dommage que je ne puisse pas le rejoindre là-dedans. J'ai plus besoin de souffler que lui. »

Elle désigna l'assistance, et sa bouche forma un croissant de lune.

« Dans un milieu comme le mien, on n'est pas censé payer un loyer.

– Maman.

– Depuis le jour de mon arrivée, j'ai trop donné à cette ville et à toi… il serait temps que je m'occupe de moi. Je n'ai même pas de manteau chaud pour l'hiver. Haven Lewis, là-bas, en a deux et elle triche à la dame de pique. Je ne sais pas comment, mais quand on gagne aussi souvent, il y a forcément anguille sous roche.

– Maman.

– Tu t'en moques, que j'aie chaud ou pas. »

Nouveau geste en direction de l'assistance.

« Tout le monde s'en moque. Ils se disent mes amis, mais s'ils sont gentils avec moi, c'est uniquement parce que je suis la femme du pasteur. Maintenant qu'il n'est plus là, si j'ai besoin de quelque chose, personne ne lèvera le petit doigt. »

N'y tenant plus, Peggy se redressa et posa la question qui lui brûlait les lèvres depuis l'aube de sa jeune existence. « Tu ne t'es jamais demandé où il allait, papa, en pleine nuit ? »

Levant les deux mains devant elle comme un crucifix contre Dracula, la femme du pasteur essaya de se dissimuler.

« Je n'aurai plus jamais froid.

– Tu crois que je ne t'entendais pas descendre ce bon Dieu d'escalier sur la pointe des pieds pour éviter de faire face à ce qui se passait ?

– Si tu invoques le nom du Seigneur en vain, je m'en vais.

– Nom de Dieu. Nom de Dieu. Sacré putain de bordel de nom de Dieu de merde ! »

Fusillant sa fille du regard avec toute la haine que peut engendrer le déni, la femme du pasteur répondit froidement et sans la moindre trace de repentir : « De toute ma vie, je n'ai pas entendu un gros mot jusqu'à ce que tu grandisses. Pas un seul. Mes parents ne le toléraient pas, contrairement à ton papa. Ils ne supportaient pas le langage ordurier car quelqu'un qui tenait de tels propos était damné pour l'éternité.

– Putain, pisse, crotte.

– Tout ceci est ta faute. »

Peggy voulut parler, mais sa mère fondit en larmes avant qu'elle n'ait ouvert la bouche.

Pendant qu'on s'empressait autour d'elle, Peggy sortit de sa poche une flasque de Wild Turkey et but une gorgée, savourant le whisky qui lui coulait dans la gorge. Levant la bouteille à la lumière pour voir combien il en restait, elle se dirigea vers une cabine de WC mobile à l'usage des ouvriers chargés de réparer les pierres tombales, où elle s'engouffra en titubant. Lorsqu'elle ressortit, elle alla directement à la tombe ouverte de son père, jeta la bouteille désormais vide sur le couvercle de son cercueil ouvragé et exhiba ses seins.

« Papa trouvait que j'avais de beaux nichons. »

Agrippant son cœur, la femme du pasteur fit, maladroite, un pas en arrière.

« Pour l'amour du ciel, qu'est-ce qui… »

Peggy releva sa jupe.

« Personnellement, je préfère mes jambes. Mon cul aurait besoin d'être un peu amélioré, mais j'y travaille. Soyez tranquilles. »

Pivotant sur elle-même, Peggy dévoila une paire de fesses nues avec du papier toilette collé dessus. On pouvait y lire : « Fermé pour réparation ».

Quelques-uns, parmi l'assistance, crièrent des obscénités. D'autres s'avancèrent vers elle, menaçants. Mais la plupart se bornèrent à ricaner, profitant du spectacle.

Peggy s'en fichait. Pour la première fois, autant qu'il lui en souvienne, la vie était autre chose que ce qu'on lui faisait subir.

Jack fut renvoyé de l'armée pour manquement à l'honneur deux semaines plus tard. L'après-midi même, il emménagea chez Vivienne qu'il surprit en lui offrant un pull en cachemire marron accompagné d'une demande en mariage avant le dîner. Pendant qu'elle se débattait pour passer sa grosse tête à travers l'encolure standard du pull, que l'étoffe accrochait une boucle d'oreille, si bien qu'elle n'y voyait goutte, Jack reporta son attention sur moi.

« Je sais que tu ne peux pas comprendre, fiston, mais personne ne m'a jamais soutenu comme Vivienne l'a fait. Elle est unique en son genre. Je m'en souviendrai tout le reste de ma vie. Je ne ferai rien qui puisse détruire sa foi en moi car cette femme-là est une sainte qui mérite la vénération. »

L'heure de Jack avait sonné.

Mon père aimait la magie presque autant que Vivienne l'aimait, lui. Quand il était gamin, il se rendait en stop à Dallas chaque fois qu'il y avait un spectacle en ville. Ses préférés, c'étaient les illusionnistes, et au fil du temps, il avait eu le privilège d'en voir quelques-uns parmi les meilleurs. Des tigres apparaissaient et disparaissaient sur un coup de baguette. Des bus lévitaient sans support apparent. Jack avait même été invité une fois sur scène, avec d'autres membres du public, pour examiner une femme qui avait été attachée à un chariot et sciée en trois morceaux, ses entrailles cascadant jusqu'au sol façon chutes du Niagara. Tandis que certains s'enfuyaient à toutes jambes et que d'autres s'évanouissaient, Jack ramassa une poignée de tripes, les fourra dans sa poche et sourit.

Son numéro favori, c'était celui du fils d'un homme qui donnait le même spectacle depuis l'âge d'or du music-hall. Bien que le contenu ait forcément changé avec les ans, le principe demeurait le même. Vêtu d'un pardessus long et ample, le fils, debout sur le devant de la scène, demandait aux spectateurs de nommer un objet. Des places pour le championnat national de base-ball de 1963, par exemple. Après quoi il en sortait deux de son manteau. Cela allait du pilon de dinde à l'exemplaire d'*Autant en emporte le vent.* C'était stupéfiant, et personne n'arrivait à comprendre comment il s'y prenait. Quelquefois, il faisait chou blanc. Dans ces cas-là, il lâchait une plaisanterie et passait rapidement à la demande suivante.

Même s'il savait que c'était un tour de passe-passe, des trucs qui devaient leur succès à l'ingéniosité et à d'innombrables heures d'exercice, pour mon père c'était vraiment de la magie. Il n'y avait pas d'autre moyen de décrire un processus qui reposait exclusivement sur l'imagination.

Il se servait de ce pardessus pour faire une démonstration.

Un homme, surtout un représentant de commerce, devait avoir une explication immédiate pour tous les cas de figure. Histoire de ne jamais être pris de court.

Je prends le manteau pour expliquer comment fonctionne ma mémoire.

Je formule une demande. La plupart du temps, mon cerveau s'exécute, mais parfois il me laisse en plan, sautant inopinément d'une pensée à l'autre comme s'il n'existait aucun lien entre elles. C'est d'autant plus pénible que je suis quelqu'un de méthodique. Ma mémoire était source d'une grande fierté, une forteresse imprenable où les objets de valeur étaient répertoriés et rangés en lieu sûr. Jamais je n'aurais imaginé qu'on puisse y entrer par effraction.

C'est par ailleurs perturbant parce que la vie tient à des détails, et qu'il n'y en a pas d'insignifiants. Une vis mal serrée sur une fusée de la NASA, et on connaît le résultat.

Malheureusement, avec le recul, j'ai découvert mon propre défaut de branchement, aussi infime qu'il puisse paraître.

Rappelez-vous, la sœur cadette de ma mère, Carolyn, a trébuché et est tombée à l'enterrement de Lillian. Le choc lui a court-circuité le cœur. J'ai toujours une copie du rapport du légiste dans mon bureau. Le problème n'est pas là. Le problème, c'est que la statue sur laquelle elle a atterri n'était peut-être pas saint Jude. Il a été enlevé depuis longtemps et remplacé par un diaporama à la gloire de saint Martin de Tours. Personne ne semblait savoir quand ce changement avait eu lieu, ni pourquoi, ni où on avait transporté la statue d'origine. Pas même les prêtres.

Les preuves sont contradictoires.

POUR : Dans les archives de l'église se trouvaient une douzaine de vieilles coupures de presse. Il était d'usage courant, si saint Jude vous aidait, de publier une note de remerciement dans le journal local. Elles paraissaient généralement dans la rubrique rencontres ou petites annonces. Le but était de valoriser le saint et d'encourager dans leur foi ceux qui lisaient ces notes, afin qu'eux aussi trouvent l'aide dont ils avaient besoin. La formule type était souvent concise, du genre « Merci, saint Jude, d'avoir répondu à mes prières ».

Chaque coupure représentait une prière rédigée par un membre de la congrégation et subséquemment exaucée.

CONTRE : Saint Jude est traditionnellement dépeint avec l'image de Jésus à la main ou près du cœur, en référence à la légende de l'image d'Edesse. On le voit aussi sur les icônes, le plus souvent avec une flamme autour de la tête. Ceci témoigne de sa présence à la Pentecôte, lorsqu'il a reçu l'Esprit Saint avec les autres apôtres. À l'occasion, il est représenté avec une hache ou une hallebarde, étant donné qu'une de ces armes a servi à sa mise à mort. Dans certains cas, on le montre avec un rouleau de parchemin, un livre, l'Épître de Jude ou avec une règle de charpentier.

Rien de tout cela ne figurait sur la vieille peinture murale derrière l'ancien emplacement de la statue, un espace qui aurait dû être réservé à Jude et à lui seul.

POUR : Dix-sept exemplaires de la prière suivante furent découverts sous le siège du confessionnal le plus proche.

« Ô très saint apôtre Jude, ami et serviteur fidèle

de Jésus… Les gens vous honorent et vous invoquent dans le monde entier comme patron des causes désespérées. Priez pour moi qui suis si seul et impuissant. Apportez-moi, s'il vous plaît, une assistance visible et rapide. Venez à mon secours dans ce grand besoin, que je puisse recevoir la consolation et l'aide du Ciel dans toutes mes obligations, tribulations et souffrances, notamment (formulez votre demande), et que je puisse louer Dieu avec vous pour toujours. Je promets, ô saint béni, de me souvenir à jamais de cette grande faveur, de toujours vous honorer comme mon patron particulier et puissant, et d'encourager avec gratitude la dévotion à votre égard en publiant cette demande. Amen. »

CONTRE : À travers les âges, beaucoup de chrétiens ont confondu saint Jude, également connu sous le nom de Thaddée, avec Judas Iscariote, celui qui a trahi Jésus. Résultat, on évitait de lui adresser des prières, c'est pourquoi on l'appelle souvent le « saint oublié ».

Tout est à prendre en considération.

La révélation que j'attends désespérément, je préfère, si elle vient, que ce soit une évidence plutôt qu'une intuition.

Fidèle à sa parole, mon père vénérait le sol que Vivienne foulait de ses pieds. Même si ses journées étaient longues et que ses déplacements le conduisaient jusque dans le Kansas, quand il franchissait la porte après le travail, il n'avait pas un cheveu qui dépassait, pas un pli à son costume, et il avait un bouquet de fleurs à la main. Suivant la saison, il mettait un costume clair ou foncé, une chemise bleue pour faire ressortir ses yeux, une cravate rayée, des chaussures brillantes comme à l'armée et toujours quelque chose de rouge, sa couleur préférée. Il tendait les fleurs à Vivienne, rabattait son chapeau sur ses yeux, me gratifiait d'un clin d'œil et déclarait : « Ta mère est une sainte. J'espère que tu fais tout ce qu'elle te dit, fiston, parce que les saints, de nos jours, ont bien besoin d'un coup de main. »

Sur ce, il l'empoignait, la renversait jusqu'à ce que sa tête touche le linoléum et l'embrassait passionnément.

« Chérie, tu es la meilleure », disait-il invariablement, comme dans la série télé qu'il regardait avec son propre papa quand il avait mon âge.

Une fois en position debout, Vivienne le réprimandait pour sa conduite vulgaire en ma présence, mais même à cinq ans, je sentais bien que ses reproches manquaient de conviction. Voyant qu'elle n'était plus fâchée, Jack faisait surgir un dollar en argent derrière mon oreille et m'exhortait à le conserver pour la postérité.

« Un jour, fiston, tu auras la chance de rencontrer une femme exactement comme ta maman. Il te faudra beaucoup de cash pour montrer à quel point tu l'apprécies. »

Ce n'était pas une simple posture.

Dès qu'elle rentrait de l'hôpital, Vivienne s'usait les doigts à préparer des *tours de force*[1] gastronomiques. Ce n'étaient que des plats basiques du Midwest, viande et pommes de terre, mais elle les confectionnait avec style. Ses desserts, en revanche, étaient fameux, et la région n'avait rien à voir là-dedans.

Tout comme jadis elle avait veillé tard, compulsant les revues médicales en quête de traitements pour sauver ses prématurés, elle feuilletait désormais les livres de cuisine, cherchant des desserts qui feraient plaisir à Jack. Cela ne l'intéressait pas de manger ce qu'elle préparait. Son objectif était la perfection. Du coup, pendant qu'elle expérimentait, elle s'en allait distribuer les fruits de son

---

1. En français dans le texte original.

labeur aux voisines. Ça se faisait pour entretenir de bons rapports de voisinage. Au début, les dames du quartier n'en croyaient pas leur chance. C'était comme un don du ciel. Mais très vite, elles se retournèrent contre Vivienne, à l'instar des habitants de la ville dans *Frankenstein*, la rendant responsable de leur extravagante prise de poids et, partant, du regard baladeur de leurs maris.

« Dieu vous maudisse, Vivienne », était la réponse rituelle quand elle apparaissait avec un gâteau à la crème ou un pudding à bout de bras. Bien entendu, elles ne refusaient jamais. Elles tendaient la main, s'emparaient de ce qu'elle avait apporté et lui claquaient la porte au nez pour signifier leur mépris.

La seule revanche de Vivienne, bien qu'elle ne l'eût jamais qualifiée ainsi, était le rapport direct entre l'augmentation du nombre de maladies cardio-vasculaires à Lone Star et son amour pour mon père.

Chaque soir après le dessert parfait, Jack nous régalait de délicieuses anecdotes, comme tout bon commis voyageur, sur ses pérégrinations.

L'Ésope des temps modernes.

Dans la petite ville de Gooseneck, un lieu traditionnellement difficile pour les ventes depuis l'époque de la crise, Jack avait inventé une méthode infaillible pour se faire de l'argent. Inspiré par les badges épinglés aux berceaux à l'hôpital Florence-Nightingale, il collait de faux faire-part de naissance sur les aspirateurs qu'il vendait au porte-à-porte. Roses pour les filles. Bleus pour les garçons. À son arrivée, il se rendit directement au palais de justice et consulta les derniers certificats de mariage en date. La liste à la main, il alla de maison en maison et, feignant l'ignorance, demanda à chaque femme si elle n'envisageait pas de se marier. Comme elle répondait par l'affirmative, il se félicitait de la chance qui était la leur. Il ne vendait pas seulement des aspirateurs. Il proposait des miracles. Ainsi qu'en témoignaient les faire-part roses et bleus, chaque aspirateur avait été habité par l'esprit de sainte Marie-Françoise des Cinq Plaies de Jésus, qui venait au secours des femmes infertiles.

Jack sortait de sa poche une vieille bourse en cuir, qui lui avait été expédiée personnellement par un prêtre de Naples et qui renfermait une vertèbre et une mèche de cheveux de la sainte. Il la posait avec précaution sur leur ventre, souriait et disait qu'il avait été appelé à Gooseneck pour leur bien, pas le sien... et que « la sainte vous attend ».

Il vendit quarante-deux aspirateurs en trois jours.

Un jeune à Onyx, Arkansas, promit d'acheter une douzaine d'encyclopédies si Jack l'aidait dans sa tâche. Après avoir reçu la moitié de la somme en liquide, Jack accepta avec empressement et se retrouva à peindre des milliers de balles de ping-pong en rouge. Lorsqu'ils eurent terminé, ils allèrent dans un champ les suspendre à des plants de marijuana. L'explication était simple. Si les hélicoptères de la DEA, l'agence de la répression du trafic des stupéfiants, survolaient la zone, ils prendraient ça pour des tomates.

Il y avait aussi celle du restaurant chinois à Tulsa qui acheta des prédictions déprimantes à mon père pour les glisser dans leurs *fortune cookies*. La situation économique étant désastreuse, Jack les persuada que les gens n'avaient pas envie de promesses mirobolantes alors qu'ils venaient de se faire licencier ou que la banque avait saisi leur maison. Ils préféraient de loin qu'on leur dise la dure vérité.

« Si vous pensez que l'année a été mauvaise, attendez de voir ce qui va arriver ! »

À ce stade, force m'est de reconnaître que la plupart

des représentants de commerce racontent des craques. Beaux parleurs, ils sont capables de vous faire baisser culotte, quelquefois au sens propre du terme, mais il ne faut pas se fier à leur discours.

C'est ce qui élevait mon père au-dessus des autres.

Il avait des principes.

D'accord, il ne reculait devant aucun artifice pour réaliser une vente, mais il ne faisait jamais pression sur les gens et ne vendait rien qui ne leur soit utile, son intégrité étant à la mesure de son opportunisme.

Neuf mois après que ces femmes eurent acheté un aspirateur, quatre-vingts pour cent mirent un enfant au monde.

Le garçon qui plantait des tomates utilisa ses bénéfices pour se payer des cours à Harvard.

Le restaurant chinois tripla son chiffre d'affaires : leurs prédictions décalées changeaient de l'ordinaire et, tout compte fait, permettaient aux personnes en difficulté de rire de leur situation.

Si un article vendu par mon père se révélait défectueux ou moins performant que prévu, il le rachetait et remboursait le client sur ses deniers personnels.

Une fois qu'il avait fini de raconter ses histoires, il se penchait par-dessus la table, attrapait la main de Vivienne et entamait un dernier récit, d'un genre différent ; son visage s'empourprait, ses poings se serraient.

Au cours de ses déplacements, que ce soit dans une grande ou une petite ville, pratiquement tous les hommes mariés qu'il rencontrait se livraient à la gaudriole dès que leur épouse avait le dos tourné. Jack comprenait mieux que quiconque les incartades de la jeunesse. Elles faisaient partie intégrante du processus de maturation et n'avaient rien d'immoral. Mais ces hommes-là n'étaient ni jeunes ni inconscients, et le seul processus dans lequel ils étaient impliqués était la procédure de divorce. Il les plaignait et regrettait qu'ils ne puissent être aussi heureux que lui. Car s'ils l'avaient été, l'infidélité ne serait plus qu'un mot suranné dans un de ces dictionnaires reliés de cuir qu'il vendait au rabais.

Sur ce, il regardait Vivienne droit dans les yeux et souriait. « Toi, tu ne me trompes pas, hein, chérie ? »

Les joues en feu, elle lui donnait une tape sur le bras, quelquefois de toutes ses forces. Si elle avait bu un verre ou deux, elle prenait son courage à deux mains pour lui poser la même question. Sa réponse était toujours la même.

« Jamais de la vie, ma sainte à moi. »

Il y avait des semaines où Jack ne rentrait pas du tout, ses affaires l'obligeant à parcourir plus d'un millier de kilomètres. Dans ces moments-là, Vivienne confectionnait des pâtisseries pour nourrir tout un régiment. À son retour, le voisinage était en ébullition, mais pour nous, c'était comme un matin de Noël. Jack passait la porte, les bras chargés de cadeaux, les posait sur la table, empoignait Vivienne et... bref, vous connaissez la suite.

Après un voyage comme celui-là, Vivienne pouvait avoir tout ce qu'elle voulait, que ce soit une sortie au cinéma ou une voiture neuve, même si elle ne demandait jamais rien pour elle.

Je bénéficiais des mêmes attentions.

Qui plus est, Jack s'excusait toujours pour son absence. Qu'il fût au Kansas ou en Oklahoma, il était là si j'avais besoin de lui. J'étais son fils, et c'était ce qui comptait le plus. Plus que les affaires, en tout cas. Pour preuve, il m'enseignait des choses que son propre père n'avait jamais pris le temps de lui apprendre. Il m'apprit à pêcher. Il m'apprit à faire du vélo, m'affirmant qu'avec le temps j'irais aussi vite que le vent. Selon la saison, nous allions faire de la luge sur la colline d'en face ou alors en ville, visiter la foire annuelle, voir des magiciens et les Dallas Cow-Boys. Nous finissions toujours dans mon restaurant préféré, une officine à l'ancienne où l'on servait des milk-shakes caramel dans des récipients métalliques à vous mettre en joie, que vous soyez mari volage ou pas.

Quelquefois, il m'emmenait rejoindre ses amis au White Roc, un bar du coin qu'il fréquentait au moins trois soirs par semaine. Ils buvaient ses paroles exactement comme moi, comme avec quelqu'un dont on sait qu'il donnera son nom à une rue, à l'instar de Davy Crockett. À l'époque, je ne comprenais pas ce que mon père pouvait trouver à la compagnie d'une bande de losers : des hommes qui vivaient dans une caravane, repassaient leur jean Wrangler, portaient des bottes en cuir repoussé avec des images du Texas et préféraient attacher la ceinture de sécurité autour d'un pack de bière blonde plutôt que de leurs enfants.

De temps en temps, il m'emmenait à son travail. Immanquablement, les secrétaires se mettaient à glousser dès notre arrivée : « J'adore ton papa. »

Chacune avait sur son bureau le dessin à l'encre que mon père avait fait d'elle. La blonde, allongée sur un lit à baldaquin, était en train de fumer une cigarette pendant qu'un monstre à trois têtes, assis à côté, éclusait un tonnelet de bière. La brune portait une minijupe dévoilant des jambes parfaitement proportionnées qui semblaient interminables, avec des hommes penchés à ses pieds.

Chaque dessin ressemblait à une photographie, tant la précision du trait était remarquable. Ils n'étaient pas non plus érotiques ou vulgaires, comme le sont souvent les caricatures. Simplement, ils captaient l'esprit de la personne qu'ils représentaient. Il y avait aussi autre chose, quelque chose de troublant que je n'arrivais pas à définir. Des années plus tard, après tellement de bières que j'en perdais le compte, mon père m'expliqua ce que c'était. Chaque fois, il essayait de saisir le secret que son sujet voulait absolument cacher aux autres.

Puisque Jack n'avait jamais fait montre de ce talent-là à la maison, c'est ainsi que je découvris qu'il savait dessiner.

Son patron se faisait un devoir de m'accueillir en personne. Il émergeait de son bureau, m'enlaçait par les épaules et montrait la courbe des ventes affichée au-dessus d'une demi-douzaine de fichiers répertoriant les articles vendus par ses commerciaux. Encyclopédies. Ustensiles de cuisine. Aspirateurs. Chaque catégorie s'accompagnait d'une liasse de commandes agrafées avec le nom de celui qui les avait facturées.

Jack était largement en tête.

« Tu vois ça, jeune homme, disait son patron, ce sont des vendeurs comme ton papa qui font la grandeur de l'Amérique. »

Ma poitrine se gonflait de fierté.

J'aimais mon père plus que tout au monde en ce temps-là, sentiment qui dure tant qu'il n'est pas raboté par les désillusions de la vie. Par la colère. La rébellion. Les peines de cœur. Les trahisons, la honte, le doute et le malheur. Tant qu'on n'a pas compris que ces épreuves-là nous accompagneront jusqu'au bout.

Moi, j'ouvrais simplement mon cœur pour accueillir la joie.

Je n'imaginais pas un instant que Jack avait été un enfant comme moi. Je n'imaginais pas qu'il avait eu une vie avant moi, encore moins une vie remplie d'inquiétudes, de craintes ou de désirs, surtout inassouvis. Jamais je ne songeai à remettre en question ce qu'il me disait. Il était mon papa, et je voulais être comme lui.

Non. Ce n'est pas tout à fait exact.

Je voulais *être* lui. Je copiais sa manière de s'habiller. Sa démarche. Sa façon de parler. Sa ligne de cheveux formait un V sur son front. Le jour de mes sept ans, je me glissai dans la salle de bains avant qu'il ne se lève, trouvai son rasoir et me rasai le haut du crâne pour lui ressembler. En me voyant au petit déjeuner, papa éclata de rire, mais ne se moqua pas de moi. Ni ce jour-là. Ni les autres jours. Flatté, il m'assura que mes cheveux prendraient la même forme le moment venu. D'ici là, je devrais me contenter d'une raie à droite comme la sienne.

Son caractère. Sa bonté. Son intégrité. Toutes ces qualités, j'espérais les incarner un jour. En attendant, j'étais parfaitement heureux de vivre dans son ombre car il était mon protecteur fidèle et imposant. Si je devais être victime d'une catastrophe aérienne, dût tout le monde y laisser sa vie, je savais que je survivrais parce qu'il veillait à ce qu'il ne m'arrive rien de mal.

Son amour me rendait immortel.

Le matin, je prenais généralement mon petit déjeuner dans la cuisine jusqu'à ce que j'entende la porte de la chambre claquer en haut. Des pas rapides, l'air sifflôté de *When the Saints Go Marching In*, et mon père faisait son apparition, tiré à quatre épingles.

Il m'adressait un clin d'œil et disait : « Salut, fiston. Je n'ai pas trop le temps de causer, là. J'ai un rencard qui pourrait nous rapporter gros. Prends soin de ta mère. Le fusil de chasse est dans le placard. »

Il se dirigeait vers la porte, attrapait sa veste sur le portemanteau et sortait d'un pas alerte. Peu après, j'entendais la porte du garage et le bruit de sa voiture.

Le moteur ronronnait tout en douceur, dans une parfaite synchronisation des pistons qu'on aurait dit flambant neufs. Même la climatisation bourdonnait. On l'entendait pendant qu'il faisait la marche arrière dans l'allée.

Ce matin-là, ma mère se rendit à une réunion de parents d'élèves. Il n'y avait pas école pour cette raison, et je me retrouvai livré à moi-même. Malgré la recommandation expresse de ne pas bouger de la maison, sitôt Vivienne partie, j'enfourchai mon vélo et pédalai en direction de la ville avec toute l'énergie de mes neuf ans.

Du fait que j'avais enfreint un ordre formel, j'avais l'impression d'être dans une émission de voyage de Vivienne, en route pour un lieu interdit dans une région obscure de la planète. Le danger me guettait à chaque coin de rue. Chaque venelle était un sentier en Mongolie. Chaque voisin, un brigand.

« Évitez les recoins sombres. C'est comme ça qu'ils vous chopent. Ils vous attirent là-dedans, et on n'entend plus parler de vous. »

Du moins, c'est ce que disait le présentateur.

Le temps d'arriver au bureau de Jack, j'avais combattu une bande de Bédouins en maraude, failli me faire piétiner par des chameaux de Bactriane enragés et traversé les quartiers malfamés de la médina uniquement grâce à ma ruse et ma rapidité.

La voiture de Jack n'était pas garée à sa place. En entrant, je découvris que son patron n'était pas là, ni la blonde non plus, tous deux ayant attrapé la grippe. L'autre secrétaire dit que mon père était sur le terrain et ne rentrerait pas avant la fin de l'après-midi. Une fois de plus, elle gloussa en prononçant son nom, comme s'il était quelqu'un de célèbre.

Déçu, je la remerciai et tournai les talons pour regagner le désert. À mi-chemin, j'aperçus sa voiture stationnée devant une maison identique à la nôtre. La cigarette au bec, appuyé à la portière côté passager, il était en train de se peigner les cheveux dans le rétroviseur latéral. La blonde du bureau sortit de la maison, déposa un baiser sur sa joue, le prit par la main et l'entraîna à l'intérieur.

Laissant tomber ma monture, je m'approchai de la porte d'entrée et frappai deux fois. N'obtenant pas de réponse, je fis le tour par le côté et risquai un coup d'œil par la fenêtre.

Pour la première fois de ma vie, je vis une femme nue.

La blonde rebondissait joyeusement sur le lit à baldaquin qui figurait sur le dessin, pendant que mon père enlevait avec soin chemise, pantalon et chaussettes et les déposait sur le dossier d'une chaise en bois avant de glisser son portefeuille et sa monnaie dans ses chaussures.

Je retournai en courant à mon vélo et repartis en pédalant.

Lorsque je regardai par-dessus mon épaule, je vis que les rideaux étaient toujours en partie tirés : mon incursion était donc passée inaperçue.

Quand il rentra ce soir-là, mon père n'avait pas un cheveu qui dépassait, ses vêtements étaient impeccables, et il portait une brassée de fleurs. Il les donna à Vivienne, me gratifiant d'un clin d'œil. « Ta mère est une sainte. J'espère que tu fais tout ce qu'elle te dit, fiston, parce que les saints, de nos jours, ont bien besoin d'un coup de main. »

L'empoignant, il la renversa et l'embrassa passionnément. Comme toujours, elle le tança pour sa conduite vulgaire. Comme toujours, il fit surgir une pièce derrière mon oreille.

« Un jour, fiston, tu auras la chance de rencontrer une femme exactement comme ta maman. »

Ma gorge se noua, chaque mot resserrant le cordon

70

ombilical autour de mon cou. Mon être tout entier était agressé. Quand nous eûmes terminé le dessert, au lieu de ses fables habituelles, Jack nous en conta une seule. En retard à son rendez-vous de l'après-midi, il roulait à vive allure dans une rue secondaire. À une quinzaine de mètres devant lui, une femme au volant d'un break entreprit de tourner à gauche, puis s'arrêta brusquement. Il n'avait aucun moyen de l'éviter. Ni le temps ni la place. L'instant d'après, il se retrouva à contempler la route d'une grande hauteur, s'élevant toujours plus haut tel un esprit. Cela semblait bizarre, mais il jura que c'était vrai. Tout en montant, il vit les deux voitures encastrées l'une dans l'autre, et lui-même couché sur le bitume en position fœtale. Comme il n'avait pas mis sa ceinture de sécurité, il avait été catapulté à travers le pare-brise façon homme-canon au cirque. Il continua à monter, et la rue rapetissait à vue d'œil. Soudain, sans crier gare, il fut de retour dans sa voiture : il roula sur le trottoir, renversant deux ou trois poubelles, et se faufila par une ouverture à peine assez large pour laisser passer un chien. Il était presque arrivé à destination, et tout allait bien tant qu'il n'avait pas mis pied à terre. Là, ses jambes se mirent à flageoler comme s'il avait trop bu avec ses potes. Et il songea à la chance qu'il avait, pas seulement d'être en vie, mais parce qu'il avait tout ce qu'un homme pouvait désirer : une femme et un fils qui l'aimaient autant que lui les aimait. Perdre la vie est un drame, mais les gens perdent leur vie tous les jours. Le véritable malheur, c'est de perdre sa famille. Ça, c'est pire que la mort.

Émue aux larmes, Vivienne se pencha par-dessus la table et l'embrassa tendrement.

J'avais envie de le mettre en pièces. De le frapper au visage jusqu'à ce qu'il ait le crâne enfoncé, comme les

71

prématurés de Vivienne. Après quoi, je grimperais sur le toit et crierais qu'il n'était qu'un tricheur et un menteur.

Je n'en fis rien.

Même à l'époque, j'étais capable de reconnaître une cause perdue d'avance. Quels que soient ses torts, en l'accusant je deviendrais celui qui avait brisé leur couple. Il nierait, bien entendu. Avait-il une autre solution ? Et même si Vivienne me croyait, elle finirait par m'en vouloir autant que j'en voulais à Jack.

Aucun mot ne fut prononcé, mais dès lors, quand on se regardait, mon père et moi, il y avait toujours comme un non-dit entre nous. Je savais qu'il était le monstre à trois têtes ; il savait que je pouvais rouler aussi vite que le vent.

Nous cessâmes d'être père et fils, du moins au sens conventionnel, depuis ce jour dans le désert. Nous n'allions plus à la pêche. Ni faire de la luge. Ni voir les matches, les magiciens ou la foire annuelle. À la place, Jack entreprit de m'emmener à Majestic Meadows le samedi soir. Il achetait un pack de bière, et on s'asseyait sur le trottoir pour observer les lycéennes déambuler en procession autour de la place comme des brebis narguant les prédateurs.

C'est ce que papa appelait passer des moments privilégiés ensemble.

Il commentait le physique et la disponibilité de chacune, leur octroyait une note de un à dix en fonction de la combinaison jambes, fesses, poitrine, peau et attitude, l'impudence étant une priorité.

Si, par inadvertance, on se trouvait sur leur chemin, Jack se levait, s'écartait et leur faisait galamment signe de passer.

« La beauté avant l'âge », voilà ce qu'il disait toujours.

Je croyais que c'était une simple question de politesse, mais je sus rapidement le fin mot de l'histoire. C'était pour pouvoir les regarder marcher par-derrière. Tandis que leurs hanches ondulaient, les jupes dansaient autour de leurs cuisses, il analysait leur démarche pour moi et décrivait chaque déhanchement. Le mouvement fluide de type pendulaire était irrésistible et déclenchait des délires. Le genre forcé et saccadé était toujours désirable, mais nécessitait de l'entraînement.

C'était bien plus qu'une observation frivole.

Des chercheurs en Belgique avaient demandé à seize étudiantes de remplir un questionnaire sur leur comportement sexuel. Les femmes étaient divisées en deux groupes : celles qui avaient des orgasmes vaginaux et celles qui n'en avaient pas.

Puis elles avaient été filmées en train de marcher en public.

En visionnant les images, les sexologues désignèrent à dix pour cent près les orgasmiques vaginales. Leurs conclusions révélèrent que les femmes à la démarche naturellement souple, associée à la longueur de l'enjambée et la rotation du bassin, étaient plus aptes à connaître l'orgasme vaginal et donc à avoir un plus grand appétit sexuel.

C'était un peu comme un délit d'initié.

Le premier soir, Jack demanda si j'avais réfléchi à ce que je voulais faire de ma vie. Je lui répondis que oui. Je voulais être cow-boy, astronaute, footballeur anglais ou représentant de commerce, avec une préférence pour ce dernier. Flatté, il me pria néanmoins de ne pas me précipiter et d'attendre qu'on en ait discuté en profondeur avant de prendre la décision finale. Il m'était difficile, à neuf ans, d'avoir une vision réaliste de la vie, alors que je croyais encore que le monde était respectable et que les autres ne me voulaient pas de mal. J'avais besoin de m'appuyer sur quelqu'un de proche, quelqu'un en qui je pouvais avoir confiance comme lui, qui ne souhaitait que mon bonheur. Dans la mesure où il ne gagnait pas des mille et des cents et ne prévoyait pas de faire fortune, le seul héritage qu'il pouvait me léguer, c'étaient ses conseils, un éclairage qui m'éviterait de me fourvoyer dans la vie.

Il se trouve que son legs s'étira sur les huit années suivantes, mais le message originel ne varia pas d'un iota – aussi clair et pédagogique qu'une leçon apprise en classe.

« Le sexe avec la femme qui est faite pour toi est le plus grand plaisir qu'un homme puisse éprouver. Qui plus est, le sexe avec la femme qui n'est pas faite pour toi, c'est tout aussi bon. »

Si la raison de ma présence sur cette terre était une question d'argent et de réussite, le jour où je n'aurais ni l'un ni l'autre, ce qui arrivait à tout le monde, je serais perdu.

Les filles qui passaient se divisaient en trois catégories :

1. Celles qui n'avaient pas besoin de modifier leur apparence, vu qu'elles étaient parfaites.

2. Celles qui ne faisaient pas d'effort parce qu'elles étaient flemmardes.

3. Celles qui faisaient trop d'efforts parce qu'elles avaient des défauts.

Alors que, logiquement, la perfection devrait être le premier choix, dans les faits, c'était la troisième catégorie qui était préférable. Pleinement conscientes de leur statut de quantité négligeable, ces femmes-là se mettaient en quatre pour vous faire plaisir et étaient prêtes à tout pour rendre un homme heureux. Qu'elles soient carrément laides n'avait pas d'importance. Il serait bête de rater une pareille occasion, et je pourrais toujours trouver une partie du corps suffisamment intéressante pour me distraire. Un nez cassé. Le creux d'un bras. Une dent ébréchée faisant penser à des stalactites dans une brochure touristique de Vivienne.

Chacune des trois catégories comportait deux subdivisions :

1. Filles et femmes.
2. Folles et pas folles.

Les femmes avaient des enfants. Pas les filles.

Libre de toute charge, voilà qui semblait être le choix naturel. Une fois de plus, il ne fallait pas se fier aux apparences. Les femmes avec enfants étaient préférables, même si elles étaient encore adolescentes, car elles ne craignaient pas de faire des cochonneries. Si elles avaient pu faire face à l'accouchement et au placenta, elles savaient qu'il n'y avait pas à avoir honte et prenaient plaisir à tout ce qu'on leur proposait.

Les « filles » pour leur part étaient encore mortifiées par des actes considérés comme non conformistes. Tout ce qui concernait les desserts, par exemple, et il fallait les faire boire. Selon leur capacité, cela risquait de revenir cher. D'un autre côté, les filles n'avaient pas appris à cacher ce qu'elles avaient en tête. On pouvait tout lire sur leur visage, et c'était rafraîchissant. Si elles restaient comme ça, il serait pratiquement impossible de choisir entre elles et les femmes. Malheureusement, c'était un créneau limité dans le temps. Tout changeait dès lors qu'elles se rendaient compte que le *happy end*, ça n'existe pas. Cela arrivait normalement après qu'un gars les persuadait que ce serait sympa de leur fourrer sa bite malodorante dans la gorge parce que « ça a un goût de poulet ».

Les idées de bonheur et de mariage n'étaient plus jamais les mêmes après ça, et l'amour, c'était un peu comme être pris au piège dans un bâtiment en flammes plutôt que les rêves dont l'enfance était faite. L'instinct leur disait encore de rester et de garder leur innocence, mais elles savaient qu'elles mourraient ou seraient handicapées à vie si elles ne prenaient pas leurs jambes à leur cou.

Les folles étaient préférables aux pas folles, mais « seulement au début ». Cette condition, hélas, était moins facilement identifiable que les enfants. Dans la plupart des cas, je ne me douterais même pas qu'elles avaient l'esprit dérangé jusqu'à ce qu'il soit trop tard. Sans entrer dans le détail, mon père m'encourageait à fuir les musiciennes, les actrices, les psychanalystes et les mordues du jeu de dames.

Tout cela débouchait sur une simple vérité.

La vie n'avait aucun sens.

Peu importait que je sois célibataire, marié, divorcé, homo, obsédé sexuel, chaste, bon, mauvais, courageux, lâche, adoré, haï, riche, sans-abri, que je mette le feu à mes pets, que je connaisse le Notre Père, que je sois cul-de-jatte, que ma femme soit assassinée ou mon enfant mort-né. Même si j'œuvrais pour le bien de l'humanité dès ma sortie du giron maternel, si je donnais tout mon argent aux organisations caritatives et inventais un remède contre le cancer, cela ne valait pas un pet de nonne. Sur le coup, on pourrait considérer ça comme des jalons, signes annonciateurs d'un avenir lourd de tous les possibles, et les gens se souviendraient de moi, mais quand je mangerais les pissenlits par la racine, je n'aurais été somme toute qu'un feu de paille.

Finalement, la vie broyait tout le monde. La seule certitude, c'est que je n'avais aucune prise là-dessus, que je ne réchapperais pas de ses désillusions et finirais par être broyé à mon tour.

Ce n'était pas ainsi que Jack envisageait la vie quand il avait mon âge, avec le cœur et l'esprit d'un jeune garçon. Il le reconnaissait volontiers. Ce n'était certainement pas ainsi qu'il l'aurait dessinée. Mais c'était du réel, surtout comparé à toutes les raisons irréelles que les gens invoquaient pour justifier leur propre existence futile.

Heureusement, même si ce que je faisais de ma vie n'avait pas d'importance, cela ne signifiait pas que je devais rester là à me tourner les pouces et vivre n'importe comment.

Le sens de ce discours était simple.

Je ne devais jamais laisser passer l'occasion de coucher avec une femme qui avait envie de coucher avec moi. Si je le faisais, pour quelque raison que ce soit, y compris guerre et famine, je m'en mordrais les doigts.

Papa était incapable de se souvenir de ce qu'il avait mangé au petit déjeuner, mais il pouvait décrire la couleur des yeux, la coiffure, le teint, le poids à deux cents grammes près, la taille, la profondeur du bonnet, la propreté, les vergetures, les chevilles, les genoux, le vernis à ongles, les bijoux, le parfum, les penchants, les doutes, si elle était gauchère ou droitière, la longueur de la jupe et les marques du bronzage, qu'il soit naturel ou artificiel, de toutes les filles qu'il avait détournées du droit chemin.

Tant pis si je n'étais pas encore adolescent, terrifié de regarder une fille marcher sous quelque angle que ce soit, et qu'il ne m'était jamais venu à l'esprit d'employer les mots « amour » et « piles » dans la même phrase. Retenir les leçons de la vie à un âge aussi tendre m'épargnerait des années de chagrin et de frustration. Je pourrais me concentrer sur un seul objectif qui me permettrait de profiter de la vie avant d'être broyé à mon tour.

À titre d'exemple, il me parla de l'interview, entendue à la radio, d'un violoniste classique mondialement connu. Primé aux Grammy Awards. Je ne me souviens plus très bien pour quoi il avait été récompensé. Ce n'est pas important. L'important, c'est que pendant l'interview, on lui demanda si cette victoire avait été le plus beau jour de sa vie. Sans hésitation, il répondit que non. C'était merveilleux, un honneur. Mais les plus beaux moments de sa vie, c'était quand il avait vécu avec deux filles à Malibu, en Californie. S'il était fatigué, elles se consolaient mutuellement.

Je regrette de ne pas avoir été plus vieux à l'époque de ces discours préliminaires. Je les aurais mieux compris. Chaque fois qu'il lisait le désarroi dans mes yeux, comme dans cette histoire d'interview, il replaçait les femmes dans un cadre plus familier, c'était un don qu'il avait. Il fallait que je les imagine comme des cadeaux de Noël. Quand je les découvre, elles sont joliment emballées avec nœuds et rubans. J'en suis tout excité, même si j'ignore ce qu'il y a à l'intérieur. Je ne sais pas si je vais trouver quelque chose dont j'ai toujours rêvé, genre chiot, ou bien quelque chose de fonctionnel, comme une paire de chaussettes. Tant que je ne les ai pas ouverts, je les admire uniquement pour ce qu'ils sont, de précieuses attentions. S'il s'avère que ce sont des chaussettes, il n'y a pas de quoi être déçu. S'il fait froid et que je n'ai que ça pour garder les pieds au chaud, je suis content. Si c'est un chiot, aussi grande que soit ma joie, il y a une chose à ne pas oublier. Avec le temps, il y a de fortes chances pour que j'en aie assez de jouer avec lui, de le nourrir et de nettoyer sa merde.

Il en allait tout autrement, bien sûr, lorsqu'il était question de talons hauts de huit centimètres, de bas résille ou d'uniformes en tout genre.

Des problèmes, il y en aurait.

Accessoirement, je devais apprendre à visualiser ce que donnerait une femme sans les chaussures. Les hauts talons étaient trompeurs et pas toujours révélateurs quant à la taille réelle de la femme. Dans l'idéal, il faudrait qu'elles défilent pieds nus devant moi avant que je ne fasse mon choix.

Fatalement, quand je serais grand, j'allais tomber sur des gens qui prétendraient que le monde *avait* un sens.

Ils se sentaient menacés par quiconque profitait pleinement de la vie. Qui profitait de la vie tout court. C'étaient généralement des gens bien portants, propriétaires de leur maison, membres actifs de la paroisse, qui avaient 2,2 enfants sans lesquels ils ne pouvaient pas vivre et qui pensaient que le fait de trouver sa moitié de pomme était le seul baromètre d'une existence respectable. Les célibataires étaient des êtres incomplets et donc à plaindre, car ils considéraient le sexe plus comme un buffet à volonté que comme un acte de procréation sans joie.

Trop de gratification était immoral et source de souffrance, leur Saint Graal.

Ces fanatiques bien-pensants se divisaient également en deux catégories, dont ni l'une ni l'autre n'était capable d'apprécier l'odeur, le goût, le son ou le toucher d'une femme. Les premiers ignoraient ce que signifiait vivre au jour le jour, leurs mille prochains week-ends étant réservés d'avance. Ils étaient constamment en mouvement, entre les aspirations qu'ils avaient réalisées et celles qu'il leur restait à réaliser. Il y avait toujours quelque chose de plus. Quelque chose de mieux. Quelque chose d'autre.

Même leur façon de marcher était rapide.

Quelle que soit leur destination, si tant est qu'ils en aient une, ils étaient perpétuellement pressés par peur d'être en retard.

Les hommes de la seconde catégorie savaient que la vie n'était pas qu'attentes et obligations, mais quelque part en cours de route, ils avaient perdu de vue ce qui leur faisait plaisir et en voulaient à quiconque pouvait se masturber sans craindre la guerre atomique ou la mort d'un être cher. Ils bousillaient le moral des gens heureux au nom de la vertu, entretenaient chez eux l'insatisfaction et le doute vis-à-vis de leurs valeurs. Si cela se produisait, je devais me rappeler qu'un homme bien dans sa peau se fiche royalement des mœurs d'autrui. Je vivais dans un pays libre. Tant que je ne commettais pas un crime, personne n'avait le droit de regarder par-dessus mon épaule et me dire qui je devais ou ne devais pas baiser. Sinon, autant partir se faire niquer en Chine.

Quel que soit le lieu, quelle que soit la compagnie, il fallait toujours m'assurer de la présence d'une issue de secours : portes, fenêtres et passages étaient les bienvenus. Si ma vue était faible, je devais m'acheter des lentilles de contact. Surtout pas des lunettes. Les lunettes restreignaient la vision périphérique, créant le risque de ne pas voir venir le danger.

Par ailleurs, j'avais besoin d'une belle voiture.

Le physique et l'argent étaient importants. Mon père ne le niait pas. En même temps, l'apparence n'était qu'illusion, un peu comme la magie. C'est important d'être bon dans ce qu'on fait, mais il est tout aussi important de paraître à son avantage au moment où on le fait. Je pouvais me sortir de n'importe quelle situation si je me garais le long du trottoir au volant d'un bolide.

Le matin, en allant travailler, Jack aurait pu avoir toutes les filles qui croisaient son chemin. Il s'était tapé la moitié des femmes de Lone Star Springs. Mariées et célibataires. Il ne fanfaronnait pas. Il était juste honnête et attribuait la majeure partie de son succès à cette grosse pouffe de General Motors.

« Il n'y a que deux choses au monde sur lesquelles on peut compter : les Cadillac et les putes. »

« C'est Elvis qui a dit ça, m'expliqua-t-il. L'enfoiré d'Elvis Presley. Si quelqu'un connaît la vie, c'est bien lui. »

Les putes, ça ne me concernait pas.

Jack admettait volontiers qu'il y avait d'autres choses dans la vie à part niquer. Il n'était pas ignare. Le problème, c'est que seul le sexe lui permettait de s'évader de l'ordinaire vers l'extraordinaire.

Attendez !

Il y avait *trois* choses sur lesquelles on pouvait compter.

Après avoir vu *L'Exorciste* un soir à la télé, Jack décréta qu'une femme possédée par le diable, capable de faire pivoter sa tête à 360 degrés, de léviter et de vomir une substance verte comme de la soupe de petits pois, était assurément un coup hors pair.

La religion ne méritait pas qu'on lui consacre autant de temps et d'efforts. D'accord, elle vous procurait une certaine tranquillité d'esprit, et il y avait bien quelques rengaines entraînantes là-dedans, mais au fond, ce n'était qu'une distraction pour des gens incapables d'accepter le fait que la vie n'était pas un prélude à quelque chose de mieux.

Les études aussi, c'était largement surfait. Jack avait lâché le lycée pour entrer dans l'armée, et ça n'avait strictement rien changé. Ce n'est pas parce qu'on va à l'école qu'on en sait davantage.

L'école ne vous enseignait pas à gérer les choses du quotidien, à faire montre de retenue ou à vendre des aspirateurs. Les gens les plus intelligents qu'il connaissait avaient été éduqués par la vie, pas dans une salle de classe. En fait, plus on apprenait à l'école, plus on prenait conscience de ce qu'on n'avait pas et de ce qu'on ne serait jamais. Qui plus est, tous les types instruits que Jack connaissait étaient ennuyeux. Je pouvais demander à n'importe quelle fille, chaussette ou chiot, elle me dirait la même chose.

Même le métier que je choisissais n'avait pas d'importance. Jack avait enchaîné suffisamment de boulots pour m'assurer qu'ils étaient tout aussi inutiles que l'instruction.

La vente y compris.

Le seul boulot dont un homme devait se soucier, c'était de garder le moral. Sinon, s'il était rendu chèvre, sa famille, tout son entourage partiraient en eau de boudin.

Quand on rentrait de Majestic Meadows, mon père racontait en chemin des anecdotes amusantes, très différentes de celles qu'il nous servait à table, afin de remonter ledit moral.

Un Ésope sous stéroïdes.

Ma préférée était celle de son chien, un gros husky nommé Rockefeller, à l'époque où Jack était adolescent. Comme son papa travaillait l'après-midi, il avait ramené chez lui une serveuse allemande rencontrée à la Maison internationale du pancake, avec des nichons de folie. Il était tellement excité qu'il en perdit toute notion du temps jusqu'à ce qu'un bruit bizarre le ramène à la réalité. Croyant que son père était rentré et l'avait pris sur le fait, il leva la tête d'entre les cuisses de la fille et regarda autour de lui. Aucune trace de son père. Rockefeller, en revanche, au pied du lit, était en train de s'étouffer. Au bout d'un quatrième haut-le-corps, il vomit la culotte de la fille.

Si nous avions passé une soirée ordinaire, les anecdotes étaient distrayantes et édifiantes en même temps.

Quand Jack était jeune, il voulait devenir artiste de music-hall. Il s'acheta une marionnette et un livre sur la ventriloquie et apprit à projeter sa voix. Il s'exerçait cinq heures par jour. Le temps de perfectionner son art, ses ambitions professionnelles s'étaient émoussées. En tant que hobby, cependant, les possibilités étaient infinies. Un soir, pendant qu'une fille lui faisait une gâterie à l'arrière de la voiture de sa mère, il fit réciter le Serment d'allégeance à son pénis.

La fille s'évanouit et dut être transportée aux urgences. Conscient de son éducation profondément religieuse, morale et conservatrice malgré ses penchants sexuels, lorsqu'elle revint à elle, mon père la convainquit qu'il avait agi ainsi par pur patriotisme.

Si la soirée était décevante, les histoires prenaient un tour plus philosophique.

Il évoquait avec regret l'époque où il avait une vision naïve de la vie et ne se doutait pas des dégâts qu'elle pouvait causer. Il ne cherchait pas forcément à recouvrer l'innocence de la jeunesse. Il avait la nostalgie du temps où il croyait à tort tout maîtriser, où il pouvait tirer des leçons de ses erreurs de jugement, les corriger et aller de l'avant, vers un avenir radieux, prometteur et fort lointain. Pas au bout de la rue. Quand notre avenir empiète sur notre présent, on a vite fait de devenir le passé… sans avoir réalisé un seul de nos rêves d'enfant.

C'est ainsi qu'il avait su qu'il mourrait jeune.

C'est pour ça aussi que baiser était si important.

« Le regard d'une femme qui t'aime bien, quand elle se penche sur ton âme, qu'elle voit tes rêves brisés, tes peurs et ne trouve rien à y redire, c'est un moment que tu n'oublieras jamais, surtout si tu traverses une mauvaise passe et que tu as l'impression d'avoir tout perdu. »

Son visage rayonnait.

« Quelqu'un qui croit en toi, même si ça dure dix minutes, ça te donne l'occasion de croire en toi-même. »

Au White Roc ou s'il avait une révélation à faire, mon père prenait rarement des gants. Contrairement à ses bagarres en public, c'étaient des coups qui portaient.

En rentrant à la maison, nous trouvions Vivienne blottie dans le rocking-chair en vichy rembourré où elle faisait de la tapisserie sur canevas. Il était placé face au téléviseur qui marchait en permanence, histoire qu'elle n'oublie pas de regarder ses émissions de voyage au cas où elle n'aurait plus la notion de l'heure. Je n'avais aucune idée de ce que ces émissions représentaient pour elle à l'époque, mais une chose était claire. La tête calée contre le dossier, elle avait toujours un petit sourire aux lèvres. Et pourquoi pas ? Après avoir passé la journée à s'occuper des autres, elle n'avait que ce lieu pour s'évader. Elle ne s'asseyait pas simplement dans ce fauteuil. On aurait dit qu'elle, le fauteuil et la télé ne faisaient qu'un.

Le soir du discours sur l'avantage de posséder une voiture, Vivienne était en train de feuilleter un livre de cuisine avec des photos de France quand je fis mon entrée, d'un pas lent et délibéré, comme si je venais de commettre une bêtise.

« Cette grosse pouffe de général Motors, il est dans l'armée ou dans la marine, maman ? »

Reposant son livre, Vivienne me dévisagea avec une stupeur muette pendant dix bonnes secondes avant d'être prise d'un fou rire inextinguible.

Encouragé par sa réaction, je lui présentai fièrement les autres trouvailles de la soirée.

« Il n'y a que deux choses au monde sur lesquelles on peut compter. »

Le rire qui lui échappa tandis que je finissais ma pensée n'avait plus rien à voir avec l'hilarité. Dénouant ses cheveux, Vivienne se mit à quatre pattes. Lorsque ses genoux eurent touché le sol, elle déclara que j'avais besoin d'une aventure. Elle allait m'emmener à l'endroit de mon choix, n'importe où sur la carte du monde, pour me montrer qu'Elvis n'avait pas tout vu. Je n'avais qu'à grimper sur son dos pour m'envoler avec elle.

Je ne me le fis pas dire deux fois.

« Bien, allons-y. Accroche-toi. Un décollage, c'est toujours périlleux. »

Je resserrai mon étreinte.

« Je ne sais pas encore où je veux aller », lui dis-je.

Se retournant, Vivienne eut le même sourire que quand elle m'avait sorti de la couveuse à l'hôpital.

« Quelque part où on mange de la bonne cuisine maison. »

Écartant les deux bras, elle entreprit d'imiter un avion.

« C'est parti. »

Elle oscilla vers la gauche.

« Nous sommes au-dessus de la maison. On s'enfonce dans les nuages. Ça risque de secouer un peu. La météo n'était pas terrible ces temps-ci. »

Quelques secondes plus tard, nous survolions le massif de l'Esterel. Marseille. Un vignoble des Côtes de

Provence. Tout en bas, des petites villes aux rues pavées, des toits rouges, des champs d'enfants joyeux et des routes sinueuses menant vers des châteaux enchantés.

« Regarde les étoiles, Henry. Regarde toujours vers le haut. »

Les oreilles rabattues, mes cheveux volaient, dansaient dans la brise imaginaire pendant que je flottais, libre comme un oiseau, découvrant ce que la France avait à offrir de mieux.

C'était un moment de répit bienvenu par rapport au cauchemar récurrent que je faisais depuis le début des conversations avec mon père. Même s'il m'était déjà arrivé de faire des mauvais rêves, avec des aliens d'une planète inconnue qui essayaient de me vider les couilles avec une paille, c'était la première fois que je me trouvais en butte à des prédateurs de mon entourage.

Dans mon rêve, je revenais de l'école et remontais l'allée conduisant vers la maison. Au lieu d'entrer directement comme d'habitude, je tournais à droite au porche, me baissais pour passer sous un pêcher avec une banderole tendue par-dessus les feuilles mortes et qui disait « Joyeuse Saint-Valentin ! » et pénétrais dans notre jardin. Dès que je poussais le portail, je me retrouvais face à tous ceux avec qui je m'étais senti mal un jour ou l'autre, assis sur des gradins comme dans un stade, délimités par des cônes de sécurité orange et la rubalise de la police. Ma prof de maths persuadée que je trichais aux contrôles parce que je ne récoltais que des A. Le principal qui savait que j'allais à l'infirmerie chaque fois que je voulais échapper aux accusations de ma prof de maths. Les amis de mon père qui me tapaient sur le bras jusqu'à ce qu'il vire au bleu. Trois filles de Majestic Meadows, au parfum capiteux. Elles se pavanaient et me charriaient parce que mon père leur avait attribué de mauvaises notes après les avoir vues marcher. Rien que d'entendre leurs voix râpeuses, j'en avais le poil qui se hérissait. Je les voyais rire et grincer des dents, comme des coyotes avec des bagues dentaires en train d'encercler une proie, mais je n'arrivais pas à décrypter ce qu'elles disaient. Elles parlaient trop fort. Mais le problème n'était pas là. Je ne sais comment l'expliquer, sinon que leurs paroles étaient déformées, comme chez des gens qui parlent trop vite ou à l'envers. Le sens m'échappait, mais pas l'émotion derrière les mots.

Quelque chose de terrible venait de se produire.

Je le sentais. Je le voyais même. Le vent s'était levé. La température avait chuté. Les nuages masquaient la lumière. Tout le monde était là pour me dire pourquoi, mais je ne comprenais pas.

C'était d'autant plus angoissant que, même si je ne suis pas quelqu'un qui croit aux rêves, mes cauchemars étaient souvent prémonitoires. Bon, d'accord, mes couilles n'avaient jamais été vidées par des aliens, mais une nuit je m'étais réveillé couvert de sueur froide après avoir rêvé que notre voisin était mort.

À la seconde où j'avais ouvert les yeux, il avait cessé de respirer.

Le lendemain matin, je m'éveillai affalé en travers des genoux de ma mère, les jambes pendant sur le côté comme une Pietà de Lone Star.

Vivienne remua. Engourdie, elle dut s'étirer, un membre après l'autre, pour évacuer les crampes et le froid de la désillusion de ses os. Avant qu'elle n'ait le temps de dire bonjour, nous entendîmes une porte claquer à l'étage, puis un bruit de pas et un sifflotement. Jack parut, mis sur son trente et un : costume blanc, chemise bleue, cravate rayée et chaussures étincelantes comme toujours. Il sourit, m'adressa un clin d'œil. « Salut, mon grand. Je n'ai pas trop le temps de causer, là. J'ai un rencard qui pourrait nous rapporter gros. Prends soin de ta mère. Le fusil de chasse est dans le placard. »

Se dirigeant vers la porte, il attrapa sa veste sur le portemanteau et sortit. Sitôt que nous l'entendîmes démarrer sa voiture, faire rugir le moteur et s'éloigner, Vivienne se remit à quatre pattes, et nous attendîmes que le vent se lève.

Tous les 6 août, mon père me convoquait dans son bureau, une pièce qui tenait plus du sanctuaire que de la salle de spectacle. Dès que j'entrais, il fermait la porte et tirait les rideaux, créant une atmosphère aussi sombre que sa vision de l'avenir. C'était la seule fois où je voyais son regard se troubler, s'embrumer, même si sa voix demeurait claire.

« Demain, c'est mon anniversaire, Henry. Tu le sais, bien sûr. Ce que tu ne sais pas, c'est que quand tu te réveilleras le matin, je serai mort. »

Plus il approchait de son trente-troisième anniversaire, plus il était convaincu que la vie, telle qu'il la connaissait, touchait à sa fin. Maintenant que j'étais adolescent, il était résolu à employer les quelques heures qui lui restaient à rectifier les propos qu'il m'avait tenus, des propos qui pouvaient être mal interprétés, qui étaient stupides ou carrément faux, afin que je ne commette pas les mêmes erreurs.

Avant toute chose, il ne voulait pas que je sois inquiet ou triste lorsqu'il ne serait plus là. Il serait sous terre, certes, mais ce n'était pas un souci. Il le savait car, après la mort de ma mère, Mike, le voisin qui détestait les enfants, lui avait dit quelque chose qu'il ne cessait de ruminer depuis.

Maman avait quitté ce monde avec un sourire aux

lèvres, un sourire de repos absolu, comme si elle détenait un secret et qu'elle nous regardait de haut.

À première vue, ça ne tenait pas debout. Jack savait que Lillian haïssait sa vie, surtout les sept derniers mois, avec une passion propre aux racistes et aux végétariens. Il n'y avait qu'une seule explication. Quelque chose s'était produit juste avant qu'elle ne rende son dernier soupir, quelque chose qui avait modifié sa vision du monde.

Après mûre réflexion, Jack décida ceci :

Dieu existait bel et bien. C'était toujours un connard vindicatif, là-dessus Il n'avait pas changé. Cependant, Il était confronté à un grave problème de culpabilité qui le mettait face à un dilemme moral. Pour se racheter, Il prenait pitié de nous, les humains, dans les dernières secondes de notre passage sur terre et, histoire de compenser notre misérable existence, nous divulguait les réponses à toutes les questions, toutes les énigmes, qu'Il nous avait dissimulées au moment où nous en avions le plus besoin. Pas les solutions pour lutter contre l'éjaculation précoce, aussi significatif que cela puisse être. Non, ces révélations étaient à ranger plutôt dans la rubrique Stonehenge. Les extraterrestres. La naissance de l'Univers. L'antimatière. La conscience. D'accord, cela ressemblait au dernier appel avant la clôture de l'embarquement, et c'était indéniablement une version *Reader's Digest*, mais les caractères étaient gros et le message facile à déchiffrer.

Du moment qu'on n'avait pas commis d'actes impardonnables de notre vivant, cette connaissance nous offrait un authentique instant de paix, et avec un sourire de repos absolu on entreprenait notre ultime voyage. Bien sûr, ce n'était pas entièrement altruiste. C'était pour Dieu l'occasion de frimer, de prouver que c'était toujours

Lui, le boss, et qu'Il pouvait nous mener à la baguette, avec ou sans notre consentement.

Jusque dans la mort.

Du coup, Jack se rendit compte que le sexe exigeait plus que la vénération de la forme féminine. Il impliquait une énorme responsabilité. Durant ces premiers instants où un homme pénétrait une femme, elle était aussi vulnérable que nous étions ravis. Résultat, elle disait des choses qu'elle n'aurait jamais dites en temps ordinaire. Pas des phrases du genre : elle regardait trop la télé, elle pensait que le monde serait meilleur si chacun se mettait à la natation synchronisée ou que *Mandy* était la plus belle chanson jamais écrite. Non. Ce serait trop facile. C'était plutôt du genre elle avait branlé des clients dans un salon de massage et avait un jour sucé le danois du voisin. Des aveux qu'elle ne faisait à personne d'autre car, à la manière d'un vœu, les formuler tout haut ne pouvait donner rien de bon. Mon boulot était d'écouter et d'accepter ce qui se disait. Sans poser de questions ni compatir. Autrement, malgré toute mon empathie, elle finirait par se sentir jugée et par m'en vouloir à mort.

Un simple hochement de tête, de temps en temps, faisait pleinement office de communication.

C'était un échange relativement indolore, du moment que je me considérais comme un reporter qui assiste en simple témoin à des crimes contre l'humanité, mais qui n'aurait pas l'idée d'intervenir.

Jack expliqua ensuite que la plupart des femmes qu'il avait connues, comme ma mère, étaient esseulées, malheureuses et liées à des hommes qui disaient rarement des choses plus romantiques que « Tourne-toi »... ce qui constituait la principale raison de son succès. Certes, il était un peu comme un musicien prodige quand il s'agissait de faire la cour, avec des dons qu'on a ou n'a pas eus en naissant. Mais plus que ses talents, c'était le soulagement temporaire qu'il procurait qui le rendait aussi séduisant. Il délivrait les femmes des écoles, des métiers, des petits copains, des réunions de parents d'élèves, des événements sportifs, des maris, des enfants, des salons de massage et des danois dont elles ne voulaient plus.

Je n'étais pas obligé de tomber amoureux d'elles. Le sens du devoir n'allait pas jusque-là. Mais il fallait que je les aime. Je leur offrirais ainsi quelques instants de paix, une occasion de parler à cœur ouvert à quelqu'un d'autre que les vendeuses dans les boutiques, de croire à un *happy end*, et elles feraient n'importe quoi pour exprimer leur gratitude... comme les filles moches sur la place.

Malheureusement, l'amour ne triomphait pas toujours, et cette exaltation des sentiments était de courte durée. La femme regrettait bientôt de s'être livrée sans retenue ni censure, dévoilant ses faiblesses. Désormais, non seulement moi, mais le monde entier la voyait telle qu'elle était, chose qu'elle-même devait probablement éluder depuis le berceau. Elle me haïrait de l'avoir placée face à cette réalité-là. Il lui était bien plus facile de s'en prendre à moi, convaincue que sa confiance avait été trahie, sa dignité violée. À partir de là, elle pouvait reconstruire ses murs, les consolider avec tout le ciment, mortier et carnage émotionnel à sa disposition, pour se protéger d'un fait qu'elle avait miraculeusement occulté.

J'étais un homme et, comme tous les hommes, poussé à commettre des mauvaises actions par une bite laide, fripée et malodorante.

Cela, et cela seul expliquait mon manque de sagacité, de sociabilité, de sentiments et d'intelligence qu'elle, en tant que femme, avait hérités en même temps qu'une vision lucide de la condition humaine, le sens commun, la sensibilité et l'attrait pour tout ce qui était beau.

C'était comme si les femmes étaient automatiquement placées dans des écoles privées pour surdoués au moment de la puberté, alors que les hommes, en raison de leurs limites, étaient envoyés dans la jungle où ils apprenaient les seules activités à leur portée : comment fabriquer des cordes, des portefeuilles, des cendriers informes et des chapeaux en papier journal.

Dans ces conditions, un homme avait un mal fou à garder le moral, ce qui, comme je le savais, était la base de tout.

Bien que piètre consolation, se faire haïr par une femme était la forme ultime de la flatterie. Cela voulait dire qu'elle m'avait accordé sa confiance, ne serait-ce que pour un bref laps de temps, et qu'elle avait imaginé un avenir qu'elle savait être un miroir aux alouettes.

Curieusement, Jack ne parlait jamais de sa mère au cours de nos conversations, il m'avait dit un jour, dans un accès de mélancolie, que chaque fois qu'il pensait à elle, elle était toujours habillée de rouge et lui tournait le dos, le visage dans l'ombre, la voix sèche et coupante. À ce jour, je ne sais ni son nom, ni où elle était née, ni l'existence qu'elle avait menée. Si je posais des questions sur elle, il changeait de sujet, préférant m'expliquer l'importance de toujours paraître à mon avantage. Quand un homme se rendait à un entretien d'embauche vêtu d'un élégant costume-cravate, pendant qu'un autre y allait en jean, on engageait forcément celui qui présentait le mieux. En même temps, je n'avais pas besoin de me ruiner. Deux blousons de sport, plusieurs chemises et pantalons de couleurs différentes, et je serais paré pour toutes les occasions.

« À toi de créer ton style. »

Ça et les Cadillac étaient les seules choses sur lesquelles je pouvais compter.

J'étais mal à l'aise. Pas tellement à cause de ce qu'il disait. Même si ses propos me perturbaient, j'étais habitué à ses confessions. C'était de voir mon père à la merci de ses angoisses qui me faisait peur. Je ne l'avais encore jamais vu à la merci de quoi que ce soit, à l'exception de jeunes femmes en jupe courte.

S'il éclusait deux bières avant notre tête-à-tête, il se remémorait une fille capable d'avaler un salami entier et la meilleure façon de séduire les femmes qui travaillaient à la Maison internationale du pancake. Quelquefois il souriait, se renversait dans son fauteuil et me demandait quelle était ma position préférée. Qu'est-ce que j'aimais qu'on me fasse ? Qu'est-ce que je détestais ? Parmi les filles que je connaissais, y en avait-il une avec un tatouage ? Il voulait aussi savoir comment étaient les mères des plus jolies filles, et si elles portaient des jupes plissées et des pulls angora en allant chercher leur progéniture à l'école.

Trois bières, et il s'enfonçait plus profondément dans la déprime, déplorant d'avoir passé ses années d'apprentissage à rêver au lieu d'agir.

Il y a un vieux dicton qui dit : « Personne sur son lit de mort ne regrette de n'avoir pas passé plus d'heures au bureau. »

Pas mon père.

S'il avait été aussi passionné par le travail qu'il l'était par le cul, il n'aurait pas eu l'impression d'avoir gâché sa vie. Il m'aurait laissé un héritage digne de ce nom. J'aurais été libre de profiter de l'existence sans les contraintes du labeur quotidien.

Quatre Budweiser, et il décrivait par le menu comment il se voyait à quatre-vingt-dix ans.

Cinq bières, et ses yeux débordaient. Son débit ralentissait ; il articulait chaque syllabe comme s'il apprenait tout juste à se servir de sa bouche.

C'était toujours le même thème.

« Un homme s'est fait renverser par une auto. Il souffrait atrocement ; néanmoins, il a refusé d'aller à l'hôpital. Plus tard, on a découvert pourquoi. Ce jour-là, il ne s'était pas lavé les pieds, et il avait honte à l'idée que ceux qui l'avaient secouru remarquent la crasse. Bref, on ne peut jamais savoir quand on va se retrouver dans une situation où l'on devra dévoiler ses dessous. Ne te fais pas surprendre avec de la crasse, même dans tes poches. Les gens vont faire le lien avec ta mentalité, et ce sera dur à assumer. »

Chaque conversation se concluait par le récit larmoyant du jour de ma conception.

Carolyn s'était fait mettre à la porte de chez ses parents et était venue habiter chez Lillian, le temps de se retourner. La maison de Lillian était petite : deux pièces, une alcôve et une cuisine. Quand Jack venait la voir, ma maman et lui n'avaient jamais l'occasion d'être seuls ; trop inexpérimentée pour se rendre compte qu'ils avaient besoin d'intimité, Carolyn leur tombait dessus sans crier gare. Cet après-midi-là, pendant que Carolyn regardait des feuilletons à la télé, Jack et Lillian se glissèrent dans la salle de bains. Ils se déshabillèrent, s'allongèrent sur le carrelage froid et se mirent à se peloter. Pour être sûr qu'on ne pouvait les entendre, Jack tirait la chasse d'eau chaque fois que leur passion atteignait un pic vocal.

Ils restèrent presque cinq heures dans la salle de bains.

Une partie mémorable de jambes en l'air était désormais qualifiée de « tire-quatre-chasses ». Trois, c'était bien. Deux ou moins, c'était toujours mieux que rien, mais c'était du vite fait.

Ce n'était absolument pas comme ça que j'avais imaginé ma conception. Ma vision à moi était beaucoup plus poétique. Mes parents avaient fait cela parce qu'ils s'aimaient. L'acte lui-même était tendre, beau et symbolique de cet amour.

Rien à voir avec les sanitaires.

Le fait que j'avais été conçu durant un tire-quatre-chasses n'était pas une consolation.

Une fois qu'il s'était tu, Jack s'approchait de moi, m'ébouriffait les cheveux, m'attirait à lui et me disait que Vivienne était une sainte. Les temps allaient changer. Les circonstances idem. Mais ça, ça ne changerait pas.

Même si cela lui mettait du baume au cœur, il y avait un défaut majeur à ses confessions de moribond.

Il ne mourait pas.

Tous les 7 août au matin, assis à côté de Vivienne dans le fauteuil à tapisserie, je m'attendais au pire. Nous entendions une porte claquer, des pas, un sifflotement et, le moment venu, un Jack tout pimpant faisait son apparition. Il souriait. Il m'adressait un clin d'œil. Il disait ce qu'il me disait toujours en allant travailler, décrochait sa veste et quittait la maison, comme si notre conversation tenait plus de l'imaginaire que de la relève de la garde.

Comme les yeux de mon père, cette période était trouble et embrumée. Est-ce ma mémoire ou est-ce tout simplement trop douloureux, je ne saurais le dire.

Mais je me souviens d'une chose.

Vivienne et moi volions énormément en ce temps-là. La Grande Ourse passait comme une traînée lumineuse. Des reflets d'eau. Des bouts de terre. Nous volions à ne plus pouvoir garder les yeux ouverts et, quand nous nous réveillions, côte à côte, nous nous sentions en sécurité.

D'une année à l'autre, le déclin physique de Jack devenait plus tangible : il avait moins l'air d'une star de cinéma à présent que de quelqu'un qui souffrait perpétuellement de décalage horaire. Il avait perdu du poids. Son tonus musculaire s'était relâché en même temps que ses mœurs. Son teint rosé était devenu du même blanc cassé que le sourire de George Best, son sportif préféré. Jack l'admirait pour son côté clinquant, son parler cru et l'opinion qu'il avait de lui-même. La légende sous la photo disait : « Maradona est une star. Pelé est un dieu. George Best est Dieu. »

Les médecins auraient peut-être identifié le problème de Jack s'il en avait consulté un, mais il fuyait le corps médical aussi résolument que j'évitais les rouquines.

Je me souviens tout particulièrement de la veille de son trente-troisième anniversaire.

« Il y a un gars qui se fait draguer par les femmes partout où il va. »

Ça tranchait sur ses habituelles entrées en matière, et sa voix déraillait toutes les deux ou trois phrases, comme si lui aussi était au seuil de l'âge adulte.

« Disons que c'est arrivé une centaine de fois durant l'année écoulée. Histoire d'avoir un chiffre rond. Sachant que cela ferait de la peine à la femme qu'il avait épousée, et même si c'était contraire à tous ses principes, il n'a couché qu'avec dix d'entre elles. Autrement dit, il l'a trompée dix pour cent du temps.

Sa femme était loin d'être aussi attirante.

Elle avait tellement grossi qu'aucun homme sensé n'aurait voulu d'elle. Qui a envie de coucher avec une femme de la taille d'une Cadillac, et qui pèse plus que la plupart des familles réunies, si tu vois ce que je veux dire ? »

Je ne voyais pas.

« Elle n'a jamais eu cent propositions. Elle n'en a eu qu'une. Et tu sais quoi ? Elle a trompé son mari. Par conséquent, elle est coupable d'avoir triché cent pour cent du temps. Qu'est-ce qui est pire ? J'aimerais que tu y réfléchisses quand je ne serai plus là. Qui diable est le pire des deux, surtout que cette femme l'a trompé avec une autre bonne femme, nom de Dieu ? »

Incapable de proférer un son, je regardais droit devant moi. Un silence de mort descendit sur la pièce. Cette accalmie redonna un second souffle à Jack. Ses yeux se mirent à pétiller ; il eut un sourire oblique, triomphant.

« Le meilleur premier rendez-vous qu'on puisse avoir, fiston, c'est quand tu dînes avec une fille et qu'elle te dit de ne rien commander avec de l'ail ou de l'oignon. »

Même si je n'étais pas spécialement naïf pour mon âge, jamais je n'aurais pu anticiper son raisonnement.

« Ça donne un drôle de goût à ton sperme. »

Plus tard, je redescendis et trouvai Vivienne dans son fauteuil préféré, en train de regarder un lion pister son casse-croûte.

« Est-ce que papa va vraiment mourir ? »

Cette question, je la posais tous les 7 août depuis six longues années.

« Nous allons tous mourir, répondit-elle, les traits crispés, tandis que le lion saisissait le gnou par la jugulaire. Simplement, certains choisissent de le faire alors que nous sommes encore en vie. »

Jusqu'à l'année dernière, Vivienne s'était pliée de bonne grâce à toutes les lubies de Jack. Lorsqu'il était trop faible pour sortir du lit, elle passait des heures à son chevet et se mettait en quatre pour soulager son mal.

Abandonnant ses livres de cuisine, elle avait repris ses revues médicales. Forte de ses connaissances, elle l'assurait que, quel que soit le problème, la médecine moderne avançait à grands pas. Les traitements pointaient à l'horizon.

Jack avait son propre avis là-dessus.

À l'origine, son pessimisme faisait curieusement le bonheur de Vivienne, comme si elle et elle seule avait le pouvoir de le sauver. Ils allaient s'en sortir. Tous les deux. Ensemble. Hélas, le peu d'empressement de Jack à lutter pour survivre finit par l'user, et ses rêves s'écroulèrent. Sans les illusions, ce fut la seule chose qu'elle trouva déraisonnable après le combat quotidien pour ses prématurés. Pire, elle eut l'impression d'être quelqu'un d'insensible et lui en voulut encore plus que pour sa résignation.

Elle cessa de regarder les étoiles, la principale source de lumière dans sa vie, lumière ne pouvant provenir que d'un ciel joyeux et complice.

Elle cessa également de voir l'homme fringant qui descendait l'escalier chaque matin pour aller travailler. Elle se focalisa plutôt sur la veste qui attendait d'être décrochée du portemanteau. Sur les coudes élimés. Le col qui commençait à s'effilocher. Les dizaines de brûlures de cigares cubains.

Elle faisait bonne figure pour le voisinage. Elle racontait la façon dont Jack et elle avaient rabiboché leurs différences et ranimé la flamme de leur amour, mais tout le monde voyait bien qu'elle était malheureuse. Le jadis moelleux pull en cachemire qui symbolisait la naissance d'une relation stable était devenu une métaphore involontaire de sa fin, effrangé autour du col, râpé, mangé aux mites et couvert de peluches. Pire, elle parlait de Jack au passé, comme s'il était mort depuis des années.

Pour moi, la faute en est aux émotions contradictoires de Vivienne. Jusqu'au jour de sa mort, elle ne sut expliquer pourquoi l'amour semblait être une planche de salut tant qu'on ne l'avait pas connu, et un suicide en sursis après coup… on rêve du bonheur éternel et on se réveille avec une sclérose en plaques.

Le matin du trente-troisième anniversaire de Jack, j'écoutais la poitrine de Vivienne se soulever et s'abaisser pendant que nous guettions le bruit de sa porte. Comme rien ne venait, Vivienne monta voir, et moi je pris place dans son fauteuil.

Peu après, j'entendis une porte claquer, mais seule Vivienne descendit l'escalier. Elle avait le front plissé. Les yeux rouges et étrécis. La bouche crispée.

« Maman ? »

Sans se préoccuper de moi pour la première fois depuis que j'étais né, Vivienne alla au placard et sortit le fusil de chasse Auto-5 Browning de sous une pile de linge.

« Ça ne va pas ? »

Elle quitta la maison sans un regard en arrière, et la veste de Jack resta là tel un corps disloqué sur un champ de bataille. Arrivée à la Cadillac Brougham rouge aztèque, elle s'installa au volant, ajusta le siège en cuir et tissu rouge qui sentait le tabac et le parfum bon marché, alluma le moteur et fit une marche arrière. Après avoir brûlé le stop au premier croisement, elle se mit à siffloter.

Moi, pendant ce temps, je contemplais la penderie de Jack : rangées de costumes, pantalons et chemises aux plis impeccables, cousus main pour la plupart, suspendues au-dessus de dizaines de chaussures italiennes lustrées, disposées selon la couleur et plus chères qu'un appartement. Un valet en bois servait à recueillir les objets de valeur qu'il portait sur lui, dans les poches desdits costumes. Pince à billets en or. Montre en or massif de fabrication suisse. Quelques cigares et un coupe-cigare en argent avec les initiales D.R. Plus à droite, sur la commode, il y avait ses accessoires de toilette. Par ordre croissant de taille, trois brosses Maison Pearson, 100 % sanglier avec manche en écaille. À côté, des peignes Kent, également en écaille, un peigne à denture double, un peigne râteau à manche large et un peigne pliant qu'il pouvait glisser dans sa poche. Ceux-là, c'étaient probablement ses biens les plus précieux. Si j'en parle, c'est à cause de ce qui suit.

Je m'approchai du lit de mon père et le regardai. Il était gris et froid, le front calme, la mâchoire fendue d'un énorme sourire comme je ne lui en avais encore jamais vu.

Un sourire de repos absolu.

Et je souris malgré moi, me demandant quels mystères lui avaient été révélés.

Je l'embrassai doucement sur le front, puis fis quelque chose que je n'avais jamais osé tenter de son vivant. Je touchai ses cheveux. La mèche en V. Pour la première fois de ma vie, j'étais au bord des larmes lorsque je fus pris d'une envie incontrôlable. Plongeant la main dans ses cheveux, je les ébouriffai jusqu'à ce qu'ils ressemblent à ceux de l'homme de la vieille réclame pour Brylcreem, l'image « avant ».

« La mort coiffe jeune ! coiffe chic ! »

Je voulais désespérément lui dire au revoir dans les règles, histoire de lui faire savoir à quel point je tenais à lui. Faute de formule appropriée, je finis par opter pour l'injonction qui lui avait servi de credo.

« À toi de créer ton style. »

Courbée sur le volant, Vivienne prit la direction du nord, un trajet que Jack effectuait tous les lundis, mercredis et vendredis soir. Les maisons défilaient à toute allure. Le trafic s'intensifia, se fluidifia, s'intensifia à nouveau. Elle dépassa le McDo où Jack prenait son café. Tourna à gauche dans la ruelle qu'il empruntait pour éviter le carrefour le plus chargé. Puis à droite, comme lui, pour regagner l'artère principale. À l'approche du White Roc, elle enfonça l'accélérateur dans le plancher, bondit par-dessus le trottoir dans un bruit de raclement, écrasa le frein, dérapa et s'arrêta au milieu du parking à côté d'une roue de chariot géante.

À travers les vitres obscurcies, elle distingua l'estrade et des chaises retournées sur les tables jonchées de bocks de bière vides. Des guirlandes lumineuses pendouillaient, que personne n'allumait car les fêtes ou anniversaires n'y étaient plus célébrés depuis longtemps. Les murs étaient recouverts de photos en noir et blanc : des couples d'habitués, dont papa sur une bonne dizaine de portraits, chaque fois avec une femme différente à son bras.

Vivienne descendit en tenant le fusil de chasse par le canon. Elle fit le tour de la Cadillac, releva le capot, recula d'un pas et cala la crosse contre son épaule.

Elle tira deux coups.

La vapeur jaillit dans l'air tel le geyser Old Faithful. Le moteur hoqueta, eut un raté et démissionna.

Cette pouffe de General Motors était morte.

« Nous galvaniserons vos pensées. »

D'après ce que j'ai pu lire dans les journaux, c'était affiché au-dessus de la porte du stage « gestion de la colère » que suivait le général Ethan Parks à l'hôpital de la prison de Huntsville.

Lors de leur première réunion, le docteur Mark Coonan, le psy d'Ethan, expliqua à la dizaine d'hommes présents que la colère était une réaction immature et primaire à la frustration, la menace, le chagrin ou la transgression, caractéristique d'un comportement archaïque. Inversement, le fait de rester calme, de garder son sang-froid ou de tendre l'autre joue était une attitude plus humaine et socialement acceptable, qu'ils se devaient d'adopter s'ils voulaient un jour revenir à la vie normale.

Ethan n'était pas d'accord.

Garder tout pour soi était malsain et, d'après son expérience à la fois sur le champ de bataille et en dehors, conduisait à des actions bien plus violentes que le simple fait de décompresser un peu quand le besoin s'en faisait sentir. Par ailleurs, il y avait des situations où tendre l'autre joue pour éviter le conflit était une preuve de lâcheté. Tout ce qui avait trait aux enfants ou aux membres de la famille, par exemple.

Le docteur Coonan écouta poliment, sourit et promit d'en reparler avant la fin du stage.

La chaleur étouffante de l'été était en avance, et tout était immobile à Lone Star Springs le jour de l'enterrement de mon père. Le temps de sortir et d'arriver à la voiture, Vivienne et moi aurions eu besoin d'une deuxième douche. Le soulagement ne vint, comme par hasard, qu'une fois au cimetière. C'était l'endroit le plus ombragé et le seul de la région à n'être pas complètement desséché. Comme nous passions devant un petit étang à côté de la tombe de Jack, des carpes koï rappliquèrent et sortirent la tête de l'eau pour quémander de la nourriture. On entendait même le sourd grondement des trains qui filaient vers l'Oklahoma, plaisir auditif que mon père se permettait rarement avant de sombrer dans l'abstinence éternelle.

Je restai à côté de Vivienne pendant le service, mais mon regard errait sur le défilé des femmes qui arrivaient en masse, parées pour les funérailles comme elles s'habillaient pour séduire. Il y avait des serveuses, des esthéticiennes comme ma mère biologique, des guichetières de banque, des vendeuses, des assistantes dentaires, des secrétaires, des conseillères d'orientation et des agents de voyages... mais le métier n'avait plus d'importance, au moins l'espace d'un après-midi. Certaines étaient maigres. D'autres grosses. Il y avait des grandes. Des petites. Deux ou trois étaient enceintes. L'une d'elles était en train de troquer sa tenue de tennis contre un tricot noir.

Elles conduisaient des Chevy et des Ford.

Seule une poignée d'hommes étaient en vue. Tous en banal costume sombre qu'ils auraient porté à leur propre enterrement et cravate-lacet avec une épingle en lapis-lazuli qui l'aidait et les aidait à tenir.

En raison de la météo, les vêtements des femmes étaient trempés, et les cheveux leur collaient au visage. Mais rien n'entamait leur moral. Même si beaucoup étaient tristes, c'était plus comme une fête de départ à bord du *Queen Mary* qu'une séparation définitive.

Clairement déstabilisée par leur présence, Vivienne semblait au bord de l'évanouissement. Moi, en revanche, je trouvais ça rassurant. Dans ce monde, rares sont les gens qui se soucient de ce qui vous arrive, s'en soucient véritablement, et qui vous restent fidèles jusqu'au bout. Jack était manifestement aimé. Il allait leur manquer cruellement. Y avait-il plus bel hommage que le chagrin d'une ex-maîtresse ? La réponse était un non emphatique. Les enterrements sont une récompense, décidai-je, pour ceux dont la vie a été brutalement interrompue ou s'en est allée à vau-l'eau. Au fond, quand on y pense, c'est une récompense pour tout le monde. C'est l'une des rares manifestations où tout se déroule comme prévu.

Personne ne se conduit mal. Les gens ne cachent pas leurs émotions et se montrent prévenants avec les autres. Si on allait à un enterrement tous les jours, le monde serait un lieu plus plaisant à vivre. J'y croyais dur comme fer et, contrairement à ceux qui luttaient pour retenir les larmes, moi je réprimais un sourire de satisfaction.

Je me rends compte aujourd'hui que le malaise de Vivienne n'avait pas grand-chose à voir avec les fredaines de Jack. C'était embêtant qu'il ait couché avec la moitié des femmes célibataires les plus convoitées de la ville, dont quelques veuves qui ne l'étaient point, mais Vivienne s'en était doutée. Le fait de voir ses soupçons confirmés lui était plus un soulagement qu'un fardeau.

« Vil Coyote s'arrêtera de courir que ton père courra toujours. »

Elle l'avait dit des dizaines de fois, entre ses dents, pendant qu'il lorgnait toutes les femmes qui passaient, même si elle s'efforçait de fermer les yeux, de croire que ce n'était pas important.

Non, c'étaient les ramifications de ses infidélités, et pas l'acte en lui-même, qui lui donnaient la nausée.

Dès son plus jeune âge, Vivienne avait abordé l'existence comme un processus simple et perpétuel. À chaque étape de la vie, on est confronté à toutes sortes de choix. Pour décider ce qui est le mieux, on consulte l'ensemble des informations disponibles, à l'instar des docteurs devant un dossier médical. Ils sélectionnent ce qui leur semble pertinent. Ils posent un diagnostic. Ils optent pour une série de mesures appropriées et les appliquent en espérant que le résultat final sera favorable au patient.

Puis ils passent à autre chose, comme les concurrents du jeu télévisé diffusé avant les émissions de voyage de Vivienne. Quoique, dans un jeu télévisé, on ne change pas de niveau de difficulté tant qu'on n'a pas répondu aux questions faciles.

La vie n'offrait pas les mêmes garanties.

Bon an, mal an, on allait de l'avant. Heureusement, les questions simples, celles qui décidaient de votre sort, se posaient généralement de bonne heure, quand on avait moins de chances de se tromper.

Dans l'exemple du jeu télévisé, on pouvait attribuer cela aux sponsors. Dans la vraie vie, Vivienne le mettait sur le compte de l'intervention divine.

« Si tu accordes ta confiance à Dieu, si tu Le remercies pour toutes les bénédictions que tu as reçues et celles qui restent encore à venir, tu t'aperçois qu'il n'y a ni erreurs ni coïncidences. Tu es exactement là où Il veut que tu sois. »

C'est bien ce qui perturbait Vivienne pendant qu'elle contemplait la tombe ouverte de Jack. Sa première question cruciale avait surgi après une conversation avec sa mère, à l'âge de six ans. La réaction de Vivienne face à cela, son mépris pour la détestation que sa maman manifestait envers le monde entier, avait façonné non seulement son adolescence, mais toute sa vie d'adulte.

Toutes ces années, elle avait combattu ce que sa mère était devenue, fulminante comme sa mère fulminait contre l'injustice masculine et les services postaux.

Seulement maintenant Vivienne découvrait l'insoutenable vérité. Philosophiquement parlant, elle n'existait pas. Tout ce qu'elle avait pensé et accompli ne valait rien. Sa mère avait raison.

« Quels que soient leur âge, taille, forme ou couleur, tous les hommes sont des ordures sans foi ni loi. »

Pire, Dieu était un Trouduc retors, et on ne pouvait Lui faire confiance.

Sur le long chemin du retour entre la tombe et le parking, certains membres de l'assistance se remémorèrent Jack lorsqu'il avait mon âge. Exceptionnellement doué, c'était l'enfant prodige de la ville, un garçon sensible et travailleur à l'avenir prometteur. Comme je l'ignorais totalement et que je n'y avais jamais réfléchi en quinze ans d'existence, j'écoutai avec attention.

Selon eux, c'était la faute de mon grand-père, Dwight, si la chance de Jack avait tourné.

Issu d'une famille lituanienne misérable, Dwight avait les yeux enfoncés et la figure placide du politicien véreux. Il souriait rarement, et même ses plus vieux associés lui donnaient du M'sieur, comme le font les gamins avec les amis de leurs parents.

Parti de rien, Dwight avait fini par arriver au sommet parce qu'il défendait les valeurs des classes laborieuses et n'avait guère d'indulgence pour ceux qui ne partageaient pas son degré d'engagement, prenaient des raccourcis ou acceptaient des compromis. Cela concernait aussi les gens qui avaient besoin d'une aide spirituelle pour vivre au jour le jour. Dwight n'avait rien contre les dieux en tant que tels, qu'ils soient primitifs, traditionnels ou modernes. À ses propres yeux, il était un homme de foi, quoique non pratiquant. C'est la façon dont on utilisait les Êtres suprêmes qui l'énervait, le fait de compter sur eux pour accomplir des tâches incombant aux intéressés eux-mêmes.

Les histoires drôles étaient tout aussi contraires à ses principes. La vie était dure, et la moindre parole devait traduire la souffrance qui allait de pair avec le combat quotidien. Autrement dit, le bon sens avait la priorité sur les sentiments, l'abnégation sur l'humour, et il n'y avait pas de place pour l'affectation ou l'exagération.

Cette austérité s'étendait à l'art, la littérature, le théâtre et la musique. Purs produits de l'imagination, ils défiaient l'analyse et devaient leur existence à une bande de fêtards oisifs, portés sur la distraction plutôt que sur le labeur, et qui gaspillaient de l'argent pour les subventionner.

Cela expliquait le mépris de Dwight à l'égard de Jack qui avait décidé de devenir peintre au lieu de reprendre la tannerie familiale où l'on transformait aussi les cervidés en saucisson.

Tourner le dos à une activité stable et lucrative relevait de l'inconscience mais c'était surtout un camouflet pour Dwight, comme s'il avait élevé Jack sans lui inculquer ses valeurs : on aurait presque dit qu'on lui arrachait le cœur de la poitrine, comme dans les films de karaté.

Le jour où il comprit que Jack n'avait nulle intention de suivre ses conseils, Dwight invita une douzaine de ses plus fidèles employés à déjeuner chez lui. Après le dessert, Jack monta lui chercher un cigare comme il le faisait toujours, coupant l'extrémité avec un ustensile en argent que Dwight conservait dans la boîte de cohibas, son péché mignon. Lorsqu'il revint à table et tendit le cigare à son père, plutôt que de l'allumer ou de remercier Jack, Dwight prononça un discours censé éveiller l'ambition de son fils, même s'il s'adressait à tout le monde.

« Il est temps d'arrêter de rêver et de te poser une question, Jack. Où seras-tu dans dix ans ? Aujourd'hui, tu as l'âge idéal. Assez vieux pour savoir ce que tu veux. Assez jeune pour ne pas te soucier du travail qu'il faudra fournir pour y arriver. Tout est possible. Mais si tu continues à vivre au jour le jour, si tu persistes à t'habiller comme un clochard, tu finiras, quand tu regarderas en arrière, par voir une vie faite d'occasions manquées. »

Jack avait l'air fébrile.

« Prends tous tes dessins, range-les dans un carton au fin fond d'un grenier et oublie-les. Même si tu avais du talent, et rien n'est moins certain, il n'est pas suffisamment exceptionnel pour que tu puisses en vivre. Je te parle d'une vie digne de ce nom.

– M'sieur… »

Le contremaître de l'atelier se pencha en avant pour prendre la défense de Jack, mais Dwight le fusilla du regard avant qu'il ne puisse prononcer son nom. Le temps qu'il détourne les yeux, l'homme avait posé ses mains sur ses genoux, serré les jambes et s'était figé, comme confiné à un fauteuil roulant.

« Je suis prêt à commencer une vie normale, productive, comme ces travailleurs consciencieux et responsables… »

Dwight désigna la tablée d'un geste circulaire.

« … ou je n'arriverai à rien.

– Pourquoi faut-il que tu me mettes dans l'embarras devant tes amis ? demanda Jack.

– Je ne fais rien, moi. Tu te débrouilles parfaitement pour t'y mettre tout seul. »

Jack garda le silence pendant que Dwight allumait son cigare, soufflait vigoureusement et plissait les paupières pour éviter que la fumée ne lui rentre dans les yeux.

« Je ne suis rien », poursuivit Dwight.

Jack s'excusa, se leva et voulut partir ; ses bras pendaient gauchement comme chez une poupée de chiffon.

« Dis-le, fiston. »

Les yeux rivés sur le plancher, Jack se dirigea vers la porte en proie à un sentiment d'impuissance qu'il détestait par-dessus tout.

« Si tu ne fais rien pendant des années, c'est tout ce que tu seras, rien, et tu l'auras mérité. »

Un mois plus tard, Dwight réinvita le même groupe

avec un nouveau contremaître. Une fois le dessert terminé, il fit tinter son verre d'eau, se leva et parla avec une certaine fébrilité. Il n'était pas question qu'il laisse son fils gaspiller une journée de plus, à raconter partout qu'il était peintre alors qu'il ne vivait pas de son art. Fini de rêvasser. Si Dwight continuait à rester les bras croisés, cela équivalait à un consentement. C'était la dernière chance de Jack de travailler avec lui, main dans la main, et de faire quelque chose de sa vie. S'il refusait, il prenait la porte sur-le-champ.

Levant légèrement le nez, tel le lion sur le point de charger le gnou, Dwight fit signe au nouveau contremaître qui se mit debout et prit la parole avec une absence totale de conviction, comme s'il se trouvait face à une commission du Sénat.

« Une peau tannée, c'est un potentiel et des possibilités illimitées. Que ce soit du cerf, de l'élan ou du bison, on peut en faire des blousons, des vestes, des chemises, des jambières, des chaussures, des gants, des sacs de voyage, des portefeuilles et des meubles. Tant qu'il y aura une demande pour ces articles-là, et elle existera toujours, la tannerie prospérera. Pareil pour les chasseurs et les cerfs. La peinture et le dessin, en revanche, mènent à une impasse. Ça n'offre pas d'ouvertures. Ça ne profite à personne et ne sert qu'à occuper de la place sur les murs. »

Lorsqu'il se rassit, Jack regarda son papa.

« Ça va marcher.

– Et si ça ne marche pas ?

– Je ne peux pas le concevoir. »

Dwight eut un petit rire nerveux.

« Voilà que tu te remets encore dans l'embarras. »

Sa voix semblait dure et condescendante, comme chaque fois qu'il s'adressait à Jack, mais au fond Dwight n'était pas un mauvais bougre. S'il menait un combat incessant contre l'imagination, c'est parce qu'il voulait que Jack connaisse l'exultation qui accompagne la réussite. Il savait qu'il ne pouvait y avoir stabilité ni longévité dans une carrière artistique. Ce qui était bon pour l'un ne valait pas un clou pour un autre. L'argent, la propriété, les costumes élégants et les coûteuses chaussures italiennes, ça c'était du concret, et des valeurs sûres par-dessus le marché.

Dwight savait également ce que signifiait lutter pour survivre, ne pas avoir de quoi remplir son assiette et se geler en hiver faute de pouvoir payer le chauffage. Son propre père, un immigré acculé à la nécessité de nourrir sa famille, avait trouvé du boulot à leur arrivée au pays, chauffeur-livreur en période de grève, même si les syndicalistes traînaient les non-grévistes hors de la cabine de leur camion. À la fin de son premier mois, alors qu'il se rendait dans un entrepôt avec une cargaison de Tupperware, son camion fut encerclé par une demi-douzaine d'hommes qui le battirent à mort avec des battes de base-ball.

Depuis ce jour-là, Dwight découvrit que seul un dur labeur pouvait effacer les terribles souvenirs. Il se jura de ne jamais adhérer à un syndicat, ni de garder la nourriture au-delà de sa date de péremption ni de regarder un match de base-ball, et de faire son possible pour inciter les autres à suivre son exemple. À la tannerie, il payait ses hommes le double du salaire minimum, il avait renforcé les normes de sécurité, il leur offrait une assurance santé non déductible, des actions, des retraites, il n'avait pas manqué une seule prime de Noël et il réglait personnellement leur caution quand ils se faisaient embarquer après une bagarre du samedi soir dans un bar ou une boîte de strip-tease.

Chaque année, un syndicat tentait d'infiltrer son entreprise et était éconduit à l'unanimité d'un retentissant « Allez vous faire foutre ».

Aussi difficile que serait une vie de lutte pour Jack, il serait deux fois plus difficile pour Dwight d'en être le témoin… sachant à quel point il était dur d'échapper à la misère une fois qu'on était tombé entre ses griffes.

Convaincu que Jack n'oserait pas lui tenir tête, Dwight lui dit de courir chercher deux cigares pour fêter ça. Jack se dirigea vers le couloir, puis s'arrêta net, comme s'il s'était heurté à un mur. Lorsqu'il se retourna, son sentiment d'impuissance avait disparu, et il n'y avait ni colère ni peur dans son cœur. Pour une raison inconnue, il était enfin capable d'affronter son père, et c'était le moment que le destin avait choisi.

« Peu importe ce qui s'est passé ici aujourd'hui, peu importe ce que tu penses de moi, papa, tu as le droit d'avoir ton opinion. C'est ça, le grand avantage des opinions. Toi et moi, on peut voir les choses tout à fait différemment, et aucun de nous n'aura tort. Ça ne me gêne pas d'avoir tort, pour tout te dire, car au moins on se parle. C'est déjà un progrès, et je ne t'en demande pas plus. Le problème, c'est que tu veux gagner. »

Dwight hurla de rire, comme s'il n'avait jamais entendu quelque chose d'aussi drôle.

« Ne sois pas ridicule, fiston. »

Son visage rayonnait, triomphant.

« Ça fait des années que j'ai gagné. »

Quand Jack s'enrôla dans l'armée quelques jours plus tard, il téléphona souvent à Dwight. Dès qu'il entendait sa voix, Dwight demandait qui était à l'appareil et, aussitôt que son fils se présentait, il raccrochait.

Il y eut des instants fugitifs où Dwight se sentit

fier de Jack parce qu'il avait suivi son cœur. Le petit avait du cran. Cela le surprenait. Il faillit le rappeler plus d'une fois, surtout tard le soir quand il était seul à l'usine, déboussolé face aux postes de travail déserts et au manque d'activité. Dans ces moments-là, son amour pour son fils l'emportait sur sa déception. Il faillit l'inviter au pique-nique de la tannerie célébrant dix ans de bonheur extrasyndical. Il faillit lui rendre visite à l'improviste, le jour de son anniversaire, mais dépité, il fit demi-tour en passant devant une galerie d'art aux fenêtres condamnées, suite à un dépôt de bilan.

Année après année, Dwight continua à se reprocher de n'avoir pas su inculquer l'éthique du travail à son fils. Cette pensée le tourmentait. Il n'invitait plus personne à déjeuner chez lui. Il ne souriait pas, ne riait pas, il ne faisait que travailler. Il ne parla plus jamais à Jack, même quand il était en train de mourir d'un emphysème et d'un cancer du poumon provoqués, comme le supposa Jack avec une crainte enfantine, par tous les cigares qu'il était allé lui chercher durant son adolescence.

Comme de coutume, les femmes venues présenter leurs condoléances à Vivienne avaient apporté à manger. Des assiettes anglaises. Des ragoûts. Des cookies, brownies et crumbles primés achetés en magasin.

À leur arrivée, toutes les conversations cessèrent. La table de la salle à manger croulait sous des mets qu'elles n'avaient encore jamais vus, le fin du fin des vols imaginaires outre-Atlantique. *Poulet basquaise. Petit salé de canard aux lentilles. Terrine de lapin aux noisettes. Gratin auvergnat. Ravioles à la crème, au laurier et à la sauge. Quatre-quarts aux poires. Tarte au fromage blanc ferme d'Alsace. Tarte aux framboises.*

Tarte aux figues. Tarte aux pruneaux et aux amandes et, par-dessus tout, *flan aux fraises*[1].

Aux antipodes du steak-patates dont ils avaient l'habitude, cette profusion mit les convives de Vivienne mal à l'aise. Elle, bien entendu, encourageait tout le monde à goûter ce qu'elle avait préparé.

« Dans des moments pareils, c'est important de reprendre des forces. »

Elle insistait surtout auprès de ceux qu'elle croyait démoralisés, répétant un mot tel un mantra.

« Mangez.[2] »

Tant pis s'ils n'avaient jamais dégusté une cuisine aussi raffinée. Rien au monde, et probablement au-delà, ne pouvait décider ces habitants d'une petite ville à toucher aux œuvres temporelles de Vivienne : ils considéraient les plats comme des plateaux de quête à l'office dominical.

Seule Peggy mangea ; elle était restée aux côtés de Vivienne tout au long du service funèbre, comme Vivienne l'avait fait pour elle des années plus tôt.

L'innocence et la candeur juvénile peuvent durer toute une vie ou disparaître comme les assistantes de magicien que j'avais vues avec papa. Dans le cas de Peggy, son charme s'était évanoui, et plus rien ne la distinguait des autres clientes du bar où Jack avait pour la première fois posé les yeux sur elle. Au mieux, on aurait dit : « Elle a dû être jolie quand elle était jeune », sans se rendre compte qu'elle l'était encore.

Sa peau, si fine et délicate, était presque transparente. Le beau visage de jadis ne reflétait plus que l'humiliation et la douleur. La trahison tirait ses yeux et sa bouche vers

1. En français dans le texte original.
2. *Idem.*

le bas. Ses longs cheveux blonds et bouclés avaient été coupés court ; ils étaient inégaux et entièrement blancs, comme la figure du pasteur avant qu'il n'ait bu. Ce n'était pas une question d'âge. Simplement, tout comme le moral de Peggy, ils manquaient d'allant.

Ses jambes galbées, le seul attrait qui lui restait, étaient cachées sous une robe ample et informe qui empêchait ne serait-ce que de les entrevoir. Même ses bras étaient dissimulés sous des couches de tissu cintré à la taille.

C'était un peu comme visiter le service des soins palliatifs à l'hôpital Florence-Nightingale.

Des années plus tard, je découvris une photo de Peggy prise ce jour-là. Au début, je crus que c'était un cliché d'un autre temps, peut-être même un négatif, tellement elle semblait évanescente. Plus je l'examinais, plus je me demandais si elle n'avait pas eu la nostalgie de l'époque où elle marchait la tête haute. Où, oubliant toute prudence, elle criait « Allez vous faire foutre » aux turpitudes de la vie au lieu de succomber, de gaspiller ses dons extraordinaires.

C'est en cela qu'elle me faisait peur.

Malgré l'expérience limitée de mes quinze ans, et même si je ne comprenais pas grand-chose, je savais que Peggy était une épave, qu'elle le resterait, et je n'avais pas envie de devenir comme elle.

Pendant tout l'après-midi, Vivienne joua les hôtesses idéales et en même temps s'inquiéta pour Peggy qu'elle savait être mal à l'aise en société. Le problème, c'est qu'elle faisait autant peur aux autres invités qu'à moi, elle ou du moins ce dont elle était capable.

C'était la vraie raison des longs et complexes préparatifs de Vivienne, et de l'aspect festif de sa réception. Elle voulait engraisser Peggy, façon dinde de Noël, et lui prouver que la vie n'était ni fichue ni irréparable.

En un sens, Vivienne se sentait soulagée. Au début de son mariage avec Jack, elle avait cru qu'elle mourrait s'il lui arrivait quelque chose. Maintenant, elle était contente de ne pas avoir à le faire.

Cela expliquait la décoration peu conventionnelle pour un événement aussi grave : roses, lys et marguerites parmi les ballons multicolores amarrés aux pieds de chaque table et chaise.

Pendant que Vivienne vidait cuillerée sur cuillerée dans l'assiette de Peggy, les deux femmes gloussaient comme des gamines qui auraient fait le mur pour agrémenter le jardin du voisin de papier hygiénique. On aurait dit plus un couple que des amies ; elles se frôlaient avec désinvolture, se touchaient le bras ou l'épaule, échangeaient des œillades quasi enamourées, comme si elles avaient été séparées à l'instar de mon père et de Vivienne durant ses déplacements professionnels. Elles se regardaient d'un air agréablement surpris et soudain, frappées par quelque chose de drôle, éclataient de rire. L'objet de la plaisanterie, toutefois, n'était compréhensible que d'elles seules.

Pour être tout à fait honnête, elles se complétaient à la perfection. Peggy était tout émotions. Vivienne était tout en retenue.

Les autres faisaient mine de rien, mais tout le monde avait remarqué leur manège, et cela les mit presque aussi mal à l'aise que le menu. Pour se donner une contenance, les invités parlèrent de la pluie et du beau temps, de l'insupportable chaleur, de nouveaux camions, de tondeuses autoportées et de leurs chers Dallas Cow-Boys.

Vivienne, entre-temps, veillait à ce que Peggy mange tout ce qu'il y avait dans son assiette. Elle n'était pas obligée d'aimer ou d'apprécier. Il lui suffisait juste d'avaler. L'ennui, c'est que Peggy buvait plus qu'elle ne digérait, et elle buvait sec. Comme un homme. Après avoir vidé son septième verre, elle se dirigea vers la cuisine.

« Où tu vas ? demanda Vivienne.

– Boire un coup.

– Tu as déjà assez bu. »

Les mains devant sa bouche pour feindre le choc, Peggy esquissa une grimace.

« Dans ce cas, je m'en vais battre un putain de record. »

J'eus ce jour-là un de mes premiers aperçus de la nature humaine. Il y a des gens qui sont doués en sport. Il y en a qui sont intelligents et collectionnent les meilleures notes en classe. Il y a des petits génies de l'informatique.

Et il y en a qui sont doués pour boire.

Depuis son enfance, Peggy avait été privée du bonheur ordinaire que vivaient ses congénères, et elle ne trouvait rien pour le remplacer... jusqu'à sa rencontre avec l'alcool. Bien qu'elle ait détesté son odeur dans l'haleine de son père quand elle était plus jeune, il lui donna l'énergie de tenir d'un bout à l'autre de ses journées lorsqu'elle devint adulte. Il lui permettait de sourire, de rire, de faire semblant d'être comme tout le monde, même si elle savait que ce n'était qu'un leurre.

Dans ses rêves, j'imagine qu'elle voyait des tables où s'alignaient à perte de vue des verres de Boilmaker, Dirty Mother, Sidecar, Stinger, Gin Fizz, Lime Rickey, Long Island Ice Tea, Cuba Libre, Hurricane, Tequila Sunrise, Slammer Royale, Bloody Mary, Screw Driver, Mint Julep, Man O'War, Whiskey Sour, Spritzer, Moonwalk, Black Russian, Creamsicle, Rob Roy, Manhattan et Pink Lady... tous préparés à partir des meilleurs alcools et ingrédients, tous l'attendant avec impatience, célébrant la sensation qu'ils procuraient en coulant dans sa gorge frétillante.

Vivienne suppliait constamment Peggy d'aller se faire soigner, mais elle refusait, proclamant que l'abstinence, comme le bonheur, était une notion surfaite et subjective. Elle n'allait pas s'éveiller un beau matin, ouvrir grand la porte sous un tonnerre d'applaudissements et s'élancer dans un champ de lupin en faisant des claquettes et en chantant *La Mélodie du bonheur*. Elle ne serait jamais comme les autres. Les sourires, le rire revenaient pour elle à mettre des pansements sur une tumeur cancéreuse. Sa vie était douleur, une douleur qui n'avait ni date d'expiration ni délai de prescription et qui un jour finirait par atteindre un seuil au-delà du supportable. Ce jour-là, elle comptait bien qu'on abrège ses souffrances comme pour un chien atteint de dysplasie.

Le premier pas de Peggy en direction de la cuisine fut si chancelant qu'elle dut se retenir au buffet. Alors qu'elle amorçait le pas suivant, un homme à sa droite lui offrit une main secourable, après avoir posé son verre sur un livre que Peggy était en train de lire, abandonné à côté d'un bol de sauce à l'oignon.

« Ça ne va pas, non ? »

Elle saisit le verre et en essuya le fond avec sa manche avant de le lui rendre.

« On ne propose pas son aide comme ça à n'importe qui. On n'est pas à l'Armée du salut, bordel. »

Elle pointa un doigt accusateur sur son visage.

« Elle vient de là, la cicatrice sur votre lèvre ?

– Quelle cicatrice ? » demanda-t-il, dénouant machinalement sa cravate avec sa main libre.

Peggy le frappa promptement, violemment, envoyant valser son verre. Pendant que les glaçons s'éparpillaient comme des dés sur le plancher, elle grimpa sur la table et se mit à danser.

Certains essayèrent de la persuader de descendre. D'autres la montrèrent du doigt en chuchotant. La plupart s'égaillèrent rapidement, par-ci par-là, comme dans un vieux vaudeville.

Peggy s'en moquait.

Comme Lillian et moi avant elle, elle renversa la tête, ouvrit la bouche et se mit à hurler.

« Je suis libre. »

À mesure que les adultes autour d'elle se changeaient en enfants rieurs jouant à colin-maillard, Peggy virevolta à la façon des manèges à la fête foraine, qui lui donnaient le tournis quand elle était petite. Le rotor. La chenille. Les tasses magiques. Encore et encore. Au bout d'une dizaine de tours, elle perdit l'équilibre et s'effondra, le nez dans le flan aux fraises, se cognant la tête à la table en chêne massif.

Longtemps après que Vivienne était allée se coucher, je restai assis dans le fauteuil à tapisserie qui m'avait toujours été une source de réconfort. Je ne bougeais pas. J'osais à peine respirer. Je me sentais plus hébété qu'autre chose. Dans la maison qui craquait et grinçait sous les assauts du vent, je contemplais la veste de Jack suspendue, mélancolique, à sa patère.

Les désillusions de la vie, avant qu'on ne passe à la broyeuse, étaient pires que ce qu'il m'avait fait croire.

J'avais peut-être déploré les agissements de mon père, il avait peut-être été fantasque et irrévérencieux, mais je n'avais que lui comme lumière pour me guider, et voilà que cette lumière s'était éteinte.

J'avais envie de pleurer. Sur lui. Sur moi. Sur toutes les femmes endeuillées autour de nous. J'avais envie de pleurer, mais je n'y arrivais pas, comme si j'étais né sans le gène pleureur. À dire vrai, c'était un chagrin trop profond pour les larmes, et si je donnais libre cours à mes émotions, j'aurais succombé moi aussi.

Jack était un menteur.

J'avais besoin de lui, et il n'était pas là.

J'étais redevenu mortel.

Une tristesse sans nom jaillit sous la forme d'une plainte haut perchée, geignarde comme la voix d'un petit enfant.

« Mon papa est mort ! »

Mon enfance s'enfuyait plus rapidement que les charmes de Peggy.

À ce moment-là, je crus entendre des gamins jouer à l'étage, même si très vite je me rendis compte de mon erreur. C'étaient Vivienne et Peggy, riant comme si la fête durait toujours. Soit elles avaient oublié de fermer la porte, soit elles pensaient que je dormais à cette heure-ci. Alors que je tendais l'oreille, guettant le moindre soupçon de chagrin, le sang me monta au visage, et la pièce se mit à tourner.

L'instant d'après, je m'élevais au-dessus de la maison et volais par-dessus les villes aux rues pavées et aux toits rouges, les champs avec des enfants joyeux et les châteaux de conte de fées.

Mon esprit voguait libre comme un oiseau, mais mon cœur était à mille lieues de l'imaginer.

Je m'éveillai le lendemain matin en entendant une porte claquer et un bruit de pas. Mon cœur bondit et manqua un battement tandis que je pivotais vers l'escalier. Il ne repartit que quand Peggy parut sur le palier, se tenant à la rampe pour ne pas tomber. Drapée dans le peignoir éponge bleu de Jack, elle descendit comme si chacun de ses pas était le dernier, la main sur l'ecchymose qui lui couronnait le front et grimaçant quand ses chaussures heurtaient pesamment les vieilles marches en bois.

« Je sais ce que tu penses, lança-t-elle d'un ton enjoué. Comment fait-elle pour avoir aussi bonne mine à une heure aussi matinale ? »

Elle eut tout juste la force de traverser la pièce, se pencher et m'embrasser sur le sommet de la tête.

« L'illusion de la beauté exige un immense effort. »

Sa main tremblait lorsqu'elle se massa les tempes, tituba en direction de la cuisine et poussa la porte d'un coup d'épaule. En la regardant se traîner jusqu'à la cafetière que Vivienne avait préparée avant d'aller au lit, je remarquai un minuscule filet de sang dans son sillage, comme des traces de pas boueux.

« Tu ne m'aimes pas beaucoup, hein ? »

Elle avait parlé sans se retourner.

« Non, répondis-je. Pas beaucoup. »

La tasse de café à la main, elle me fit face, et je vis qu'elle souriait.

« Ce n'est pas grave. Tu changeras d'avis une fois que tu auras appris à me connaître. C'est ça que je devrais dire. Sauf que ce n'est pas vrai. Je suis une sacrée emmerdeuse. Pour être tout à fait franche, je ne m'aime pas beaucoup non plus. »

Une autre porte claqua.

« Henry ? »

Lorsque je la trouvai, Vivienne était en train d'ouvrir les rideaux dans le bureau.

« Il y a eu des études sur la lumière et les états d'âme féminins. Tu le savais, ça ? »

Je secouai la tête.

« Si une femme ne reçoit pas assez de lumière naturelle dans la journée, ça joue sur son humeur. Ça porte même un nom. Trouble affectif saisonnier. TAS. N'est-ce pas extraordinaire ? Peggy en connaît un rayon sur ces choses-là. »

Elle rattacha les rideaux.

« En Suède, l'un des plus beaux pays du monde, les femmes sont plus malheureuses qu'ici, à Lone Star Springs, parce qu'elles n'ont pas suffisamment de lumière durant les mois d'hiver. »

Ne sachant pas comment il fallait répondre, comme l'homme que Peggy avait frappé, je ne dis rien.

« J'ignore si ça touche les garçons, mais comme les hivers sont longs ici aussi, c'est tout à fait possible. J'ai pris rendez-vous pour nous deux avec le docteur Miller pour le 26. »

Elle se baissa, sortit un gros carton rectangulaire de sous le bureau et me le tendit.

« Je voudrais que tu utilises cette lampe à ultraviolets tous les soirs avant d'aller au lit. J'ai collé la notice sur le frigo. »

Même si elle refusait de l'admettre, Vivienne avait hérité de mon père la crainte d'une maladie invalidante. Contrairement à papa, elle craignait pour moi, pas pour elle. Alors que lui s'attendait au pire et s'était résigné à son sort, Vivienne s'attendait au pire, mais était résolue à l'empêcher de se produire. Résultat, elle s'était assurée que je connaissais le moyen le plus rapide de sortir de la maison en cas d'urgence. Il y avait une échelle devant ma fenêtre, pour que je puisse descendre en cas d'incendie. Un couvercle en fer était fixé à côté de la baignoire dans l'éventualité d'une tornade.

Assise en face de moi, elle se pencha en avant et repoussa un cheveu derrière mon oreille avant de peser de tout son poids sur ses coudes.

« Tu connais la différence entre le fait d'être amoureuse

quand on est jeune et le fait d'être amoureuse quand on vieillit, Henry ? »

Je n'en savais rien. Je ne connaissais rien à l'amour.

« Quand on est jeune, l'amour, c'est ressentir quelque chose qu'on n'a jamais ressenti auparavant. Ça te donne le sourire. Ça fait chaud au cœur. On se sent jolie. Tendre. Protégée. »

Ses yeux s'embuèrent.

« Quand tu vieillis, l'amour, c'est vouloir que quelqu'un d'autre ressente ces choses-là, car soi-même, on n'en est plus capable. »

Un bruit de pas l'interrompit.

« Il y a quelque chose qui cloche. »

Enfournant une poignée d'aspirines dans sa bouche comme si c'étaient des bonbons, Peggy entra et s'adossa au chambranle de la porte.

« J'ai bu à peine deux bouteilles de vin hier soir. Normalement, il m'en faut trois pour transformer une assemblée en deuil en une meute assoiffée de sang. »

Ses jambes vacillèrent.

« On est quel jour, aujourd'hui ?

– Jeudi.

– La date, je veux dire.

– Le 9 août. »

Le visage de Peggy s'illumina. Elle tourna les talons et s'éloigna en boitillant dans le couloir.

« Où tu vas ? demanda Vivienne une fois qu'elle avait disparu.

– C'est presque la fête de l'indépendance du Vietnam. Il faut que je prépare des Bloody Mary.

– Peggy !

– Tout le monde dit que je ne fais rien comme il faut, alors autant mettre les bouchées doubles. J'ai une putain de réputation à défendre. »

Ces mots furent suivis d'un grand fracas.

« Je ne suis pas tombée. Je me suis jetée à terre. »

C'était comme avoir un enfant à la maison.

Six mois plus tard, j'escortai Vivienne pendant que Peggy portait leurs valises jusqu'au taxi qui attendait.

Elles partaient en France pour dix jours, avec l'argent de l'héritage de Peggy. C'était la première fois que Vivienne s'aventurait loin de chez elle, et elle marchait d'un pas mal assuré, comme Peggy après avoir perdu contre la table de la salle à manger.

D'un côté, c'était le rêve de toute une vie. De l'autre, elle paniquait à l'idée qu'en son absence, je sois terrassé par la polio en l'espace de vingt-quatre heures.

Peggy était anxieuse elle aussi.

Même si la France était un pays civilisé où la littérature régnait en Maître, c'était aussi l'un des derniers États européens à avoir accordé le droit de vote aux femmes et à leur avoir permis d'accéder à des fonctions officielles. D'après ce qu'elle avait lu, les Français traitaient les femmes comme des prostituées, et il ne leur venait pas à l'esprit qu'une belle femme pouvait avoir à la fois un vagin et un cerveau. Cela lui fit penser à l'une des émissions de voyage de Vivienne sur le Pakistan : les Pakistanais estimaient que si leur vache mourait, c'était un drame, mais si leur femme mourait, ils pourraient toujours en trouver une autre.

Les deux femmes finirent par se détendre.

Peggy avait convaincu Vivienne que ça me ferait du bien de rester seul pendant une semaine ou deux. J'en viendrais à apprécier ce qu'elle faisait pour moi au quotidien. Vivienne avait quant à elle convaincu Peggy que la France n'était pas très différente du Texas, question hommes et politique.

Tandis que Peggy chargeait leurs bagages dans le coffre, Vivienne posa sa tête sur ma poitrine, ferma les yeux et m'étreignit farouchement. Elle avait dressé la liste des numéros d'urgence et l'avait fixée au réfrigérateur, à côté des instructions pour la lampe à ultraviolets. Plus des photos de nous deux, pour que je n'oublie pas son visage. Il y avait un pot de glace à la fraise dans le congélo. Elle avait même fait la liste des meilleures émissions de voyage à venir, y compris la rediffusion sur les chameaux Bactriane, sa grande préférée.

« Ton père aurait vécu s'il avait vraiment eu besoin de moi. »

Dans le taxi, Peggy baissa la vitre et se pencha au-dehors.

« On va être en retard.

– Une minute.

– Si nous n'arrivons pas à l'aéroport à temps pour boire un verre, je ferai un putain d'esclandre, et tu sais à quel point je peux être garce, avec un G majuscule. »

Les mains sur les hanches, Vivienne fronça le nez comme un enfant colérique.

« J'ai des choses à dire.

– Je m'en fous.

– Eh bien, tu as tort.

– Connasse. »

Vivienne avait ce vocable en horreur.

« Ne dis pas ça !

– Va te faire mettre. »

Les yeux de Peggy pétillaient de malice.

« Je m'exerce juste à être garce. »

Vivienne se tourna vers moi. Les rides autour de sa bouche s'étaient creusées.

« Dans la vie, tout ne marche pas forcément comme on l'a prévu. »

Elle me serra le bras, comme elle le faisait les soirs où mon père découchait. Puis elle m'embrassa longuement sur la joue, essuya son rouge à lèvres avec le talon de la main et se rua vers le taxi.

À peine avait-elle claqué la portière que le taxi démarra, éclaboussant de boue ma chemise fraîchement repassée. Mais ça m'était égal. J'étais plus préoccupé par Vivienne en train de tracer « Tu vas me manquer » sur la vitre arrière.

Je faillis l'appeler pour la supplier de rester, mais je n'en fis rien. Voilà des années que je ne l'avais pas vue aussi heureuse. Je n'allais pas lui gâcher ça. Depuis le jour de ma naissance, je lui devais une fière chandelle. Tout ce que je savais de l'amour, c'est à elle que je le devais. Du reste, quelques jours de vacances, c'était la moindre des choses à offrir à quelqu'un qui m'emportait outre-Atlantique trois soirs par semaine.

Mais, une fois à la maison, lorsque je me mis à calculer la différence des fuseaux horaires, que je réalisai que Vivienne se rendait dans notre lieu secret avec quelqu'un d'autre, tout bascula.

Malgré les fenêtres ouvertes, il y avait une forte odeur de décomposition, de moisi, comme si c'était moi qui étais parti en voyage.

Un carton où s'entassaient des vêtements de mon père attendait devant la porte le passage de Goodwill[1]. Les meubles étaient éparpillés un peu partout dans la pièce. Le papier peint se détachait dans les coins, enroulé sur lui-même façon ruban. Les clés et le porte-monnaie de Vivienne étaient restés abandonnés sur la table… détail qui, dans une émission de voyage, témoigne d'un départ précipité et quelquefois brutal.

1. Association caritative comme le Secours catholique.

« Connasse », murmurai-je.

Submergé par un soudain sentiment de solitude, mon cœur se mit à battre la chamade. J'inspirai profondément plusieurs fois par le nez pour essayer de recouvrer mon calme. Lorsque j'y parvins, que je me rendis compte que tout irait bien, je débranchai la télé et la fourrai derrière le canapé, le tube cathodique vers le bas. Je retirai toutes les photos du réfrigérateur et les enfonçai, avec les numéros d'urgence, dans le pot de glace à la fraise. Je jetai la lampe à ultraviolets dans les toilettes et écrivis sur chaque mur avec un rouge à lèvres de Vivienne : SI VOUS PENSEZ QUE L'ANNÉE A ÉTÉ MAUVAISE, ATTENDEZ DE VOIR CE QUI VA ARRIVER.

Je ne pus m'empêcher de sourire.

Demain serait mon premier jour d'adulte sans surveillance.

Je dois dire à ce stade que même enfant, j'avais du mal à m'affirmer, que ce soit en paroles ou en actes. À l'époque et pendant de nombreuses années, je l'attribuai à toutes les causes possibles et imaginables, depuis la gêne jusqu'à la lâcheté, mais je me trompais.

C'était la perte de contrôle qui me terrifiait.

Je sais que ça paraît idiot, mais je pensais ne jamais revenir à la normale ou, pire, mourir si je me laissais aller. Le plus drôle, c'est que ça s'appliquait autant à la musique qu'à la violence. J'étudiais la clarinette depuis quelques années déjà. Je pouvais déchiffrer pratiquement tout, du classique au rock, mais j'avais peur du jazz. L'idée de ne jamais jouer un morceau de la même façon, et surtout d'improviser les yeux clos, me paniquait.

Si je me sentais en danger de perdre le contrôle, je me mettais à parler aux objets familiers. « Merci, la douche, je suis extrêmement propre aujourd'hui. Merci, le fauteuil. Toujours aussi confortable. » Cela m'apaisait et me faisait rire.

Je ne pouvais, bien sûr, éviter totalement l'agressivité et je la manifestais quand il y avait un problème. Simplement, c'était plus intériorisé.

Par exemple, le sens d'orientation n'était pas mon fort. Si j'entrais dans une maison par une porte et ressortais par une autre, c'était un peu comme si je m'égarais en Amazonie.

Je me rendis à la bibliothèque tous les jours pendant six mois et mémorisai les plans de toutes les rues, ruelles et routes à grande circulation à cinquante kilomètres à la ronde… jusqu'à ce que je connaisse par cœur chaque montée, chaque tournant, chaque sortie.

Mes connaissances en matière de mécanique étaient égales à mon sens d'orientation. Je cherchai dans les Pages jaunes, trouvai une casse et persuadai le propriétaire de me laisser carte blanche.

Dans la mesure où toutes les automobiles lui arrivaient sous forme d'épaves, il ne voyait pas d'inconvénient à ce que je les démantibule pour lui permettre de récupérer les pièces qui avaient de la valeur. En un an, j'avais examiné plus de cylindres, valves, pistons et bielles que la plupart des garages en l'espace de trois générations. J'étais capable d'assembler un moteur les yeux fermés.

À l'immense satisfaction de Vivienne, j'étendis mes compétences à la maison, du ventilateur de plafond jusqu'au micro-ondes. Si un appareil tombait en panne, je le démontais jusqu'à ce que je découvre ce qu'il fallait pour le réparer.

En grandissant, quand un problème surgissait, je suivais le même principe.

Si quelqu'un entrait dans ma vie dans le seul but de la fiche en l'air, je ne restais pas là les bras ballants à le regarder faire.

Six jours après le départ de Vivienne, je reçus une lettre avec un timbre français. Les semaines suivantes, il y en eut des dizaines d'autres, et elles ressemblaient à ceci :

Très cher Henry,

Après trois jours à Paris, je peux à peine marcher. Je voudrais bien mettre ça sur le compte de toutes les visites que nous faisons, mais ce serait mentir. C'est à cause de tous ces restaurants que nous fréquentons. Dieu m'est témoin, je crois avoir mangé mon poids en pain ces dernières quarante-huit heures. Et il n'y a pas que moi. Les gens se baladent pour de bon avec des baguettes, comme au cinéma. J'aimerais pouvoir décrire les saveurs incroyables des plats d'ici, mais la seule chose qui me vient à l'esprit, c'est : « Ce que ça peut être bon, un sandwich au fromage. » Cela ne donne même pas l'ombre du début d'une idée, mais il faudra faire avec, jusqu'à ce que je rentre à la maison et trouve quelque chose de mieux.

Par un curieux caprice du destin, nous devons nos expériences culinaires à un terroriste arabe emprisonné ici et qui attend son procès. La tension est à son comble ; tout le monde craint les représailles. Comme il y a déjà eu un ou deux attentats, je dois dire que je les comprends. Résultat, les Parisiens restent chez eux au lieu de sortir comme ils en ont l'habitude. Du coup, les meilleurs restaurants sont vides, et les clients plus que bienvenus. Tu parles d'une occasion en or. Peggy pense que je suis folle, mais je dis que cela n'a aucun sens de rester enfermées, quelles que soient les circonstances, pendant notre premier séjour à Paris.

C'est drôle, mais elle a la même conception du tourisme que moi. Elle veut tout voir. Souviens-toi, j'avais fait une liste des lieux les plus intéressants à visiter. J'ai acheté des cartes et programmé des itinéraires jour par jour. Sauf que dès notre arrivée, Peggy a décidé qu'elle n'aime pas prévoir. Elle préfère aller là où le vent la mène. C'est facile pour elle de dire qu'elle ne se soucie pas de la direction qu'on prend. Le nord, le sud, c'est pareil. Si je n'étais pas là, on serait encore en train de tourner en rond.

Quand je lui fais remarquer que nous nous étions mises d'accord trois semaines avant le départ, elle rigole. Trois semaines ? Comment puis-je vouloir qu'elle respecte un engagement aussi ancien ?

J'ai finalement réussi à lui faire noter les endroits qu'elle avait envie de voir. Rouen, la ville où Jeanne d'Arc a été exécutée, est en tête de liste. Elle veut également visiter les catacombes, la tombe d'Oscar Wilde au Père-Lachaise, le Trocadéro où Anaïs Nin s'est fait avorter et la maison où le médecin de Marcel Proust a examiné la première femme de Debussy après qu'elle s'est ratée en se tirant une balle dans la poitrine. Je doute que cela puisse définir Paris, du moins j'espère que non, mais c'est ça qui l'intéresse. Il faut dire que cela correspond à sa vision du monde. Quand, le matin, je regarde par la fenêtre, je vois la ville de mes rêves. La gastronomie. L'architecture. Les monuments et musées. Peggy, quand elle regarde, voit la pauvreté, le crime et les immeubles délabrés.

S'il existe un moyen simple de faire quelque chose, elle va forcément trouver le moyen compliqué et se débattre avec.

La vie est une embuscade.

Mais… revenons aux choses importantes. Hier soir nous sommes allées dans un restaurant où normalement il faut réserver quatre mois à l'avance. Depuis notre table, on voyait la cathédrale Notre-Dame, où Jeanne d'Arc a été jugée. Peggy aime à se vanter qu'elles sont toutes deux nées un 6 janvier à 17 heures. Elle n'avait que dix-sept ans quand elle a été placée à la tête d'une armée. Jeanne, pas Peggy. En raison de ses succès, elle a été anoblie la même année. À dix-sept ans. Mon Dieu, j'apprenais tout juste à conduire à cet âge-là !

(Peggy admire Jeanne parce qu'elle s'est opposée à l'injustice des hommes.)

Bref, j'ai commencé par un hors-d'œuvre de pétoncles à la truffe blanche. Peggy a commandé du homard à la vinaigrette d'agrumes. Et voici le meilleur. Les hors-d'œuvre étaient servis au rez-de-chaussée du restaurant. Une fois qu'on a terminé, on a dû prendre un ascenseur jusqu'au dernier étage pour manger le plat principal. Tu imagines un peu ? Deux plats. Deux étages. Et, tiens-toi bien, Henry. Pendant qu'on mangeait, j'ai levé les yeux, et ils étaient en train d'ouvrir le toit pour faire sortir la fumée. Il s'est rétracté exactement comme dans les piscines couvertes à Highland Park.

C'est Peggy qui a payé, bien sûr. Elle n'a pas voulu que je voie combien cela coûtait. Elle n'a pas fait d'histoires, mais à mon avis ça lui a coupé le souffle pendant dix bonnes secondes. Tout ce que je sais, c'est que nous sommes rentrées à pied plutôt que de prendre un taxi. En chemin, je ne pouvais m'arrêter de parler nourriture. J'ai fermé mon clapet seulement quand j'ai levé la tête et vu le ciel. La Grande Ourse était juste au-dessus, comme quand on vole, sauf qu'elle était plus grosse et plus brillante que jamais. Pendant que j'admirais le ciel de Paris, Peggy a acheté un exemplaire du *Time*. Avec, en couverture, la photo d'une mère agenouillée près de sa fille mourante, atteinte par les éclats d'une bombe qui venait d'exploser. C'était horrible, et je ne voulais pas en entendre parler. Pourquoi gâcher une si merveilleuse soirée ? De toute façon, nous ne pouvions rien faire. Cela a perturbé Peggy presque autant que le terrorisme. Elle ne comprend pas que je puisse enfouir ma tête dans le sable et faire abstraction de tout ce qui se passe dans le monde.

Elle m'a exhortée à trouver le pouvoir en moi, la grandeur que je laissais en sommeil, de peur de me faire remarquer. Alors seulement je découvrirais quelles étaient mes vraies croyances, pourquoi j'étais venue sur cette terre, et je deviendrais tout ce que j'étais censée être. Cela n'avait aucun sens de vivre dans le monde, à moins d'y être engagée et de combattre pas à pas tout au long du chemin. Elle et toutes ses héroïnes me considéraient comme l'une d'entre elles, elles étaient prêtes à affronter n'importe quel danger et à risquer le tout pour le tout.

Cela m'a fait penser à ma mère, pour ne rien te cacher, à la fureur dans ses yeux quand elle déblatérait sur les hommes et la bonne vieille solidarité masculine qui asservissait les femmes. Pourvu que tu ne croises jamais sa route.

Voilà qui m'amène à te demander une faveur, Henry. Peggy est malade. Ce n'est pas comme un rhume ou une grippe, quelque chose qu'on soigne avec des médicaments. C'est en rapport avec les cicatrices qui lui courent sur les bras et à l'arrière des jambes. Je sais que tu les as vues. À moins d'un sursaut, son état ne fera qu'empirer. Je doute qu'elle puisse y arriver durant notre court séjour ici. Cela t'ennuierait beaucoup si nous restions quelques semaines de plus ? Comme disait ma grand-mère, le temps de dire ouf, et je serai de retour. Je sais tout le bien que nous faisaient nos voyages imaginaires en France. La même chose en vrai devrait bénéficier au moins autant à Peggy. Bien sûr, il ne me viendrait pas à l'idée de rester si cela devait te rendre malheureux. Tu peux téléphoner à l'hôtel pour me donner ta réponse. Le numéro figure à l'en-tête de ce papier à lettres. Je t'aime, rappelle-toi. Cela ne changera jamais. C'est juste que Peggy a trop besoin de moi en ce moment.

Gros baisers,

Maman.

PS : N'oublie pas d'utiliser la lampe à ultra-violets.

Je téléphonai et lui dis de prolonger son séjour. En dehors du terrorisme et du problème de Peggy dont la nature m'échappait, Vivienne me parut plus exaltée que lorsqu'elle était partie.

Je me souvins également de ce que mon père me disait, assez souvent pour comprendre qu'il était sérieux.

« Vivienne est une sainte et mérite d'être vénérée. »

Si quelqu'un pouvait aider Peggy, c'était bien Vivienne, sainte patronne des desserts de la mort qui tue.

La deuxième lettre que je reçus, une lettre de remerciement, contenait un poème écrit par Peggy.

Mène ta vie de sorte que le révérend
N'ait pas à mentir le jour de tes funérailles.

Ne reste pas seule,
Assise tremblante dans le noir
Sur des draps immaculés
En regardant par la fenêtre
Articulant des mots
Que personne n'entendra.
« Si seulement ç'avait été différent... »

N'écoute pas le cadavre
Au visage blanc pincé,
Aux yeux de fouine,
Dont la fente de la bouche
Forme un bouton serré, plissé
Quand il demande
« C'était comment, l'école ? »

Rebelle-toi !

Ce ne sont pas que des mots
Mais un mode de vie,
Une armure qu'on revêt quotidiennement

Pour défendre la liberté.
Le silence n'a été qu'une stratégie
Mais il faut la défiance.
Tirer les alarmes incendie.
Inonder les toilettes.
Sauter les cours.
Saboter les labos de sciences.
Inhaler l'herbe profondément.
Avaler des tranquillisants.
Une femme libre ne peut adhérer
À des règlements incapacitants.

Si elle le fait,
Elle le payera cher.

Des mois plus tard, j'appris que la réception de l'hôtel avait appelé la chambre quelques minutes après que Peggy eut fini d'écrire.

« J'ai un appel du Texas pour vous. »

Immédiatement, la femme du pasteur prit la communication.

« Si je ne revois plus jamais les gens d'ici, ce ne sera pas dommage.

– Maman… »

Exactement comme à l'enterrement du pasteur, ce fut le seul mot que Peggy réussit à placer.

« J'ai acheté un manteau de fourrure magnifique la semaine dernière à Dallas, et personne n'a pipé. Ils sont jaloux. Ça se voit dans leurs yeux. Bien fait pour eux, puisqu'ils s'en fichent.

– Maman…

– Les autres femmes de mon âge n'ont pas à subir ces choses-là.

– Papa était nul, côté baise ! »

134

Voilà qui coupa la chique à la femme du pasteur.

Curieusement, le fait qu'en abusant d'elle, le pasteur n'avait même pas été à la hauteur, donnait à Peggy un sentiment de supériorité.

« Il était beaucoup moins bon que ce gars de Liverpool avec qui j'ai baisé quand j'avais douze ans et qui aimait hurler : "Les Anglais, déchargez !" »

Ne sachant que répondre, la femme du pasteur marqua une pause pour rassembler ses idées.

« Tu as toujours été une saleté.

– C'est mon défaut préféré, maman. »

La femme du pasteur raccrocha, et Peggy alla droit à la salle de bains. Fermant la porte, elle sautilla sur la pointe des pieds comme une ballerine jusqu'à atteindre le lustre Tiffany qu'elle fracassa d'une brusque et inattendue détente de l'avant-bras. Puis elle s'agenouilla sous une pluie de verre brisé, ramassa l'éclat le plus volumineux et, nonchalamment, entailla treize fois l'intérieur de chaque cuisse.

Après quoi elle s'assit, s'adossa à la cuvette des toilettes, étendit ses longues jambes, croisa les chevilles et exhala un soupir de soulagement. Elle se sentait mieux. Malgré son accablement, malgré ses souvenirs qui l'attiraient vers le fond, son cœur et son esprit se détendaient quand elle ouvrait les vannes et offrait un exutoire à la douleur.

Pendant que le sang formait une mare à ses pieds, elle éprouva une étrange jubilation et eut envie de rire, rien qu'un petit rire haletant pour lui rappeler qu'elle allait bien. Elle repartait de zéro. Elle était avec la femme qu'elle aimait. Elle n'avait pas à être triste parce qu'elle menait l'existence ordinaire dont elle avait toujours rêvé. Mieux que ça, elle nageait dans le luxe, un hôtel quatre étoiles où personne ne pénétrait sans se faire annoncer.

À cet instant, elle aperçut son reflet dans le miroir. En examinant son corps sous la lumière implacable, pour la première fois depuis des années elle se vit sans illusion. Les cicatrices, la chair mutilée. Bizarrement, cela ne la gênait pas ; la douleur était la seule sensation qui lui procurait du plaisir. Elle sourit même en songeant qu'elle ressemblait à un jeu de morpion géant.

Se laissant aller en arrière, elle alluma une cigarette et souffla un parfait rond de fumée qui flotta, tel le fantôme omniprésent de son père, au-dessus des débris.

Elle avait l'impression de sentir sa respiration dans son cou.

Vivienne resta en France presque une année entière.

Je ne lui manquais pas tant que ça.

Ouf, mon œil.

On appela la police après que Peggy, couverte de sang, eut traversé nue le hall de l'hôtel. Ses facultés de raisonnement momentanément en suspens, elle souhaita à tout le monde un joyeux Nouvel An chinois et les invita à fêter ça au champagne. Elle se présenta également comme étant la Pucelle d'Orléans, bénit les officiers et essaya de les enrôler dans son combat contre les Anglais.

On l'emmena directement à l'hôpital psychiatrique Sainte-Anne, un court trajet durant lequel cafés et lumières scintillantes cédèrent la place à des rues mal éclairées encombrées d'ordures et où régnait une odeur de pauvreté… désolation que Peggy voyait chaque fois qu'elle regardait par une vitre.

Le temps que Vivienne apprenne ce qui était arrivé, Peggy fut attachée à un chariot et conduite au quartier de haute sécurité.

En chemin, elle croisa quelques patients qui erraient sans but, l'œil vide. Un seul d'entre eux, Claude Garin, semblait être conscient de son environnement. Affublé d'un tee-shirt qui disait *Not Made in Japan*, il était en train de déguster une portion de camembert tout en épinglant une aquarelle abstraite sur un tableau d'affichage couvert de notices et de règlements intérieurs. Âgé de vingt-cinq ans, Claude était décharné mais étonnamment costaud. On en avait pour plusieurs heures à avoir mal aux os carpiens si on avait la malchance de lui serrer la main, c'est pourquoi peu de gens s'y risquaient.

Jeune homme dévoué dont les parents avaient été accidentellement renversés par le 4x4 d'un homme politique, Claude avait une foi inébranlable dans tout ce qui pouvait bénéficier au genre humain et n'avait pas peur de placer son argent selon l'inclination de son cœur.

Ses intentions, hélas, dépassaient son instinct, et les gens en tiraient profit. Un ami le persuada d'investir dans une machine censée transformer l'eau de mer en carburant pour automobiles. Elle vous transportait du point A au point B, sauf que le moteur rouillait au passage. Un autre ami le fit investir dans un nouveau produit chimique sans toxicité pour les récoltes, et cent pour cent biodégradable. Le produit en question provoqua des malformations à la naissance chez les souris. Un troisième le convainquit d'engloutir tout ce qui lui restait dans le magnésium. Plus flexible et plus léger que le fer ou l'acier, ce métal permettait de diviser par deux les coûts de construction et la pollution des avions. Sa performance se révéla à la hauteur des espérances, à une restriction près. En cas de surchauffe de l'appareil, le magnésium, qui avait un point éclair inférieur à celui des métaux classiques, explosait. Pour ne rien arranger, si on mettait de l'eau sur du magnésium en flammes, l'incendie redoublait de violence.

Il fallait rendre son dû à Claude, jamais il ne perdit son amour de l'humanité ni son dédain pour les turpitudes de la grande industrie. C'est la raison pour laquelle il se présenta aux élections municipales contre Pierre Laplante, président d'un groupe agroalimentaire convaincu que tout pouvait se vendre et s'acheter.

L'ingénuité de Pierre était aussi légendaire que son aphorisme préféré : « Tout homme, femme ou enfant devrait pouvoir entrer dans un magasin et signer un chèque pour l'achat d'un 747. »

Il acheta quatre cents hectares de friche dans la province de Haute-Silésie en Pologne, une zone où l'on avait déchargé 96 millions de tonnes de déchets miniers, empoisonnant l'environnement. Sous les auspices du gouvernement polonais, Pierre mit au point une méthode peu coûteuse pour revégétaliser le sol, réduisant les quantités de poussière et de ruissellement contaminés qui présentaient un risque majeur pour la santé. Sitôt qu'il obtint tous les permis, il reconstruisit le manège en bois original de Coney Island, acheta le pont de Londres et le fit expédier, pierre par pierre, depuis le lac Havasu, érigea une réplique grandeur nature de la statue de la Liberté et les ouvrit aux touristes. Trois mois plus tard, il revendit le tout aux Chinois, pour le triple des sommes investies.

Il chargea le célèbre constructeur de bateaux Benetti, dont les voiliers avaient remporté de nombreuses Admiral's Cups, de lui fabriquer un yacht de quatre-vingt-dix mètres dont l'intérieur reproduirait le manoir d'Al Capone sur Star Island, à Miami. Bien que la transaction faillît ruiner Benetti, Pierre fit fortune en revendant le yacht, le jour où il fut achevé, à un parrain de la mafia sicilienne.

Dans ses cauchemars, il se retrouvait dépouillé de tout.

Pierre aimait également à paraphraser le général de Gaulle : « Comment voulez-vous vivre dans un pays qui a deux cent quarante-six variétés de fromage ? »

Il envisageait de racheter le plus grand nombre de petites fromageries possible, de les réunir et de changer la méthode vieille de plusieurs siècles de la fabrication du camembert. Grâce à un procédé moderne recourant à la pasteurisation, il décuplerait la production, et les produits finis seraient dépourvus de bactéries. Ce qui augmenterait leur durée de conservation dans les supermarchés, pour le bien de tous. Et, afin d'illustrer son propos, il citait les restrictions à l'importation imposées par les grands marchés mondiaux, principalement l'Amérique, et les soucis de santé liés au lait cru. Claude, de son côté, savait qu'on ne pourrait plus distinguer un camembert d'un autre ; en conséquence de quoi, les clients seraient privés du choix, de la complexité et, par-dessus tout, de l'âme du produit.

Il voulait bien fermer les yeux sur les autres activités de Pierre, les considérer comme le prix à payer pour quelqu'un qui était dans les affaires, mais là, c'était impardonnable.

Pour la planète entière, la France était un bastion du goût et de la saveur. La variété n'avait certes pas que des avantages, mais au final tout le monde y gagnait.

Claude partait du principe que les gens le savaient et qu'ils seraient outrés. Ils verraient clair dans le jeu de Pierre, à savoir que son projet était une arnaque marketing destinée à anéantir la tradition et à augmenter la consommation au nom de l'homogénéisation mondiale. Comment pourraient-ils réagir autrement après avoir goûté au bethmale des Pyrénées ou au bleu de Gex Haut-Jura ?

Il se trompait.

Même si d'aucuns ridiculisaient Pierre pour ses pratiques peu conformes à l'éthique, ses résultats forçaient le respect. Ses compatriotes, par conséquent, n'avaient aucun scrupule à renier leur patrimoine dans leur course à la fortune et à la gloire.

Claude n'avait pas le choix. Il allait assassiner Pierre. Cet homme-là devait répondre de ses actes, et le seul moyen de l'y obliger était de l'abattre. Lorsque Claude eut Pierre dans sa ligne de mire, l'arme qu'il avait achetée à un ami s'enraya, et il se prit une balle de 9 mm dans l'épaule gauche.

Le plus inquiétant, dans cette agression, fut le soutien que M. Garin reçut des organisations gastronomiques d'extrême droite.

Le pays connut une flambée de violence antimercantiliste. Un sénateur adepte de l'économie de marché fut poignardé quelques jours avant un vote décisif sur la production de masse. Un autre homme d'affaires fut assassiné après avoir proposé une nouvelle méthode de fabrication du fromage de chèvre, valable toute l'année et plus seulement au printemps. Cette méthode consistait à introduire un tampon hormonal dans le cul des chèvres pour déclencher leur cycle de lactation.

La France valait mieux que ça.

Au passage de Peggy, Claude la suivit dans le couloir, l'examinant d'un œil critique.

« Je peux voir ton âme », déclara-t-il.

Il désigna son front, l'air de lui donner la bénédiction.

« Comment vas-tu ? »

Pantelante comme si elle avait couru, Vivienne franchit les portes de Sainte-Anne deux heures après l'arrivée de Peggy. En s'approchant du bureau d'accueil, elle fut submergée par les odeurs d'ammoniaque, de phénol et de désolation ; quelque part, on entendait crier comme on crie, pensa-t-elle, sous la torture.

Arrivée à l'accueil, elle se trouva face à l'aide-soignant aux bras velus qui avait emmené Peggy dans sa chambre, à une infirmière et au médecin de garde. Leur attitude était chaleureuse et joviale, mais ils avaient un petit air absent, comme ces visages dans les documentaires sur les religions ou les réfugiés faméliques assaillis de mouches. Vivienne expliqua pourquoi elle était venue, mais leur expression ne changea guère ; pour eux elle s'était perdue et était entrée pour demander son chemin.

La raison en était simple. Ils ne comprenaient pratiquement rien de ce qu'elle disait.

Néanmoins, le médecin finit par parler.

Il débita une kyrielle de termes psychiatriques, en français pour la plupart. Hallucinations. Psychose. Bouffées délirantes. Dans la mesure où Vivienne comprenait le français encore moins que lui le texan, elle songea à une époque moins compliquée, à Lone Star Springs, lorsque j'avais quatre ans. Nous étions en train d'écouter un reportage sur soixante baleines-pilotes qui avaient péri après s'être échouées sur l'île australienne de Tasmanie.

Les autopsies réalisées par des chercheurs avaient révélé des lésions cérébrales correspondant à l'impact d'un sonar militaire. Ils fournirent également les preuves d'une hémorragie de l'oreille interne, causée par une forte pression. Bien que le gouvernement ait décliné toute responsabilité, il n'y avait qu'une seule explication plausible.

Le choc acoustique.

Une fois le reportage terminé, j'énonçai fièrement la

seule vérité que j'avais retenue à propos de ces créatures splendides et tragiques.

« Les baleines se baignent nues. »

Depuis, Vivienne imaginait les gens nus, à la dérive au milieu de l'océan, prisonniers du ressac de la vie, sombrant de plus en plus profondément à chaque déferlante. Les plus forts ne baissaient pas les bras et tentaient désespérément de gagner le rivage, ce qui signifiait une mort certaine pour les baleines, mais un possible salut pour eux. Les faibles prenaient peur, perdaient pied et se noyaient ; ils voyaient le salut, que ce soit terre ou mer, comme quand on regarde par le mauvais côté des jumelles.

Chaque fois que Peggy essayait de toucher terre, le sort intervenait, la repoussait et la réexpédiait dans un lieu aussi lugubre qu'interdit. Vivienne attribuait cela au « choc de la vie » et personne, excepté l'oncle Ethan, ne voulait en assumer la responsabilité non plus.

Quand le médecin eut terminé son diagnostic, Vivienne se rendit compte qu'elle avait laissé son esprit vagabonder pendant presque toute la durée de son discours. Au fond, cela n'avait aucune importance. Le médecin lui parlait en français, et elle, tout ce qu'elle voulait, c'était voir Peggy. Elle le lui dit, et il lui suggéra d'aller attendre dans la salle à l'autre bout du couloir.

Chaque pièce devant laquelle elle passait était lavée, astiquée et avait le charme d'une planque de la CIA. Dans le vaste réfectoire flottaient les relents âcres d'une nourriture indéfinissable. La salle d'ergothérapie, moitié moins grande, était divisée en un espace pour la peinture, un pour la couture et un espace cuisine à l'intention des femmes qui voulaient peaufiner leurs talents domestiques avant de retourner dans la société. Un patio extérieur offrait aux patients le luxe de l'air frais et des massifs de fleurs, mais il était entouré d'une clôture haute de trois mètres, leur rappelant qu'ils ne pouvaient s'élever au-dessus des limites de l'hôpital ni de leur maladie.

Sur bon nombre de portes figuraient les noms des médecins peints au pochoir. Certaines indiquaient leur spécialité : radiologie, kinésithérapie ou gériatrie. Certaines étaient cadenassées. Malgré l'heure tardive, Vivienne s'attendait à voir des patients en cours de soins, mais il n'y avait pas un chat.

Cela lui fit penser à Highland Park où les demeures étaient aussi hautes que le taux de criminalité était bas. Là-bas non plus, elle n'avait jamais croisé âme qui vive, même si les maisons avec des lustres en cristal Baccarat, des éditions originales reliées de cuir que nul ne lisait et des pianos Steinway sur lesquels personne ne jouait étaient éclairées avec goût et décorées comme dans une vitrine. Petite, Vivienne avait cru que les occupants étaient absents de chez eux. En grandissant, elle comprit que ce n'était pas une question de présence. C'était la différence de classe. Les riches fuyaient comme la peste tous ceux dont le statut social était inférieur au leur, et c'était bien plus dissuasif que n'importe quel système d'alarme sophistiqué.

« Je regarde dehors et je vous vois. Vous regardez à l'intérieur et vous ne me verrez jamais, certainement pas en train de boire la tisane ou de faire la fête dans le jardin. »

Elle n'allait pas rester là à contempler la vie de loin, surtout à Paris. Retournant à l'accueil, Vivienne exigea de voir Peggy.

Le médecin se borna à sourire avant de répondre lentement, avec le peu de mots anglais qu'il connaissait :

« La bonne nouvelle, c'est qu'à part ça, votre amie a l'air d'aller bien. »

Soudain, elle haït les médecins, leur fausse bonhomie, leur tendance à sourire à tout bout de champ et leur philosophie qui consistait à éviter tout désagrément. Non, ça n'allait pas. Même sa voix était exaspérante. Il avait peut-être réussi à rassurer nombre de benêts dans le passé, mais Vivienne n'était pas de ceux-là. Se taillader avec un morceau de verre, ça n'allait pas. Avoir failli mourir, nue, en se vidant de son sang dans un hall d'hôtel, ça n'allait pas. Se prendre pour Jeanne d'Arc, ça n'allait pas.

Vivienne eut envie de hurler. Elle eut envie de prendre le toubib au collet et de lui en mettre une, comme Peggy le soir de l'enterrement de mon père.

« D'où elle vient, la cicatrice sur votre lèvre, docteur ? »

Elle le regarderait cracher du sang sur son sol en Formica aseptisé. Et elle lui dirait que tout allait bien. Qu'aurait-il à répondre à ça ? Aurait-il une voix rassurante avec une mâchoire fracturée, hein ?

Elle n'en fit rien.

Même à distance, Vivienne se mit en quatre pour s'assurer qu'on me prodiguait des soins aussi attentifs que si elle avait été là. Sitôt que j'eus donné ma bénédiction pour un séjour prolongé, elle alerta tous les voisins et implora leur secours pour un garçon dans le besoin, moi. À son grand soulagement, ils acceptèrent volontiers.

Il y avait deux raisons à cela.

Primo, c'étaient des Texans. Et les Texans placent la famille au-dessus de tout le reste. Un peu comme les Européens. Secundo, ils considéraient Vivienne comme le diable en personne, *ex œquo* avec Captain Kangaroo.

Curieusement, leur dédain n'avait rien à voir avec ses talents culinaires de fraîche date ni avec ses penchants sexuels. Pour eux, ce n'étaient que des écarts temporaires, dus au choc et au désarroi d'avoir perdu son conjoint. Ce qu'ils ne pardonnaient pas, c'est le fait qu'elle ait quitté le Midwest, trahison équivalente, sinon supérieure, à l'abandon d'un adolescent livré à lui-même.

J'étais leur dernière chance en matière de fierté texane.

Les ménagères de Lone Star Springs se rendirent en pèlerinage quotidien à ma porte, m'apportant leur soutien moral et le genre de plats qu'elles avaient préparés pour l'enterrement de mon père.

Mme Harvey cuisinait suffisamment de pâtes en sauce pour nourrir un régiment. Mme Kozlowski arrivait les bras chargés de fruits et légumes frais. Mme Burton et sa fille Layla faisaient du pain de maïs, tout en se disputant pour savoir s'il fallait ou non y ajouter des piments. Mme Holloway rapportait des mets surgelés de Dallas. Des choses comme le hachis parmentier ou des charlottes, les plats préférés de la princesse Diana, disait-elle. Mme Clifford faisait cuire du poulet. Mme Lewis faisait frire du poisson-chat. Mme Scott n'apportait rien de comestible, mais passait régulièrement avec Arthur, son fila brasileiro de six ans, mélange de mastiff et de saint-hubert. De couleur bringée, il avait la tête plus grosse que mon torse.

Depuis le décès de son mari, Mme Scott se sentait non seulement malheureuse, mais en insécurité ; sa maison ressemblait plus à un entrepôt désaffecté qu'à un château... un toit sur la tête, rien de plus, où elle attendait son heure. Dans la mesure où une nouvelle histoire d'amour était aussi inenvisageable qu'une bonne nuit de sommeil, aucune solution ne se présentait à elle jusqu'au jour où, en allant au marché, elle passa devant un kiosque à journaux. C'est là qu'elle le vit. Comme un nez au milieu de la figure. *The Bark Magazine*[1]. Son accroche, « Le chien est mon copilote », la frappa, et Mme Scott comprit qu'un animal de compagnie l'aiderait à retrouver le goût de vivre. Cela lui était déjà arrivé quand elle était enfant. Il n'y avait pas de raison que ça ne marche pas maintenant qu'elle était adulte.

En temps ordinaire, elle se serait rendue au chenil de Majestic Meadows, mais puisque sa vie était en jeu, elle décida de s'offrir un chien de race. En feuilletant le magazine, elle tomba sur une page avec des chiots comme elle n'en avait jamais vu. La légende sous la photo disait : « Courageux comme un fila ». C'était une expression courante au Brésil, leur pays d'origine, en hommage à leur caractère intrépide et leur empressement à protéger la famille. Posséder un fila, par conséquent, était une énorme responsabilité. Compte tenu de leur dévouement sans faille, ils représentaient un danger pour quiconque approchait de trop près.

Je vous dis ça car la première fois où Arthur posa les yeux sur moi, il bondit en avant avec une détermination telle que Mme Scott se figea de frayeur. Je me raidis, prêt à subir l'attaque, mais Arthur passa en flèche devant moi, attrapa un bâton de la taille d'une bûchette, le déposa à mes pieds et attendit que je le lance. En partie pour me protéger, je m'exécutai et le lançai aussi fort et aussi loin que je pus. Il se précipita, sauta en l'air, le rattrapa dans la gueule avant qu'il n'ait touché terre et me le rapporta pour un nouvel essai.

Je lançai le bâton jusqu'à ne plus pouvoir bouger le bras.

1. Magazine consacré aux chiens dont le nom signifie « ouaf ».

Arthur, lui, ne manifesta aucun signe de fatigue.

Mme Scott n'en revenait pas car depuis qu'elle avait Arthur, il semblait considérer les autres humains comme des assassins en puissance sans aucun code moral.

Arthur et moi devînmes inséparables.

Nous nous baignions dans l'étang. Nous gambadions dans les hautes herbes et sautions par-dessus les troncs couchés en nous poursuivant à travers les champs qui s'étendaient à l'infini. Comme Arthur était élevé pour la chasse au jaguar, normalement je n'avais aucune chance de le suivre. Seulement voilà, il ne me perdait jamais de vue. S'il me distançait de plus de dix mètres, il s'arrêtait et attendait, exactement comme quand je lui lançais le bâton.

Où que nous soyons, quoi que nous fassions, aucun bruit ne lui échappait. La porte qui grinçait. La fenêtre qui claquait. La télé qu'on éteignait. Il savait même quand je mettais ma veste, au cas où je m'apprêtais à sortir.

Personne ne m'approchait.

Le soir, Arthur accourait après que Mme Scott se fut endormie. Elle avait toujours besoin de lui, mais maintenant qu'elle se sentait en sécurité, elle faisait volontiers passer mes besoins avant les siens en l'absence de Vivienne, chose que Vivienne aurait fait si elle avait été à sa place.

Dès que je lui ouvrais, Arthur me suivait en haut et se couchait sur la descente de lit, même s'il ne dormait que d'un œil. Toutes les heures, il effectuait sa ronde, vérifiant les différents accès possibles.

Lorsqu'il était dans ma chambre, il m'arrivait d'allumer la lumière et de lui lire des passages de livres qui, pensais-je, devaient lui plaire : *Ne tirez pas sur l'oiseau moqueur*, *L'Attrape-cœurs*. Quelquefois, je me lovais par terre à côté de lui, je l'enlaçais par le cou et le serrais fort, comme Vivienne le jour de son départ pour la France.

Quand il était quelque part dans la maison, j'entendais tout ce qu'il faisait, comme une mère qui sait que son bébé s'est retourné sur le ventre dans son berceau.

Contrairement à Vivienne, Arthur me protégeait autant de la solitude que des agressions physiques. Contrairement à Vivienne et à mon père, jamais il ne me laisserait tomber.

Mes braves voisines passaient régulièrement à la maison et m'invitaient également à venir chez elles. Au début, je refusais. J'appréciais les invitations, mais je préférais mon cadre familier.

Si elles insistaient, je recourais à la ruse que j'avais mise au point des années plus tôt, à utiliser en cas d'urgence : j'étais capable de vomir sur commande.

Pas besoin d'enfoncer les doigts dans ma gorge comme les gamins de ma connaissance, ni d'avaler une cuillerée d'huile de foie de morue. Non, il me suffisait de penser à des choses désagréables, contrepoint de la méthode infaillible de Peter Pan pour savoir voler.

Je rendais tout sauf les culottes en dentelle.

Ce fut l'occasion de goûter à nouveau aux plats que mon père et moi aimions le mieux. Œufs au bacon le lundi. Sandwiches à la banane et au beurre de cacahuètes le mardi. Plateaux-télé surgelés le mercredi. Pâtes au fromage le jeudi et hamburgers le vendredi. Le samedi, encore des pâtes. Le dimanche était réservé aux friandises : Mars, Snickers, Milky Way et les sous-estimés Bounty.

Bientôt, cependant, j'en vins à ressentir la même impression de vide que Mme Scott après la mort de son mari. Je l'attribuai d'abord à une surconsommation de sucre. Mais les semaines, puis les mois passant, ma vulnérabilité s'accrut, et là, il n'était plus question d'incriminer mes habitudes alimentaires. Malgré la présence tutélaire d'Arthur, la solitude prit le dessus, mettant en péril mon existence même, comme un passage à tabac dont on ne se remet pas.

Assis dans le fauteuil à tapisserie, soir après soir, je m'efforçais de garder le moral malgré le message apocalyptique que j'avais gribouillé sur les quatre murs en rouge incarnat survitaminé.

SI VOUS PENSEZ QUE L'ANNÉE
A ÉTÉ MAUVAISE,
ATTENDEZ DE VOIR CE QUI VA ARRIVER.

Je pesais les pâtes et les sachets de fromage contenus dans chaque paquet pour voir si la quantité était rigoureusement identique. Je comptais les pas entre notre porte d'entrée et la quincaillerie, le café de Bee, l'ancien lieu de travail de mon père et la station-service, calculant le nombre de déplacements à effectuer pour arriver à un kilomètre. Je comptais les mots dans chaque lettre de Vivienne et les rangeais par ordre de grandeur.

Mais j'avais beau faire, j'avais toujours l'impression que mon cœur allait imploser. Lorsque je n'eus plus rien à compter, je remis la télé à sa place et la réglai sur la chaîne Voyages vingt-quatre heures sur vingt-quatre. Même quand je ne faisais que passer dans le salon, cela me distrayait suffisamment pour que j'oublie mes soucis, ne serait-ce qu'une poignée de minutes. Je mis des nouvelles photos de Vivienne sur le frigo, dont beaucoup de nous deux. Je rédigeai une nouvelle liste de numéros d'urgence, y compris les numéros à Paris.

Police	17
Samu	15
Pompiers	18
Centre antipoison	01 40 05 48 48
Aide médicale d'urgence	01 47 07 77 77
Permanence téléphonique de la brigade des stups (appel non surtaxé)	0 800 14 21 52
Maladies sexuellement transmissibles..	01 40 78 26 00
SOS Médecins	01 47 07 77 77
SOS Dentistes	01 43 37 51 00
Brûlés	01 58 41 41 41
Cartes de crédit volées	01 68 22 14 94
Visa	08 92 70 57 05
American Express	01 47 77 70 00
Diner's Club	08 10 31 41 59

J'y rajoutai l'Office des personnes disparues, au cas où Peggy viendrait à se perdre.

J'achetai un nouveau pot de glace à la fraise. Je nettoyai les murs, ne laissant que les derniers mots.

ATTENDEZ DE VOIR CE QUI VA ARRIVER.

Mais je ne me sentis pas mieux pour autant.

Et si, en allant dîner chez Mme Jennings, je succombais à une crise cardiaque ? Personne ne le saurait. Vivienne rentrerait, et je ne serais pas là. Elle alerterait la police, mais le temps qu'on me retrouve, mon corps serait tout gonflé et couvert de limaces, les yeux pendants comme chez un diable à ressort.

Je pourrais être en route pour aller chez Mme Kozlowski quand un épais brouillard masquerait le paysage. Un pick-up surgirait au tournant avec un cerf attaché au capot. Le conducteur ne me verrait pas et, même s'il m'apercevait à la dernière seconde, il y avait des chances qu'il panique et appuie sur l'accélérateur au lieu de freiner. L'instant d'après, boum ! je foncerais à cent à l'heure, empalé sur des bois de cervidé.

Mme Fairweather et Mme Burton habitaient encore plus loin, si bien qu'à mi-chemin, je serais déjà épuisé. Imaginons qu'un détenu s'évade de Huntsville, cela arrivait tout le temps. J'entendrais un bruissement au-dessus de ma tête. Je prendrais peur. Je me mettrais à courir, sans réaliser que c'était un hélicoptère de la police. Ils tireraient d'abord et poseraient des questions après. On était bien au Texas, non ? À son retour, Vivienne serait épinglée par les médias pour avoir négligé mon bien-être.

Rester à la maison ne me réussissait guère mieux.

Et si, pendant que je cherchais comment m'occuper, un jaguar d'une émission de voyage de Vivienne s'échappait d'un cirque itinérant à un moment où Arthur ne serait pas là ? Je serais assis dans le fauteuil à tapisserie, perdu dans mes pensées. Le jaguar s'approcherait sans bruit par-derrière. Et je serais traîné dehors comme un Bounty humain.

Pire, en revenant, Vivienne découvrirait une vie totalement inconnue d'elle. Dix dizaines de capotes que mon père m'avait données la veille de sa mort. La brochure promotionnelle des Green Bay Packers signée par tous les footballeurs de l'équipe. Les bribes des numéros d'urgence déchirés. Des dessins, des horaires, des pages et le mur derrière mon lit recouvert du mot qu'elle détestait le plus.

CONNASSE CONNASSE CONNASSE CONNASSE
CONNASSE CONNASSE CONNASSE CONNASSE
CONNASSE CONNASSE CONNASSE CONNASSE
CONNASSE CONNASSE CONNASSE CONNASSE
CONNASSE CONNASSE CONNASSE CONNASSE
CONNASSE CONNASSE CONNASSE CONNASSE
CONNASSE CONNASSE CONNASSE CONNASSE
CONNASSE CONNASSE CONNASSE CONNASSE
CONNASSE CONNASSE CONNASSE CONNASSE
CONNASSE CONNASSE CONNASSE CONNASSE
CONNASSE CONNASSE CONNASSE CONNASSE
CONNASSE CONNASSE CONNASSE CONNASSE
CONNASSE CONNASSE CONNASSE CONNASSE
CONNASSE CONNASSE CONNASSE CONNASSE
CONNASSE CONNASSE CONNASSE CONNASSE
CONNASSE CONNASSE CONNASSE CONNASSE
CONNASSE CONNASSE CONNASSE CONNASSE
CONNASSE CONNASSE CONNASSE CONNASSE
CONNASSE CONNASSE CONNASSE CONNASSE
CONNASSE CONNASSE CONNASSE CONNASSE
CONNASSE CONNASSE CONNASSE CONNASSE
CONNASSE CONNASSE CONNASSE CONNASSE
CONNASSE CONNASSE CONNASSE CONNASSE
CONNASSE CONNASSE CONNASSE CONNASSE
CONNASSE CONNASSE CONNASSE CONNASSE
CONNASSE CONNASSE CONNASSE CONNASSE
CONNASSE CONNASSE CONNASSE CONNASSE
CONNASSE CONNASSE CONNASSE CONNASSE
CONNASSE CONNASSE CONNASSE CONNASSE
CONNASSE CONNASSE CONNASSE CONNASSE
CONNASSE CONNASSE CONNASSE CONNASSE
CONNASSE CONNASSE CONNASSE CONNASSE
CONNASSE CONNASSE CONNASSE CONNASSE !

Et le pompon, alors qu'elle aurait désespérément besoin de réconfort pour faire face à ces découvertes dérangeantes, Vivienne ne pourrait pas utiliser sa lampe à ultraviolets.

Je commençai à dire oui aux invitations à dîner.

En rentrant à la maison, au grand dam d'Arthur, je m'assurais que la porte n'était pas verrouillée. Car si j'allais aux toilettes et qu'un anaconda se faufilait dans les canalisations, plantait ses dents dans mon rectum et m'entraînait dans les égouts de Lone Star Springs, la police n'aurait pas besoin d'enfoncer la porte, obligeant ainsi Vivienne à débourser une petite fortune.

Il est important de noter que plus je me sentais à l'aise chez les voisines, plus elles devenaient victimes de leur générosité.

Préférant l'hospitalité des Kraus à celle des Horner, je trouvais toujours le moyen de décliner gracieusement l'invitation de ces derniers en cas de conflit horaire. Mme Holloway, qui avait passé ses vacances à Londres, me laissait boire un verre de Guinness à table. Pas les Burnham. La question ne se posait même pas. Le seul inconvénient, c'est que je devais voir tous les objets de la collection lady Di de Mme Holloway avant chaque repas, collection dont elle tirait fierté comme si c'était son propre enfant. Il y avait des calendriers, des magazines, des livres commémoratifs, des poupées, des porte-clés, une gravure d'Andy Warhol, une assiette « Mère dévouée » et la cassette de *Candle in the Wind* d'Elton John.

Si je ne trouvais pas d'excuse polie, j'invoquais des réactions allergiques calamiteuses, depuis la dépression saisonnière jusqu'à l'ostéoporose, pour les repas dont je pouvais me passer. Il suffisait de regarder ces femmes d'un air candide, de sourire et de mentir.

« Tu peux obtenir tout ce que tu veux des gens, si tu t'arranges pour qu'ils te fassent confiance. »

C'était la pierre angulaire de toutes les ventes réalisées par mon père. Dès qu'il rencontrait quelqu'un, la première poignée de main était déjà un investissement.

« Plus un client s'investit, moins il a envie de tourner les talons. »

Vivienne, bien entendu, mettait un point d'honneur à dire la vérité et rien que la vérité, sans doute à cause des penchants de mon père. Elle jugeait les autres à leur parole. Une déclaration était juste ou ne l'était pas. Il n'y avait qu'une seule vérité, et on avait beau multiplier les mensonges pour la circonvenir, elle demeurait la même, sans la moindre nuance de gris.

D'un point de vue strictement pratique, un mensonge, même bien tourné, tend à compliquer les choses. On perd le fil de ce qu'on a dit, à qui on l'a dit et quand. Par-dessus tout, je ne pouvais mentir à Dieu.

Bien que j'aie toujours préféré dire la vérité, à ma décharge, j'avais hérité de mon père quelque chose que je ne pouvais pas nier. Ses yeux. C'est ce que les gens remarquaient en premier chez moi. C'est ce qui les attirait. En ces temps difficiles, je dus affronter les dures réalités de la vie, et leur leçon fut aussi simple et carrée que les conversations avec mon père sur la place. Mentir permet d'arriver à ses fins.

Dans un monde où peu de gens obtiennent ce qu'ils désirent vraiment, qui me jettera la première pierre ? Et puis, n'importe qui peut être honnête. Il faut avoir de l'humour, du style et de l'imagination pour rendre un discours élastique. Je pensais alors et je continue à penser qu'un mensonge confortable vaut mieux qu'une vérité inconfortable, d'autant que ces femmes-là se fichaient pas mal de la vérité dans le sens où l'entendait Vivienne.

Ce qui était parole d'Évangile un jour devenait fiction le lendemain, selon ce qu'il leur fallait pour se sentir bien dans leur peau.

Tout n'était que nuances de gris.

Je songeais souvent à mon père. Il était incroyablement présent, surtout quand je passais devant le White Roc. Étant donné que Jack avait été leur client le plus fidèle et le plus généreux, ils avaient retapé la voiture assassinée par Vivienne et l'avaient dressée, comme un totem, sur le parking en face de l'entrée. Bien que coûteuse, ce fut une idée de génie. En buvant de la bière verte le jour de la Saint-Patrick, en plein tournoi de softball sponsorisé par les bars ou tout simplement pour éviter de rentrer chez eux, les amis de mon père levaient davantage le coude chaque fois qu'ils regardaient la Cadillac, vaguement nostalgiques d'une camaraderie perdue.

C'était aussi valable pour les femmes qui avaient couché avec mon père, autrement dit tout le monde ou presque. Elles consommaient plus et laissaient tomber ce qui leur restait de scrupules après un coup d'œil sur la voiture de Jack. Cela leur rappelait des jours meilleurs, généralement en l'absence du mari, même si parfois cela leur rappelait aussi les innombrables séries de poêles et de casseroles, encyclopédies, aspirateurs et fournitures de bureau trônant dans leur emballage sur les étagères de leurs placards.

J'en tirai une autre leçon que mon père aurait approuvée.

« Tout se répare, de l'amitié à la virginité, après cinq ou six Budweiser. »

Je me rendais consciencieusement sur la tombe de Jack pendant que Vivienne était en voyage. Il m'arriva de faire du stop parce que je n'avais plus d'essence ou que j'avais un pneu à plat, mais j'y allais au moins deux fois par semaine. J'arrachais les mauvaises herbes et époussetais sa pierre tombale. Tête baissée, je me remémorais nos moments privilégiés entre père et fils. La pêche. Les matches de foot. Les milk-shakes à l'officine. Mais malgré tout ça, mes pensées me ramenaient à l'unique souvenir douloureux.

« Tricheur ».

On ne doit pas penser ça de son père, je sais, mais c'était plus fort que moi. Il me manquait terriblement quand j'étais petit et qu'il s'absentait pour de longs week-ends, et maintenant qu'il n'était plus, il ne me manquait pas du tout. J'avais beau essayer, je n'arrivais pas à faire venir les larmes que j'étais incapable de verser.

C'était la seule activité improductive que je m'autorisais.

Dorénavant, j'étais déterminé à damer le pion à Vivienne. Si je voulais réussir dans la vie, il me fallait un but, et une stratégie pour l'atteindre. Planifier pour agir au mieux. Voilà qui ferait de moi un homme. Pas une mauviette. Si je gardais le nez sur le guidon, avec Arthur à mes côtés, je me sentirais aussi moins vulnérable.

Je modifiai ma routine.

J'achetai un carnet de bord afin de noter et d'évaluer mes progrès au jour le jour. C'était un bon moyen pour anticiper, définir mes priorités et ne pas m'encombrer de choses superflues.

Je divisai ma journée en segments ordonnés. Si l'un d'eux se révélait trop ardu, je le rayais et passais au suivant. Ainsi, je ne perdais qu'une partie de la journée au lieu de vingt-quatre heures.

L'école et les tâches quotidiennes me prenaient le plus clair de mon temps. Je faisais la lessive le lundi. Le repassage et le raccommodage le mardi. Les petits travaux d'entretien que la maison nécessitait en permanence le mercredi. Le jeudi était consacré au ménage. Le vendredi j'allais retirer de l'argent au distributeur. J'encaissais religieusement les chèques de Vivienne. Ce n'était pas grand-chose, mais je parvenais à mettre de côté dix dollars par semaine pour lui offrir un cadeau au moment où elle franchirait la porte, gage de mon respect.

Cela me faisait mal au cœur de l'admettre, mais Peggy avait raison.

Cette expérience me rapprocha comme jamais de Vivienne. En accomplissant les mêmes corvées, je commençais à comprendre ce qu'elle avait dû ressentir et ce qu'elle avait pu penser… comme si j'avais soudain accès à des secrets d'État.

Tout comme mon père à mon âge, j'étais un artiste face à une toile blanche. Mais contrairement à Jack, mes objectifs étaient mes sujets, et la résolution, mes couleurs.

La seule fois où je paniquai, ce fut l'été. Alors que la plupart des ados ont besoin de rompre avec la routine pour ne pas disjoncter, être privé d'un quart de mon emploi du temps sema la zizanie dans mon existence.

Le bon côté, ce fut d'apprendre que « la situation dicte l'action ». Si je voulais garder le moral, la baisse du nombre d'obligations signifiait une chose et une seule : il fallait que je m'en trouve d'autres.

Le destin voulut que la solution idéale se présente à la suite d'une des émissions de voyage chères à Vivienne. Elle était axée sur les « langues mortes », comparables à celles qu'on qualifiait d'« éteintes », tout en étant différentes.

Une langue est dite éteinte quand elle a été remplacée par une autre. Le parler amérindien, par exemple, a été supplanté par l'anglais, le français, l'espagnol ou le portugais comme conséquence de la colonisation.

L'extinction se produit également quand une langue évolue… le vieil anglais devenant celui que nous parlons aujourd'hui. Une langue éteinte qui n'a plus de locuteurs est considérée comme morte, même si son usage peut perdurer à des fins scientifiques, juridiques ou ecclésiastiques : l'avestique, le sanskrit, l'hébreu biblique et le gaulois entre autres.

Au terme d'une recherche approfondie, je décidai que mes besoins étaient plus ecclésiastiques qu'autre chose et entrepris d'étudier le gaulois. Cela me prendrait facilement tout l'été. Qui plus est, je pourrais le parler chaque fois que j'irais rendre visite à mon père. L'endroit était tout désigné.

Moni gnatha gabi buððutton imon : Ma fille, prends mon pénis.

Geneta imi daga uimpi : Je suis une jeune fille bonne et jolie.

C'étaient les seules phrases que j'avais réussi à perfectionner ; du coup, je les répétais en permanence, sachant que mon père apprécierait l'intention.

Dans la mesure où j'ignorais totalement la date du retour de Vivienne, cette période fut aussi celle des échéances, des horaires et des obligations, régie par les règles de base que plus tard je baptiserais « les trois P ».

Ponctualité, précision et performance.

Revers de la médaille, je commis de nombreuses erreurs durant ces mois-là. Le fait de les dépasser, toutefois, me rappela que j'étais en train d'avancer. Peu à peu, je prenais conscience de chaque faux pas et le corrigeais, et j'en tirais une précieuse leçon.

Les doux n'héritent pas la terre. Ils la bousillent en devenant des victimes, en prenant des décisions irréfléchies qui aboutissent à des conclusions illogiques.

Là-dessus, Arthur me soutenait entièrement.

Mon souci du détail impressionna grandement M. Davidow, un voisin dont je fis connaissance à l'époque et qui m'influença plus que n'importe qui, hormis mes parents.

Les Davidow habitaient en haut de la colline, de l'autre côté de la route derrière la rangée de figuiers qui bordaient l'étang. Un vendredi sur deux, Mme Davidow nous invitait, Arthur et moi, à déguster une tarte maison. Pour le bonheur de Vivienne, sa spécialité, c'était la fraise, mais la saison des fraises était de courte durée. Ensuite venait la pomme, talonnée de près par la rhubarbe.

Après le dessert, M. Davidow nous emmenait, moi et Arthur, dans son bureau et nous régalait de récits de ses exploits, un peu à la façon de mon père.

Quand il avait épousé Mme Davidow, elle s'était aperçue très vite qu'il était passionné d'aviation. Pendant leur lune de miel, elle se rendit à l'aérodrome le plus proche et profita d'une offre de lancement pour qu'il puisse enfin piloter. Il crut qu'elle avait perdu la tête. C'était largement au-dessus de leurs moyens. Mais elle s'en moquait. Il était fait pour s'envoler, c'était la seule chose qui pouvait le rendre heureux, donc ce n'était pas de l'argent perdu. Il fallait juste qu'il s'y mette tant qu'ils n'avaient pas d'enfants et qu'ils avaient quelques économies à la banque. Il n'y avait qu'une seule condition. Il devait promettre de toujours lui revenir en fin de journée.

Il allait s'envoler. Elle allait le garder.

Il promit.

Au bout de deux leçons, il savait décoller et atterrir tout seul. Au bout d'une dizaine de leçons, il entra à l'école de pilotage comme instructeur. On lui accorda soixante minutes dans les airs en échange d'une semaine de travail. Pas d'argent. Juste du temps de vol.

Il ne buvait pas. Il ne fumait pas. Il ne faisait que

piloter. Il parlait de cette époque-là comme d'autres voisins de leurs vieilles photos de famille. Comme Vivienne parlait d'amour. Comme mon père évoquait les femmes qu'il n'avait pas réussi à séduire.

Des années plus tard, M. Davidow se produisit à travers tout le pays. Pendant un moment, il pilota un avion d'épandage et fut chef d'escadrille durant la guerre. Il vola pour la Patrouille aérienne civile. Il surveillait les frontières, effectuait des missions de recherche et de sauvetage, antidrogue et reconnaissance.

Et il revenait toujours.

Il fut également le meilleur pilote commercial jamais employé par United Airlines. Jusqu'à ce que les progrès de l'aviation et la technologie sophistiquée relèguent les pilotes au second plan. Alors il opta pour le contrôle du trafic aérien.

Le plus étonnant, c'est que sa passion et son enthousiasme étaient restés intacts. Seules ses priorités avaient changé. Du temps où il était pilote, tout tournait autour de lui. Son expérience. Ses capacités. Son plaisir. Désormais, c'étaient ses passagers, il était de son devoir de veiller à ce qu'ils reviennent toujours. C'est ainsi qu'il l'envisageait puisqu'il comparait son travail à celui d'un chirurgien :

« La vie des gens est entre mes mains vingt-quatre heures sur vingt-quatre. Chacune de mes décisions, chacun de mes gestes est une question de vie ou de mort. »

C'était ce qui me rapprochait le plus de mes vols avec Vivienne, sauf que M. Davidow ne faisait pas semblant.

Peggy était toujours sanglée par de lourdes lanières en cuir en travers des cuisses et de la poitrine quand Vivienne arriva le lendemain avec des fleurs.

Sa première réaction fut de se précipiter pour la serrer

dans ses bras, mais elle savait que cela ne servirait à rien. Peggy avait les yeux ouverts, mais éteints. Même lorsqu'ils bougeaient, c'était plus un réflexe qu'un acte volontaire.

Le reste de son visage était dépourvu de couleur et de personnalité. Ses cheveux humides de sueur étaient plaqués sur son front, alors même que ses lèvres étaient sèches et gercées. Elle était affublée d'une blouse d'hôpital verdâtre, si fine et transparente que son corps paraissait encore plus frêle, si tant est que ce soit possible.

Son lit était équipé de barreaux en bois rétractables, façon berceau, pour l'empêcher de descendre, et l'étiquette rouge fixée au montant signifiait qu'elle représentait un danger pour elle-même. En cas d'urgence, d'épais tapis en caoutchouc avaient été placés de part et d'autre, pour amortir une éventuelle chute.

Médecins et infirmières s'agglutinaient autour du lit tel un essaim de paparazzis. L'un prenait la température de Peggy. Un autre prélevait du sang : il remplit une demi-douzaine de fioles avant de casser l'aiguille et de la jeter. Les bleus sur le dos de la main et sur l'avant-bras de Peggy étaient comme une carte au trésor, marquant les endroits où les aiguilles avaient été plantées de travers. Un autre médecin étudiait le rapport du psychiatre et posait des questions du genre : « Quel jour sommes-nous, comment vous appelez-vous et quels sont les médicaments que vous prenez ? » Faute de réponse de la part de Peggy, une infirmière prit des notes, sortit une épingle de sûreté de la poche de sa blouse, piqua Peggy au talon et demanda calmement si la douleur était sourde ou vive. Peggy ne répondit pas plus qu'aux autres questions. Vivienne trouva ça intolérable et détesta l'expression « épingle de sûreté », encore un de ces oxymores répugnants dont la vie a le secret.

Tandis que l'infirmière s'acharnait sur elle, Peggy ferma les yeux. On aurait dit que son corps s'était détendu, mais ce n'était pas le cas. La vie l'avait désertée momentanément pour qu'elle puisse s'enfouir plus en profondeur, se cachant de ses démons.

Quel que fût le lien qui la rattachait au monde, Vivienne comprit qu'il avait été rompu. Ce n'était plus son monde et elle n'avait plus de raison d'être là.

En temps normal, Vivienne aurait pleuré, mais comme moi, elle fut incapable de faire venir les larmes. Cela lui fit peur, et elle se sentit encore plus mal à l'aise. Elle ne s'inquiétait pas pour elle. Jamais pour elle. Elle craignait que Peggy ne s'en rende compte.

Soudain, Vivienne n'arrivait plus à respirer.

Il n'y avait pas assez d'air dans la chambre, encore moins avec toute cette foule autour d'elle, et l'unique fenêtre était fermée par des volets et condamnée par six barreaux de fer.

Elle voulut fuir dans le couloir, mais l'infirmière à l'épingle de sûreté lui barra le passage.

« Vous avez de la chance, déclara-t-elle en croisant les bras avec défi. Votre amie s'est tailladé les poignets horizontalement. C'est plus un appel à l'aide qu'une véritable tentative de suicide. C'est quand c'est vertical… »

Elle montra sur elle-même avec l'index.

« … qu'on peut se dire adieu. »

Lors de la deuxième séance d'Ethan à l'hôpital de la prison, le docteur Coonan rappela à tout le monde que, s'ils réintégraient la société, il n'y avait pas de raison de ne pas profiter pleinement de ses bienfaits. L'aisance financière. Un travail dur et honnête. Un mariage d'amour et des enfants qui vous adoraient. Mais ils n'obtiendraient rien s'ils ne changeaient pas leur mentalité. Il décrivit ensuite plusieurs scénarios conduisant à une manifestation de colère inadéquate, à la fois passive et agressive, et demanda à chaque membre du groupe de sélectionner celui qui leur parlait le plus.

Les sentiments d'impuissance et de rancœur furent son premier exemple.

Quand quelqu'un a l'impression de ne plus être maître de son existence, que son destin est entre les mains d'autrui, il se met souvent en colère. Le docteur Coonan poursuivit en disant que ces gens-là en veulent à ceux qui décident et choisissent à leur place. Toute la journée, ils exécutent des ordres. Ils ne supportent pas cette situation, mais ils ne peuvent rien faire jusqu'au moment où ils explosent.

Ethan n'était pas d'accord.

C'était normal d'avoir son destin entre les mains d'autrui. Il n'y avait aucun mal à ça, dans la mesure où vos supérieurs hiérarchiques, ceux qui décidaient de vos choix dans la vie, étaient plus qualifiés que vous. C'était important de suivre ce qu'ils disaient, sans condition, car votre survie en dépendait. Peu importait que vous partagiez ou non leur point de vue. Le boulot d'un chef n'était pas de se faire aimer, mais de se faire obéir.

Ethan ne comprenait pas pourquoi cela devait susciter la colère ou le ressentiment.

Le docteur Coonan écouta poliment, sourit et promit d'en reparler avant la fin du stage.

Pendant que Peggy dormait ou que les médecins effectuaient de nouvelles séries d'examens, Vivienne attendait dans la salle commune. Les fenêtres y étaient fermées par des volets et des barreaux comme dans toutes les autres pièces. Les meubles étaient poussés contre les murs, un peu comme quand on fait de la place pour danser dans la maison familiale en l'absence des parents. Mais contrairement à la maison familiale, ils étaient vissés au sol. Le personnel craignait-il qu'ils sautent sur quiconque passait à leur portée ?

Les décrépits et les non-violents allaient et venaient comme à la marée basse, s'asseyaient, se balançaient ou faisaient les cent pas. Certains étaient en pyjama. D'autres en jean et tee-shirt. D'autres encore habillés comme s'ils allaient au bureau et s'étaient arrêtés une minute pour boire un café.

Les membres du personnel passaient pour se servir au distributeur de snacks ou pour regarder la télé. De temps à autre, un médecin venait parler aux visiteurs sur le ton que Vivienne employait autrefois avec ses prématurés. Du coup, ces consultations la mettaient extrêmement mal à l'aise et, pour se distraire, elle rendait de menus services, allait chercher à manger à la cafétéria et portait des messages à ceux qui en avaient besoin.

Quand les médecins étaient occupés, Vivienne lisait les magazines français qu'elle ne comprenait pas ou parlait à des gens qui ne saisissaient pas les nuances de son discours. À dire vrai, cela n'avait aucune espèce d'importance. Dans un univers où la vie se résumait au grignotage, à l'attente, la tolérance et l'intolérance, la clarté était aussi immatérielle que les vœux de mon père. Vivienne aurait aussi bien pu hurler au feu, au viol ou à la maladie vénérienne. Que ce soit en anglais, en français, en polonais ou en martien, la traduction était la même.

« MAIS QU'EST-CE QUE JE FOUS ICI, BON SANG ? ! POURQUOI ÇA M'ARRIVE À MOI ? AIDEZ-MOI, QUELQU'UN ! J'AI PEUR À EN CREVER ! AU SECOURS ! AU SECOURS ! SORTEZ-MOI DE LÀ ! »

Vivienne ne partit pas.

C'était comme quand on était allés voir les reptiles au zoo. On avait peur. On trouvait ça répugnant. Mais si l'un des serpents était en train de manger une souris, on ne pouvait s'empêcher de regarder. On avait beau détourner les yeux, on y revenait toujours jusqu'à ce qu'il ne reste plus qu'un bout de queue frétillante.

Même si le but premier de l'hôpital était de guérir quiconque en franchissait les portes, le personnel redoutait cette idée et les complications qui pourraient surgir en dehors de l'enceinte de l'établissement. Ils étaient donc dotés d'inépuisables ressources intérieures et d'une dose inhumaine d'humeur joviale, à l'opposé du pessimisme qui régnait dans le reste de la France.

« Jour après jour, je regarde tous ces gens qui rendent les autres responsables de leurs propres problèmes. Jour après jour, je choisis d'être quelqu'un d'autre. Pour chaque événement injuste dans la vie, j'essaie de trouver un contre-événement juste, positif et passionnant. »

Si d'aventure ils admettaient les horreurs qui avaient infiltré leur existence, ils ne pourraient continuer à vivre. Comme les prématurés de Vivienne, ils basculeraient, et ce serait la fin. La seule autre option était de devenir aussi dingues que les malades confiés à leurs soins, et il n'en était pas question.

Les autres visiteurs, en revanche, faisaient face à l'horreur. Ils n'avaient pas le choix. Entassés dans une pièce où régnait une chaleur suffocante en été et un froid polaire en hiver, il n'y avait plus d'étiquette commune, de code de conduite ni de frontières. Des gens qui, en temps ordinaire, ne se seraient pas adressé la parole devenaient instantanément confidents et amis.

Au début, cela incommodait Vivienne autant que les

visages souriants des médecins. Une relation avec une personne, c'était déjà assez compliqué comme ça. Or voilà qu'elle était assaillie par tout un groupe d'individus qui parlaient de leur vie depuis qu'ils avaient cinq ans, balbutiaient leurs secrets les plus intimes et s'attendaient à ce qu'elle fasse de même. Pour une fois, elle se félicitait de son éducation dysfonctionnelle et ses facultés de communication limitées. Cela la rendait imperméable à cette sorte de vulnérabilité.

À la fin de la première semaine, elle leur avait parlé de Peggy, de Jack, de sa mère et de moi comme si la salle commune était un confessionnal.

L'écrasant sentiment de honte qu'elle avait éprouvé après avoir couché avec Peggy, par exemple.

Si seulement elle avait eu la force de dire non.

Vivienne avait été également gênée par l'insatiable besoin d'affection de Peggy et par son comportement outrancier.

Souvent, elle se disait qu'elle serait beaucoup mieux sans Peggy et priait pour qu'elle trouve quelqu'un d'autre. L'homme de ses rêves. Un homme. N'importe lequel.

Quatre fois, elle avait évité Peggy quand elle était malade.

À cinq reprises, elle avait espéré qu'il arriverait malheur à Peggy ; sa propre vie en serait simplifiée car elle n'aurait plus de décisions difficiles à prendre.

Il y eut même un moment fugace, après un énième esclandre de Peggy, où Vivienne se dit que personne ne pouvait la supporter et qu'elle ne l'avait pas volé.

« L'intimité synthétique », c'est ainsi qu'elle baptisa ses confessions de retour à Lone Star Springs. Personne n'était imperméable.

Certains de ses récits étaient distrayants. D'autres,

édifiants. D'autres encore venaient du cœur. Il y en avait tellement que je m'y perds, comme avec mon père, mais une histoire m'a frappé tout particulièrement.

Vivienne s'était endormie dans son fauteuil. Combien de temps elle avait dormi et ce qui s'était passé pendant ce temps-là n'était pas clair, mais à son réveil, elle découvrit un lourd manteau en laine, un manteau d'homme, posé sur elle. Personne ne le réclama jusqu'à la fin des visites. Comme il faisait plutôt frais cet après-midi-là, il avait voulu s'assurer qu'elle n'attrape pas froid. Au lieu de lui en savoir gré, Vivienne le méprisa. Et si elle était morte ? Personne ne l'aurait remarqué. Il l'aurait laissée plantée là, en train de pourrir, tout ça à cause de sa fichue politesse. Cela ressemblait bien à Dieu.

Fini de faire le con, cette fois. Il n'allait pas gaspiller Son énergie en sauterelles, peste ou le petit préféré, Son premier-né. Non. Cette fois, Il était sérieux.

Cette fois, c'étaient les bonnes manières.

Vivienne était convaincue qu'Il la regardait avec une moue en pensant : « Je t'ai donné suffisamment de bonheur pour cette vie-ci. Tu l'as fichu en l'air. Va te faire foutre. Tu n'auras rien de plus. »

Cette idée était tellement déprimante qu'elle ferma les yeux et voulut mourir. Lorsqu'elle comprit qu'il y avait quelques avantages, que ça ne la changerait pas beaucoup de son existence actuelle, elle se ravisa et essaya quelque chose qu'elle n'avait pas fait depuis très longtemps.

Les mains jointes en un traditionnel geste de supplication, elle pria pour que la vie, capable manifestement de partir en sucette du jour au lendemain, rentre dans l'ordre tout aussi vite.

Rien ne se passa.

Cela signifiait que Dieu était toujours un Trouduc, et elle Le haïssait plus que jamais.

La fois suivante où je parlai avec M. Davidow, il était visiblement troublé. C'était le cinquième anniversaire du crash du vol 516 de United Airlines, un biréacteur 767 géant qui se rendait de Dallas, où il était basé, à Los Angeles avec trois cents passagers à bord.

Il n'y eut pas de survivants.

L'avion avait décollé tôt dans la matinée. Il grimpa à 27 000 pieds et vola pendant une dizaine de minutes avant de piquer du nez dans le lac Ray Hubbard, cinquante kilomètres plus à l'est. Selon l'enquête préliminaire, l'équipage avait été en contact permanent avec les contrôleurs au sol. Personne ne fut accusé de négligence ou de malveillance, mais étaient visés implicitement les contrôleurs qui avaient dû travailler quatorze heures d'affilée, au mépris du règlement fédéral sur la gestion de la fatigue.

Trois hommes avaient dû faire des heures supplémentaires car leurs collègues de l'équipe de nuit s'étaient fait porter pâles. En raison du manque du personnel, ils n'avaient pu être remplacés, et l'on décida de garder les contrôleurs de l'après-midi jusqu'au lendemain matin.

L'un d'eux était M. Davidow.

Le rapport omettait de préciser que les pilotes du vol 516 avaient interrompu tout contact radio bien avant leur disparition des écrans radar de Dallas. Lors des vols précédents, il y avait eu des rumeurs sur les mêmes pilotes en train de somnoler, mais jamais rien d'officiel.

Sitôt que le gouvernement commença ses investigations, il devint clair qu'il s'agissait plus d'une chasse aux sorcières que d'une quête de vérité. Le problème n'était pas tant l'ampleur de la catastrophe que l'inexplicable chute du ciel par une journée paisible au cours d'un vol sans histoire.

M. Davidow trouvait cela incompréhensible car le 767, un appareil qui traverse l'Atlantique plus souvent que les autres avions, est étonnamment sensible, et le piloter est beaucoup plus simple qu'on ne l'imagine. Sa mécanique est élémentaire.

Il est doté d'une visibilité exceptionnelle grâce à de vastes pare-brise et d'un cockpit qui peut sembler complexe, mais qui possède quatre-vingt-deux pour cent de pièces en moins que la plupart des autres avions. L'équipage standard se compose de deux pilotes, mais un seul peut suffire. Si l'appareil n'est pas sur pilote automatique, ce qui est généralement le cas, il peut être dirigé manuellement. Si on retire les mains des commandes, l'avion continue sa trajectoire tout seul, même s'il risque de dévier un peu. Ce n'est pas bien grave : on rectifie à peine, et il reprend le vol normal. Même si on coupe complètement les moteurs, il se transforme docilement en planeur.

Le principal souci, quand on pilote un avion comme celui-ci, c'est l'ennui.

Certes, il n'est pas indéréglable dans les conditions extrêmes, une panne de moteur ou un cisaillement de vent inopiné au décollage ou l'atterrissage. Tout peut arriver. Mais rien de tel en ce jour fatidique.

M. Davidow expliqua qu'il travaillait avec un matériel hautement performant, capable d'analyser les mouvements de l'avion, de communiquer avec les pilotes, de réguler le trafic et de prévenir les collisions. Il était formé pour gérer les atterrissages d'urgence, les déroutements pour raison médicale, les mauvaises conditions météo et autres événements imprévus. Il y avait juste une chose qu'il ne pouvait pas contrôler. C'était le fléau de tous les aiguilleurs du ciel. À chaque accident, il se bagarrait avec l'administration car c'était aussi difficile à prouver qu'à démentir.

L'erreur humaine.

Au début, Vivienne rentrait directement à l'hôtel après les visites. Elle commandait à dîner dans sa chambre, mangeait en silence, regardait par la fenêtre pour ne pas perdre la raison et allait se coucher dès qu'elle se sentait d'humeur à moraliser ou à pleurer sur son sort.

Les jours devinrent des semaines, les semaines des saisons, et elle modifia ses habitudes. Elle se mit à fréquenter un café à deux pas des Champs-Élysées qui sentait le zeste de citron et le gin, et dont la clientèle d'expatriés préférait le Jack Daniel's à toute autre boisson, ce qui changeait agréablement de l'écœurante bonne humeur de l'hôpital.

La plupart avaient une peur bleue de la solitude et de l'ennui, ennemis jurés des plaisirs de la vie, et recherchaient la compagnie de leurs semblables. Ils pouvaient ainsi recréer la culture dans laquelle ils se sentaient le mieux et échapper à la francité – y compris la cuisine, les musées, la musique et la langue – dans son ensemble.

Leur mois préféré, c'était août.

Personne ne se saoulait, personne n'était vraiment sobre. Quelques-uns étaient riches et dépensaient leur argent avec parcimonie. La majorité tiraient le diable par la queue et dépensaient sans compter, mais il leur en restait toujours assez pour le café et les cigarettes. Le patron du café les saluait en anglais avec le même entrain cordial que les nantis.

Certains trouvaient que Paris était juste un tas de vieux bâtiments crasseux. D'autres le détestaient parce que ça sentait comme à Venise. D'autres encore se désolaient de ne pas pouvoir acheter une tranche correcte de pastrami.

Ils étaient intarissables sur le marché immobilier, les Juifs qui contrôlaient le système bancaire, sans pour autant être antisémites, et l'art de préparer le parfait Martini. Ils disaient des choses comme : « Si vous voulez des diamants, je peux vous en avoir au prix de gros », « Je suis trop vieux pour tuer à nouveau » et « Je ne peux habiter qu'à Beverly Hills à cause de mon groupe de mahjong du mardi soir ». Quand vous en aviez assez et ne supportiez pas d'entendre un mot de plus, ils vous expliquaient à quel point ils tenaient à votre amitié et vous décrivaient votre vie à la perfection, depuis le jour de votre naissance, en lisant les lignes de votre main ou les feuilles de thé… informations qu'ils auraient pu recueillir à travers les cancans.

Une femme raconta à Vivienne qu'elle avait refusé d'arrêter de fumer si son mari ne lui offrait pas un diamant. Sa mort la plongea dans le désespoir. Pas parce qu'elle avait perdu le compagnon de toute une vie. Elle avait renoncé à la cigarette, son seul et véritable amour, pendant dix longues années, et elle ne s'en remettait pas.

Lorsqu'elle avait mis les pieds dans ce café pour la première fois, Vivienne s'était sentie de trop, un peu comme quand les voisines lui claquaient la porte au nez après lui avoir arraché le dessert des mains. Plus elle se sentait mal à l'aise, plus elle remplaçait le café par du Ricard. Plus elle buvait, plus elle communiquait. Plus elle parlait, plus elle se sentait à l'aise. À l'aise, donc extravertie. Et les gens découvrirent le don qu'elle avait de faire sentir à l'interlocuteur qu'il faisait partie de la famille, cette faculté de se lier sans arrière-pensée avec tout le monde, hommes et femmes.

Du coup, elle devint leur confidente.

Comme avec les anecdotes de mon père, je me souviens plus particulièrement de deux histoires.

Howard, un Américain au teint rose originaire du sud de la Californie, et qui avait vécu chez ses parents jusqu'à l'âge de trente ans, travaillait à Disneyland Paris depuis sa création. Il écumait Fantasyland habillé en Dingo et figurait dans les parades électriques et sur les photos.

Il croisait des familles venues des quatre coins du monde. C'était leur plus beau moment de l'année, peut-être même de leur vie, mais quand elles arrivaient, les enfants étaient incontrôlables et les parents se disputaient pour des questions d'argent, de manque de service et d'ombre. Il ne s'agissait pas de simples espoirs déçus. Ils croyaient que la magie de Disney leur permettrait d'oublier, ne serait-ce que l'espace d'un week-end, leur morne existence.

Mais ça ne marchait pas.

Howard prenait du lithium depuis toujours et attribuait ses sautes d'humeur à l'oncle Walt. Il interrompit son traitement et, un dimanche après-midi, baisa la fée Clochette sur le bateau pirate du capitaine Crochet dix minutes avant la fermeture du parc. Malheureusement, la scène se déroula sous le regard enthousiaste de la troupe de boy-scouts n° 75 venue du Montana pour un jamboree international.

Howard fut remercié sans autre forme de cérémonie.

Le 14 juillet, il supplia Vivienne, avec la voix de Dingo, de lui faire une gâterie dans les toilettes mixtes.

Ambrose, du Sussex, était tout sauf Dingo. Bien élevé à l'extrême, il s'enorgueillissait d'avoir sacrifié la passion pour mener une existence tranquille et ordonnée. Quel que fût le sujet de la discussion, la guerre ou la pédophilie, il réagissait avec réserve et impartialité. La seule fois où Ambrose sortit de ses gonds, c'est quand Howard demanda à un couple d'Anglais ce qu'ils étaient en train de manger car cela avait l'air appétissant.

C'était le comble de l'indiscrétion.

Au bout de quelques mois, Vivienne commença à suffoquer, un peu comme dans la chambre d'hôpital de Peggy. Même s'il y avait de nombreuses fenêtres et qu'elles étaient généralement ouvertes. Il n'y avait pas assez d'air pour eux deux, elle et Ambrose. Elle avait envie de lui enfoncer son parapluie fermé dans le cul. La seule chose qui l'en empêcha, c'est la conviction qu'Ambrose ne broncherait pas et choisirait d'allumer une cigarette tout en s'enquérant de la longueur du manche.

Une fois de plus, elle changea ses habitudes et troqua le café contre une église du XIIe siècle nichée au fond d'une ruelle pavée où elle s'était aventurée après un Ricard de trop.

Elle entrait, se dirigeait droit vers le bénitier, s'aspergeait vigoureusement le visage, se signait et fixait le vitrail derrière la chaire à en avoir mal aux yeux. Puis elle faisait le tour de la nef, de droite à gauche, jamais de gauche à droite, et examinait les saints devant leurs fresques bien conservées, s'attardant devant ceux qui la touchaient le plus, généralement sainte Catherine ou sainte Marguerite. La raison n'en était pas toujours claire. C'était plus un sentiment.

Elle allumait des cierges et contemplait les flammes. Pendant que ses poumons s'emplissaient d'Esprit-Saint, elle priait. Méthodique comme toujours, elle faisait ça dans l'ordre chronologique. Sa mère. Son père. Ses frères. Moi. Peggy. Elle demandait des choses que nous n'avions pas et qui nous manquaient, y compris la santé mentale. Mais rien pour elle-même.

Les mois passant, faute de recevoir une révélation ou le salut, elle se sentit flouée et eut envie d'enfoncer une poignée de cierges votifs dans le cul du curé. Lorsqu'elle envisagea sérieusement d'attraper la fille de Jim Duarte pour la transformer en un panneau de vitrail coloré, elle repoussa calmement un couple en deuil, vola un calice sur l'autel et rechangea ses habitudes.

Elle passa son temps libre dans les catacombes, sur la tombe d'Oscar Wilde au Père-Lachaise, au Trocadéro où Anaïs Nin s'était fait avorter et, même si ça faisait loin à pied de l'hôtel, dans la maison où le médecin de Marcel Proust avait examiné la première femme de Debussy après qu'elle s'était ratée en se tirant une balle dans la poitrine.

La salle commune de l'hôpital psychiatrique faisait office de centre de loisirs. Un dimanche sur deux, elle était utilisée pour le loto. Les jeudis étaient réservés aux talents locaux, des inventeurs aux majorettes. Les musiciens se produisaient le mardi : guitaristes et chanteurs de troisième zone roucoulaient des standards comme *Dis-lui* ou *Oh mon papa*. Animations, clowns, comédiens, jongleurs et magiciens égayaient la plupart des soirées du samedi.

Tous venaient là pour perfectionner leur art et gagner de quoi payer leur retard de loyer.

De temps à autre, un patient décédait au cours du spectacle, et personne ne s'en apercevait jusqu'au lendemain, où on le retrouvait, la mine tourmentée, celle-là même avec laquelle il avait écouté *La Bataille de Jéricho*.

Un samedi soir, Vivienne demanda au Grand François s'il pouvait la faire disparaître. Elle n'en pouvait plus. À voir la tête du Grand François, on aurait cru qu'il venait d'être condamné à la guillotine. Il n'avait pas le sens de l'humour, ni en français ni en anglais. En fait, elle lui faisait peur, comme si son désespoir était un mal susceptible de déteindre sur lui. En voyant son air affolé, Vivienne se reprit et l'implora d'escamoter plutôt le chanteur qui interprétait *New York, New York* en phonétique.

Il ne comprit pas non plus.

Pendant que le personnel installait les marches pour les chanteurs de madrigaux, le Grand François s'éclipsa par la porte latérale. S'éloignant à l'autre bout de la terrasse, il s'adossa au mur, alluma une cigarette et marcha dans une crotte de chien. Contrairement aux Américains qui se seraient répandus en imprécations, le Grand François sourit. Marcher dans une déjection animale, du pied gauche, était censé porter chance en France. Cela confortait Vivienne dans l'idée qu'il y avait plus de merdes de chien dans Paris que sur l'ensemble du territoire des États-Unis. Par ailleurs, elle se rendit compte à quel point elle était étrangère ici, et qu'elle ne comprendrait jamais la France, sa culture ou son peuple si elle ne parlait pas la langue. Même ainsi, elle en serait réduite à discourir sur l'absence de pluie, le prix de l'essence qui ne cessait de grimper, les bienfaits des produits bio et la tradition française d'un rugby brutal et physique, bien que sa renommée ait pâli sur le plan international depuis quelques années… autant de sujets qui valaient bien la chaleur inhumaine, les nouveaux camions, les tondeuses autoportées et ces satanés Dallas Cow-Boys.

L'estime que Vivienne portait à Peggy s'accrut encore parce qu'elle ne mâchait pas ses mots. Leur relation n'était pas « des nuits d'amour à ne plus en finir, un grand bonheur qui prend sa place », mais c'était plus que Vivienne n'aurait espéré. Peggy était honnête, drôle, courageuse et probablement la personne la plus intelligente qu'elle ait jamais connue. Dieu ait pitié de quiconque prenait sa franchise impertinente pour de la simplicité. Même quand elle avait bu, ses idées étaient passionnantes, inspirées par les milliers de romans qu'elle avait lus pour s'évader de son propre scénario.

Avec le temps, ces mêmes livres commencèrent à piquer la curiosité de Vivienne. Pendant qu'elle attendait que son amie se rétablisse, elle se mit à dévorer Jane Austen, Colette, Germaine Greer, Lillian Hellman, Juliet Mitchell, Anaïs Nin et Ayn Rand, auteurs qui soulevaient les questions qu'elle avait tendance à éviter : les droits des femmes et leur combat.

Elle entreprit aussi de lire *Le Monde* qu'elle trouvait tous les matins au chevet de Peggy, même si elle avait besoin du dictionnaire pour la plupart des expressions.

Voyant son intérêt pour la culture française, les autres visiteurs lui apportèrent les ouvrages, souvent reliés de cuir, des philosophes qu'ils révéraient, comme Abélard, Descartes, Pascal, Rousseau, Voltaire et Sartre.

Ces connaissances auraient été perdues à Lone Star Springs car là-bas, tout ce qui était plus polémique que l'art des arrangements floraux ne rencontrait aucun écho. Mais plus sa conscience s'élargissait, plus sa nouvelle vie prenait le dessus. Elle passa un nombre d'heures infini à contempler son potentiel inexploité. Même en l'utilisant ne serait-ce qu'une journée, elle pourrait dire qu'elle avait accompli ce pour quoi elle était née. Conformément aux vœux de Peggy. En y réfléchissant, elle s'inquiétait d'avoir laissé filer sa chance pendant toutes ces années d'inaction.

Toutes ces années passées à avoir peur.

C'était important pour trois raisons. Primo, après avoir sacrifié ses propres intérêts à ceux de tout un chacun, après avoir sauvé tant de vies, elle méritait de pouvoir sauver la sienne. Secundo, le fait d'identifier et d'optimiser son potentiel, c'était ce qu'elle avait trouvé de mieux pour se faire pardonner de n'avoir pas été là, dans la chambre d'hôtel, quand Peggy avait eu le plus besoin d'elle. Tertio, c'était aussi une façon de se racheter aux yeux du monde pour avoir tenu sa laideur à distance… pour n'avoir pas compris qu'en infligeant des horreurs à une seule femme, on les faisait souffrir toutes.

Une fois qu'Arthur et moi avions liquidé trois parts copieuses de tarte à la rhubarbe, M. Davidow poursuivit son récit.

À cause du vol 516, il alla voir ses supérieurs pour leur suggérer de faire réaliser une étude par la NASA afin de renforcer la sécurité de l'aviation américaine. Cela voudrait dire s'entretenir longuement avec les pilotes, les contrôleurs du trafic aérien, les mécaniciens et le personnel navigant. Une grande première car au lieu d'attendre que les salariés viennent à elle, l'administration irait à leur rencontre. Le bénéfice supplémentaire de l'anonymat lui donnerait accès à des informations qui normalement échappaient à son contrôle.

Tout le monde accueillit l'idée avec enthousiasme.

En théorie, ce serait extrêmement positif. En pratique, c'était totalement irréaliste.

La NASA se désintéressa du projet avant qu'on en tire la moindre conclusion utile. Débordée par ses nombreux programmes spatiaux, elle s'était vu rogner son budget déjà serré. Ce n'était cependant pas une excuse pour clore l'enquête avant d'avoir pu interroger les trois quarts des témoins ciblés par l'étude.

Les couloirs aériens étant de plus en plus congestionnés, M. Davidow avait espéré que sa démarche mettrait en lumière les problèmes inhérents au transport aérien afin de les résoudre, mais aussi de rasséréner les voyageurs.

Il n'en fut rien.

Pour la première fois, M. Davidow me fit part de sa

frustration. Le personnel des compagnies ne révélerait jamais certaines informations car l'image du transport aérien devait demeurer aussi lisse que celle que Vivienne avait d'elle-même.

En cas de problème, les compagnies aériennes tiennent le discours suivant : « Dans 26 sur 29 avions victimes d'un accident, 90 % des passagers ont survécu. Lors du crash de 1995 près de Baltimore, tellement violent que l'appareil s'est disloqué en plusieurs morceaux, 266 sur 270 passagers et membres de l'équipage s'en sont tirés, y compris une fillette de trois ans solidement harnachée selon les instructions du personnel de bord.

Le personnel de bord a ses raisons quand il vous demande de garder votre ceinture attachée. En cas de turbulence sévère, quand un avion chute de quelques centaines de pieds, les gens se blessent en se cognant au plafond. Ce risque n'existe pas si on prend soin de s'attacher. »

Ce que les compagnies ne disent pas, c'est : « Le corps humain est composé, selon la taille, de 55 à 78 % de liquide. Un peu comme une bombe à eau. Si vous lâchez cette bombe, même d'une toute petite hauteur, elle explose en touchant le sol. C'est pareil pour les cellules de votre corps en cas d'impact soudain. Lors d'une catastrophe aérienne, par exemple.

Elles explosent et se transforment en bouillie.

Selon la vitesse de l'avion au moment de l'impact, le risque de bouillie est plus ou moins élevé. À une vitesse réduite, si on porte une ceinture avec sangle transversale, on peut survivre, mais avec un énorme bleu à l'endroit où la sangle vous rattache au siège. En l'absence de sangle transversale, et aucun avion de ligne n'en est équipé, votre tête de cinq kilos continuera d'avancer pendant que la ceinture maintiendra le reste de votre personne en place. Ce sera la chance de votre vie, probabilité fort aléatoire, si votre tête rebondit sur ce qui se trouve devant vous, tableau de bord ou siège. Plus couramment, votre tête continuera sur sa lancée et se détachera du corps, laissant derrière elle un moignon ensanglanté.

C'est la raison pour laquelle le personnel de bord vous demande, avec un sourire éclatant, de vous pencher en avant et de poser la tête sur les genoux en cas d'urgence. Il ne veut pas la voir rouler dans la travée.

Et encore, cela se discute. Il y a neuf chances sur dix pour que vous soyez coupé en deux par la ceinture sous-abdominale.

Le personnel au sol chargé de ramasser les débris a horreur de ça car cela lui complique la tâche et rend l'identification impossible, quand il faut s'y retrouver parmi les troncs démembrés, bras, jambes, cœurs et poumons, le tout en train de pourrir et d'empester.

C'est pourquoi bon nombre de contrôleurs ont la vie dure. Ils travaillent d'arrache-pied. Ils boivent. Ils jouent. Leur devise est : "Dieu s'est reposé le septième jour. Les aiguilleurs du ciel ne se reposent jamais. Ils font des heures sup." »

Maintenant que j'y pense, je ne suis pas d'accord avec M. Davidow sur un point et un seul. Tout compte fait, les contrôleurs ne sont pas comme les médecins. À l'exception du jour de repos, ils sont beaucoup plus proches des dieux.

Pendant que Vivienne découvrait la tradition française auprès du Grand François, Peggy recevait une éducation de son côté. Le soir de son arrivée, Claude s'était glissé dans sa chambre et s'était penché sur son lit tel un frère aîné accueillant l'enfant qui vient de naître.

« Ton âme commence au sommet de ta tête, descend le long de ton cou jusqu'à la poitrine, puis dans l'estomac. »

Peggy ne dit rien, même si ses yeux bougeaient dans tous les sens quand il posa la main sur son ventre et redessina ses contours avec ses ongles.

« Elle est toute blanche et pure comme la mienne. Nous ne faisons qu'un, toi et moi. »

Claude secoua les lattes en bois qui bordaient son lit.

« Je ne vois pas beaucoup d'âmes comme la tienne, et sûrement pas ici, dans la maison des âmes noires. »

Il se remit à secouer les barreaux, grognant comme ces joueurs de tennis russes qui cherchent à optimiser leur puissance à chaque coup.

« Malgré tout ce qui se passe dans le monde, les gens s'imaginent qu'on y est en sécurité, bien au chaud. En fait, pas du tout. Il renâcle et mord au moment où on s'y attend le moins. »

Il prit une rapide inspiration et essaya de se calmer. Sa raison s'obscurcissait quand il perdait son sang-froid, or seul un imbécile se laisse guider par la colère. Il était bien placé pour le savoir. Tirant un jeu de cartes de la poche de son pantalon, il les battit prestement, les déploya en éventail et les lui présenta.

« Choisis une carte. »

Peggy ne broncha pas, si bien que Claude prit lui-même une carte au milieu et la leva face à lui.

La dame de cœur.

« Les êtres qui ont tant de choses en commun, comme nous, Peggy, les êtres qui sont faits l'un pour l'autre, peuvent lire dans les pensées de l'autre. Chaque fois que tu penseras à cette carte, elle représentera notre lien indéfectible. Je sais que tu es d'accord parce que tu es américaine, et que les Américains sont des gens intègres. »

Contrairement à son ancienne attitude hautaine et condescendante envers les Américains, il dit cela avec énormément de respect.

Toute sa vie, Claude avait considéré la France et les États-Unis comme deux pays antagonistes à tout point de vue, depuis la politique jusqu'aux affaires de cœur. Côté politique, la différence était flagrante.

Les Français étaient civilisés et avaient un riche passé derrière eux. Les Américains manquaient de savoir-vivre et étaient comme des cow-boys dans le Far West d'antan.

Côté sentiments, les Français étaient libérés et ouverts d'esprit. Les Américains étaient puritains, moralisateurs et hypocrites.

Plus grave, les Américains ne faisaient pas la différence entre un bon camembert et un Big Mac. Encore que là-dessus ils avaient pas mal évolué ces derniers temps.

Les États-Unis développèrent une tradition de fabrication du fromage qui n'avait rien à envier à la France d'autrefois. Leurs artisans fromagers étaient en passe de devenir la nouvelle norme pour les gourmets du monde entier, y compris la France, avec un aplomb que les Français méprisaient en apparence mais admiraient en secret.

Bref, ils étaient devenus français.

S'il voulait vivre en honnête homme, Claude était obligé de l'admettre et de remiser son cynisme. Plongeant la main dans sa poche arrière, il en sortit un exemplaire du *Monde* et lut les passages soulignés.

Génie génétique. Production de masse. Importations bon marché.

Il abaissa le journal et, secouant la tête avec dégoût, désigna la fenêtre.

« Les gens dehors ne voient pas ces choses-là telles

qu'elles sont, Peggy. Les multinationales les présentent comme un progrès, mais c'est faux. »

Sa voix se mit à trembler.

« Dans cinq ans, la moitié de la population française ne se souviendra même plus du goût du vrai fromage. »

Il sortit de sa chemise une aquarelle aux couleurs vives représentant un arbre et la posa à ses pieds.

« La France est en train de perdre sa blancheur. »

Malgré le manque de réaction de Peggy, Claude revint soir après soir. C'est son âme plus que son silence qui le captivait. Sa pureté d'esprit incarnait tout ce qui était bon dans le monde. Elle était fraîche, délicate et aussi peu marquée par la vie que la plupart des gens étaient flétris… un Norman Rockwell face à un Jérôme Bosch. Jamais elle n'interrompait ni ne mettait en cause ce qu'il disait car elle seule comprenait les croyances de Claude. En même temps, il savait qu'elle entendait chaque mot et qu'elle réagirait s'il y avait un problème. Les Américaines étaient directes et impulsives, connues pour leur franc-parler. Il n'y avait aucune raison de penser que Peggy était différente. Du coup, il attachait une grande importance au moindre de ses tics faciaux. Chacun était une histoire en soi. Un aveu. Un gage. Un acquiescement.

Elle était le grand amour de sa vie.

Les visites se déroulaient toutes de la même façon.

Claude se faufilait dans sa chambre, sortait la dame de cœur de sa poche et demandait à Peggy de l'identifier. Comme elle ne répondait pas, il remplaçait la carte par un journal et lisait les gros titres, encensant les gens ordinaires qui avaient le courage de défendre ce à quoi ils croyaient, et ce souvent au prix de leur vie.

Quelquefois, il arpentait la chambre. Quelquefois, il jetait le journal, dépité. Quelquefois, il exécutait un invraisemblable tour de force pour la distraire. Il prenait un marteau, un marteau normal avec un manche en bois, et appuyait dessus jusqu'à ce que la tête tombe sous l'effet de la pression exercée.

« Seule la vérité te délivrera », disait-il toujours ensuite.

Se penchant sur Peggy, il prenait sa main inerte et la caressait doucement.

« Parfois, on doit mourir pour ses convictions. »

Peggy ne disait rien, comme d'habitude, et Claude y voyait un signe d'encouragement.

« Tu es prête à mourir pour quoi, Peggy ? On ne peut vivre bien tant qu'on n'a pas le courage de savoir pour quoi on voudrait y mettre fin. »

C'était un lundi comme un autre : les médecins allaient et venaient, rajustaient les tuyaux et les cathéters et posaient les questions habituelles. Sauf au sujet des médicaments ; ils savaient qu'elle prenait des doses intraveineuses d'Ativan et d'Haldol assez fortes pour tuer un bœuf.

Comme de coutume, une infirmière piqua Peggy au pied avec une aiguille et demanda si elle sentait quelque chose. Bien qu'elle n'ait pas répondu aux autres questions, cette fois Peggy se dressa d'un bond sur le lit, comme si on avait substitué de l'adrénaline à l'un de ses précieux tranquillisants.

« Refais-moi ça, chérie, et je vais t'enfoncer cette putain d'aiguille si loin dans le cul que tu devras retourner à l'école d'infirmières pour apprendre comment la retirer. »

À partir de là, l'état de Peggy s'améliora de jour en jour.

Elle se remit à bouger, à marcher, à manger. Son apparence changea : elle reprenait goût à la vie en même temps que des forces. Ses cheveux avaient poussé ; les petites touffes qui partaient dans tous les sens façon cactus étaient maintenant coiffées en arrière. Elle commença à se maquiller et à choisir des tenues qui mettaient sa silhouette en valeur. Et elle plaisantait avec les médecins, même s'ils ne comprenaient pas toujours.

« La prochaine fois, je ferai le coup de Davy Crockett plutôt que Jeanne d'Arc. Il est mieux loti, côté couvre-chef. »

On aurait dit qu'elle sortait du coma, inconsciente du temps passé et prête à reprendre le fil de sa vie là où elle l'avait laissé.

Rassurés, les médecins décidèrent de lui accorder la permission de sortie d'une journée. Il y avait des règles à respecter, bien sûr. Pas d'alcool ni de tabac. Elle n'avait pas le droit de conduire. Elle devait être rentrée à l'hôpital avant la fermeture et se trouver pendant tout ce temps sous la surveillance d'un adulte. Ce qui n'était pas un problème car Vivienne était là pour lui servir de chaperon.

Pour la première fois en dix mois, Vivienne allait s'aventurer dans un monde où, si elle criait « À l'aide », les gens réagiraient.

Pour la première fois en dix mois, Peggy serait libre.

La veille de sa sortie, les membres du personnel constatèrent des actes de vandalisme un peu partout dans l'établissement. Tous les marteaux avaient été volés au service d'entretien, et leurs têtes jonchaient pêle-mêle les tables du réfectoire. Les aquarelles accrochées aux tableaux d'affichage avaient été déchirées et abandonnées dans la section ergothérapie. Quelqu'un avait même uriné sur les plans de travail de la cuisine où les femmes préparaient leur retour à la vie normale.

Le matin du départ programmé de Peggy, son réveil sonna à 5 h 45. Debout depuis des heures, elle était en train de coiffer ses cheveux en avant comme Vivienne les aimait. Elle avait mis la robe préférée de Vivienne et portait son rouge à lèvres favori.

Il y avait comme un parfum de vacances dans l'air.

Vivienne vint la chercher à 9 heures tapantes.

Quand Peggy sortit de sa chambre, Vivienne ne put s'empêcher de remarquer un éclat, une légèreté qu'elle ne lui avait pas connus depuis près d'un an. Peggy l'étreignit brièvement et effleura ses joues d'un baiser.

« Celui qui a inventé la chlorpromazine mérite le prix Nobel, bordel de Dieu. »

Ce fut la seule chose qu'elle dit avant de gagner la sortie. En chemin, elle passa devant Claude occupé à décrocher une aquarelle qui recouvrait une feuille de règlement sanitaire.

« Je n'aurais jamais cru devoir dire un jour au revoir à moi-même. »

Elle sourit, mais ne répondit pas.

« J'ai dû me tromper quelque part. »

Alors que Claude l'avait vue tous les soirs en l'espace de ces dix mois, c'était la première fois que Peggy posait les yeux sur lui.

En quittant l'hôpital, Vivienne suggéra qu'elles ne perdent pas trop de temps en déplacements. Dans un contexte hostile, mieux valait se concentrer sur les lieux de visite à proximité. Elle avait découvert qu'en 1897 un homme avait battu le record de vitesse dans une 4CV sur le trajet Paris-Trouville. Il avait atteint la vitesse incroyable de trente-sept kilomètres à l'heure. Vivienne se disait qu'il serait amusant de refaire le même périple.

Peggy la dévisagea comme si c'était elle qui sortait d'un asile.

C'était un 30 mai, jour anniversaire de la mort de Jeanne d'Arc. Peggy voulait aller à Rouen, la ville du bûcher. Ce n'était pas tout près, mais la perspective de clore définitivement ce chapitre de sa vie l'emportait largement sur les inconvénients d'un long voyage.

Vivienne protesta.

Peggy fit la sourde oreille.

Même considérée comme un cas psychiatrique, c'était elle qui portait la culotte dans leur relation. Je trouvais ça bizarre ; Vivienne m'avait toujours dit qu'une relation fonctionnait mieux entre deux partenaires égaux. De par leur investissement. Leur intelligence. Leur participation. L'ennui, c'est que depuis son jeune âge, Vivienne était « celle qui donne », comme disait mon père, celle qui fait passer les besoins des autres avant les siens. Comme un parent, mais de son propre gré.

Ceci s'expliquait dans la mesure où Julie, la mère de Vivienne, son seul modèle de référence, s'était sacrifiée toute sa vie.

Le seul plaisir de Julie, c'était de faire la cuisine.

Chaque fois que, hantée par l'abandon de son époux, elle n'arrivait pas à dormir, elle se levait, réunissait les ingrédients et confectionnait les cookies que son mari lui quémandait au moins deux fois par semaine. Son secret, c'étaient quatre cuillerées à café de jus d'orange frais, chose qu'elle n'avait jamais révélée à son ex-mari ni à aucun autre être vivant.

Du temps où ils étaient mariés, elle associait l'arôme de jus d'orange à l'amour et à la famille. Depuis qu'elle était privée de ce luxe-là, l'odeur lui rappelait qu'aucune femme, jeune ou vieille, surtout si elle travaillait à la poste, n'était capable de faire les mêmes fichus cookies.

Pendant qu'elle les préparait, ses épaules s'affaissaient. Son visage se détendait. Sa respiration ralentissait et se concentrait dans son abdomen. Cela lui permettait d'oublier, ne serait-ce qu'une heure, qu'elle s'était fait jeter comme une vieille chaussette.

Une fois que les cookies étaient prêts, refroidis et parfaits, elle les vidait dans le broyeur, remontait se coucher et dormait à poings fermés jusqu'au matin.

À force d'observer ce rituel nuit après nuit, Vivienne comprit que là était sa mission et se promit de consacrer sa vie à réconforter Julie et ses semblables.

Elle les soignerait tous.

Vivienne croyait fermement que certains étaient nés pour diriger et d'autres pour apporter leur soutien. Cela ne l'empêchait pas de fondre en larmes chaque fois qu'elle voyait quelqu'un triompher dans son domaine de prédilection, comme gagner le cent mètres aux Jeux olympiques.

En son for intérieur, elle se raccrochait aussi à la croyance que les gens cessaient de se moquer si on répondait à leurs attentes.

Plus Arthur et moi devenions proches, plus il abandonnait Mme Scott pour me rejoindre. Quand j'étais trop épuisé pour jouer, il me suivait dans la maison et aboyait jusqu'à ce que je verrouille la porte d'entrée. À l'heure du coucher, nous montions ensemble, et il s'installait sur la carpette. C'était un rituel immuable. En revanche, il patrouillait de manière de plus en plus obsessionnelle. Il commença à inspecter les accès tous les trois quarts d'heure. Puis toutes les demi-heures. Puis tous les quarts d'heure.

La seule chose dont Arthur ne pouvait me protéger, c'étaient de mes cauchemars. Sitôt que je posais la tête sur l'oreiller et fermais les yeux, je tournais à droite au porche et pénétrais dans notre jardin. J'avais beau essayer de les éviter, ils étaient tous là. La prof. Le principal. Les trois enquiquineuses qui riaient et se moquaient de moi. Pire, mes rêves devenaient plus irrationnels et inquiétants.

Ma prof de maths se tenait sous la banderole qui me souhaitait à présent autre chose qu'une joyeuse Saint-Valentin.

ÉCHARNAGE ET SALAGE SONT OFFERTS.

Debout sur une estrade, le principal était en train de lire des extraits de l'Ancien Testament.

« Faites attention en écorchant. N'entamez pas la peau. Tâchez de tirer vers vous plutôt que vers le bas. Utilisez le couteau avec parcimonie. Dépouillez la bête. »

À sa gauche, il y avait une poubelle remplie de têtes de cerfs se plaignant que les chasseurs laissaient leurs peaux sécher sans les avoir salées au préalable.

Je commençais même à comprendre ce que disaient les filles, bien que leurs propos fussent encore plus absurdes que lorsqu'elles parlaient en charabia.

« Mec, saint Jude est né dans une famille juive à Panéas, une ville de Galilée plus tard rebâtie par les Romains et rebaptisée Césarée de Philippe. Selon toute vraisemblance, il parlait à la fois le grec et l'araméen, comme la plupart de ses contemporains dans cette région, et il était fermier de son métier. »

Sa copine pouffa et renchérit, comme si elles étaient en train de discuter chiffons.

« Un peu, mon neveu. Saint Jude a prêché l'Évangile en Judée, en Samarie, à Édom, en Syrie, en Mésopotamie et en Libye, et on pense qu'il a été le premier à importer le christianisme en Arménie où il a été martyrisé et où on le vénère comme le saint patron de l'Église apostolique arménienne. »

La dernière fille sautilla sur place, piailla de joie et tapa dans la main de chacun.

« De la merde. Le culte de saint Jude a repris pour de bon dans les années 1800, partant de l'Italie et de l'Espagne, se propageant à l'Amérique du Sud et, pour finir, aux USA. »

Pour ne pas être en reste, les têtes de cerfs glapirent depuis leur seau.

« Ça a commencé autour de Chicago, grâce à l'influence des Clarétains dans les années 1920, et ça s'est répandu jusqu'au Texas. Les neuvaines à saint Jude ont aidé les gens à supporter les épreuves de la Grande Dépression. »

Cela finit par me monter au cerveau. Le Texas ? Serait-ce la preuve que je cherchais, confirmation que la statue qui avait tué la sœur de ma mère était bel et bien saint Jude ? Je m'approchai des filles pour la première fois au lieu de battre en retraite. Mais à peine ouvris-je la bouche que toutes les trois s'embrasèrent, et leurs têtes furent arrachées, laissant un moignon ensanglanté.

Tandis qu'elles roulaient devant un panneau qui disait : « Traitez vos peaux comme de la viande, ou elles vont se gâter », elles parlèrent à l'unisson.

« Dieu s'est peut-être reposé le septième jour… »

Les flammes montèrent plus haut, la chaleur s'accrut, et les têtes m'envoyèrent un baiser.

« … mais nous, on restera toujours à tes côtés. »

Elles bondirent dans le seau et se mirent à polémiquer avec les cerfs sur la meilleure couleur standard du cuir : selle, palomino, noir ou crème.

J'émergeai en sursaut de mon sommeil agité.

Les yeux grands ouverts, transpirant abondamment,

je me souvins que le père de Jeanne d'Arc avait fait un rêve, quand elle était plus jeune, prédisant tout ce qui allait se passer. Il l'avait vue en armure. Il l'avait vue prendre Orléans. Il l'avait vue périr sur le bûcher. Il savait ce qui allait arriver comme je savais que le voisin allait mourir.

Benjamine d'une fratrie de quatre enfants, Vivienne avait été le bébé non désiré. Étant la cinquième roue du carrosse, elle n'acquit ni le sens de l'humour ni, comme Dwight, celui de l'absurde. Qui plus est, son père n'avait voulu que des garçons, et ses frères étaient considérés comme des génies. Même sans la reconnaissance officielle de clubs comme Mensa, il n'était question que de leurs QI prodigieux. Personne, y compris ses parents, n'avait révélé les véritables chiffres à Vivienne. Ils ne voulaient surtout pas ajouter à son complexe d'infériorité.

Un soir d'hiver, alors que tout le monde était allé se coucher, Vivienne découvrit un vieux journal de bébé dans le panier à ouvrage de sa mère. Elle y consignait des notes sur chacun de ses enfants, en les comparant à des âges différents. À côté de son frère Thomas, l'aîné et le plus volontaire, il y avait une brève description de ses progrès. À trois ans : « Fait preuve d'une maîtrise stupéfiante de la langue anglaise. Utilise des expressions comme *faire face.* » En suivant la page du doigt, Vivienne arriva à son propre portrait au même âge. « Vivienne progresse à pas de géant. Aujourd'hui elle a dit : *"A vu zoziau".* »

Résignée à mener une vie de nullité avérée, elle n'attendait pas grand-chose et n'ouvrit plus jamais le journal de bébé.

L'intelligence de ses frères, hélas, se révéla plus une malédiction qu'un atout. Persuadés qu'ils avaient vu tout ce qu'il y avait à voir au Texas au moment où leurs voix commençaient à muer, ils se rebellèrent contre la morne prévisibilité des banlieues pour relever des défis plus excitants... et en payèrent le prix.

Après sa troisième année de fac à l'université de Baylor, Thomas se joignit à une expédition d'été en Colombie afin d'aller étudier son écosystème. Ils marchèrent à travers la forêt tropicale et descendirent en pirogue les bassins de l'Amazone et de l'Orénoque. Pendant que les onze autres étudiants collectaient des échantillons de flore, Thomas traversa le fleuve à un endroit où le courant était faible. Arrivé à l'autre rive, il eut la chance et la malchance d'assister à un spectacle rare : un enchevêtrement d'anacondas roulés en une boule de reproduction, douze mâles lovés autour d'une femelle.

Même si la chef de l'expédition affirmait qu'on n'avait jamais vu un anaconda attaquer un humain dans cette région du monde, le temps qu'elle réagisse aux cris de Thomas, il était déjà à moitié digéré.

Plutôt que d'aller à la fac, Roger, le deuxième frère de Vivienne, choisit de travailler dans un orphelinat d'éléphants à Nairobi, une réserve destinée à soigner les jeunes éléphants qui avaient subi un traumatisme dans leur vie, depuis l'horreur de voir leurs parents massacrés par des chasseurs d'ivoire jusqu'à la maltraitance entre les mains des braconniers. Si on n'y prenait pas garde, ces souvenirs restaient à jamais gravés dans leur mémoire car un éléphant, ça n'oublie rien. Il fait des cauchemars et se réveille en hurlant, exactement comme moi. Bien que bon nombre de zoologistes soutiennent qu'un éléphant heureux et en bonne santé, c'est celui qui n'a jamais eu affaire aux humains, dans la réserve on leur réapprenait la confiance.

Roger faisait partie des six employés qui les aidaient

à passer le cap. Il les nourrissait au lait, important pour la croissance. Il dormait avec eux et ne les avait pas quittés une seule fois les deux premières années. Les éléphants le suivaient partout car, tout compte fait, il faisait partie de la famille. Il leur apprit même des jeux tels que le foot pour qu'ils puissent tisser de nouveaux liens sociaux avant d'être relâchés dans la nature.

La cinquième année, au cours d'une de ces parties, un éléphant au pied normalement sûr perdit l'équilibre sur l'herbe grasse, trébucha et tomba sur Roger qui se tenait sur la touche et, surpris, n'eut pas le temps de s'échapper.

Incapable de se relever, la bête barrit, mais les autres employés ne purent rien faire. Comme l'éléphant se débattait, ils ne réussirent même pas à l'approcher.

Les autres éléphants de Roger accoururent à la rescousse pour redresser leur congénère en usant de leur poids et leur force réunis, mais lorsqu'ils y parvinrent, les os de Roger étaient tous broyés, y compris son crâne. D'autres éléphants vinrent le toucher de leur trompe ; certains appliquèrent de l'argile sur les blessures pour stopper l'hémorragie.

Des années plus tard, alors qu'ils avaient été rendus à la vie sauvage, ils revinrent encore et encore, avec leurs propres enfants, pour toucher l'endroit où Roger était tombé.

Kevin, le dernier des trois frères, s'enrôla dans l'armée de l'air après qu'un recruteur était venu dans son lycée, assurant que c'était le meilleur moyen de voir le monde. Pour une fois, ce fut vrai. Kevin eut l'occasion de visiter tous les pays dont il rêvait.

Durant ces années, il fut reconnu et récompensé pour son dévouement et sa témérité en tant que parachutiste dans les forces spéciales. Stationné en Allemagne après cinq mille sauts, il entraînait des soldats venus de tous les horizons. Lors de son cinq mille et unième saut, Kevin devait leur enseigner la procédure en cas de défaillance du parachute principal. À moins de mille cinq cents mètres d'altitude, il déploya son parachute de réserve sans accroc et vogua nonchalamment vers la cible d'atterrissage quand une soudaine rafale de vent le dévia de sa course et l'emporta vers un panneau qui disait : « Nous respectons la loi pour rester dans le métier, mais nous respectons les lois de la physique pour rester en vie. »

Le rapport médical trouvé dans les archives de l'armée ne dit pas toute l'horreur de son sort. La mort par « amputations multiples » est un doux euphémisme pour décrire l'accident macabre observé à la fois par des témoins dans le ciel et au sol ; ils virent, impuissants, Kevin atterrir au-dessus d'une soufflerie et se faire aspirer dans la machine à rotation lente. Son parachute, accroché à l'axe central, l'entraîna vers la mort.

Cela, plus que l'œil baladeur, fut la raison pour laquelle le père de Vivienne quitta le logis familial. Il ne supportait pas d'avoir perdu un fils, encore moins trois, et ne trouvait pas de réconfort auprès d'une épouse qui, comme lui, était paralysée par la douleur.

Son comportement était devenu de plus en plus étrange.

Il avait mangé le cacatoès de la maison et commencé à expliquer aux voisins que nous étions tous réincarnés et devions être estampillés « de seconde main », lorsqu'il rencontra Emily qui travaillait à la poste de Lone Star et délivrait les avis l'informant du décès de ses enfants. Elle lui offrit son soutien, moral et physique, et Frank l'accueillit à bras ouverts.

Dès son plus jeune âge, Vivienne aussi avait eu la bougeotte, mais sa seule tentative de rébellion fut l'idée fugitive de devenir luthérienne ; elle y renonça car elle n'était pas sûre qu'ils observaient le carême, or elle ne pouvait envisager une religion sans ce sacrifice.

D'où sa passion pour les émissions de voyage. C'était une façon pour elle de préserver la mémoire de ses frères.

Malheureusement, une vie d'acceptation n'était pas gage de gratification. À force de l'ouvrir au tout-venant, le cœur de Vivienne saignait en permanence. Elle choisissait toujours les gens qui avaient besoin de protection, de permission ou de soumission pour se sentir bien dans leur peau. Mon père en était l'exemple parfait, même s'il était loin de la perfection.

Les sentiments de Vivienne, son intelligence, son engagement l'emportaient immanquablement en intensité sur ceux de l'autre.

Sauf avec Peggy.

Vivienne savourait son rôle de soutien et regrettait de ne pouvoir en faire plus. Une simple tâche comme laver les cheveux de Peggy et les coiffer en chignon était aussi réjouissante que le fait de dîner dans un bon restaurant. Et puis, elle avait un immense respect pour Peggy. Il y avait sa poésie, bien sûr, qui l'élevait au-dessus du commun des mortels, mais ce n'était rien comparé à sa personnalité. Malgré le saccage, au fond d'elle Peggy était aussi innocente que du temps de sa jeunesse, comme si elle était passée à l'âge adulte en l'espace de deux ou trois jours en sautant les années de malheur.

Tout n'était pas innocent, bien entendu.

Chaque fois que Vivienne regardait Peggy, elle était prise d'une envie irrépressible de lui arracher ses vêtements pour lui faire subir les derniers outrages. Même si elle avait du mal à se l'avouer, cela la rendait heureuse ; elle en aurait pleuré de joie, comme ma mère biologique quand elle avait embrassé mon père pour la première fois.

Quand Vivienne et Peggy arrivèrent à Rouen, les cloches des églises carillonnaient partout dans la ville. Pour Peggy, accoutumée à entendre le bruit de la circulation derrière sa fenêtre, ce fut plus qu'un soulagement. La paix qu'elles annonçaient tous les quarts d'heure était exaltante.

Rapidement, une autre chose devint claire. Bien que Jeanne d'Arc fût morte depuis 1431, son souvenir était éternel. Sur n'importe quelle place, on pouvait acheter l'épée de Jeanne d'Arc en plastique, l'armure de Jeanne d'Arc, les habits de paysanne de Jeanne d'Arc, identiques pour hommes et femmes, sauf la taille, les bannières de Jeanne d'Arc, des cartes historiques, des blasons et des moulins à poivre. On était également invité à visionner un documentaire sur Jeanne d'Arc au cinéma du coin, à assister à une conférence sur Jeanne d'Arc, à acheter une biographie parmi la centaine d'ouvrages publiés, à boire au bar Jeanne d'Arc, à dormir à l'auberge Jeanne d'Arc ou à se faire couper les cheveux à la mode médiévale.

En tout cas, Vivienne fut surprise de découvrir une ville animée, scrupuleusement entretenue, avec suffisamment d'animations culturelles pour étancher la soif du touriste le plus exigeant.

Peggy s'en moquait et tint absolument à ce qu'elles fassent la visite guidée sur les pas de Jeanne d'Arc.

Au cœur de la vieille ville, sur la rive droite de la Seine, se dressait l'église de Jeanne, la cathédrale Notre-Dame, chef-d'œuvre gothique qui avait beaucoup inspiré Monet. Ce fut leur première étape.

Vivienne, franchement, en avait soupé des églises, grandioses ou autres, à cause de Qui et de ce qu'elles représentaient. Peggy, en revanche, tombait en extase devant reliques et objets d'art, ravie de lire leur description en anglais sur les plaques en cuivre accrochées aux murs.

Pendant que d'autres les contemplaient avec intérêt, elle laissait courir ses doigts sur tout ce qu'elle avait le droit de toucher, désireuse d'en palper l'histoire.

Elle passa la main sur le portail ouvragé de la façade ouest. Elle caressa l'Arbre de Jessé sur le tympan. En sortant de l'église pour poursuivre leur route sur les traces de Jeanne d'Arc, Peggy toucha le portail des Libraires, richement sculpté, qui rend hommage aux échoppes autrefois fréquentées par Jeanne. Elle toucha les tombeaux des cardinaux Georges Ier et II d'Amboise, archevêques de Rouen qui ont vécu au XVIe siècle. Elle toucha une représentation de l'Assomption de la Vierge, symbolique de la vie de Jeanne. Rue Jeanne-d'Arc, elle toucha la tour Jeanne-d'Arc où Jeanne avait été emprisonnée avant son exécution. Elle toucha les vestiges du château de Philippe-Auguste où Jeanne avait été interrogée et, au palais de justice, elle toucha la crypte où, d'après la tradition, reposait son cœur.

Selon la légende, expliqua Peggy, le cœur de Jeanne, gorgé de sang, n'avait pu être brûlé malgré toutes les huiles, le souffre et le charbon qu'on avait versés dessus. C'était la preuve qu'elle était vierge au moment de sa mort.

Les cœurs des vierges ne brûlent pas.

Pour finir, elle toucha l'endroit place du Vieux-Marché où Jeanne avait été exécutée.

S'il était interdit de toucher, Peggy explorait du regard chaque surface, fissure ou anfractuosité.

La visite achevée, elles traversèrent une place où avait lieu un concert. L'estrade en bois juchée sur des supports métalliques était aussi patinée par les ans que les musiciens, dont certains, légèrement voûtés, avaient besoin d'aide pour gagner leurs sièges. Tous, des plus jeunes aux plus vieux, étaient de fiers représentants des forces de l'ordre ; d'ailleurs la gendarmerie se trouvait juste derrière eux. Leur tenue cependant n'était pas aussi uniforme que les pelouses de Lone Star. Quelques-uns étaient boutonnés jusqu'en haut. D'autres avaient ouvert leur col. D'autres encore laissaient apparaître la chemise.

Trente-quatre au total et pas un seul instrument à cordes. Saxophones. Cors d'harmonie. Tubas. Trombones. Trompettes. Cornets et clairons.

Sautant en l'air au moindre crescendo, le chef dirigeait de mémoire, sans partition ; il leva sa baguette, et la musique jaillit, avec tant de panache que les musiciens âgés se redressèrent, plus droits que jamais.

Le concert terminé, une vieille femme assise devant Vivienne se retourna et résuma la situation d'une simple phrase :

« C'était un cadeau du Ciel. »

L'un des médecins de Peggy était ami avec le propriétaire d'un restaurant tout proche, trois étoiles au guide Michelin. Le nombre de clients y était réduit au strict minimum, et les réservations se prenaient un an à l'avance. Connaissant la passion de Vivienne pour la cuisine, Peggy s'était arrangée avec le bon docteur pour qu'il leur obtienne une table.

Trois étoiles au Michelin, cela signifiait une cuisine d'exception qui à elle seule valait le déplacement.

Même les petits plats mitonnés par Mme Davidow ne réussirent pas à calmer les nerfs de son mari lorsqu'il nous fit venir, Arthur et moi, pour un nouveau cœur à cœur.

Deux appareils avaient frôlé la collision à l'aéroport de Dallas-Fort Worth. Le vol Delta 923 avait amorcé sa descente quand le pilote changea d'avis et décida d'exécuter un « contournement », procédure de routine en cas de trafic congestionné. Sauf que rien ne se passa comme prévu. L'avion croisa la trajectoire du vol Comair 720, un vol régional sur le point de décoller sur une autre piste.

L'Aviation civile s'empressa de changer les procédures de décollage et d'atterrissage sur pistes perpendiculaires, comme celles impliquées dans l'incident, afin que l'avion qui se pose ait la voie dégagée.

L'administration adressa également un avertissement à Delta, mais celui-ci resta lettre morte.

La raison, d'après M. Davidow, en était simple. Les fonctionnaires de l'Aviation civile s'intéressaient moins à la sécurité qu'à la marge bénéficiaire des compagnies aériennes, compte tenu des rapports étroits qu'ils entretenaient avec ces dernières.

Dans le cas présent, le pilote incriminé avait échoué aux trois contrôles de compétence depuis qu'il était chez Delta, et à plusieurs reprises, on l'avait soupçonné de fatigue.

Lorsque M. Davidow avait soumis ces faits à l'administration, invoquant une possible erreur humaine, on lui rétorqua qu'un échec aux examens n'était pas forcément une raison pour empêcher quelqu'un de voler. Quant à la fatigue du pilote, ce n'était qu'une simple conjecture.

M. Davidow ne voulait pas en rester là, mais dans le passé, ceux qu'on considérait comme des lanceurs d'alerte avaient été diffamés, rétrogradés ou lâchés, perdant ainsi toute crédibilité.

C'est pourquoi M. Davidow fit appel au législateur. L'anonymat était le seul moyen d'aborder et de régler un problème. Autrement, les gens prenaient peur et protégeaient leurs arrières.

C'est pourquoi le Congrès débattait rarement de ces questions-là.

C'est pourquoi les contrôleurs ne témoignaient jamais.

Deux surprises attendaient Vivienne à leur arrivée au restaurant. Un bouledogue coiffé d'un béret bleu était assis à la table voisine, savourant en même temps que son maître les plats posés devant lui. La seconde surprise était bien plus alléchante. Peggy avait composé leur menu exclusivement à partir des spécialités maison. Y compris les trois meilleures bouteilles de leur cave, débouchées deux heures avant le dîner.

Le patron du restaurant avait choisi un romanée-conti 1961, un la-tâche 1959 et un petrus 1975.

Même si elle n'avait pas le droit de boire, Peggy savait qu'un vin de cette qualité-là bâillonnerait tous les scrupules de Vivienne.

En entrée, il y avait langoustine et coques rôties à la piperade, escalope de foie gras de canard poêlée aux pointes d'asperges et saumon fumé au bois de hêtre. Suivaient la cocotte luttée de homard, le véritable canard à la rouennaise à la presse et la cassolette de ris de veau en croûte. Elles terminèrent sur la merveille de 21 fromages de chez Portret sur le vieux marché et le soufflé normand au calvados.

Pendant presque tout le repas, Peggy se montra étonnamment docile, jouant avec la nourriture dans son assiette et ne parlant que si on lui adressait la parole. Au moment d'en arriver au dessert, cependant, les trois bouteilles étaient vides.

Se penchant par-dessus la table, Peggy déposa un baiser sur le front, le nez et le menton de Vivienne. Peu habituée aux effusions en public, cette dernière ne sut comment réagir. Certes, il était rare qu'elles ne se touchent pas, mais là, c'était plus qu'un regard furtif ou le frôlement d'une main. Vivienne trouvait cela vain et puéril, des gestes réservés à l'intimité. Or personne ne lui demandait son avis. Peggy était déterminée, surtout après avoir vu le bouledogue engloutir un morceau de camembert.

« Tu sais ce qui craint chez les animaux domestiques ? »

Vivienne secoua la tête.

« Ils sont toujours là. Quoi que tu fasses, même si tu les traites comme de la merde, ils sont tout excités quand tu rentres à la maison, avec leur langue à la con qui traîne par terre. »

Peggy empoigna Vivienne par le cou, l'attira en avant et l'embrassa avec force.

« Il suffit de leur donner à bouffer et de leur manifester un peu d'affection. Ils ne partiront jamais parce qu'ils sont incapables de voir plus loin. »

Elle voulut ajouter quelque chose, mais les larmes l'empêchèrent de parler.

Vivienne prit le relais.

« Et ils sentent bien, les salopards, quand tu as peur. »

Fronçant le nez, Peggy esquissa une moue de petite fille avant de répondre d'une voix légèrement pâteuse.

« Ne fais pas ta garce. Dans notre relation, la garce, c'est moi. Toi, tu es celle qui soutient, qui est patiente et qui ne peut s'empêcher de régler tous les problèmes.

– J'en ai de la chance.

– Et voilà, tu continues », dit Peggy avant de filer au chien le reste de son dessert. Se redressant, elle essaya de prononcer les mots impossibles, une simple phrase qu'on ne disait jamais chez elle car c'était comme pisser sur une clôture électrifiée. Et si on était assez bête pour le faire, on se prenait un retour de bâton. Alors, au lieu de dire « je t'aime », Peggy opta pour un adieu plus banal en apparence, mais qui en fait était lourd de sens.

« *Mangez*[1] », fit-elle en désignant l'assiette de Vivienne.

Et elle partit en courant.

Elle s'enfonça dans la nuit avec une rapidité qu'elle n'avait pas connue depuis l'enfance. À peine une minute plus tard, elle arrivait sur la place du Vieux-Marché. À l'endroit exact où Jeanne d'Arc avait été brûlée, elle se sentit soudain exulter. Tombant à genoux, elle joignit les mains en prière.

« Notre Père qui êtes aux Cieux… »

Ce fut alors qu'elle la vit, une colombe descendue des toits tournoyant pile au-dessus de sa tête. Peggy fut prise de la même envie de rire que l'autre soir à Paris. Ce rire-là n'avait pas pour but de lui rappeler que sa vie avait changé et qu'elle allait bien. Ce rire-là était censé lui rappeler qu'il valait mieux mourir jeune plutôt que de se laisser ronger par des souvenirs semblables à un cancer, qui vous dévoraient de l'intérieur et vous fragilisaient.

Elle ôta sa robe pour retrouver un état plus naturel et, se baissant, délogea la lame de rasoir qu'elle avait cachée sous la semelle de sa chaussure. La plaçant dans la paume de sa main droite, elle resserra les doigts avant de s'entailler le poignet gauche, verticalement, tranchant l'artère radiale. Les incisions restèrent sèches une seconde, indécises, puis les lignes rouges apparurent et ruisselèrent, telle une crue subite au Texas.

Pendant que le sang coulait sur les vieux pavés, Peggy éprouva une sensation des plus étranges. Elle n'était pas simplement soulagée. Elle était carrément remplie de joie. C'était difficile à expliquer, mais l'instant avait quelque chose de miraculeux.

---

1. En français dans le texte original.

Lorsque Vivienne arriva sur la place, Peggy souriait, d'un sourire qu'elle ne lui avait encore jamais vu, un sourire de repos absolu. Des passants s'approchèrent, horrifiés à la vue de la mare de sang à ses pieds. Mais Vivienne, elle, vit son visage recouvrer sa douceur et son innocence, la douleur sur son front et autour de ses yeux se dissoudre dans un halo de lumière.

Alors que Vivienne la rejoignait précipitamment, Peggy réclama une croix. Ayant abjuré sa foi, Vivienne n'en avait pas. Par chance, une touriste italienne lui donna le chapelet qu'elle avait acheté au Vatican et gardait dans son sac au cas où.

Sitôt qu'elle l'eut entre les mains, Peggy pardonna à sa mère et à son père et demanda à Vivienne de prier pour elle.

Par la suite, plusieurs témoins oculaires se souvinrent de Peggy répétant le nom de Jésus et invoquant le secours des saints du paradis.

Vivienne n'entendit rien de tel.

Elle sentait la vie de Peggy s'écouler d'elle tandis que ses yeux papillotaient et se fermaient, les souvenirs douloureux l'abandonnant plus vite que son propre sang.

Peggy sentit aussi une bouffée de gratitude se répandre dans ses veines, de la reconnaissance pour la fin de ses luttes et pour l'amour qu'elle était sur le point de quitter. Elle attrapa sa robe, sortit un billet de la poche, le fourra dans la main de Vivienne et eut soudain une pensée si inhabituelle qu'elle se demanda d'où ça lui venait.

Toi. Je mourrais pour toi.

Plus surprenantes encore furent les paroles qui lui échappèrent. Peggy ne savait pas non plus comment elles lui étaient venues, mais elles la réchauffèrent de l'intérieur.

« Dame de cœur. »

Elle éclata de rire, et son rire enfla jusqu'à ce qu'elle tremble et se tortille comme une possédée. Il n'y avait ni mépris ni amertume dans ce rire. C'était le rire d'une femme libre. Incapable de se retenir, Vivienne rit aussi, pantelante et se tenant les côtes. Elles rirent plus fort qu'à la veillée funèbre de mon père. Elles rirent jusqu'à ce que leurs voix n'en fassent plus qu'une. Elles rirent jusqu'à ce que Peggy s'affaisse, quitte son corps, comme elle l'avait toujours imaginé, avec un gazouillis de triomphe, voyage paisible vers une enfance enfin retrouvée.

Le jour où elles s'étaient rencontrées, Peggy avait décrit son jeu favori à Vivienne. Il retraçait la vie d'un homme nommé Petitgars dont l'ascension métaphorique vers le succès était contrebalancée par les épreuves et les souffrances dans sa vie privée. On le suivait dans ses études, ses amours, son mariage, ses affaires, la politique et jusqu'à sa mort. À tout moment, Petitgars pouvait interrompre le cours des événements en criant : « Arrêtez le monde, je veux descendre. » L'action se figeait, et il sortait de la scène pour s'adresser au public, évitant ainsi de se faire laminer par ses malheurs.

La nuit de la mort de mon père, tout s'était figé.

L'air avait cessé de circuler. La lumière était devenue opaque et épaisse, comme avant un ouragan. Il n'y avait pas de bruit car aucun son ne pouvait traduire mon chagrin.

Je ne croyais pas que ma vie pourrait reprendre son cours normal. On m'assurait que si, avec force exemples de drames personnels. On me disait des choses comme « demain sera un autre jour », « garde le nez sur le guidon » et « le temps guérit toutes les blessures ». Pour ma part, je n'y voyais que des poncifs inventés par ceux qui avaient peur de se mettre à quatre pattes pour sa vautrer dans la douleur. Cependant, je recommençai à dormir la nuit. Je retournai en classe. Je regardais les émissions de voyage. Le temps guérissait, en effet, et tout rentra dans l'ordre.

Enfin, pas tout à fait.

Rien de ce que j'avais su, ressenti ou accompli jusqu'ici n'était plus valable. Tout était nouveau, comme le jour de ma naissance, dans quelque version que ce soit.

C'est, j'imagine, ce qu'avait éprouvé Vivienne en lisant le mot de Peggy.

« Tu as gagné », disait-il.

Dessous, il y avait un poème, mais elle fut incapable d'en lire plus qu'un extrait. Ses entrailles étaient nouées, secouées de spasmes qui irradiaient jusqu'aux extrémités de ses doigts. Sa vision se brouilla quand le patron du restaurant accourut à son tour.

Même à travers les larmes, Vivienne lut la plus vive anxiété sur son visage. Quoi qu'elle ait pensé de la culture française avant son voyage, cela incluait maintenant Abélard, Descartes, Pascal, Rousseau, Voltaire, Sartre et leurs semblables. Elle ne partageait pas forcément leurs points de vue, mais elle ne doutait pas un instant de leur respect de la condition humaine.

L'angoisse du patron, en l'occurrence, n'avait pas grand-chose à voir avec les positions nominalistes sur les universaux, les mathématiques, la compréhension mystique, le bien public, le libre arbitre ou l'action sociale. Ses préoccupations étaient beaucoup plus pro-saïques ; voilà qui aurait prouvé à Peggy et même à Claude que le fromage et la vérité ne conduisent pas nécessairement à la liberté.

Dans sa hâte de mettre fin à son existence tumultueuse, Peggy avait oublié de régler l'addition.

SECONDE PARTIE

Malgré toute cette riche nourriture, le temps de rentrer à Lone Star Springs, Vivienne avait perdu plus de vingt kilos, presque tout son poids en trop. Jamais, depuis son enfance, elle n'avait été aussi mince, mais les prédictions sur sa beauté délestée de ses kilos ne se réalisèrent pas pour autant. Vivienne avait le type de visage qui gagnait à être un peu rond. Sans ça, son ossature était grossière, elle avait l'air anémique, et son nez, qu'on ne remarquait guère quand elle était corpulente, devint son trait le plus proéminent.

Chaque fois qu'elle se regardait dans une glace, Vivienne repensait au spectacle de Guignol qu'elle avait vu aux Tuileries. Ce qui l'avait charmée et divertie à Paris, ici, à Lone Star Springs, dans la vraie vie, ressemblait à l'ultime farce génétique.

Son quotidien consistait désormais à ressasser des souvenirs amers, guettant l'éléphant ou l'anaconda prêt à l'écraser ou à la digérer.

Le dimanche qui suivit son retour, elle lut un article dans le *Lone Star Chronicle* sur une femme qui avait perdu son mari et trois de leurs quatre enfants lorsque leur voiture fut percutée par un train qui filait vers l'Oklahoma. Chaque soir, disait la veuve, elle remerciait Dieu d'avoir épargné son fils. Vivienne se rua dehors, se rendit chez elle et l'enguirlanda à l'instant même où elle ouvrit sa porte. Comment pouvait-on être aussi stupide ? Dieu n'avait sauvé personne. Il avait massacré sa famille comme des millions de gens avant eux. Tant qu'à être reconnaissante, elle n'avait qu'à remercier le Fils de pute d'avoir commis une de Ses fameuses bourdes. Visiblement, Il avait cherché à Se les faire tous.

La seule figure maternelle que j'aie jamais connue était en train de sombrer sous la surface de la vie, entraînée dans un sillage de chagrin qui l'emportait de plus en plus loin du rivage.

Le fait de devoir une petite fortune au restaurant de Rouen pour le dîner d'adieu de Peggy n'y était pas totalement étranger. Bien que la direction lui ait fait cadeau du repas, elle ne pouvait pas en faire autant pour le vin. Même en France, il y a des choses qui ne se remplacent pas. Sous les auspices de l'ambassade américaine, ils établirent un échéancier avant que Vivienne ne soit autorisée à quitter le pays.

C'était le moindre de ses soucis, bien sûr. Les vrais problèmes de Vivienne tournaient autour de sa lutte contre les remords et les regrets qui l'avaient mise à genoux.

Elle décida que Dieu avait raison après tout. Elle n'avait pas droit au bonheur. Sa planche de salut, curieusement, se révéla être la même que la mienne.

Arthur.

Elle l'avait plus ou moins ignoré jusqu'au soir où elle avait entrepris de faire des cookies. Couché sur le lino en face d'elle, Arthur rongeait l'os que je lui avais donné la veille. Le raffut était tel que Vivienne cessa de tamiser la farine, leva les bras de frustration et glapit : « Ce bruit va me rendre folle ! »

Sans la moindre hésitation, Arthur prit l'os dans sa gueule, gagna le paillasson, se recoucha et se remit à mastiquer à un endroit où on ne l'entendait pas. La minute d'après, Vivienne lui prenait le menton dans une main et le caressait de l'autre, comme pour essayer de lisser les plis de sa robe, le remerciant sur le même ton que les ménagères de Lone Star quand elles m'apportaient à manger. Si elle disait à Arthur de s'asseoir, il s'asseyait. Si elle lui disait « couché », il était à plat ventre avant même qu'elle ait fini de parler. C'étaient des ordres simples, certes, mais elle se rendait compte que son intelligence allait bien au-delà. Arthur était plus futé que tous les copains de mon père réunis, même s'il n'y avait pas de quoi pavoiser. À partir de ce jour, elle le traita plus comme un homme en costume de gros chien que comme un animal.

Ce qu'elle admirait le plus chez lui, je ne l'avais même pas remarqué : Arthur vivait dans le présent et ne perdait pas son temps à ruminer. Il agissait selon l'inspiration du moment et en tirait du plaisir, même si c'était un simple os à ronger.

Ce qu'Arthur admirait le plus chez Vivienne, c'est que plus que quiconque elle avait besoin qu'on la garde. Je pense vraiment qu'il l'entendait ouvrir les yeux en pleine nuit car à l'instant même il était à ses côtés.

Sa détresse nous perturbait d'autant plus que, comme mes rêves, c'était quelque chose contre quoi Arthur était incapable de la protéger.

Presque toutes les nuits, nous nous couchions et l'écoutions, dans la chambre d'en face, faire les cent pas en marmonnant des bribes des poèmes de Peggy.

Elle a prié
Il y a des années.
Elle s'est agenouillée.
A levé les yeux vers le ciel
Et gagé son âme.
Mais rien n'a changé,
Ses ennuis sont restés,
Jésus n'était qu'un homme parmi d'autres
Qui l'a laissée tomber.

Ça se terminait toujours de la même façon.

Contrairement à l'ébouriffante proclamation de la liberté que Peggy avait faite ce fameux soir sur notre table de la salle à manger, Vivienne laissait échapper un cri plaintif comme une supplique pour la rédemption, un « Je vous salue, Marie » prolongé.

« Dieu me pardonne. Dieu me pardonne. Dieu me pardonne. »

Il était peut-être absent de ses préoccupations quotidiennes, mais le Fils de pute n'était jamais très loin... énorme et omniprésente tache de naissance.

Pendant que nous l'écoutions, Vivienne L'écoutait, Lui, faire irruption chez nous comme un voleur, vider armoires et tiroirs à la recherche de son cœur.

À ce jour, je pense que c'est Lui, le Bâtard qui a volé mes souvenirs.

Longtemps après que ses supplications s'étaient tues, Arthur et moi nous glissions dans sa chambre et nous arrêtions devant son lit. Il nous était plus facile d'aller la voir pendant qu'elle dormait. Je n'étais pas anxieux et n'avais pas besoin de cacher mes peurs. Éveillée, elle n'aurait pas supporté la sympathie, qu'elle aurait prise pour de la pitié.

Occasionnellement, je redressais l'oreiller sous sa tête.

La plupart du temps, je me bornais à la fixer, comme il m'était arrivé de fixer le téléphone pour qu'il sonne quand mon père était en déplacement et que je voulais qu'il m'appelle.

Elle devait le sentir car parfois ses yeux se mettaient à papilloter. Alors Arthur et moi quittions précipitamment la chambre, de peur qu'elle ne se réveille et ne nous surprenne à monter la garde pour la protéger contre ses démons.

De retour dans mon propre lit, souvent je m'imaginais descendre, sortir le Browning du placard et guetter l'irruption de Dieu. Dès qu'Il poserait le pied sur le gazon, drapé dans Sa majesté ostentatoire, je Lui sauterais dessus.

« Elle vient d'où, la cicatrice sur ta lèvre, Big Boss ? »

Je Lui tirerais dans les genoux. S'Il avait prévu une issue de secours, s'Il avait la force de ramper sur la pelouse, je lâcherais Arthur pour qu'il Le traîne dans la maison et qu'on L'achève, invoquant la légitime défense pour échapper au courroux dont Sa famille avait le secret.

Il ne se relèverait plus !

Quelquefois, je contemplais les taches d'humidité sur le plafond jusqu'à ce qu'elles ressemblent à des pays. La Mongolie. Le Brésil. La Chine. Les lieux qui paraissaient intéressants dans les émissions de voyage de Vivienne.

À d'autres moments, je me demandais si Vivienne se glissait dans ma chambre pendant mon sommeil pour me protéger, comme Arthur, de mes démons. Si oui, je décidai qu'elle s'y prenait vraiment comme un manche.

Deux jours après avoir fait part des tourments de Vivienne à M. Davidow, il m'emmena à la pêche. Nous faisions de longues promenades à vélo. Selon la saison, il me conduisait en ville, à la foire annuelle, voir les Dallas Cow-Boys ou boire un milk-shake au caramel dans mon restaurant préféré, l'ancien drugstore. Quand il le pouvait, il m'emmenait à son travail. Certaines secrétaires croyaient que j'étais son fils et, pour être franc, je ne faisais rien pour les détromper.

La question la plus fréquente portait sur les rapports entre pilotes et contrôleurs aériens. Comment faire pour que les deux collaborent efficacement ? Les pilotes disent que c'est impossible car les contrôleurs veulent tout diriger. Faux, répondait M. Davidow. Les contrôleurs se contentent de donner des instructions ; cela fait partie de leur travail. Cela n'a rien de personnel, et ça le devient seulement si le pilote ne suit pas les consignes, mettant en péril la sécurité des passagers.

En tant qu'ancien pilote, M. Davidow proposa une solution possible. Puisque les contrôleurs aériens étaient tenus de passer un certain nombre d'heures en vol pour se familiariser avec les commandes et les procédures, pourquoi les pilotes n'effectueraient-ils pas le même temps dans une tour de contrôle, histoire de connaître les ficelles du métier ?

Ce vendredi-là, le besoin de communiquer et de se comprendre se fit sentir au centuple.

Un vol Delta en provenance de San Francisco dépassa l'aéroport de Dallas de cent cinquante kilomètres. M. Davidow et ses collègues perdirent le contact radio avec l'Airbus 320 alors qu'il volait à une altitude de 37 000 pieds, et la liaison ne fut rétablie qu'au bout d'une heure.

M. Davidow parla au pilote, mais les réponses de ce dernier furent si vagues qu'il craignit un détournement et lui ordonna d'effectuer une série de manœuvres inutiles pour prouver qu'il était bien aux commandes de son appareil.

Pour finir, le pilote déclara qu'il était en pleine discussion avec les membres de l'équipage sur la politique de la compagnie, et qu'ils avaient perdu la notion du temps.

Les enquêteurs de l'Aviation civile furent chargés d'examiner toutes les causes possibles de l'incident, y compris l'éventualité que les pilotes s'étaient endormis. Néanmoins, ils firent clairement comprendre que les exemples de ce genre étaient rares, même si les deux pilotes concernés avaient déjà rencontré un problème similaire l'année d'avant. On les avait soupçonnés de prendre du Chantix, un médicament antitabac interdit par les autorités parce qu'il était susceptible de provoquer la somnolence, la confusion mentale et des troubles cardiaques.

Ils ne furent pas poursuivis.

M. Davidow affirma qu'aucun pilote ne pouvait être distrait au point d'oublier de poser un avion avec 144 passagers à bord. Donc, la seule explication plausible était qu'ils s'étaient endormis pendant le vol.

Comme à son habitude, il rédigea un rapport qu'il savait inutile.

Il avait compris une chose.

Seule une catastrophe comme celle du vol 512 pouvait changer la mentalité de l'administration, l'obliger à ne plus couvrir les compagnies aériennes et à prendre les mesures nécessaires.

Il fallait plusieurs centaines de morts afin que des milliers de vies puissent être sauvées.

À la troisième séance d'Ethan à l'hôpital de la prison, le docteur Coonan expliqua au groupe que c'était un défi et souvent une angoisse que de changer de comportement, surtout s'il s'agissait d'un comportement violent. Il cita l'exemple d'un garçon qui avait grandi dans une famille maltraitante. Son père l'avait battu presque à mort, et il le haïssait pour cela. Seulement, quand le garçon grandit et eut des enfants à son tour, il les traita tout aussi brutalement. Pourquoi ? Il ne connaissait pas d'autre façon de se comporter.

La thérapie l'aida à recouvrer la maîtrise de ses émotions, à vaincre sa honte, à reprendre confiance en lui et à rejeter le conditionnement à l'origine des accès de colère inappropriés, épargnant à ses enfants de subir le même sort. Il n'y serait jamais arrivé tout seul, donc la première étape était de demander de l'aide.

Ethan n'était pas d'accord.

La colère n'était pas toujours déplacée, on n'avait pas à la réprimer, elle était le plus souvent entièrement justifiée et utile pour se sortir d'un mauvais pas. Au commencement des temps, c'était déjà comme ça. Œil pour œil. Naturel sur le champ de bataille et plus encore en dehors. Si quelqu'un vous cogne, vous lui rendez la pareille, qu'il soit votre père ou pas.

Le docteur Coonan écouta poliment, sourit et répondit qu'il en reparlerait avant la fin du stage, mais qu'il ne pouvait rien promettre, vu qu'ils devaient encore aborder les symptômes de l'agression passive qui comprenait la maladie et l'évitement de l'intimité comme mécanismes de défense.

Au bout de deux ou trois mois, Dieu commença à s'insinuer dans la conscience de Vivienne, d'une manière incroyablement retorse. Elle constata que si elle priait le dieu du Parking, par exemple, elle tombait aussitôt sur une place libre. C'était aussi valable pour le dieu de la Circulation : le bouchon s'écartait façon mer Rouge. Et, cerise sur le gâteau, le dieu des Ressources l'aidait à réaliser tout ce qu'elle avait prévu de faire dans la journée, même lorsqu'elle était débordée et qu'elle s'en faisait une montagne. Elle en vint à se dire que Dieu était l'entité du tout et du rien à la fois. Pas uniquement celui qui rend des services à l'entrée d'un centre commercial.

Elle Lui pardonna.

Elle retourna voir la femme dont elle avait lu l'histoire dans le *Lone Star Chronicle*. Cette fois, quand cette dernière lui eut ouvert sa porte, Vivienne lui tendit la bible qu'elle avait achetée dans la boutique de souvenirs de l'église, une bible dorée sur tranches. C'était pour son fils, afin qu'il remercie Dieu jour après jour de veiller sur lui. Elle acheta même un autocollant pour sa voiture qui disait : « Dieu, ne sortez pas sans Lui. »

Elle conclut également qu'il y avait un lien entre le fait qu'elle Lui ait tourné le dos et le suicide de Peggy. Si elle avait honoré son accord et gardé la foi, comme elle l'avait promis le jour où elle m'avait ramené chez elle, Peggy serait encore en vie.

Je le compris plus tard, cela avait durablement infléchi son attitude à mon égard.

J'étais responsable de la mort de Peggy.

Presque comme si j'avais moi-même tenu la lame qui lui avait tailladé les poignets.

Les années de Vivienne à l'hôpital lui avaient appris que le chagrin et la douleur tournent facilement à l'apitoiement sur soi-même. Il ne fallait jamais oublier que celui ou celle qu'on pleure a perdu beaucoup plus que vous. On devait également être reconnaissant pour les bonnes choses qui nous avaient été données, qu'on avait faites, et les mauvaises qu'on avait évitées.

Comme pour ma mère biologique, Dieu avait fermé une porte, mais ouvert une fenêtre. Peggy avait péri pour que ses malheurs servent de leçon à autrui.

Vivienne avait enfin touché le rivage.

Le vide spirituel qui l'habitait depuis la mort de Jack céda la place à une détermination nouvelle. Elle démissionna de l'hôpital et s'attela à la seule tâche qui lui aurait valu l'approbation de Peggy : partager ses croyances et ses expériences avec le monde. Comme Willa Cather ou Edith Wharton.

Les cœurs vierges ne meurent pas, son premier livre, était consacré à la poésie de Peggy, à ses thèmes fondamentaux et à leur rapport à la société.

L'intellect, d'une manière ou d'une autre, est devenu un trait masculin par contraste avec la chaleur, la tendresse et les qualités nourricières de la femme. C'est pourquoi le monde a traditionnellement placé les questions décisives entre les mains des hommes. On ne saurait se fourvoyer davantage. Les hommes prennent leurs décisions pour s'arroger plus de pouvoir. Les femmes, préoccupées par les rapports humains, fondent leurs décisions sur l'éthique, la générosité, l'ouverture et l'interdépendance.

Ces sujets-là sont couramment abordés et débattus aujourd'hui, mais à l'époque Vivienne fut une pionnière, une voix forte et authentique du mouvement féministe.

Le succès de l'ouvrage rapporta largement de quoi payer le vin et les livres qui commencèrent lentement à envahir toute la maison. Ouverts et écornés. Empilés les uns sur les autres. Débordant des placards et des étagères.

Paradoxalement, l'écriture passionnée de Vivienne éclipsa la femme qu'elle tenait tant à canoniser. Peggy devint une icône pour des millions de lecteurs, mais c'était Vivienne qui fut fêtée et adulée.

À sa décharge, jamais elle n'eut la folie des grandeurs, ne prit la grosse tête ni ne perdit son objectif de vue. Si *Les cœurs vierges* furent le premier pas vers l'édification de l'héritage de Peggy, son deuxième livre, le controversé *Avec un grand M*, remporta le jackpot.

Pour une fois, les critiques ne s'y trompèrent pas.

« Ce livre enchantera, agacera ou éclairera. Probablement les trois. »

Il racontait les sévices infligés à Peggy, son courage et sa fin tragique. Contrairement au premier, il avait une très nette visée pédagogique, mélange de mysticisme et de religion, soulignant la croyance de Vivienne que Peggy, Jeanne d'Arc et le mouvement féministe étaient étroitement liés.

Et, contrairement au premier livre, l'écriture de celui-ci consuma tout le temps, les forces et une bonne part de l'équanimité de Vivienne. Elle travaillait souvent la nuit. Quand je me plaignis que je la voyais rarement, elle me conseilla d'acheter des lunettes. Quand je lui demandai de se poser et de m'expliquer son livre, elle me caressa la tête et répondit que je n'étais pas assez intelligent pour comprendre.

En un clin d'œil, j'étais passé de trophée pédiatrique à une distraction gênante. Pire, elle cessa de consacrer du temps à Arthur, dont le désarroi sautait aux yeux autant que le caractère nouvellement trempé de Vivienne.

Pendant qu'elle rédigeait *Avec un grand M*, au lieu de ses habituelles tenues foncées, Vivienne portait du blanc immaculé : pantalon blanc, chemisier blanc, chaussures blanches et cheveux retenus par un foulard blanc… en hommage à l'esprit innocent de Peggy.

Je l'entendais toujours marcher et marmonner, même si de temps en temps elle substituait l'introduction de son livre aux poèmes de Peggy. Elle avait dû la modifier une bonne centaine de fois, d'infimes améliorations que personne ne remarquerait, mais ce soir-là, je m'en souviens comme si c'était hier.

Dans la vie de chacun, il y a un moment où le ciel vous tombe sur la tête, et le cours de votre existence s'en trouve radicalement changé. Peu importe que cela vous plaise ou non. Vous n'avez même pas besoin de comprendre. Cela arrive, et vous avez intérêt à vous y préparer.

Pour Jeanne d'Arc, ce fut le moment où elle commença à entendre les voix de sainte Catherine et sainte Marguerite, désignées par Dieu pour lui donner la force d'aller combattre les Anglais.

Hélas, mon instinct protecteur avait fait long feu, si bien que je hurlai à tue-tête : « On s'en branle de sainte Catherine et de sainte Marguerite. On n'est plus au Moyen Âge, bordel ! »

Faisant irruption dans ma chambre, Vivienne se planta au pied de mon lit, croisa les bras avec défi et me narra l'histoire suivante.

« Sainte Catherine est née dans une famille aisée et respectable et a reçu une éducation de premier ordre, fait exceptionnel pour une fille à cette époque. C'était une jeune femme tellement remarquable que son père arrangea un mariage entre elle et l'empereur. Malheureusement, cela ne s'est pas passé comme prévu. Catherine a refusé car elle était déjà mariée et vouée à l'enfant Jésus. L'empereur l'a mal pris, et Catherine a été jetée en prison, dévêtue, battue, couverte de scorpions, affamée et enchaînée à une roue garnie de piques. »

Je l'ignorais alors, mais c'est de là que vient le

feu d'artifice connu sous le nom de la Roue de sainte Catherine qu'on tire ici, à Lone Star Springs, tous les 4 juillet.

« Avant que le supplice ne commence, la roue s'est brisée, mais elle n'a pas été sauvée pour autant. Contrarié, l'empereur a ordonné qu'on la décapite.

Quand on lui a coupé la tête, du saint lait a jailli de son corps, maculant de sa blancheur le sol et les habits de ses bourreaux. Et comme un tel lait ne pouvait provenir que de la poitrine d'une vierge, les anges ont transporté son corps au mont Sinaï où il exsude du parfum encore à ce jour.

Comme elle a perdu énormément de poids quand elle était en prison, elle est devenue la sainte patronne des anorexiques. »

L'épopée de sainte Marguerite se révéla tout aussi macabre.

« Sainte Marguerite, comme Catherine, a refusé un mariage forcé à l'âge de quinze ans. Elle aussi a affirmé être la fiancée virginale du Christ ; il lui était donc impossible d'épouser quelqu'un d'autre. Elle a été jetée en prison, dévêtue, sauvagement battue et torturée. Dans sa cellule, elle a également été attaquée et avalée par le diable qui avait pris la forme d'un énorme dragon. Mais la fidélité de Marguerite au Christ étant inébranlable, le dragon l'a recrachée comme quelque chose d'indigeste. Il s'est alors changé en joli cœur, un peu dans le style de ton père. Puisqu'il ne pouvait la croquer de cette façon-là, il allait en essayer une autre. Mais avant qu'il n'esquisse un geste, Marguerite s'est jetée sur lui, l'a plaqué au sol et lui a dit : "Fier démon, prosterne-toi aux pieds d'une femme." C'était plus gênant encore que son refus de se marier. Comme pour Catherine, on lui a coupé la tête. Était-elle vierge ou non, l'histoire ne le dit pas. Mais à cause de cet épisode du dragon, elle est devenue la sainte patronne des femmes en couches. »

Je ne pus fermer l'œil pendant des semaines.

Trois ans plus tard, le jour de la fête de l'Indépendance du Vietnam, Vivienne organisa une réception dans notre église paroissiale, sponsorisée par son éditeur. Comme elle venait d'être propulsée sur le devant de la scène et faisait partie du cénacle des auteurs prestigieux, les gens accoururent d'un peu partout. Membres de la jet-set. Hommes politiques. Grands industriels. Cinq générations de majors de promotion d'Harvard. Anciens combattants. Artistes. Musiciens. Il y avait même quelques mères de famille d'East Hampton, toutes actionnaires majoritaires dans les affaires de leurs époux, désireuses d'établir un lien privilégié entre Vivienne et leurs filles, écrivains en herbe, qui n'attendaient que l'occasion de faire leurs preuves.

Tout ce monde admira les bougies à la citronnelle et parla de l'événement comme s'il s'agissait de la venue du Messie.

Après avoir discuté avec cinq ou six chanteurs folk, Vivienne leur découvrit un dénominateur commun. Leur thème de prédilection était le sentiment de solitude ; les paroles de leurs chansons étaient empreintes de tristesse et de souffrance plutôt que de joie et d'amour. Curieusement, beaucoup tiraient leur inspiration de la poésie. C'était l'origine même de la musique, expliquèrent-ils. La plupart des poèmes d'Emily Dickinson étaient semblables aux ballades de son temps et alternaient souvent les vers de huit et de six syllabes du livre de cantiques. Les sonnets de Shakespeare étaient tous chantables. Yates faisait une fixation sur le refrain.

Peggy adorait la poésie, leur confia Vivienne, surtout

les œuvres de ceux qui étaient malheureux et incompris. *Une ballade de suicide* de Chesterton. *Adieu faux amour* de sir Walter Raleigh. *Et comme une dame mourante* de Shelley. *Les Ténèbres* de Byron. *Mort* de Yeats.

La liste était aussi interminable que déprimante, et je fus enchanté de voir arriver M. Davidow. Mme Davidow n'avait pu venir car elle faisait partie d'une association féminine qui se réunissait à Dallas tous les vendredis après-midi, et ce depuis quinze ans, pour des œuvres caritatives. Et il n'était pas question pour elle de manquer une de ces réunions.

M. Davidow était clairement perturbé.

Un vol Continental en provenance d'Austin avec quatre cents passagers à bord avait été pris dans des rafales de vent alors qu'il tentait d'atterrir. L'aile gauche frôla la piste, mais le pilote réussit à redresser l'appareil et à redécoller en effectuant ce que le porte-parole de la compagnie qualifia de « manœuvre totalement professionnelle ». L'avion se posa peu après, lors d'une seconde tentative, malgré les dégâts dans le système hydraulique.

« La situation était risquée, déclara le porte-parole. Dieu soit loué pour le sang-froid et la compétence de nos pilotes. Ils ont évité une catastrophe d'une ampleur épique. »

Ça, c'était la version officielle.

M. Davidow suivait le vol sur un radar depuis vingt-cinq minutes avant l'heure supposée de l'atterrissage, et il fut incapable de joindre le cockpit.

L'avion était sur pilote automatique.

L'Aviation civile avait ouvert une enquête.

Je voyais bien qu'il était malheureux, cet homme travailleur et dévoué. Vivienne vint se joindre à notre conversation.

Sur les quatre cents passagers, elle voulait savoir combien il y avait d'hommes. M. Davidow n'avait pas le chiffre exact, mais 60 % était la moyenne statistique pour un vol en provenance de l'État concerné. Grosso modo, ils étaient donc 240. Vivienne affirma aussitôt que 10 % étaient divorcés, autre moyenne statistique ; autrement dit, les 216 restants étaient mariés.

Dans un sondage récent auquel elle avait participé, 75 % des hommes interrogés disaient avoir trompé leur femme et être prêts à recommencer à la première occasion. Cela signifiait que 180 hommes dans cet avion étaient infidèles. D'après un sondage parallèle, 95 % des épouses trompées ne se doutaient de rien. Elles se sentaient en sécurité dans leur couple, convaincues que leur conjoint était aussi dévoué qu'elles étaient aimantes, comme jadis Vivienne avec mon père. Si les pilotes de Continental l'avaient su, auraient-ils sauvé leur avion ? N'auraient-ils pas choisi de « payer de leur personne », comme ma mère avec M. Domoff, si c'était pour rendre la vie plus belle à 180 honnêtes femmes ?

« Lutte contre l'adultère, un crash à la fois. »

Ce furent ses dernières paroles avant qu'elle ne s'en retourne auprès des musiciens.

M. Davidow, atterré par le discours de Vivienne, sombra dans un silence abattu. Cela lui rappela cependant son propre dilemme, la catastrophe comme unique solution pour assurer la sécurité des passagers.

Dès lors, il décida de prendre mon avenir en main.

Dans les mois qui suivirent, les poèmes de Peggy furent mis en musique. Au départ, Vivienne se heurta à une levée de boucliers : elle exigeait que dans chaque chanson les cuivres aient une place prépondérante. Mais les producteurs se ravisèrent rapidement car le caractère unique de ces arrangements fut plébiscité à la fois par les fans et par la critique. « Sylvia Plath avec des flonflons », lut-on.

À cette époque-là, Vivienne défendait l'héritage de Peggy avec une pugnacité qui me faisait penser à Arthur, mais elle affichait en outre l'attitude qu'elle avait jugée méprisable chez les médecins français à l'hôpital psychiatrique : leur optimisme écœurant à toute épreuve.

C'était un état d'esprit, je m'en rends compte maintenant, qu'elle avait adopté pour se protéger. C'était aussi un monde auquel Arthur et moi avions rarement accès. À l'occasion, après trois bouteilles de vin, elle parlait de sa mère. Quelquefois de son père. Il lui arrivait même d'évoquer Jack. Je ne remarquais même pas les larmes qui perlaient alors à ses paupières, menaçant de se répandre sur le reste de sa vie. Comment cela a-t-il pu m'échapper ? À ma décharge, mon esprit n'était pas pleinement développé et, bien que curieux, j'étais naïf et piètre observateur.

Si jamais je menaçais de pénétrer de force dans son monde, elle se crispait et se mettait à se tortiller, comme si mon cordon ombilical se resserrait sur elle, tel un nœud, l'empêchant de respirer. Jamais elle n'élevait la voix. Ni discours cathartiques ni explications. Simplement, elle faisait la moue et me considérait avec cet air absent qu'elle avait quand mon père affirmait qu'il allait mourir.

« Henry. »

C'était un avertissement : ne va pas plus loin. Longtemps, je me répétai que c'était passager. Le soir où je compris que c'était définitif, Arthur et moi nous glissâmes dans sa chambre pendant qu'elle dormait, pour la regarder selon notre habitude. Je n'avais pas envie de la protéger. J'avais envie de la taper comme papa autrefois, un bon direct à la mâchoire. Je souris en imaginant sa tête lorsqu'elle se réveillerait et me verrait planté au-dessus d'elle, poings serrés et jointures en sang.

Je ne la touchai pas.

Mes sentiments étaient peut-être mitigés, mais je lui étais toujours reconnaissant de tout ce qu'elle avait fait et je ne l'aimais pas moins. Et puis, à choisir, lui pourrir la vie serait beaucoup plus jouissif.

Jusque-là, il ne me serait pas venu à l'esprit de contrarier Vivienne. Cela n'avait pas de sens, c'était irrespectueux et sûrement pas dans mon intérêt.

Mais là, c'était différent.

C'était la guerre.

Pendant que Vivienne faisait des gâteaux ou le ménage dans les pièces qui étaient déjà impeccables, j'allais et venais avec Arthur en jacassant non-stop.

« Merci de m'escorter dans la cuisine, Arthur. Tu n'as pas idée à quel point ça me fait plaisir. C'est tellement sympa d'avoir de la compagnie. Je n'ai pas l'habitude, tu sais, c'est pour ça que je passe de pièce en pièce avec la tapette à mouches : elles, au moins, s'intéressent à moi. »

Si Vivienne interrompait sa tâche pour m'affronter, je la fixais droit dans les yeux et posais la question qui me hantait toutes les nuits entre le Brésil et l'Australie.

« Si Dieu te proposait de ramener Peggy à la vie mais à la condition que tout le monde meure, y compris moi, tu le ferais, hein ? »

Elle refusait de répondre.

Parfois, je me glissais dans le séjour et m'installais devant un vieux film quelques minutes avant le début de ses émissions de voyage… un film qui parlait d'amour, de séparation ou des deux. Si elle tentait de changer de chaîne, je piquais une crise jusqu'à ce qu'elle se réfugie dans sa chambre ou bien se sente obligée de regarder. S'il n'y avait pas de film au programme, je mettais le foot : Vivienne abhorrait le foot encore plus que mon grand-père l'imagination.

Parfois, j'arrachais les dernières pages des livres qu'elle était en train de lire, la privant du plaisir de connaître la fin. Je les remplaçais par de brefs messages. « À suivre. » « Fermé pour pause déjeuner. » « Hors service. » Cela marchait particulièrement bien avec l'Ancien Testament.

Parfois, je faisais irruption alors qu'elle était en train d'écrire et la bombardais de questions indiscrètes. « Ça fait quoi d'être dans un asile ? Ça fait quoi d'être dément ? C'est comme dans mes rêves, sauf qu'on est réveillé ? Elle savait, Peggy, qu'elle était folle ? »

Parfois, je visais les tripes plutôt que le cœur.

« Les fous, ils savent ce que c'est que l'amour ? Si oui, est-ce qu'ils sont capables d'aimer ? Si oui, est-ce qu'on peut s'y fier ? »

Parfois, je m'en prenais à son âme.

« Si Dieu existe, si on retourne à la boue originelle, pourquoi aurait-Il créé un être composé d'une seule cellule, et surtout quelqu'un qui dépend de la reproduction pour se perpétuer ? Pourquoi n'a-t-Il pas créé un organisme entièrement formé qui vivrait éternellement ? »

Si elle tentait d'objecter, je répondais dans ma langue préférée.

Moni gnatha gabi buᵭᵭutton imon.

Alors qu'au cimetière, l'effet était miraculeux, il n'y avait pas moyen d'apaiser le courroux de Vivienne sous son propre toit.

Elle se mit à me répondre en français.

Contrairement au gaulois, sa langue à elle était romantique et disponible sur cassette. Fait amusant, plus elle apprenait, plus elle prenait conscience de ce que les Français disaient d'elle pendant qu'elle attendait à l'hôpital. Les cochons. Tous autant qu'ils étaient. Des porcs immondes. Résultat, ses attaques contre moi étaient calculées et implacables, faisant appel à tout le sadisme dont elle était capable.

Sans oublier les bonnes manières.

« J'ai beaucoup de plaisir à vous revoir, vous savez.

– Et moi donc. Vous n'avez pas changé.

– Que c'est drôle. »[1]

Elle adaptait ses répliques à mon niveau de compréhension. Elle parlait lentement et clairement. Elle évitait les expressions idiomatiques.

Plus je trépignais, plus elle souriait, m'ébouriffait les cheveux et chantait *C'est magnifique*, faux mais dans un français irréprochable.

Brûlant de me venger, je m'introduisis dans sa chambre un après-midi alors qu'elle faisait les courses, et remplaçai les phrases-clés sur ses cassettes par des rots retentissants.

« Êtes-vous ouverts le… BURP ! »

« Bonjour, je voudrais réserver une table pour… BURP ! »

« Quel âge avez… BURP ! »[2]

Il y en avait des centaines.

Lorsqu'à son retour Vivienne découvrit mon méfait, le pardon chrétien ne lui vint pas spontanément. Elle se mit à ma recherche en serrant les poings, comme moi en la regardant dormir.

Mais elle ne me trouva pas car j'avais déniché une cachette dans ma chambre. Je glissais l'index dans

1. En français dans le texte original.
2. *Idem*.

une fente sous le plateau de mon bureau, le soulevais et me blottissais dans l'espace vide à l'intérieur. En superficie, cela équivalait à un cinquième des toilettes d'un avion, mais je pouvais voir à travers les planches disjointes, comme ces tableaux dans les films d'horreur où les yeux bougent sans que la personne observée s'en doute le moins du monde.

Elle finit par capituler et regagna sa propre chambre, d'où elle me nargua en écoutant à fond Aznavour, Édith Piaf et Jacques Brel.

Rester tapi dans le noir était nouveau pour moi, mais je m'y sentis tout de suite à l'aise. Cela atténuait ma douleur tout comme l'alcool engourdissait Peggy. À ce jour, je n'ai rien connu d'aussi libérateur et rassurant. Cela m'apaisait, un peu comme Vivienne, à ma naissance, me caressait doucement, me massait le dos, faisait courir ses doigts d'ébène sur chaque appendice et chaque muscle. Si je levais la main à la hauteur de mes yeux sans la voir, alors tout allait bien.

Je me rendis compte également qu'il y avait deux sortes d'obscurité :

1. Celle qui me submergeait, me privait de confiance en moi, comme dans mes cauchemars.

2. L'obscurité qui fortifiait, qui me donnait l'impression d'être le centre de l'Univers, comme l'amour que Vivienne avait éprouvé pour Peggy, mon père et moi quand j'étais bébé.

Je fis mes devoirs sous le bureau ce soir-là, effectuant les calculs de tête, et y restai jusqu'au lendemain matin. Je supposais que Vivienne allait se calmer, mais j'avais largement sous-estimé les dommages que j'avais causés, sa résolution et son ingéniosité.

À partir de ce jour-là, elle ferma la porte de sa

chambre à clé pendant qu'elle travaillait et au moment d'aller se coucher.

J'aimerais pouvoir dire que j'ai réagi en adulte et me suis montré à la hauteur de la situation, mais non. Je tempêtai. Je boudai. Une fois même, je cognai sur sa porte close et commis l'irréparable.

« Peggy avait raison. Tu n'es qu'une connasse. »

Pivotant sur mes talons, je courus me réfugier sous mon bureau. Je croyais qu'elle me poursuivrait, mais elle n'en fit rien. Pas d'agression musicale non plus. Le lendemain matin, à mon réveil, je me dis que tout était pardonné, mais quand je m'extirpai du bureau et sortis dans le couloir, Vivienne avait tracé une épaisse ligne rouge sur le sol, divisant la maison en deux. Tout ce qui était de mon côté, expliqua-t-elle, serait en anglais. Tout ce qui était du sien, dont la cuisine, en français. J'étais libre d'aller et venir comme bon me semblait, mais si je traversais la ligne et enfreignais la règle, je prendrais cher.

Elle se mit à fumer des gauloises.

Elle vendit notre sèche-linge et accrocha une corde à linge sur poulies entre la maison et le grand chêne : le linge sentait meilleur, affirma-t-elle, quand on l'exposait à l'air.

Elle clôtura le jardin ; on n'y entrait plus que par un portail en fer peint, avec une imposte en verre coloré.

Tout ce qui était français devint plus important que tout ce qui était Henry, et je me sentais petit et humilié. Si je l'interrogeais sur ce qu'elle faisait, sans parler de ses motivations, la réponse était toujours la même.

« En français, *sagesse* est un nom féminin. »

Pour couronner le tout, elle cessa de m'aider à choisir mes tenues. Résultat, les couleurs que je portais n'étaient plus jamais assorties.

Je passais de plus en plus de temps à l'intérieur de mon

bureau, observant par l'interstice les jambes de Vivienne qui apparaissaient aux différentes heures du jour et de la nuit. Quand je ne faisais pas mes devoirs dans ma tête, je chronométrais le temps qu'elle mettait à gravir les marches, entrer dans ma chambre, voir si j'étais là et repartir. La durée variait selon son degré d'anxiété.

Malgré l'effet narcotique du bureau, mes propres angoisses, mon côté obscur, prenaient parfois le dessus.

J'étais un crocodile guettant une écrivaine américaine qui ne se doutait de rien, prêt à l'entraîner au fond jusqu'à ce que ses derniers mots poétiques la désertent. J'étais un aigle jaillissant au-dessus des nuages, scrutant le paysage à la recherche d'une féministe sur laquelle je fondrais pour la déchiqueter avec mes serres. Et pendant qu'elle hurlerait à l'égalité, je chanterais de ma plus belle voix d'oiseau :

> *S'aimer d'amour*
> *À Paris pour toujours*
> *C'est magnifique !*

Je vivais dans deux mondes différents. L'un imprégné de français et de lumière. L'autre morne, hostile, où il n'y avait rien de français.

Je fuyais Vivienne ; son abandon culturel m'affectait moins si, de mon côté, je l'abandonnais encore plus.

Arthur, en revanche, ne cessa jamais de veiller sur elle. Son instinct lui faisait entrevoir des choses que je ne voyais pas.

La France était le bureau de Vivienne.

Son souvenir ne suffisait pas. Pour continuer à vivre, elle devait s'immerger complètement, comme si la France était un organe vital qu'il fallait sauver.

Elle se mit même à répondre au téléphone en français, que son interlocuteur le parle ou non. Son succès grandissant, les éditeurs engagèrent des interprètes pour leurs coups de fil. Vivienne n'était pas tout à fait dupe, mais je voyais bien qu'elle s'en délectait.

À cette époque, elle commença à reprendre le poids qu'elle avait perdu. Comme d'autres facettes de sa vie, celle-ci lui échappa. Cent kilos. Cent douze. Cent vingt-cinq. La terre semblait ployer sous ses pas, comme avec les géants des dessins animés, et sa sueur me faisait penser aux gouttelettes de graisse dans les fast-foods… la viande qu'on fait griller dans la vitrine pour attirer le chaland.

Chaque matin, elle se levait et se pesait. Si elle avait pris cinq cents grammes, elle faisait le signe de croix avant de lever le poing vers le ciel, directement à l'adresse de Dieu, comme les joueurs de foot quand ils marquent un but.

J'avais dix-neuf ans et venais de finir ma première année d'études supérieures lorsque M. Davidow trouva le moyen de me venir en aide.

Cinq mille contrôleurs aériens se mirent en grève après que leurs négociations avec le gouvernement fédéral pour augmenter leurs salaires et raccourcir leur semaine de travail eurent tourné court. Sept mille vols furent annulés dans tout le pays. Le président proclama la grève illégale et menaça de renvoyer quiconque ne reprendrait pas le travail dans les quarante-huit heures. Accusé d'outrage à magistrat par un juge fédéral, le leader du syndicat des contrôleurs du trafic aérien fut condamné à payer 5 000 dollars d'amende par jour. Le 8 juin, le président mit sa menace à exécution et limogea les grévistes. Cette mesure fut assortie d'interdiction d'exercer à vie.

M. Davidow partageait le point de vue de ses collègues, mais trouvait irresponsable de laisser les voies aériennes en proie au chaos. Connaissant mon penchant pour l'ordre ainsi que mon intérêt pour l'aviation, il profita de l'ouverture pour m'y introduire.

J'abandonnai mes études sans l'ombre d'une hésitation.

Pendant ma formation et la majeure partie de la première année, M. Davidow consigna tous mes faits et gestes, depuis mon arrivée au travail jusqu'au moment du départ. Je lui en voulus terriblement. C'était injuste, et je me sentais humilié. Je faisais mes heures et ne partais qu'une fois le travail accompli. Pas une minute plus tôt. Je ne perdais pas de temps à cancaner autour de la fontaine à eau, à faire des paris sportifs ou à parler politique comme les autres contrôleurs. Qui plus est, je tenais mes dossiers aussi méticuleusement que M. Davidow lui-même.

Je finis par comprendre à quel point on peut se tromper quelquefois. C'était pour me protéger et pas parce qu'il doutait de mes capacités. Dans la mesure où chacun de mes choix était lourd de conséquences, il fallait pouvoir justifier ces décisions en cas d'une éventuelle remise en cause.

Une version définitive était ma seule défense.

« La bataille dans les airs ne peut être gagnée qu'au sol. »

Dans le cas du vol 516, la décision du pilote avait coûté la vie à 300 personnes. Maris. Femmes. Enfants. Animaux de compagnie et petits-enfants.

Entre-temps, le White Roc avait été vendu à une famille haïtienne qui n'avait pas connu mon père et ne comprenait pas pourquoi une Cadillac en parfait état de marche n'était qu'un simple sujet de conversation et occupait une place réservée à la clientèle. Ils retapèrent la voiture, gonflèrent le moteur et la prirent pour aller se balader en ville. Outrés, les habitués désertèrent les lieux et transportèrent leurs habitudes au Red Lion, sept kilomètres plus loin.

Le White Roc ferma six mois plus tard.

Croyant la voiture ensorcelée, les Haïtiens l'abandonnèrent là où elle avait été idolâtrée jadis. Elle souffrit comme le reste. Un jour, les pneus disparurent. Deux semaines plus tard, ce furent les sièges. Puis les portières. Le tableau de bord. Le moteur. Pour finir, il ne resta que la carcasse, celle-là même qui l'avait rendue unique en son temps.

Ce fut un peu ce qui arriva à Vivienne. Son déclin dura dix ans de plus, mais n'en fut pas moins impressionnant. À l'approche de l'an 2000, elle aussi avait perdu toutes ses pièces détachées. La rate. Les seins. Un rein. Le cœur. Surtout le cœur qui faisait d'elle ce qu'elle était.

J'avais passé la journée avec Arthur à courir, à sauter et à nager. De retour à la maison, fatigués et à bout de souffle, nous trouvâmes Vivienne affalée par terre à côté de son bureau, le stylo coincé entre le pouce et l'index. Sa respiration était rauque et courte. Son teint avait viré au bleu. Je palpai sa poitrine pour voir si elle était toujours en vie. Puis son cou. Puis son poignet. Finalement, elle ouvrit les yeux, me vit et bredouilla d'une voix pâteuse : « A vu zoziau. »

L'ambulance arriva deux heures plus tard.

Pendant qu'on la transportait à l'hôpital, Vivienne sombra dans le coma.

Au cours des trois mois qui suivirent, j'aidai les infirmières à refaire son lit. Je lui lavais les cheveux. Je les séchais au séchoir. Je la frictionnais avec de l'alcool quand elle avait de la fièvre. Je lui donnais des glaçons à sucer. Je lui lisais même les poèmes de Peggy. Bien qu'elle fût incapable de parler, lorsqu'elle croisait mon regard, j'avais l'impression qu'elle était consciente de ce que je faisais et qu'elle m'en savait gré. Cela faisait bien longtemps que je n'avais pas eu droit à son estime.

À la fin du deuxième mois de prostration, son médecin me prit à part, sourit et dit : « Nous avons besoin du lit. Il est temps d'augmenter sa perfusion de morphine. »

Je refusai, bien sûr, et ramenai Vivienne à la maison pour le temps qu'il lui restait à vivre.

Chaque soir, Arthur et moi nous postions à côté de son lit et écoutions sa respiration, de plus en plus laborieuse, soutenue par les mêmes tuyaux et appareils qui avaient harnaché ses prématurés. À nouveau, nous montions la garde, mais cette fois contre un adversaire beaucoup plus ravageur que des regrets.

Trois fois, nous réussîmes à lui faire ouvrir les yeux.

La première fois, elle me dévisagea et dit : « Quand on vieillit, ce n'est pas qu'on n'est plus capable d'aimer. C'est l'amour qui est incapable. »

La deuxième fois, elle désigna l'autre bout de la pièce. « Suis-je folle ou est-ce George Best, là-bas ? »

Je lui assurai qu'elle était parfaitement saine d'esprit. Sauf que, si elle s'en souvenait, Best était mort à cinquante-neuf ans des séquelles de son alcoolisme.

« Mauvais signe, ça », fit-elle avant de repartir dans son monde à elle.

La troisième fois, elle se borna à écarquiller les yeux, et j'eus la nette impression qu'elle regardait à travers moi, avec envie, en direction du monde suivant. Lorsqu'elle sembla revenir, que nos yeux se rencontrèrent, j'en profitai pour reposer la question à laquelle je voulais une réponse à tout prix.

« Si Dieu t'avait proposé de ramener Peggy à la vie, mais à la condition que tout le monde meure, y compris moi, tu l'aurais fait ? »

Soulevant légèrement la tête, un miracle en soi, elle prit une grande inspiration et sourit.

« Je voulais te tuer, mais plus maintenant. »

Comme les bébés qu'elle avait soignés, Vivienne mourut prématurément. Si son cœur n'avait pas lâché, le goitre toxique aurait eu raison d'elle.

C'est contre ça que sa mère aurait dû la mettre en garde. Pas contre les hommes. Le problème, ce n'étaient pas les hommes. C'était la vie. Eux, ils faisaient juste partie du plan pour vous broyer plus vite.

Tout le monde a une mère, ne serait-ce que de substitution, et elle meurt un jour ou l'autre. Sauf que je croyais sincèrement que Vivienne était éternelle. Ce fut un choc, et son absence se fit sentir très différemment de son séjour à Paris. J'avais l'impression d'être vieux. Et aussi de redevenir un enfant, terrifié au sortir d'un cauchemar, seulement il n'y avait plus personne pour m'emporter dans les airs vers un lieu sûr.

Je restai des semaines assis sur son lit, sans mot dire, à attendre qu'elle revienne. Chaque fois que j'entrais dans la maison et apercevais son fauteuil, je croyais la voir assise en train de broder ou de regarder la télé. Chaque fois que je grimpais les marches, passais devant sa chambre et jetais un œil à l'intérieur, je m'attendais à ce qu'elle soit là, prenant des notes, écrivant fébrilement ou parlant français à un correspondant médusé.

Je continuai à m'acquitter des corvées quotidiennes. Ramassage d'ordures le lundi. Recyclage le mercredi. Les mêmes programmes télévisés. Je ne me lassais pas de regarder les émissions de voyage et avais le sentiment de commettre un péché si je manquais sa préférée.

Les choses du quotidien comme celles-ci sont vite oubliées et perdues.

J'entrepris de lire, dans l'ordre prescrit, les livres qui avaient colonisé notre maison.

J'enlevai même le dessus de mon bureau pour que la lumière pénètre à l'intérieur et qu'elle puisse me voir quand elle reviendrait.

Je ne voulais pas mettre fin à mon deuil car il n'y avait personne d'autre pour la pleurer comme moi. J'étais le seul à savoir ce que c'était que d'être élevé par elle. Le seul à connaître l'amour et la tendresse qu'elle m'avait témoignés. L'étendue de son sacrifice. La ténacité qui avait donné un sens à sa vie avant qu'elle ne se fasse broyer.

Et sa voix.

Le moment où j'aurais cessé de l'entendre, le moment où elle se serait noyée dans la masse confuse de mes souvenirs, non seulement elle aurait disparu à jamais, mais Vivienne ne serait plus qu'un écho sur le grand radar de l'Univers. Si cela se produisait, il n'en faudrait pas beaucoup pour que je perçoive l'inutilité d'une cuisine inhabitée, le vide du pull-over que mon père lui avait offert et le froid du plancher aussi glacial que le cerf le jour de ma venue au monde.

Juste avant de mourir, Vivienne me regarda dans les yeux, tendit la main et effleura doucement mon visage, suivant du doigt chaque contour. Sur le coup, je crus que c'était sa façon de se souvenir de moi. Avec le recul, après toutes ces choses bizarres qui lui étaient arrivées, je pense qu'elle voulait simplement vérifier si j'étais bien réel.

Rassurée, elle ferma les yeux pour la toute dernière fois avec un sourire de repos absolu.

L'Aviation civile était en train d'enquêter sur une quasi-collision entre un jet d'American Airlines reliant Dallas à Chicago et un avion d'Air Ontario, une compagnie régionale qui assurait la liaison entre Austin et Dallas-Fort Worth.

D'après les autorités, l'incident du mercredi soir était dû aux ordinateurs de bord destinés à prévenir les collisions en vol. Dans ce cas précis, ils avaient placé les deux appareils en position de collision, et il avait fallu une intervention humaine, un appel de la tour de contrôle, pour éviter la catastrophe.

Les avions volaient à une altitude de 23 000 pieds à une cinquantaine de kilomètres au sud-ouest de Dallas. Selon les autorités, ils se seraient rapprochés de la sorte – trois cents pieds de distance verticale et un kilomètre et demi horizontalement – parce que le système informatique de bord avait dit à l'un de monter et à l'autre de descendre.

Le contrôleur, héros du jour, déclara au *Dallas Morning* qu'ils étaient si proches que les deux cibles sur l'écran radar s'étaient superposées.

Ce contrôleur était M. Davidow.

Lorsqu'il expliqua aux instances dirigeantes que c'était l'exemple type d'une erreur de pilotage, on lui interdit de parler aux médias et on lança des investigations « en interne ».

Une commission devait organiser une audition, mais la date n'était toujours pas fixée.

Des hommes qui travaillaient depuis trente ans au cimetière disaient n'avoir jamais vu une telle affluence : dans la foule, on se tenait de biais ou bien épaule contre épaule pour faire de la place à tout le monde.

En scrutant les visages, je lisais la tristesse et les

regrets d'usage, des gens qui n'avaient pas la force de dire au revoir ou, pire, qui n'en avaient jamais eu l'occasion... tous excepté une femme juste en face du cercueil. Contrairement aux autres, elle n'était ni affligée ni éplorée. Les joues en feu, elle luttait pour ne pas ricaner. On le voyait à sa façon de pincer les lèvres. Un peu comme moi à l'enterrement de Jack. Incapable de distinguer clairement ses traits de l'endroit où j'étais, je me frayai un passage dans sa direction, centimètre par centimètre, zigzaguant tel un gros chat qui guette sa proie dans une émission de voyage de Vivienne.

À mi-chemin, trois membres de l'assistance entonnèrent un poème de Peggy sur un air de blues traditionnel.

> *Comment décrire*
> *Le matin du lendemain*
> *Alors que chaque matin l'est ?*
>
> *Même les mots les plus simples*
> *M'échappent.*
> *Alors je me demande*
> *Serait-ce moi ?*
> *Ou peut-être est-ce la langue*
> *Qui ne peut contenir*
> *Ce qui ne peut être dépeint.*

Leur chant était au mieux malhabile, mais tandis qu'une vague d'émotion submergeait la foule, ils reprirent confiance en eux et leurs voix jaillirent avec force.

Moi, je m'en moquais complètement.

À l'instant où je vis cette femme de près, j'éprouvai une attirance comme je n'en avais jamais connu jusqu'alors.

Aujourd'hui encore, j'en ai les genoux qui flageolent.

J'avais observé des centaines de femmes avec mon père, sublimes de profil, mais qui perdaient beaucoup vues de face. Un nez busqué et décalé par rapport à la bouche. Un œil plus petit que l'autre. L'épaule droite nettement plus basse que la gauche.

Pas elle.

À l'instar des desserts de Vivienne, elle avait franchi la ligne de démarcation entre le bon et l'irréprochable. Résultat, elle avait l'habitude d'être admirée, je le voyais à sa posture. Il émanait d'elle comme un parfum de mystère, et moi qui n'avais strictement rien de mystérieux cela me rendait fou.

Elle avait des yeux verts malicieux. Une bouche boudeuse. Des cheveux blonds qui semblaient animés d'une vie propre tant ils volaient au vent. Même les taches de son sur l'arête de son nez étaient symétriques.

C'était la fille qu'on attend de rencontrer toute sa vie et qu'on ne rencontre jamais.

Intimidé, j'essayai de garder mes distances, mais elle m'aperçut du coin de son œil parfait, libéra le sourire qu'elle réprimait de toutes ses forces et se précipita pour se présenter.

Je dois ajouter ici qu'elle se mouvait avec une grâce naturelle, contrairement aux demoiselles du Midwest que mon père disséquait sur la place et qui travaillaient leur déhanchement face au miroir.

« Bonjour ! Je suis Hope. J'étais une grande admiratrice de votre mère. »

Hope[1]. Évidemment. J'aurais dû m'en douter.

D'un geste, elle désigna les hordes de femmes rassemblées pour l'occasion.

« Nous l'étions toutes. »

1. « Espoir » en anglais.

Elle s'écarta ; ses yeux se voilèrent, et elle joignit sa voix aux autres, parfaitement à l'unisson.

Si c'est moi, je ne dois pas avoir peur
De décrire les cicatrices
Et je ne les cacherai pas.
Il faut qu'on les voie,
Qu'on les reconnaisse,
Qu'on les traite.
Il faut que je trouve le moyen
De le dire à la face du monde.

Certes, je n'étais pas un fan, mais lorsque sa voix fusa, cette pureté angélique, je ne l'avais entendue que dans les berceuses.

« J'espère que ça ne vous ennuie pas. »

Je secouai la tête car ma voix m'avait lâché en même temps que mon courage.

« Je regarde tous ces gens, poursuivit-elle, et pas un ne m'est étranger. La vie de votre mère a touché plein de monde. Ses idées ont changé la mentalité des femmes. Ses émotions ont changé notre ressenti. Elle va nous manquer cruellement. Je ne vois pas de plus grand hommage à lui rendre. »

Je me souvins de ce que Vivienne avait pensé le jour où elle avait rencontré mon père.

« Dieu avait une raison pour tout. Il pouvait même faire surgir une opportunité de la perte d'un enfant. »

Perdre sa mère était assurément aussi traumatisant, surtout une seconde fois.

Elle ne m'avait pas laissé la toucher tout de suite. Arthur non plus, d'ailleurs.

Dès que nous nous rapprochions, il se mettait à aboyer. Je n'y avais pas prêté attention jusqu'à notre troisième rendez-vous… ce qui était un record en soi. Elle était assise à côté de moi sur le canapé pendant que je feuilletais un album avec des photos de Vivienne. Elle se pencha pour mieux voir, et nos genoux se frôlèrent.

Arthur, qui était couché à l'autre bout de la pièce, bondit et s'immobilisa devant la table basse. Les pupilles rétrécies de moitié, il aboya, et le son de sa voix se réverbéra à travers la maison tel un tremblement de terre.

Hope s'écarta.

Les pupilles d'Arthur revinrent à la normale.

Il fit le tour de la table, posa deux pattes sur le canapé et lui lécha le visage avant de reprendre son poste de sentinelle devant la fenêtre.

J'étais aux anges. Arthur me protégeait comme j'en avais toujours rêvé.

Hope, pour sa part, convaincue de passer ses derniers instants sur terre en qualité de croquette humaine, était beaucoup moins emballée.

Lors de notre quatrième rendez-vous, je l'embrassai pendant qu'Arthur avait le dos tourné. Bien que ce fût un baiser quasi fraternel, Hope rougit et se raidit, comme si c'était elle, dans la voiture qui allait se faire percuter par le train d'Oklahoma. Sur le coup, je l'attribuai à son innocence, croyant que son âme était le reflet de sa beauté. J'en étais même sûr car le moindre regard tant soit peu intime lui faisait aussitôt baisser les yeux.

Inexplicablement, son malaise se dissipait à la vue des chaussures.

D'un autre côté, elle m'écoutait avec attention quand je parlais de choses importantes pour moi. Jamais elle ne consultait sa montre en catimini comme d'autres filles que j'avais fréquentées ni disait qu'elle devait rentrer soigner son pékinois malade, abrégeant la soirée avant l'heure.

Moi qui n'étais pas du genre à foncer tête baissée, surtout dans une relation, je la demandai en mariage le lendemain soir, et elle fondit en larmes.

Je sortis un mouchoir de ma poche arrière et le lui tendis, ce qui la fit pleurer de plus belle.

J'étais vieux jeu.

C'est comme ça qu'elle m'appelait. Jamais un homme de sa connaissance ne lui aurait offert quelque chose pour sécher ses larmes ; déjà, pour commencer, ils n'avaient pas de mouchoir sur eux.

Elle me dit qu'elle réfléchirait, passa en courant devant Arthur qui grognait et se rua dehors.

Je l'appelai régulièrement dans les semaines qui suivirent, mais elle ne répondait pas. Je lui envoyai des lettres qui me revinrent, non décachetées, avec la mention « Retour à l'expéditeur » sous son adresse.

Je me sentais comme un idiot.

Comment avais-je pu imaginer que quelqu'un comme elle puisse s'intéresser à quelqu'un comme moi ? Je n'étais ni beau ni charmeur, contrairement à mon père. Les filles prénommées Hope étaient attirées par des hommes comme lui, pas par des types ordinaires dans mon genre.

J'avais succombé à tout ce que mon grand-père méprisait, troquant une réalité concrète, tangible contre un fantasme.

La vie *était* dure, et la raison venait *avant* le sentiment.

Ne sachant rien du passé de Hope, je pris également conscience d'autre chose. À l'évidence, elle était musicienne, actrice, psychanalyste ou bien la redoutée mordue du jeu de dames.

Jusqu'à un soir de pluie.

Juste avant 23 heures, on frappa à ma porte. J'ouvris, et elle était là. Son visage était bouffi à force de pleurer, et elle avait l'air souffrante.

« Tu as envie de moi, hein, Henry ? »

Surpris par sa franchise, je répondis néanmoins sans hésiter : « Et comment.

– Eh bien, ne reste pas planté là, vas-y. »

J'ajouterais ici que la première fois que nous fîmes l'amour, même après son invite non déguisée, ce fut tranquille et convenable. Rien de débridé ni d'illicite. À l'inverse des jeunes d'aujourd'hui qui se rencontrent, couchent et repartent chacun de leur côté sans même connaître le prénom de l'autre, c'était un acte que nous respections tous les deux. Jamais nous n'employions des expressions comme « baiser », « s'envoyer en l'air » ou le suranné « rouler dans le foin ».

Nous fîmes l'amour avec des gestes tout légers, comme si nous avions peur de casser l'autre. J'aurais dû noter que, quand nous nous déshabillâmes, elle le fit mécaniquement, insista pour éteindre la lumière et garda le dos tourné. Une fois encore, je pris cela pour de l'innocence. J'aurais dû noter également qu'Arthur s'était posté à côté du lit, comme il l'avait fait devant la table basse, et aboyait à chacune de ses poussées.

Il n'attaqua pas.

Simplement, il la mettait en garde.

Je ne me doutais pas qu'il me mettait en garde moi aussi.

Une fois qu'elle eut fini, elle laissa pendre un bras hors du lit et le tapota sur la tête comme s'il était un tam-tam ou quelque autre instrument de percussion. C'était fait sans douceur ni tendresse. Trois petits coups, et basta.

Arthur n'eut guère le temps de grimper sur le lit

pour la lécher car je l'attrapai par le collier, le traînai dehors et lui fermai la porte au nez.

Hope et moi nous mariâmes devant un juge au tribunal de Majestic Meadows une semaine plus tard et entreprîmes un voyage de noces qui aurait fait rougir Roméo et Juliette.

Nous nous disions tout. Elle m'encourageait à partager tous mes rêves, toutes mes peurs. Contrairement à notre première relation sexuelle, les convenances furent jetées avec l'eau du bain. Impossible de rendre justice à l'expérience physique la plus exaltante de ma vie, mais je dirai ceci.

Elle était la femme la plus forte que j'aie jamais connue. Nous faisions l'amour sur la pelouse derrière notre chambre. Sur le comptoir de la cuisine. Sur des tables. À califourchon sur une chaise. Dans le foyer ouvert de la cheminée. Assis. Debout. Et même adossés à une étagère dans le placard à linge.

Sur le chemin du retour, ma femme ferma les yeux, m'embrassa tendrement et fondit à nouveau en larmes. C'était le soulagement, m'expliqua-t-elle, car elle sentait un lien indéfectible entre nous, comme si nous avions été amants dans une vie antérieure. Même si elle n'y croyait pas forcément, elle avait vécu trop de choses étranges pour ne pas en tenir compte. L'important étant de ne pas perdre du temps au cas où le sort s'aviserait de nous séparer encore une fois.

Puis elle prononça des mots que personne n'avait dits auparavant. Certainement pas à moi.

« Je prie pour mourir la première, mon chéri, car si tu pars avant, je serai incapable de vivre un jour de plus. Je n'aurai pas d'avenir sans toi. »

Jamais je n'avais inspiré un sentiment aussi puissant.

Dans la vie, il arrive qu'on rencontre un professionnel et on se rend compte qu'on n'aurait pas pu mieux tomber. Ce fut le cas du médecin que Vivienne avait consulté. Le jour de leur rendez-vous, il lui serra la main. Il la regarda dans les yeux et lui dit d'aller voir un endocrinologue.

Il s'avéra qu'elle avait un cancer de la thyroïde.

C'était aussi le cas de l'entrepreneur pour lequel mon père avait travaillé jadis. Le salaud pouvait construire une maison mieux et deux fois plus vite que n'importe lequel de ses concurrents. C'était un type honnête : il détestait les entrepreneurs qui gonflaient leur facture et ternissaient l'image du métier. S'il finissait le boulot en cinq mois au lieu de six, il enlevait 16,66667 % du devis initial.

Et maintenant, il y avait ma femme.

Sa spécialité à elle, c'était l'amour.

Dès notre retour à la maison, Hope me traita avec la vénération d'un pèlerin dans un temple.

« Tout ce que tu voudras, mon cher mari. Ton bonheur est mon seul désir. »

Elle me le répétait chaque jour.

Elle avait beau jurer que j'étais vieux jeu, c'est elle qui était plutôt de la génération de Vivienne et s'épanouissait dans un rôle nourricier.

Si je déplaçais un meuble, il n'y avait pas un grain de poussière en dessous. Les tableaux étaient parfaitement droits. L'argenterie était polie.

Elle nettoyait les gouttières.

Elle battait les tapis.

Elle rabota la porte d'entrée qui cessa de couiner pour la première fois depuis la construction de la maison. Après que je lui eus parlé des adieux annuels de mon père, elle confectionna des rideaux de dentelle pour rendre son bureau plus lumineux. Quand une fuite apparut dans la salle de bains du rez-de-chaussée, elle acheta un bouquin, détermina la nature de la panne, se procura les pièces, se glissa sous la maison et remplaça deux tuyaux défaillants.

Elle tenait les comptes avec minutie, s'occupait de tous les papiers administratifs, payait les factures, remplissait les déclarations d'impôt et veillait à l'entretien de la voiture.

Le matin, elle se levait à 5 heures pour préparer mon déjeuner, puis me conduisait à la gare au train de 7 heures. Elle cuisinait tout elle-même puisqu'elle détestait les plats préparés presque autant que j'abhorrais les passagers qui montaient dans le train à Majestic Meadows, une station avant l'aéroport. Malodorants, en sueur, souvent ivres, ils avaient la mine sinistre des malades aux soins intensifs.

Le soir, Hope venait me chercher et me massait les tempes. L'un des risques du métier étaient les maux de tête dus à l'anxiété. Après une journée stressante, avant le dîner, elle se mettait en quatre pour faire partir la douleur. À cette occasion, je découvris des connaissances, des dons et une méticulosité que je ne lui imaginais même pas.

Foin de la mordue du jeu de dames !

Elle était aromàthérapeute professionnelle.

Si le mal de tête était sévère, elle me frictionnait les tempes à l'huile de camomille. Cela avait un effet calmant et dissipait la douleur plus vite que n'importe quel autre remède.

Si le mal de tête relevait d'une tension émotionnelle, elle préférait le parfum de la lavande. Il agissait sur le cerveau limbique et provoquait la détente tout en libérant les tensions dans les muscles du cou et des épaules.

Si j'avais mal au crâne à force de fixer l'écran de l'ordinateur, elle penchait plutôt vers l'huile de menthe poivrée. Son parfum vif et rafraîchissant éveillait d'importants centres nerveux olfactifs, stimulait le mental et chassait la douleur en un clin d'œil.

Si j'avais les pieds endoloris et calleux d'être resté debout toute la journée, Hope me faisait prendre une longue douche chaude qui ramollissait la corne. Après avoir enlevé ce qu'elle pouvait avec une serviette, elle se servait d'une pierre ponce jusqu'à ce que mes talons redeviennent lisses. Puis elle étalait de l'huile de coco sur les deux pieds, les talons et entre les orteils afin de prévenir l'apparition d'autres callosités.

Si nous étions à court d'huile de coco, elle utilisait la végétaline.

Quand elle était sûre que je me sentais mieux, elle me prenait par la main et me conduisait à la table du dîner, dressée avec de la porcelaine fine, de la belle argenterie, une nappe qu'elle lavait après chaque repas, des serviettes en lin et des bougies qu'elle allumait avant de servir… comme dans les élégants restaurants parisiens que Vivienne affectionnait tant.

Nous étions semblables à un couple de danseurs. Je menais avec mes besoins et mes désirs. Elle suivait avec les solutions et les actes.

Chaque soir, avant d'aller au lit, elle me disait qu'elle avait de la chance. Dans un monde où les hommes bons étaient si rares, elle était tombée sur la crème de la crème. Puis elle me faisait des choses que je n'aurais pas imaginées même en rêve, avec pratiquement les mêmes huiles et baumes qu'elle employait pour soulager la douleur. Elle tenait à ce que je lui dise où et en quoi ils me faisaient du bien. Ainsi elle pourrait les utiliser à meilleur escient. Quand finalement je rassemblai mon courage pour demander ce qu'elle aimait qu'on lui fasse, elle sourit et me dit de ne pas m'inquiéter. J'aurais mieux fait de lui demander ce qu'elle n'aimait pas, quand j'étais avec elle.

À l'évidence, je n'aurais plus jamais besoin de me cacher sous mon bureau.

Les bonnes nouvelles, elle voulait que je les partage avec elle et elle seule.

Si les nouvelles étaient mauvaises, elle voulait que je vienne pleurer sur son épaule.

Il y avait beaucoup de silences entre nous en ce temps-là, un peu comme quand mon père me racontait ses histoires que je ne comprenais pas. Mais ces silences-là n'avaient rien de gênant. Nous n'avions aucun mal à communiquer sans paroles, tel un vieux couple qui vit en parfaite harmonie et connaît par cœur les pensées de l'autre.

Comme pendant notre lune de miel, nous nous endormions dans les bras l'un de l'autre, nos deux corps emboîtés à la manière d'un puzzle.

Le matin, avant de se lever, elle répétait tous les gestes de la veille, y compris les déclarations d'amour et la gymnastique.

J'étais épuisé avant d'avoir bu ma première tasse de café.

Peu à peu, jour après jour, elle prit possession de ma vie ; je n'avais pas le droit de lever le petit doigt car rien ne devait interférer avec l'amour que je lui portais.

Tout cela était extraordinaire et bien au-delà de mes espérances ; néanmoins, j'admirais par-dessus tout non pas ce qu'elle faisait pour moi, mais ce qu'elle était.

Elle était totalement dépourvue de vanité.

Pas une fois je ne l'avais surprise à contempler son reflet dans une vitre ou un miroir. Sûre de son apparence, elle n'éprouvait pas le besoin de la passer en revue, chose stupéfiante pour une femme aussi belle.

Elle avait une conscience civique extrêmement poussée.

Elle participait à des œuvres caritatives. Elle travaillait comme bénévole à l'hôpital Florence-Nightingale, sur un projet autour d'une « aile des femmes ». Du reste, elle était toujours disponible pour les femmes victimes d'injustices, et surtout ce qu'elle considérait comme de la misogynie.

Je n'aurais pas aimé me trouver à la place de ses adversaires.

La fin justifiait les moyens.

Côté face, elle créa un quatuor de femmes interprétant des chants grégoriens a cappella sur un mode polyphonique. Elle prit part à des concours de beauté et devint une sorte de célébrité locale, couronnée Miss Photo Flash, Miss Prévention d'incendie et Miss Lampe à infrarouges. C'était la première fois que quelqu'un cumulait les trois titres.

Même son écriture était parfaite.

Alors que la mienne était fondamentalement illisible et impossible à déchiffrer sans l'aide d'une loupe, la sienne avait une qualité calligraphique, les majuscules étaient parfaitement formées, les minuscules toutes de la même taille, les cercles et les points aussi symétriques que ses taches de rousseur.

Si jamais Hope veillait sur moi pendant que je dormais, je me savais aussi en sécurité qu'avec Arthur.

Pour la première fois de ma vie, j'étais impatient de commencer ma journée. Le matin, je sautais hors du lit et savourais le voyage en train pour aller au travail. Même les gens qui montaient à Majestic Meadows ne me dérangeaient plus. Au contraire, j'avais de la compassion pour eux et essayais de leur remonter le moral.

J'accomplissais mes heures avec le même zèle que le mécanicien à la station-service Chevron quand il nettoyait mon pare-brise. Et, bien que dénué d'instinct grégaire, je me mis à discuter politique, à parier sur de nombreux événements sportifs et je me surpris à échanger des potins autour de la fontaine à eau.

L'univers m'avait ouvert les bras. Il attendait plus de moi, et moi en retour j'attendais plus de lui : je voulais en savoir autant sur les choses qui semblaient aller de soi que sur celles que je convoitais.

La nature, par exemple.

Jusqu'ici, j'en avais vu les inconvénients plutôt que la beauté. Les saisons ridicules. Le froid mordant. La chaleur suffocante. L'automne et ses feuilles à la noix. Qui se souciait de leurs couleurs éclatantes, bordel ? Il fallait des mois pour les ratisser. Même les fleurs, qui étaient agréables à regarder, ne duraient qu'un temps, comme les jeunes filles sur la place. Compte tenu de ce qu'il fallait donner pour un rapide coup d'œil avant qu'elles ne s'étiolent, mieux valait consacrer son temps à des activités immédiatement rentables.

C'est mon père qui m'avait appris ça.

Après avoir passé la moitié de sa vie à faire et défaire sa valise, il était bien plus à l'aise dans les hôtels qu'à buller dans un jardin. Un jour, il m'avait cité le principal problème concernant la nature, principe auquel j'avais adhéré jusqu'à mon mariage.

« Il n'y a pas de distributeurs automatiques. »

À présent, je me rendais compte de son erreur. La nature, comme ma femme, personnifiait l'innocence et la beauté.

La splendeur d'un paysage ne me laissait plus indifférent. Lorsque les feuilles changeaient de couleur, c'était un peu comme contempler le plafond de la chapelle Sixtine dans une émission de voyage de Vivienne.

Je me mis au jardinage.

Bien que maladroit au début, confondant les plantes avec les mauvaises herbes et les taillant si court qu'elles refusaient de fleurir, j'apprenais rapidement. Bientôt, j'enrichissais le sol, plantais althéas, hibiscus, pétunias et rosiers... hybrides essentiellement. Je fis pousser des tomates, des courges, des concombres et des poivrons rouges.

J'attendais avec impatience de tondre la pelouse le dimanche car je raffolais de l'odeur d'herbe fraîchement coupée.

J'adorais les parfums du chèvrefeuille et du jasmin de nuit. Ils me libéraient l'esprit de tout ce que je considérais comme mesquin et petit. Et ils me semblaient soudain familiers, comme s'il existait un lien séculaire entre nous.

Si je voyais passer un oiseau, j'observais ses ailes minuscules battre dans le vent, profitant de sa force pour se laisser porter au lieu de lutter contre lui dans un combat perdu d'avance.

Je m'émerveillais devant les rayons du soleil qui brillaient, tels des diamants, dans la rosée matinale, créant une palette de couleurs plus riche que n'importe quelle toile du Louvre.

J'achetai un tour.

Je fabriquai une tonnelle.

J'élevai des poules et mangeai des œufs frais chaque matin.

En même temps, je me réjouissais de pouvoir aborder ces questions à ma manière. J'achetais des livres. Je lisais des articles. J'allais à la bibliothèque trois fois par semaine. Si, par le plus grand des hasards, je ne trouvais pas ce que je cherchais dans les publications écrites, j'allais sur Internet et croisais les milliers d'infos utiles fournies par des gens plus compétents que moi.

Pas un jour ne s'écoula, durant notre première année de vie commune, sans que j'appréhende le monde avec curiosité. Je voyais tout avec des yeux neufs, comme après une seconde naissance.

Le miracle de la vie.

Révélateur.

Prodigieux.

Frais.

Alléchant.

Je cessai même d'avoir des cauchemars ; mes rêves étaient devenus purs, candides, réconfortants.

Ce qui m'arrivait était une véritable bénédiction.

Combien d'hommes ont la chance de rencontrer, et encore moins d'épouser une femme qui leur change la vie pour le meilleur ? Très peu. Croyez-moi. Mon père n'aurait certainement pas compris, mais l'idée de vivre avec quelqu'un d'autre ne m'avait jamais traversé l'esprit.

Non seulement il n'y avait pas de futur sans ma bien-aimée, il n'y avait ni passé ni présent non plus.

J'avais trouvé une feuille de papier pliée, jaunie dans la poche de Vivienne le jour de sa mort. J'imagine qu'elle l'avait toujours sur elle.

Sous les mots « Tu as gagné », il y avait ceci :

Catapultée dans le monde
En fanfare
Depuis l'espace.

Arrivée avec juste une promesse
De quelque chose.
Pas forcément bon.
Pas mauvais.
Un monde superficiel au mieux
Où passion et amour
Viennent trop tôt
Trop tard
Ou trop souvent.
Victimes des démons de la vie
Qui pressent un oreiller
Sur les échos d'un rire d'enfant.
Parfois ces démons, on les vainc
Donnant la force
Et la promesse
De la liberté
À notre corps, âme et esprit.
Vois-la.
Sens-la.
Goûte-la.
Réjouis-toi.
Car personne ne sait
Quand les démons reviendront.
Ils sont malins et plus acharnés
Qu'on ne puisse l'imaginer.
Ils me font signe quand je dors
Et me hantent quand j'ai les yeux ouverts.
Ils ont tout le temps
Car ils me savent déficiente
Et ma liberté n'est qu'un leurre.
Je préfère tomber en morceaux
Plutôt que d'être entière.
Je n'aurai jamais le courage
De réclamer ma vie

Au démon qui l'a volée.
Trahison et traumatisme sont plus forts
Que l'amour.
La violence sexuelle est mon âme sœur.
Je peux survivre
Avec la honte, la colère et la haine de soi.
Mais pas toi.
Tu seras entraînée vers le bas
Par ta bonté
Et je deviendrai ton démon.
Je ne veux pas que ça arrive
À la seule personne
Qui m'ait jamais protégée.
L'une de nous doit être libre.
Mon cœur au moins ne brûlera pas.
Souviens-toi du cœur.

Le bas de la feuille était froissé, les bords déchiquetés et tachés de glace à la fraise.

Il faisait encore jour quand le train de 19 h 15 quitta l'aéroport avec une demi-heure de retard. Le temps d'arriver à Lone Star Springs, j'avais bu un peu trop de cocktails. Et pourquoi pas ? Hope avait appelé disant qu'elle avait une surprise pour notre anniversaire de mariage, et je savais ce que c'était.

Elle était enceinte.

Avec un peu de chance, ce serait un fils.

« Il n'y a pas de plus grande joie dans la vie d'un homme. »

Je l'avais entendu plus souvent encore dans la bouche de mon père que le fait que Vivienne était une sainte.

Regardant par la vitre, je scrutai les environs. Les fleurs étaient épanouies. Les gens souriants. J'avais de la chance de vivre dans un cadre aussi idyllique, même si, l'espace d'une seconde, je crus entrevoir un coyote passer de l'ombre à la lumière, un chat se balançant dans sa gueule comme s'il avait été désossé.

Le sifflet retentit lorsque je descendis sur le quai. J'aperçus Hope tout de suite, debout à l'entrée de la gare. Elle tenait à la main un bouquet de mes fleurs préférées, mélange de chèvrefeuille, de jasmin de nuit et de roses de notre jardin. Éclairée par la pleine lune, elle était si belle que j'en eus le souffle coupé, plus encore que le jour de notre rencontre à l'enterrement de Vivienne.

Son maquillage était impeccable.

Il n'y avait pas un cheveu qui dépassait.

Ses talons aiguilles étaient hauts de sept centimètres.

Sa robe était la seule chose qui était cachée, sous un imperméable qui la moulait comme une seconde peau.

Il ne fallait pas être un génie pour comprendre pourquoi elle avait été élue Miss Lampe à infrarouges.

Sitôt qu'elle me vit, elle se précipita, me tendit les fleurs et pressa son bas-ventre contre le mien avec une telle force qu'on aurait dit qu'elle voulait passer de l'autre côté.

« Bon anniversaire de mariage, mon chéri. »

Les effluves de son parfum et son souffle tiède sur ma joue m'excitèrent tellement que j'en oubliai presque où j'étais.

Lorsque nous arrivâmes à la voiture, elle avait tendu une banderole par-dessus le pare-brise qui disait, comme il se devait : « Bon anniversaire de mariage ». Il y avait un seau en argent sur la banquette arrière, avec une bouteille de champagne français et une petite boîte de caviar nichée dans la glace pilée.

« Conduis, toi », lança-t-elle, s'asseyant sur le siège du passager sans me laisser le temps de répondre.

Je m'installai au volant, mis le contact et traversai le parking en louvoyant. Quand je m'engageai sur la grande route, elle déboutonna son imperméable : dessous, elle portait seulement une minuscule culotte, des bas noirs et un porte-jarretelles.

La chaleur qui émanait de son corps parvint jusqu'à moi.

L'instant d'après, les doigts de sa main droite disparaissaient entre ses cuisses. J'entendis un bruit mouillé et je sentis son odeur. Elle envahit tout l'habitacle. Se laissant glisser en avant, Hope fléchit les genoux, se cambra et appuya les pieds sur le tableau de bord. Je percevais des sons que je n'avais jamais entendus auparavant. Le tissu de son imperméable lorsqu'il s'affaissa sur le siège. Ses chaussures atterrissant sur la moquette. Le frottement du Nylon contre la housse.

« Tâche de ne pas provoquer un accident, mon chéri. »

Elle ferma les yeux, se mordit la lèvre, et ses hanches s'arc-boutèrent en direction de sa main. En un rien de temps, sa chevelure se défit ; la sueur lui coula sur les tempes, goutta le long des oreilles et se logea à la naissance de son cou. Alors que son souffle s'accélérait, que sa poitrine se soulevait, elle se mit à chanter.

> *Comment décrire*
> *Le matin du lendemain*
> *Alors que chaque matin l'est ?*
>
> *Même les mots les plus simples*
> *M'échappent.*
> *Alors je me demande*

Serait-ce moi ?
Ou peut-être est-ce la langue
Qui ne peut contenir
Ce qui ne peut être dépeint.

Si c'est moi, je ne dois pas avoir peur
De décrire les cicatrices
Et je ne les cacherai pas.
Il faut qu'on les voie,
Qu'on les reconnaisse,
Qu'on les traite.
Il faut que je trouve le moyen
De le dire à la face du monde.

C'était certes devenu une chanson sentimentale à succès, mais tout de même, quel drôle de choix pour une femme à moitié nue se masturbant à plus de quatre-vingt-dix kilomètres à l'heure.

Une fois chez nous, elle noua ses bras autour de mon cou et m'embrassa comme au premier jour de notre lune de miel.

« Ça va être une soirée inoubliable. »

Les lumières étaient éteintes quand nous franchîmes le seuil de la maison. Les bougies brûlaient déjà, projetant des ombres mouvantes sur les murs et le plafond. Je vis que la salle à manger avait été apprêtée, comme toujours, à l'image des meilleurs restaurants. Je m'aperçus également que de la cire avait coulé sur la table. Je le fis remarquer à Hope, gentiment mais fermement : c'était une chance que notre fête n'ait pas tourné au désastre.

« Tu dis des bêtises, Hen-ry. Tu connais que dalle à la vie. »

Sa voix était dure et froide, rien à voir avec son ton habituel.

« Ce n'est pas vrai. »

Son expression me décontenança encore plus, comme si toute son innocence s'était envolée.

« Dieu que tu es assommant. »

Elle fit volte-face et s'engouffra dans le bureau. Aussitôt, je regrettai mes paroles. Une occasion spéciale comme un premier anniversaire de mariage passait avant les règles de sécurité, même si elles s'imposaient et qu'on les avait appliquées toute sa vie. Parallèlement, je me demandais s'il était raisonnable de boire de l'alcool dans son état.

De la musique me parvint de la pièce d'à côté.

> *L'interminable frisson*
> *De l'attente.*
> *Qui me nargue implacablement.*
> *Mes oreilles*
> *Occultent le bruit*
> *Des longues et lourdes enjambées.*
> *Bras ballants quand il marche*
> *Comme s'ils étaient suspendus*
> *Avec l'interdiction*
> *De toucher son propre corps.*

C'était un autre poème de Peggy, transformé en un morceau de rock obsédant, saturé de basses. Un tube que Vivienne écoutait souvent.

Quand Hope réapparut, son humeur avait changé aussi radicalement que sa tenue. Rayonnante, elle avait enfilé un pantalon blanc, un chemisier blanc, des chaussures blanches et noué ses cheveux avec un foulard blanc.

S'avançant vers moi, elle s'arrêta au milieu de la

pièce, consulta sa montre et jeta un œil par la fenêtre comme un chat en train de guetter un oiseau.

« Je plaisantais, pour les bougies, hasardai-je avec l'impression de marcher sur des œufs.

– Tu serais incapable de plaisanter même si ta vie en dépendait, Hen-ry.

– Je ne vois pas pourquoi tu dis ça.

– Je sais, Hen-ry. Crois-moi. »

Son ton dégoûté et cette façon de prononcer mon nom en accentuant chaque syllabe commençaient à m'agacer.

« Je plaisantais, répétai-je.

– J'en ai rien à battre, des bougies, Hen-ry. »

S'emparant de la bouteille de champagne, elle remplit mon verre.

« Ce qui compte, c'est comment les hommes traitent les femmes.

– Je ne comprends toujours pas de quoi tu parles.

– Ça aussi, je le sais, Hen-ry. »

La mine orageuse, elle alla prendre un paquet-cadeau à l'autre bout de la pièce.

« Ouvre-le.

– Je vais chercher le tien. » Je m'apprêtai à sortir.

« Tout de suite ! »

Comme elle semblait de plus en plus tendue et énervée, je déchirai précautionneusement le papier. À l'intérieur, il y avait un album avec des photos d'elle au fil du temps, un peu comme celles de Vivienne que je lui avais montrées lors de notre troisième rendez-vous.

J'étais captivé de la voir aussi jeune. La beauté. L'assurance. L'allure. On distinguait clairement la femme en devenir à un âge où les filles se sentent godiches et prient pour s'améliorer en grandissant.

La suite fut moins réjouissante.

Sur toutes les photos, Hope avait une chevelure couleur de flamme, sa couleur naturelle.

Les taches de rousseur. J'aurais dû m'en douter.

Submergé par une vague de nausée, j'eus l'impression que ma poitrine allait imploser. Hope, pour sa part, recula et se mit à danser lascivement.

> Jambes musculeuses
> Brutalement écartées.
> Odeur de vomi
> Pas de sommeil.
> Toujours gênée.
> Toujours honteuse.
> Toujours à me demander
> Ce que j'ai fait
> Pour en arriver là.

Ondulant de tout son corps, elle se dirigea vers moi avec une détermination que je ne lui avais jamais vue.

> Si je suis responsable
> Alors soit.
> Je payerai le prix.
> Mais si je n'y suis pour rien,
> Pourquoi le destin m'a choisie, moi,
> Alors que tant d'autres,
> Des gens sans scrupule
> Qui crachent
> À la face de la décence
> Et embrassent la corruption
> Comme un enfant nouveau-né,
> Vivent une vie gratifiante
> Sans le moindre tracas ?

Elle s'assit à califourchon sur mes jambes, serrant les cuisses avec force. « Pourquoi moi ? »

Elle m'embrassa et, lorsqu'elle s'écarta, il n'y avait plus trace de légèreté dans ses gestes.

J'avais la lèvre en sang.

« J'ai hâte que tu partes travailler le matin et j'appréhende le moment de ton retour à la maison. »

Je ris nerveusement, faute de réaction appropriée, et sentis les tentacules familiers se resserrer sur ma pomme d'Adam.

« Tu sais ce que je fais après t'avoir déposé, Hen-ry ? »

J'étais comme un gosse interrogé par l'instituteur le jour de la rentrée des classes.

« Je ramasse autant d'hommes que je peux. Quelquefois un seul. Quelquefois trois. Je les ramène ici et je baise avec. »

Elle désigna le canapé.

« Là-dessus, précisément. »

Elle plaisantait, bien sûr. On ne changeait pas aussi brutalement en si peu de temps. Je me taisais, prenant garde à ne pas la froisser ou la dresser contre moi, comme avec l'histoire des bougies, mais en mon for intérieur, je ne pouvais m'empêcher de faire le calcul, en tenant compte des week-ends, de la météo, des indispositions et des vacances.

« Je sais que tu es en train de compter, Hen-ry. »

Moi qui me targuais d'avoir le sens de la retenue et d'être toujours d'humeur égale, il m'était impossible de rester patient dans ces conditions. Je fermai les yeux et inspirai profondément à plusieurs reprises pour essayer de me calmer. Quand je les rouvris, Hope était en train d'allumer une cigarette.

« Il y en a eu de toute sorte, Hen-ry. Des hommes. Des garçons. Mariés. Célibataires. Petits. Grands. Gros et maigres. Noirs et jaunes. Quelques infirmes même. Ils n'avaient que deux choses en commun. Je ne les connaissais pas et je n'avais que faire d'eux.

– Je ne te crois pas. Je ne sais pas pourquoi tu fais ça, mais je ne crois pas un mot de ce que tu dis.

– Ce n'est pas compliqué, Hen-ry. Je suis là pour te donner une leçon que tu aurais dû apprendre depuis belle lurette.

– Je ne vois toujours pas de quoi tu parles.

– Tu dois assumer la responsabilité de tes pensées et de tes actes. »

Elle consulta encore une fois sa montre.

« Je vais trop vite pour toi, Hen-ry ?

– Non. Ce n'est pas ça. Je… euh…

– Pendant que je baisais avec ces hommes, Hen-ry, j'ai connu les plus gros orgasmes de toute ma vie. Pas comme avec toi où j'ai dû simuler. »

Nouveau coup d'œil.

« La seule chose qui est pire que quand tu me mates, Hen-ry, c'est quand tu me touches. »

J'allais dire quelque chose, mais elle ne m'en laissa pas l'occasion.

« Tu sais pourquoi mes orgasmes étaient si bons, Hen-ry ? Parce que je songeais à cet instant au moment de jouir. »

Ses lèvres se crispèrent en un rictus.

« J'espère que ça fait mal.

– Pas du tout, répliquai-je sans hésitation.

– Tu ne feras jamais un bon menteur, Hen-ry. Il faut de l'imagination pour ça. »

Pivotant sur ses talons, elle se dirigea vers la porte. Je la suivis du regard avant de bredouiller, comme cela m'était arrivé dans le fauteuil à tapisserie la nuit de la mort de mon père : « Je pensais que tu n'avais pas d'avenir sans moi ! »

Elle ne répondit pas avant d'arriver à la hauteur d'une valise à l'aspect extrêmement robuste, une valise que je ne connaissais pas, partiellement cachée sous la veste de mon père. Écrasant sa cigarette sur le mur, elle la prit et haussa les épaules.

« Arrête de penser. »

Elle sortit sans un regard en arrière.

Je me précipitai dehors et la vis changer nonchalamment la valise de main tandis qu'elle rejoignait le taxi qui venait de s'arrêter devant la maison, ondulant exagérément des hanches par à-coups. Ses paroles, ses actes m'avaient rendu positivement malade, comme vous pouvez l'imaginer. Mais ce qui m'écœurait le plus, c'était sa désinvolture.

« Il y a forcément eu quelque chose de bon », hurlai-je.

La tête penchée en avant, elle se redressa et me fit face, l'air lointain.

« Les silences. »

Sur ce, elle s'engouffra dans le taxi et disparut de ma vie aussi promptement qu'elle avait retiré ses bas sur le trajet entre la gare et la maison.

Pour la première fois, je remarquai que son nez était légèrement busqué et décalé par rapport à la bouche. Un œil était plus petit que l'autre, et son épaule droite, beaucoup plus basse que la gauche, comme si elle était sur le point de basculer sur le côté.

L'effet était celui d'une bonde qui aurait sauté, la vidant de toute sa beauté.

« Arrêtez le monde, je veux descendre ! »

C'est bizarre, ce qui vous vient à l'esprit dans les moments pareils. Pendant que je regardais le taxi s'éloigner lentement en direction de l'ouest, fendant l'obscurité jusqu'à ce qu'il n'en reste que le sourire du Chat du Cheshire, je me souvins d'un vieux dessin de Gahan Wilson dans un *Playboy* de mon père. Une auto arrive à une fourche sur une longue route sinueuse. Une déviation dirige le trafic vers la droite. À distance, on voit un dragon qui gobe les voitures tandis qu'elles essaient de regagner la route principale.

Même si j'étais clairement coutumier du fait et me sentais dans l'obscurité comme un poisson dans l'eau, cette fois j'avais peur.

Le silence était total.

Pas de lune.

Pas d'étoiles.

Pas de vent.

Pas le moindre souffle de pensée.

Je commençais à hyperventiler quand Arthur rappliqua.

« Laisse-moi tranquille. »

Il aboya et se dirigea vers la maison.

« Vilain chien. »

C'était la première fois que je l'appelais autrement que par son nom humain.

« Rentre chez toi ! »

Il repartit à toute vitesse. Je tournai les talons. Je n'étais pas encore arrivé à la porte qu'Arthur reparut, un bâton dans la gueule. Le laissant tomber à mes pieds, il s'assit et attendit que je le lance, mais ma rage était plus forte que la gratitude. Plus forte que l'amour. Plus forte que tout ce que j'avais ressenti jusqu'ici.

Je lui donnai un coup de pied dans les côtes, et il tomba.

Je vous aurais bien dit que ce n'était pas un geste mal intentionné, que je voulais seulement le décourager, lui enseigner la prudence et le respect des situations qui le dépassaient. Je vous aurais bien dit ça, mais au moment où mon pied partit, je sus que mon but était de faire mal.

Arthur me dévisagea, désemparé, et je regardai sa poitrine se soulever, comme Vivienne avait dû me regarder le jour où elle m'avait ramené à la maison.

Il ne chercha pas à fuir.

Il ne geignit pas.

« Cesse d'être une tafiole », hurlai-je.

Je le frappai à nouveau, manquant perdre l'équilibre.

« Saute-moi à la gorge, bordel ! »

Plus fort.

« C'est pour ça qu'on t'a élevé. »

Utilisant toutes les mimiques à sa disposition, Arthur s'efforçait de comprendre les raisons d'un comportement aussi… humain. Qu'avait-il fait pour mériter un traitement pareil ? Rampant sur le ventre, il posa sa truffe sur mes chaussures et pencha légèrement la tête.

« Tu as les couilles d'un caniche ! »

Il pointa les oreilles en avant, puis en arrière.

« Fous-moi le camp ! »

Ventre à terre, il s'éclipsa furtivement. Je poussai un soupir de soulagement, me tournai vers la maison et marchai dans une merde de chien, du pied droit.

Lors de la quatrième séance d'Ethan à l'hôpital de la prison, le docteur Coonan fournit les clés suivantes pour lutter contre la colère :

1. Respirez profondément. Cela permettra à votre corps et votre esprit de se relaxer, vous empêchera de faire quelque chose que vous risquez de regretter et vous aidera à vous maîtriser.

2. Détachez-vous du contexte à l'origine de votre colère. Ne serait-ce que pour deux ou trois secondes, une brève pause mentale peut faire tomber la pression.

S'il vous est impossible de partir, comptez jusqu'à dix. Si vous êtes très en colère, comptez jusqu'à cent.

3. Buvez plus d'eau. Quand on est déshydraté, on a tendance à s'énerver plus facilement.

4. Lentement, répétez un ordre apaisant comme « Détends-toi » ou « Tout se passera bien ».

5. Concentrez-vous sur quelque chose de complètement différent, quelque chose de réconfortant comme des vacances dont vous vous souviendrez toujours.

6. Souriez. Cela désamorce les situations négatives car c'est un signe de bonne volonté vis-à-vis d'autrui.

7. Devenez Gandhi. Remplacez vos sentiments agressifs par le concept non violent de l'Ahimsa. Ne vous mettez pas en colère contre celui qui vous a fait du mal. Ne souhaitez pas qu'il souffre, physiquement ou moralement. Il faut qu'il y ait une absence totale de malveillance.

8. Regardez le bon côté des choses. La colère survient parfois parce qu'on imagine une issue négative dans une situation donnée ou qu'on attribue des mauvaises intentions à autrui.

9. Parlez doucement. Il y a un proverbe biblique qui dit : « Une réponse douce calme la fureur. » Baissez le ton.

10. Ayez recours à l'humour. Quand on est furieux, la dernière chose dont on a envie, c'est de rire. Or, le rire induit une sensation de bien-être en provoquant une sécrétion d'endorphines qui améliorent l'humeur et abaissent le niveau des hormones du stress. Évitez cependant de rire de l'autre, au risque de provoquer l'effet inverse.

11. Étirez-vous. Quand vous sentez que votre colère est sur le point d'atteindre un seuil critique, étirez votre

corps. Roulez le cou et les épaules. Essayez de toucher le plafond.

Ethan n'était pas d'accord.

Tout cela était bien joli, déclara-t-il, mais totalement inefficace en situation de combat, et une pure perte de temps.

Le docteur Coonan ne dit rien. Pas un cil, pas un muscle ne bougea dans son visage. Ayant parcouru le dossier d'Ethan à de nombreuses reprises, non seulement il connaissait la nature de son crime, mais il savait qu'Ethan avait été formé à toutes les facettes de la guerre non conventionnelle. À savoir surveillance intrusive, propagande, censure, perquisitions sauvages, détention arbitraire, suspension d'habeas corpus et dissimulation des violations des droits de l'homme aux médias. Et si nécessaire, activités paramilitaires et actes terroristes. Il savait même évaluer le climat psychologique d'un pays lors d'opérations secrètes, comme il l'avait fait au Salvador, pour sonder le degré du sentiment antiaméricain.

Bien qu'il ait lu une demi-douzaine d'articles sur *La Théorie de la belligérance* du docteur Coonan à la bibliothèque de la prison, Ethan en revanche ne savait rien de l'homme qui essayait de l'aider.

Il ne pouvait savoir que ce dernier avait grandi dans le quartier de Hell's Kitchen, qu'il était le garçon battu par son père dont il avait cité l'exemple, et qu'à l'âge de seize ans, il avait remporté le championnat poids plume de New York.

Il ignorait que le bon docteur avait jadis été membre des Westies, un gang de Manhattan, et qu'il avait participé au meurtre d'un habitant de l'Iowa conduisant une Mercury Cougar jaune décapotable avec sièges en cuir rouge et lecteur de cassettes huit pistes, qui avait eu le tort de tourner dans la mauvaise rue et de s'arrêter pour demander son chemin.

Il ne se doutait pas que le docteur Coonan avait servi dans les marines et reçu les médailles Silver Star, Purple Heart et la médaille d'honneur du Congrès.

Il ne savait rien non plus de son engagement d'anti-militariste après cela ni de ses années au séminaire.

Il ne savait pas que depuis un moment l'œil droit du docteur Coonan était agité d'un tic nerveux, que sa gorge se nouait et ses larges épaules tremblaient imperceptiblement, comme le jour où la Mercury décapotable s'était aventurée par accident sur son territoire.

Je dormis mal et m'éveillai à 2 heures du matin, épuisé, nauséeux et seul dans le lit pour la première fois depuis plus d'un an. Je ne me souvins pas tout de suite de l'anniversaire de mariage et crus que j'avais attrapé la grippe.

Puis cela me revint.

Je me sentais comme au sortir d'un cauchemar, ne sachant plus très bien si j'étais sain et sauf dans ma chambre ou piégé dans le jardin à me faire engueuler par des têtes de cerfs. Je mis au moins un quart d'heure à trouver le courage de soulever ma tête de l'oreiller.

« Pardonne-moi, Arthur. »

Ce fut ma première pensée, et je l'exprimai tout haut.

« Je n'ai pas fait exprès. »

J'avais perdu le contrôle de moi-même, chose que je redoutais le plus au monde.

La quiétude du petit matin rendait ma situation plus pénible encore... rien à voir avec le sentiment de paix que j'éprouvais en regardant Hope dormir ou bien passer un peigne dans ses cheveux, spectacle qui ne manquait pas de m'enchanter.

Je me rendis compte alors qu'il y avait deux sortes de silence, tout comme il y avait deux sortes d'obscurité :

1. Celui qui vous réconfortait.

2. Celui qui vous donnait l'impression que la Terre s'était arrêtée de tourner et que c'était la fin du monde.

L'armoire et la commode de Hope étaient grandes ouvertes. Elle avait tout emporté, sauf ce que nous avions acheté ensemble. Une boule à neige. Des tee-shirts avec nos photos. Des silhouettes de la foire du comté… éparpillées à travers la pièce comme par le souffle soudain d'un vent d'indifférence.

Il ne restait rien d'autre.

La précision, l'harmonie, le rire s'étaient volatilisés, et l'idée qu'on puisse être aussi calculateur me glaçait le sang.

Cela me rappela les émissions de voyage de Vivienne.

J'avais vu un reportage sur une petite ville dans les montagnes de l'Atlas. De jeunes Marocaines abordaient des touristes de sexe masculin, exhibaient leurs seins et demandaient s'ils avaient envie de les téter. D'après l'auteur du documentaire, personne ne disait non. Malheureusement, ils se réveillaient le lendemain avec une gueule de bois monstre, dépouillés de tout.

Des tétons drogués !

Décidément, profiter de la vie se paie cher dans toutes les parties du monde.

La seule chose que Hope n'avait pas emportée, c'était son odeur. Le parfum. Le shampooing. Même son haleine continuait à embaumer la chambre, évoquant les champs de lupin le jour de ma naissance imaginaire.

« Mon Dieu, aide-moi. Mon Dieu, aide-moi. Mon Dieu, aide-moi. »

Je balbutiai ces mots encore et encore. Ce qui me surprit presque autant que la trahison de Hope car à l'époque, le christianisme était pour moi plus un mythe qu'une doctrine.

Un peu comme Zeus ou bien Fort Alamo.

Au lieu de recevoir l'aide demandée, je ressentis une douleur fulgurante qui, partant de la colonne vertébrale, irradia dans tout le corps. J'avais du mal à respirer. Ma vue se brouilla. Mes muscles se contractèrent. Mes mains tremblaient comme celles d'un vieillard. Pour moi, c'est ce qui ressemblait le plus à un cancer. Ou à un accouchement peut-être. J'en perdis même le sens de l'équilibre, comme la première fois où, descendu d'un manège, j'avais eu l'impression que le sol était penché.

Pris de vertige, je dus m'agripper au cadre du lit. Je n'avais pas peur de tomber. Pas vraiment. Mais je sentais que mon âme, ou ce qui faisait mon intégrité, était sur le point de s'échapper.

C'est ce qu'avait dû éprouver Peggy quand elle s'était assise au milieu de la rue.

Ou mon père, avant son accident de voiture, en filant vers les cieux.

Si j'avais pu actionner un interrupteur pour n'être jamais né, je l'aurais fait sans une seconde d'hésitation.

Dans les semaines qui suivirent, je m'éveillai tous les matins à 2 heures, automatiquement, comme pour commémorer le soir où Hope m'avait quitté. C'était pénible, et en même temps une telle constance me laissait pantois. Je gardai ma montre au lit pour voir si le phénomène persistait. Ce fut le cas, et j'en vins à éprouver une fascination pour la grande aiguille tandis qu'elle approchait le chiffre douze, comme s'il s'agissait des dernières minutes d'un match. Hélas, cela ne fit qu'accroître ma frustration. Couché dans mon lit, je n'arrivais pas à décider si je me réveillais à cause de la douleur ou pour vérifier l'heure.

J'étais toujours aussi épuisé avant ma première tasse de café.

Je cessai de faire la lessive. Je ne repassais plus, ne raccommodais plus. Les petits travaux d'entretien restaient en plan. La vaisselle s'accumulait comme si elle faisait partie de l'évier. Les traces de doigts menaient du robinet au réfrigérateur, du réfrigérateur au comptoir, du comptoir aux cabinets, se propageant de pièce en pièce comme si, tel Hansel, j'avais besoin de retrouver mon chemin. Le lierre se mit à pousser à travers les fissures dans les murs, s'enroulant autour de tout ce qui était à sa portée. Les vitres étaient si sales que je ne voyais même plus la nature sur laquelle j'avais appris à me reposer. De toute façon, cela n'avait pas d'importance. La végétation était si dense et foisonnante qu'on ne pouvait même plus sortir dans le jardin.

Le matin, je restais sous les couvertures le plus longtemps possible, un oreiller sur la tête pour bloquer la lumière et les souvenirs qui parvenaient à s'infiltrer dans la chambre.

À l'occasion, ne serait-ce qu'une fraction de seconde, je me réveillais en proie au soulagement qui accompagne l'arrêt de la douleur, convaincu d'avoir la force physique et morale de remettre de l'ordre dans ma vie.

Une vie bien réglée m'avait permis de tenir avant Hope. Il n'y avait aucune raison pour que ça ne marche pas à nouveau.

Le normal n'était-il pas le pire ennemi de l'anormal ?

Je révisai les dix points-clés pour réussir un rendez-vous d'affaires. Je récitai la première page de *Robert's Rules of Order*[1]. Je répertoriai les critères requis pour

1. Ouvrage de référence traitant de la procédure parlementaire aux États-Unis.

un contrôleur du trafic aérien, ainsi que les erreurs principales pouvant entraîner la suspension et le renvoi. En hommage à Vivienne, je conjuguai au passé, présent et futur le verbe *agacer*[1] à la première et la troisième personne du singulier. Je me remémorai même les douze positions de mon père pour soumettre une femme.

Rien n'y fit.

Des pensées débilitantes se succédaient devant mes yeux façon diaporama sur Martin de Tours. Ni début, ni milieu, ni fin. Juste des bribes. Les conversations sur la place. La glace à la fraise. Hope venant me chercher à la gare avec un chemisier très décolleté… je ne m'étais pas rendu compte que c'était parce qu'elle n'avait pas eu le temps de se changer. Ébouriffant les cheveux de mon père. La secrétaire nue bondissant sur son lit. Les milk-shakes au caramel. Je songeais également à ma vraie mère, allongée sur la route avant de mourir, me regardant avec l'air de quelqu'un qui a senti un putois pour la première fois.

Mon histoire d'amour avec l'ordre prit fin aussi brutalement que lorsque Hope avait quitté la maison. Si je voulais survivre, je devais faire une croix sur les pourcentages, admettre que la vie était aléatoire et non prévisible et n'évoluait pas comme je l'imaginais. A ne conduisait pas forcément à B. Quelquefois c'était P. Ou une tout autre putain de lettre.

C'était la fin d'une époque.

« Hope. »

J'éructai son nom avec colère.

« Hope. »

Cette fois, je n'appelai pas à l'aide. J'essayai de minimiser son pouvoir sur moi, de prendre du recul. À

---

1. En français dans le texte.

force de répéter très vite son prénom, peut-être que la centième fois il paraîtrait aussi grotesque que les filles qui parlaient de saint Jude, et je la verrais plus comme une caricature que comme une femme de chair et de sang qui avait comploté contre moi.

Quelques jours après le départ de Hope, je commençai à recevoir son courrier, surtout des publicités et des brochures promotionnelles, mais les factures racontaient l'histoire de ses périples féministes à travers les États-Unis ; chaque visite dans un foyer pour femmes battues rappelait sans ménagement son attitude peu charitable à mon égard.

Je sus ce que Julie ressentait chaque fois qu'elle allait chercher son courrier.

Il y avait aussi le reçu d'un maroquinier de Majestic Meadows. Agrafé à la garantie à vie accompagnant la photo cartonnée d'un sac de voyage Tumi Alpha, élégant, pratique et léger. Le montant avait été prélevé sur le compte que j'avais ouvert pour elle à mon nom, au cas où, et dont j'avais complètement oublié l'existence.

Au dos du reçu, rédigé de la main de Hope, figurait l'un des sombres secrets que je lui avais confiés pendant notre lune de miel.

« Je n'ai jamais fait confiance à une femme, et encore moins à une rousse. »

Le message était accompagné d'un smiley auréolé de longues boucles écarlates.

Écœuré, je le jetai à travers la pièce, et il atterrit à côté du deuxième livre de Vivienne, un exemplaire jauni et déchiré sur les bords, un peu comme le mot d'adieu de Peggy.

Hope l'avait oublié dans sa hâte.

La troisième page était écornée.

Je l'ouvris et tombai sur la seconde moitié de l'introduction, que Vivienne n'avait jamais divulguée lors de
ses déambulations nocturnes.

C'était surligné en jaune.

« Ni Catherine ni Marguerite ne jugeaient indispensable que Jeanne meure pour libérer la France. Ce fut la
décision de l'archange Michel qui avait pris la tête des
opérations. Le martyre de Jeanne, de son point de vue
masculin, était le seul moyen de motiver les Français.
Il s'était même arrangé pour qu'une colombe blanche
vienne la survoler pendant qu'elle réclamait un crucifix
et pardonnait à ceux qui l'avaient condamnée au bûcher.

Dramatique, certes. Mais pas indispensable.

Des siècles durant, Catherine et Marguerite songèrent
avec nostalgie à tout ce que Jeanne aurait accompli si
elle avait vécu. Elle aurait appris aux femmes à manifester leur sagesse, leur force intérieure à travers leur
corps, réceptacle des pouvoirs magiques octroyés par
Dieu. Nous sommes, après tout, la source de la vie et
le temple le plus sacré sur terre.

J'ai mené une expérience avec mon beau-fils, Henry,
un garçon adorable mais qui ne connaît rien à la vie,
hormis ce que son père lui a enseigné… et qui est, au
mieux, insultant. Je lui ai demandé son avis sur deux
discours écrits, au contenu quasi identique. L'un d'eux,
lui ai-je dit, avait été rédigé par un homme. L'autre,
par une femme.

Il accorda plus de valeur aux idées – strictement les
mêmes – qui venaient d'un homme.

Pourquoi ?

Il trouvait que la femme était une garce et une
Mme Je-sais-tout.

Les temps changent. Le combat des femmes reste
le même.

Nous sommes toujours une rivière face à l'océan des hommes.

Je crois que Dieu a choisi Peggy pour me donner la force de partir en guerre, comme Jeanne, et d'expliquer aux garçons comme mon beau-fils que la misogynie détruit autant les hommes que les femmes.

Contrairement à son père, il faut qu'il sache envisager les relations en termes de qualité et non de quantité.

J'ai passé ma vie à être patiente et compréhensive, mais il est temps d'apprendre au vieux singe quelques nouvelles grimaces. Je pourrais même prendre plaisir à jouer les Mme Je-sais-tout. Et s'il faut être une garce pour délivrer le monde de l'injustice et des violences faites aux femmes, je serai heureuse de franchir le pas et je vous incite à faire de même.

Nous serons les meilleures, et de loin, avec un grand M. »

L'air cessa de circuler. La lumière se fit dense et opaque, comme avant un ouragan. Il n'y avait aucun bruit car nul vocable ne pouvait décrire mon sentiment de trahison.

À une ou deux exceptions près.

« Nom de Dieu. Nom de Dieu. Sacré putain de bordel de nom de Dieu de merde ! »

Il eût été moins cruel de me réveiller en pleine nuit et de trouver Vivienne penchée au-dessus de moi, poings serrés et jointures en sang.

Dans les mois qui suivirent, mon trajet quotidien en train me parut durer éternellement, et j'en vins à haïr mon travail, surtout les gens qui m'abordaient joyeusement avec leur politique, leurs paris sportifs et leurs minables rapports sociaux.

Au contraire des chameaux de Bactriane que Vivienne admirait tant, j'avais envie de capituler.

Je devins de plus en plus introverti.

Je ne parlais à personne et, de retour à la maison, allais directement au lit. Comme Peggy, je me mis à toucher les objets. Comme mon père, je craignais à tout instant de rendre mon dernier soupir. En sortant, je vérifiais que j'avais bien mes papiers sur moi, au cas où j'aurais une crise cardiaque, qu'on me trouverait inanimé dans la rue et qu'on transporterait mon corps à la morgue. En même temps, je quittais rarement la maison. Chaque rue, chaque carrefour, chaque commerce me faisaient penser à Hope.

Je cessai aussi d'écouter la radio.

La musique country que je méprisais, avec ses ridicules « Youpi ya youpi yé » et sa guimauve sentimentale, me faisait maintenant trembler.

Pour ajouter à ma déconfiture, je croisais sans cesse des SDF affublés de vêtements de mon père.

Une chemise par-ci.

Un pantalon par-là.

Les chaussures qui avaient perdu leur lustre militaire.

Un mois s'écoula avant que je ne m'éveille avec l'impression d'être redevenu moi-même, mais le temps de me doucher, de m'habiller, de préparer mon café, de sortir et de me rendre à la gare, tous mes sens, toutes mes fonctions corporelles se manifestèrent pour me rire au nez.

Ce lundi-là, l'idée d'aller travailler, de croiser tous ces visages souriants me rappelait trop les petits mots que j'avais reçus de Hope. Lorsque le train s'arrêta, je descendis en titubant et me traînai jusqu'au banc libre derrière la gare.

À l'ineffable Majestic Meadows.

Vous parlez d'un endroit pour s'écrouler.

J'étais à deux doigts de tourner de l'œil ; me penchant en avant, je mis ma tête entre mes genoux dans l'espoir que le sang finirait par m'affluer au cerveau.

Il me fallut bien trente secondes pour trouver la force de me redresser, reprendre mes esprits et jeter un coup d'œil alentour.

Un enfant trisomique confiné à un fauteuil roulant respirait à travers un respirateur portable. Un SDF était assis à côté d'un chien aux côtes apparentes, encore plus efflanqué que lui. Deux ados plantés devant l'horaire des trains commencèrent à chahuter, à se pousser jusqu'à ce que ça dégénère en bagarre.

Ce n'était pas une castagne comme on en voit à la télé.

Bien qu'amis, les deux garçons se battirent comme si leur vie en dépendait. Comme les lions qu'on avait vus, Vivienne et moi, protégeant leurs petits.

Je supposais que le plus grand des deux allait l'emporter facilement, mais l'autre était plus compact et possédait ce que, dans les émissions de voyage, on appelle « l'instinct du tueur ». Plus fort, plus rapide, il mettait tout son poids dans chacun de ses coups et en rendait quatre pour un seul de son adversaire. Résultat, ce dernier avait l'air empoté, opposait peu de résistance, se fatigua vite et fut terrassé au bout de deux minutes.

Au lieu de marquer la fin de la bagarre, à ma grande consternation, ce ne fut que le début. Le plus petit des garçons entreprit de donner des coups de pied à son ami à terre, lui cassant les dents, ensanglantant les deux oreilles, déchirant le cartilage. Il le frappait, encore et encore.

Comme je l'avais fait avec Arthur.

Cet acharnement, le fait qu'il semblait incapable de s'arrêter, raviva mes pires craintes. Ce n'était pas seulement la perte de contrôle. Cela avait un rapport avec la musique. Comme je l'ai déjà dit, c'est drôle, ce qui vous passe par la tête dans un moment de crise. En regardant la peau du garçon à terre se fendre et se couvrir de bleus, je ne pus penser qu'aux paroles des musiciens de jazz qui n'avaient peur de rien.

« Il faut le maîtriser pour le jouer. »

« Une fois que tu découvres que tu peux, alors tu dois. »

« Laisse-toi faire et tu seras emporté. »

Je ne sais pas pourquoi, peut-être parce que le grand ne donnait plus signe de vie, mais le carnage cessa.

Le vainqueur se tourna vers moi.

Conscient que j'avais assisté à toute la scène, il me fusilla du regard comme pour me défier d'intervenir. Et, bien que je fusse plus occupé à combattre mes propres démons, quelque chose passa entre nous. Une sorte de camaraderie, si vous voulez. Un respect brut pour la cause et l'effet, de sorte que je ne pus me taire.

À l'instar de Peggy, surprise par les paroles qui lui avaient échappé avec son dernier souffle, je fus encore plus choqué par les miennes.

« Tue-le, lui lançai-je. Vas-y, finis-le, nom de Dieu. »

Convaincu que je ne représentais pas une menace, il se retourna et marcha avec force sur la tête de son ami. Le craquement résonna sur tout le quai, comme celui d'une batte de base-ball qui marque un *home run* ou bien frappe à mort un chauffeur non syndiqué.

C'est hallucinant de se rendre compte que le hasard, comme les fanatiques, peut changer complètement le cours de votre existence. Lorsque le gamin disparut à l'intérieur de la gare, je me levai, enjambai le corps mutilé de son ami et me dirigeai vers la voie n° 2. Ce ne fut qu'une pensée fugace, pendant que je consultais le tableau des départs et des arrivées, mais pour la première fois, je me dis que mes problèmes seraient résolus si Hope cessait d'exister.

« Une fois que tu découvres que tu peux, alors tu dois. » Ce n'était pas une vue de l'esprit, que nenni !

Lors de ma première pause au travail, je me rendis au terminal international et achetai un nouveau carnet de bord. À l'heure du déjeuner, je divisai mes journées en segments bien ordonnés. Sur le trajet du retour, j'entrepris d'évaluer mes progrès pour pouvoir anticiper, me fixer des priorités et ne pas me laisser parasiter par des détails sans importance.

Le temps d'arriver à la maison, j'avais recouvré mon sens de l'équilibre, et il régnait dans la chambre une odeur âcre, comme si j'avais oublié quelque chose au fond du frigo et que je ne savais plus ce que c'était.

Je trouvai l'information sur le Net.

Trente et un millions de crimes avaient été répertoriés l'an passé aux États-Unis, environ un par seconde. Là-dessus, 389 100 personnes de sexe féminin avaient été victimes d'un proche, par opposition à un étranger. Et parmi elles, 6 945 avaient été assassinées, ce qui faisait en gros une vingtaine de meurtres par jour.

La majorité des femmes tuées étaient des ex-épouses. Venaient ensuite les femmes mariées. Suivies de concubines, de petites amies et d'ex-petites-amies.

Dans 69 % des cas, il s'agissait de ruptures.

Alors que les crimes violents touchent moins les femmes que les hommes, une femme a 5 à 8 fois plus de chances d'être victime de son conjoint.

Les violences domestiques sont la première cause des dommages corporels chez les femmes américaines, plus que les accidents, les agressions en pleine rue et le cancer réunis.

Toutes les douze à quinze secondes, une femme est battue par son compagnon aux États-Unis. Et cela, quelles que soient la catégorie sociale, l'appartenance religieuse ou ethnique.

Soit dit en passant, je n'approuve pas les comportements violents envers qui que ce soit, surtout les femmes. Je trouve que c'est une preuve de lâcheté. Un homme qui frappe une femme, en toute circonstance, devrait être incarcéré. En même temps, il y a là un dénominateur qu'on ne peut ignorer.

Je suis sans doute plein de choses.

Mais pas une anomalie.

Tant qu'on en parle, le meurtre est l'un des rares actes qu'on ne peut définir par les détails seuls. Même les définitions légales comportent des variables.

« Le fait de donner volontairement la mort à autrui. »

Je trouvai cela à la bibliothèque.

Le problème, c'est ce « volontairement ». Certains disent que c'est aussi simple que « l'intention de tuer ». On peut le sous-entendre aussi lorsque la mort survient à la suite d'une « négligence criminelle » ou dans le cadre d'un « crime caractérisé ». Mais que se passe-t-il si le mobile du meurtre est plus juste que l'acte lui-même ?

Si la personne mérite de mourir, comme vous savez qui ?

D'après la loi, si on tue pour une raison valable, ce n'est pas considéré comme un homicide. La plupart du temps, ce n'est même pas une infraction.

Ainsi, il est communément admis que la légitime défense justifie le fait d'ôter la vie.

Tuer des combattants ennemis en temps de guerre est vu aussi comme un mal nécessaire pour le bien de l'humanité.

Par conséquent, liquider une épouse fourbe et vindicative, c'est à la fois de la légitime défense et pour le bien de l'humanité.

Cela commença à aller mieux quand, un vendredi après-midi, Mme Fairweather vint frapper à ma porte.

« Chaque fois que je vois une Toyota, j'ai envie de vomir. »

Ce furent ses premières paroles lorsque je lui ouvris, après quoi elle me prit par le bras et me traîna dehors, au soleil.

Ayant appris le départ de Hope, elle tenait à m'exprimer sa sympathie. Quelques années plus tôt, son mari avait été renversé par un Japonais de Majestic Meadows. Même si elle savait l'importance de prendre du temps pour soi, et que l'expérience du deuil était l'un des meilleurs moyens d'apprécier le fait d'être en vie, elle savait aussi qu'elle deviendrait folle si elle restait chez elle à déprimer. Elle se tourna donc vers la seule chose capable de donner une perspective saine à son chagrin.

À savoir le tennis.

Tout en m'escortant jusqu'à sa voiture, elle insista pour me montrer quelque chose qui donnerait à ma vie une perspective nouvelle et saine.

Je ne pouvais m'empêcher de sourire.

« Il faudrait être fou pour rater l'occasion de coucher avec une femme qui a envie de coucher avec moi. »

Franchement, mon père méritait d'avoir une rue à son nom.

Dix minutes plus tard, assis sur une causeuse dans le séjour de Mme Fairweather, je contemplais les dizaines de trophées de tennis en attendant qu'elle revienne de la chambre avec la surprise qui allait changer ma vie.

Les possibilités étaient légion.

Serait-ce tranquille et convenable, ou débridé et illicite ? Prendrions-nous le parti de la douceur, nous endormirions-nous dans les bras l'un de l'autre, ou y aurait-il des huiles, des onguents et des engins à piles de la taille d'un gnou ? D'une manière ou d'une autre, Mme Fairweather aurait un orgasme. Des orgasmes. J'y veillerais. Pas de simulacre. Pas avec moi.

Quand soudain…

PAN !

J'étais comme un petit enfant séparé de ses parents dans une ville inconnue.

Et si, pendant que je m'allongeais sur elle, j'entendais un bruit de haut-le-cœur ? Même en admettant qu'elle porte des talons hauts, des bas résille et un uniforme d'éclaireuse, j'aurais du mal à maintenir mon érection alors qu'un dénommé Spot serait en train de vomir mon slip Fruit of the Loom.

Pire, et si j'éjaculais précocement, comme quand j'avais perdu mon pucelage, le soir de mes dix-huit ans, avec une serveuse aux seins aussi gros qu'un ballon de volley ?

Mme Fairweather allait revenir d'un instant à l'autre. Elle s'approcherait nonchalamment du canapé. Me prendrait la main. Un simple geste amical pour elle. Une expérience sexuelle complète pour moi, et j'avais besoin d'une cigarette.

PAN !

La peur se mua en tristesse.

Peut-être que l'idée de profiter pleinement de la vie était neuve pour moi ; la perspective d'être avec une femme autre que Hope, malgré tout ce qui s'était passé, me donnait le sentiment de commettre un adultère.

« Cadeau de Noël. Cadeau de Noël. Cadeau de Noël. »

Je me balançai d'avant en arrière, invoquant les

préceptes que mon père m'avait transmis. Au lieu de me calmer, je m'inquiétai pour mes couilles. Dommage que les aliens ne les aient pas vidées avec leur satanée paille au cours de l'une de leurs invasions.

Le problème aurait été réglé depuis des lustres.

Le temps que Mme Fairweather reparaisse dans le couloir, toujours en tenue de tennis, j'avais mal au dos à force de rester assis, mes mains tremblaient, et je transpirais si abondamment que le côté gauche de ma chemise était beaucoup plus foncé que le côté droit.

Elle tenait à la main deux longueurs identiques de corde nautique et une feuille de papier, qu'elle me tendit, avec la liste de quarante différents types de nœuds marins.

« Choisis-en un », fit-elle fièrement.

Je ne savais pas quoi dire.

« Celui que tu veux.

– Deux demi-clés.

– Entrelacement de cordes autour d'un objet constitué de deux demi-nœuds à la suite l'un de l'autre. »

Sans effort apparent, elle joignit le geste à la parole.

« Un autre. »

Je parcourus la page.

« Nœud plat.

– Entrelacement de cordes constitué de deux demi-nœuds inversés. »

Dans la demi-heure qui suivit, Mme Fairweather confectionna un nœud de chaise, une boucle chinoise, un nœud d'évadé, un nœud en huit, un nœud de mule et tous les autres que je nommais au fur et à mesure. Elle expliqua qu'elle avait appris ça en prenant des cours de voile, un rêve d'adolescente qu'elle n'avait jamais pu réaliser tant qu'elle était mariée. Elle s'était également mise au piano et s'était inscrite à un atelier de poterie à la rentrée. Il n'y avait rien de positif dans la mort de son mari, non. Cela lui permettrait toutefois de faire des choses qu'elle n'aurait pas faites de son vivant.

Le plaisir d'apprendre lui avait redonné goût à la vie.

Elle m'emmena ensuite à Dallas pour une longue promenade en voiture, et me montra toutes sortes d'édifices, de styles d'architecture et de plantes que normalement je ne verrais pas à Lone Star Springs. Elle me recommanda un certain nombre de vieux films qui me rendraient le sourire. Les films avec Cary Grant, James Stewart et Marilyn Monroe. Elle m'incita à lire des livres de développement personnel qui pouvaient sembler bidons, mais qui contenaient des germes de vérité susceptibles de me guider dans les moments difficiles. Même s'il était essentiel de rester actif, je ne devais pas oublier qu'il était tout aussi important de pouvoir parler à quelqu'un, une personne empathique dans son genre, chaque fois que ça n'allait pas. Peut-être qu'à l'avenir, si je tombais sur quelqu'un qui avait besoin d'aide, je me souviendrais de ce qu'elle avait fait pour moi et en ferais autant. Cette personne, à son tour, se sentirait obligée de suivre mon exemple, et ainsi de suite.

La clé, c'était l'empathie.

Tout cela était dit avec énormément d'optimisme et d'affection. Nul regret pour les occasions manquées ou les espoirs déçus. Du coup, je me trouvai dans l'incapacité de mentir et lui confiai des choses que je gardais habituellement pour moi. Je n'eus pas besoin d'expliquer ni de me justifier car elle écouta avec attention, sans m'abreuver de conseils.

Plus je parlais, et plus je pouvais être moi-même, que ce soit dans l'humour, l'outrance ou la profondeur, du moins celle qui était à ma portée. Que je sois capable de me livrer à ce point-là me surprenait grandement. Je n'étais pas du genre à prendre des risques émotionnels, et pourtant l'exercice se révélait plus facile que je ne l'imaginais.

Comme si on était deux vieux amis qui ne s'étaient pas vus depuis des années, s'étaient rencontrés par hasard et rattrapaient le temps perdu.

J'avais honte.

Comment avais-je pu croire que Mme Fairweather avait des vues sur moi ? Elle n'avait rien de commun avec les femmes dont me parlait mon père. C'était une personne droite et généreuse dont le seul but était de réconforter quelqu'un qui souffrait d'une séparation douloureuse, comme elle.

« Merci, dis-je, levant les yeux de la carte avec les photos de tous les plats qu'on servait au restaurant. Si seulement vous saviez à quel point ça me fait du bien.

– Je le sais maintenant. »

Et elle fit signe au serveur.

Elle voulait m'emmener dans des tas d'autres restaurants. Indien. Mexicain. Chinois. Thaï. C'était bien pour moi de développer mes goûts car un jour j'irais visiter d'autres villes, d'autres pays peut-être, et ainsi je saurais me débrouiller sur place.

Un citoyen du monde en herbe.

Quand le serveur arriva, elle se pencha en avant, si près que je sentis son haleine parfumée au menthol, et plaça son verre d'eau entre nous.

« Commande ce que tu veux. »

Un grand sourire aux lèvres, j'étudiai la photo sur papier glacé du châteaubriant de deux kilos, offert gracieusement si on le terminait en quarante-cinq minutes, sans savoir que la dernière personne à avoir accompli cet exploit était morte d'une crise cardiaque sur le chemin du retour.

« Juste une chose, dit-elle, m'inspectant de haut en bas comme si j'étais une colonne de chiffres, ses seins soudain au garde-à-vous. Évite l'ail ou l'oignon. »

Ce soir-là, revenu chez moi et avant d'aller au lit, je me surpris à examiner mon reflet dans la glace. Moi qui n'étais pas vaniteux de nature, je songeai au visage de mon père, espérant entrevoir le garçon doué et sensible que j'avais découvert le jour de son enterrement.

Il y aurait bien quelque chose qui avait déteint !

Mais j'avais beau écarquiller les yeux, tout ce que je voyais, c'est ce que je n'avais pas et n'aurais jamais. Aucun signe de physique avantageux, de charme ou d'assurance qui permettent d'obtenir ce que l'on veut dans la vie.

Rien qui fasse de moi un être à part.

Indépendamment de ce qui s'était passé avec Mme Fairweather, j'étais quelqu'un d'ordinaire. Découragé, j'allais tourner les talons quand je jetai un dernier coup d'œil.

Et c'est là que je la vis.

La ligne de cheveux en V.

Comme Vivienne à son retour de Paris, j'eus une illumination. Me précipitant en bas, je sautai par-dessus le fauteuil à tapisserie et ne m'arrêtai qu'à la porte d'entrée. Je décrochai la veste de mon père de sa patère, enfilai les deux bras dans les manches. Elle était trop grande, mais je m'en moquais. Je me sentais bien, je me sentais fort et prêt à conquérir le monde.

Le ciel était clair et l'air frais quand je sortis prendre le journal du soir. Je fis glisser mon doigt le long de la première page : en une seconde, j'avais trouvé ce que je cherchais.

La rubrique publicité pour Cadillac.

L'Eldorado Brougham 1957, que mon père bichonnait pour impressionner la gent féminine, était considérée comme la voiture du futur à l'époque et passe aujourd'hui encore pour le summum du luxe et du design américain, le meilleur de l'industrie automobile.

Le nom d'Eldorado avait été choisi pour marquer le jubilé de Cadillac. Plusieurs histoires circulent à ce sujet, mais la version que je préfère, c'est celle du mot espagnol qui signifie « doré ». Il avait d'abord été employé par le chef d'une tribu indienne d'Amérique latine. Ses serviteurs aspergeaient son corps de poudre d'or lors des cérémonies, et il se purifiait en plongeant dans un lac.

Une autre histoire raconte que le nom vient de l'Eldorado, un club de loisirs de Palm Springs où les cadres de General Motors venaient passer des week-ends coquins en cachette de leurs femmes.

Celle-là, c'était la préférée de mon père.

Les équipements étaient innombrables.

Premier châssis sans pilier à quatre portes, les portières arrière s'ouvrant à l'opposé des portières avant pour faciliter la montée et la descente. Toit en aluminium brossé. Phares doubles qui passent en code à l'approche d'un véhicule en face. Moteur de 325 chevaux avec démarrage automatique. Direction assistée. Freinage assisté. Vitres électriques. Pare-soleil polarisés qui foncent quand on les incline. Climatisation. Radio AM avec enceintes à l'avant et à l'arrière et une antenne électrique. Quadruple klaxon. Fermeture automatique des portières en position *Drive*. Système de chauffage individuel avant et arrière. Sièges électriques à six positions avec mise en mémoire des réglages. Suspension pneumatique garantissant la stabilité du véhicule quels que soient l'état de la route et la charge embarquée.

Allume-cigares, deux devant et deux derrière. Accoudoirs rabattables à l'avant et à l'arrière, ce dernier contenant un crayon, un bloc-notes, un miroir et un atomiseur de parfum Arpège. Un bar. Une boîte à gants rétractable avec distributeur de mouchoirs en papier, un étui à cigarettes en cuir assorti à la sellerie intérieure, un rouge à lèvres, un poudrier, un peigne, six gobelets en métal aimanté et, cerise sur le gâteau, quarante-quatre combinaisons pour les garnitures intérieures.

Le modèle coûtait un peu plus de 13 000 dollars, ce qui était cher en soi, plus cher encore que la Rolls Silver Cloud de la même année.

Mon père jurait que sa Cadillac les valait largement car, quand j'étais bébé et n'arrivais pas à dormir, il m'installait dans la voiture, m'attachait et faisait le tour du quartier jusqu'à ce que mes yeux se ferment ; le roulage ultrasouple empêchait les aspérités de la route de nuire à mon confort. Quand je me réveillais le lendemain matin, j'étais dans mon berceau, reposé et bien au chaud.

Vivienne appelait ça « les promenades de santé mentale ».

Cette voiture était aussi un refuge pour les nombreuses femmes dans la vie de mon père, bien plus luxueuse que n'importe quel motel où il aurait pu les emmener. Elles étaient prêtes à le baiser sans attendre, à califourchon sur ses genoux pendant qu'il conduisait ou bien sur le bas-côté de la route.

Dans les deux cas, la suspension et les sièges à mémoire dépassaient ce pour quoi ils avaient été conçus.

Ne trouvant pas de voiture rouge comme celle de papa, j'en pris une bleu azur et la payai cash avec les dollars qui s'étaient matérialisés derrière mes oreilles pendant quinze années magiques.

Jack avait raison à propos de l'illusion.

Des filles qui m'avaient ignoré par le passé me souriaient quand j'arrivais dans mon auto flambant neuve. Je présentais bien, elles me tenaient en plus haute estime, et j'avais une chance de les avoir toutes. Cela se voyait lorsqu'elles se glissaient en se tortillant sur le siège du passager, la jupe dansant sur les cuisses pendant que les portières se refermaient automatiquement.

J'avais un moral d'enfer. Le monde environnant était un lieu sûr. Et la vie, plus belle que je ne l'aurais cru.

À une exception près.

Je n'allais plus me baigner dans l'étang.

Je ne bondissais plus dans les hautes herbes, ne sautais plus par-dessus les arbres couchés.

Même si je le voyais souvent tourner le soir autour de la maison pour éloigner les intrus, Arthur ne revint jamais.

Si quelqu'un connaissait la vie, c'était bien lui, et pas Elvis.

Il dut y avoir des rumeurs sur moi et Mme Fairweather car toutes les femmes mariées de Lone Star commencèrent à défiler devant ma porte. Mais au lieu d'apporter à manger comme après la mort de mon père, elles avaient quelque chose de bien plus appétissant à offrir.

Elles-mêmes.

Le plus grand bonheur de Vivienne, c'était de se réveiller en pensant à Dieu. Il l'accompagnait dans ses moindres faits et gestes tout au long de la journée. Elle s'endormait, une prière aux lèvres, et ses rêves étaient inspirés par Lui.

Enfin, je comprenais ce qu'elle avait pu ressentir.

Désormais, je me réveillais avec des pensées qui m'accompagnaient vingt-quatre heures sur vingt-quatre, même si mon bonheur était d'une nature beaucoup plus triviale.

Quand j'ouvrais les yeux le matin, posais une jambe flageolante sur le sol froid et me traînais jusqu'à la salle de bains, je pensais aux tétons de Mme Lewis. Sur le chemin de la gare, en voyant les magnolias en fleur, je pensais au buisson entièrement rasé de Mme Harvey. Dans le train qui m'emmenait au travail, je pensais à la collection pornographique de premier ordre que Mme Clifford téléchargeait sur son MacBook Pro.

Anal, couples, solo, sexe en groupe, gays, lesbiennes (ce qui me perturbait un peu), sex-toys, femmes mûres, voyeurs et webcams.

Il ne manquait que des lions en marbre rose de part et d'autre de son ordinateur.

Le soleil me faisait penser à la chatte.

Les arbres me faisaient penser à la chatte.

Les hamburgers. Les pâtes. Les trombones. Le beurre de cacahuètes.

Non, mon père ne m'avait pas menti, sinon par omission.

Il ne m'avait pas mis en garde contre l'obsession.

Savez-vous combien il y a d'expressions pour désigner le sexe de la femme ?

Abricot. Anneau. Antichambre. As de pique. Baba. Balançoire à Mickey. Barbu. Basse-cour. Bénitier. Bijou. Boîte à nœuds. Boîte à mouille. Boîte à ouvrage. Bonbon. Bonnet à poil. Bosquet de Cythère. Boutique. Boutonnière. Calibristix. Centre des plaisirs. Cicatrice. Coquille saint-jacques. Cramouille. Craquette. Creux d'amour. Écrin rose. Embouchure. Fente. Figue. Forge de nuit. Foufoune. Fri-fri. Greffière. Grippette. Grotte. Laitue. Millefeuille. Minou. Mistigri. Moule. Nénuphar. Nid d'amour. Pâquerette. Pays-bas. Pièce du milieu.

Porte cochère. Potage. Quartier de réserve. Route des plaisirs. Salle des fêtes. Sentier de Vénus. Terminus. Teuch. Tirelire. Tiroir à moustaches. Trappe. Triangle des Bermudes. Vestibule. Verger d'amour. Yoni. Et mon préféré :

CONNASSE !

La nuit, quand j'allais me coucher et rêvais, avec force détails torrides, de mes frasques avec chacune des femmes de Lone Star, j'en arrivais même à me lécher les babines.

Le lundi, le mercredi et le vendredi soir, je pris l'habitude d'aller au Red Lion. Contrairement à mon cadre de travail, je recherchais les contacts et me liais facilement avec les gens dont la vie était terne et ennuyeuse comme autrefois la mienne. Eux qui n'avaient pas connu mon père, sinon de réputation, étaient ravis de rencontrer son rejeton et de bénéficier de ses conseils avisés.

Je faisais des commentaires sur chaque fille qui passait, physique et disponibilité, je leur attribuais des notes de un à dix suivant la combinaison jambes, fesses, poitrine, peau et attitude, l'impudence étant une priorité. Si, par inadvertance, je me trouvais sur leur chemin, je me levais, m'écartais et leur faisais galamment signe de passer.

« La beauté avant l'âge », disais-je toujours.

Pendant que mes nouveaux amis et moi les regardions s'éloigner, suivant des yeux le balancement de leurs hanches, j'analysais chacun de leurs pas : ma préférence allait au mouvement fluide de type pendulaire.

Mon message de fond ne variait jamais, et ils souriaient en y repensant, que ce soit au boulot ou en tirant un coup vite fait avec leur femme avant de regarder les émissions de télé-réalité en *prime time*.

« Le sexe avec la femme qui est faite pour toi est le plus grand plaisir qu'un homme puisse éprouver. Qui plus est, le sexe avec la femme qui n'est pas faite pour toi, c'est tout aussi bon. »

Je les incitais à mettre à profit leurs cinq sens quand ils faisaient l'amour à une femme. J'expliquais pourquoi ça n'avait aucun intérêt de savoir ce qu'elles faisaient de leur vie, et l'importance des bas résille. Je les mettais en garde contre les écueils de la satisfaction sexuelle, de la religion et de l'éducation et leur montrais en quoi une Cadillac pouvait être un piège à chattes.

Je devins l'homme qu'ils n'espéraient pas arriver à égaler un jour, mais aussi l'homme qui leur remontait le moral trois soirs par semaine.

À l'occasion, de vieux copains de Jack passaient par là et m'entendaient raconter mes histoires. Plutôt que de me trahir, comme je le craignais, eux aussi étaient ravis. Ils connaissaient les exploits de mon père, mais ils en avaient depuis longtemps oublié les détails. Les chiens ne font pas des chats, et mes récits non seulement ravivaient les souvenirs du bon vieux temps, mais les confortaient dans la conviction qu'ils n'avaient pas mal occupé leur jeunesse.

Je finis par comprendre pourquoi mon père traînait dans les bars avec ces hommes-là. Comparé à eux, il était un dieu, et ils le traitaient comme tel, buvant ses paroles dans l'attente de la chute.

Pour la première fois, les gens m'enviaient. J'adorais ça, j'en redemandais, et il n'était pas question que j'y renonce.

Jusqu'à un vendredi soir.

Une blonde entre deux âges, de type slave, avec une crinière abondante et de longs ongles rouges était assise à une extrémité du bar. Depuis mon arrivée, elle écoutait mes histoires, bouche bée. Quand la serveuse annonça qu'ils allaient fermer, elle se laissa glisser de son tabouret, s'approcha de moi et m'envoya une gifle retentissante.

« Dommage que je n'aie pas baisé ta mère. J'aurais pu me faire toute la famille. »

Et, contente d'elle, elle se dirigea nonchalamment vers la sortie. En suivant des yeux le mouvement pendulaire de ses hanches, je lui trouvai un air vaguement familier.

Imperturbable, je me tournai vers mes amis et, sans leur laisser le temps d'en placer une, leur expliquai avec entrain pourquoi ces filles-là étaient comme un cadeau de Noël, la philosophie de cet enfoiré d'Elvis Presley et l'histoire de mon chien, Arthur, qui avait vomi le string d'un top model pendant que je la niquais.

Si vous avez le choix entre la vérité et devenir une légende, choisissez la légende.

La chaîne Voyages ressemble beaucoup aux compagnies aériennes. On vous y apprend les choses suivantes :

Les chameaux de Bactriane qu'on trouve en Mongolie ont cinq usages potentiels. Le lait. La viande. La laine. La capacité de travail comme animal de monte ou de bât et source de carburant.

Le lait atteint en quantité mille à mille cinq cents litres par an, le maximum correspondant au troisième mois de lactation. Le chiffre global n'est qu'une estimation car le chamelon consomme une bonne part de ce lait riche en matière grasse et supérieur en valeur énergétique au lait de vache.

La viande du chameau de Bactriane est plus coriace que la viande de bœuf, mais elles sont comparables en termes de qualité. Sa haute teneur en glycogène lui donne un goût sucré, et sa couleur varie entre le rouge framboise et le brun foncé.

Les chameaux de Bactriane ont une longue et agréable toison d'hiver. La longueur et la largeur des fibres dépendent de la partie du corps, mais la laine est particulièrement fine et dense autour de la crinière, des articulations des coudes, des côtes et des épaules.

Dans le désert, le chameau joue toujours un rôle important comme animal de monte, même s'il a perdu son statut dominant après la Seconde Guerre mondiale. Il est remarquablement bien adapté aux conditions climatiques extrêmes où les températures fluctuent d'une trentaine de degrés au cours de l'année.

La bouse de chameau séchée est l'une des rares sources d'énergie disponible dans le désert d'Asie centrale. Chaque année, environ neuf cent cinquante kilos de déjections par animal adulte sont collectés et conditionnés sous forme de boules compactes.

La chaîne Voyages ne vous apprend jamais ceci :

En Mongolie, un homme n'a pas le droit de forniquer avec le même chameau que son père. Il ne s'agit pas d'une coutume. C'est écrit et sévèrement puni par la loi. Même si c'est mal à tout un tas de niveaux, l'acte plus que les conséquences, après ce qui s'était passé dans le bar, je craignis un opprobre familial dont je pourrais être responsable vis-à-vis des femmes qui avaient connu mon père.

Quand j'étais chez elles pendant qu'elles faisaient la cuisine ou se changeaient dans la salle de bains, je fouinais un peu partout, derrière chaque porte close, à la recherche de séries de poêles, de casseroles, d'aspirateurs et de vieilles encyclopédies.

La cinquième séance du stage gestion de la colère d'Ethan fut annulée pour cause de maladie. Le docteur Coonan avait attrapé la grippe, à sa propre surprise, car la seule fois où il avait été malade, ce fut avant d'embarquer pour le Vietnam. Il ne comprenait pas non plus pourquoi, la veille du stage, quand sa femme l'avait rejoint au lit, il lui avait tourné le dos : l'idée qu'elle le touche lui semblait soudain répugnante.

La légende se révéla largement surfaite, tout comme l'éducation, la carrière et la religion. Plus je songeais aux femmes avec lesquelles je couchais, plus je me rendais compte qu'on m'avait menti une fois de plus.

Mon père n'avait jamais écouté leurs confessions. S'il l'avait fait, s'il avait ouvert la porte aux drames humains comme à l'hôpital parisien, ç'aurait été tout sauf un échange anodin.

Mme Damiani, par exemple, était harcelée par son ex-mari malgré l'interdiction du juge de l'approcher à moins de cent mètres. Durant leurs dix années de mariage, il l'avait battue au moins une fois par mois, sous prétexte qu'« un homme a le droit de faire ce qu'il veut à sa femme si elle se refuse à lui ».

Mme Kozlowski avait été SDF pendant presque toutes ses années de lycée, passant d'un asile de nuit à un autre. Cela ne l'avait pas empêchée de décrocher son diplôme avec mention, mais elle avait dû travailler comme strip-teaseuse à Houston pour payer ses études à la fac. Elle avait été fantasque et imprévisible jusqu'à ce qu'elle rencontre un Iranien qui la remit dans le droit chemin. Elle arrêta de boire, de se droguer et trouva même un job respectable dans une blanchisserie tenue par une gentille famille libanaise. Deux jours après qu'elle eut emménagé avec son sauveur, il l'accusa de s'habiller comme une pute, la frappa, se rendit dans un McDonald's et se fit exploser.

Mme Holloway était allée en Inde à une époque de sa vie où ses problèmes lui semblaient insurmontables. Au bout de quatre mois, elle eut une vision. Toutes ces choses qui la tourmentaient à l'intérieur, elle devait les tatouer à l'extérieur. Ainsi, elle pourrait les regarder chacune bien en face.

Il lui fallut trois ans, trois douloureuses années ; à la fin, seuls son visage, son cou et une petite partie du bras droit étaient restés intacts.

Dans le désordre :

Portraits impeccables de la princesse Diana lors de son mariage. Une image peu flatteuse du prince Charles, lorgnant sous la jupe de Camilla Parker-Bowles pendue à un gibet. Une bonne vingtaine de visages masculins non identifiés. Un clown en train de mordre dans une poupée Ken d'antan. Des *crop circles*. Une couronne de roses fanées. Des chocolats Russell Stover. Un tracteur John Deere. Les différentes phases de la Lune et un nuage avec trois éclairs frappant le cœur d'une pieuvre géante enroulée autour d'un phallus.

À quatorze ans, la fille de Mme Burton, Layla, s'était déjà fait avorter trois fois ; pour elle, c'était plus une contraception qu'un acte médical.

Elle était également accro aux antalgiques.

Un mois plus tôt, Mme Burton avait émergé d'un sommeil profond et trouvé deux policiers au pied de son lit. Elle s'assit, flanquant une frousse bleue aux deux agents qui, instinctivement, sortirent leurs armes. Sous l'emprise de la drogue, Layla avait appelé le 911 et déclaré que sa mère était morte.

Pire, elle était à nouveau enceinte.

Mme Harvey avait été enlevée par les extraterrestres.

Mme Lewis tenta de mettre fin à ses jours quand Pluton, la planète dominante de son horoscope, avait été rétrogradée au rang d'astéroïde.

Mme Gentry était incapable de dire non à un homme.

Autrefois, Mme Clifford en était un.

Je me rendis compte que ce qui attirait mon père chez les femmes, ce n'était pas leur vulnérabilité. Elles se rebellaient car, une fois face à elles-mêmes, elles comprenaient que les hommes n'étaient pas la solution à leurs problèmes. La solution, c'était de vivre bien, et dans un monde où chacun voulait leur arracher un morceau, il fallait avant tout trouver le moyen de rester entière... ce qui était quasiment impossible.

Mon père n'aurait sûrement pas apprécié, mais pendant qu'elles me contaient leurs malheurs, je feignais de dormir, consultais ma montre en catimini ou prétextais la maladie de mon pékinois pour rentrer chez moi, abrégeant la soirée avant l'heure.

Et si ça ne marchait pas, je cherchais une issue de secours.

Je compris finalement ce que Vivienne avait dû ressentir le jour où elle avait décidé de se consacrer à sa mère et à des gens comme elle.

Je m'éveillais à 2 heures du matin, épuisé et nauséeux pour la première fois depuis que Hope avait pris la porte.

« Mon Dieu, aide-les. Mon Dieu, aide-les. Mon Dieu, aide-les. »

Je balbutiais ces mots encore et encore.

Comme d'habitude, l'aide que je demandais n'était pas disponible.

Des vagues de douleur me traversaient jusqu'à ce que je m'agrippe au cadre du lit. Une fois calmé, j'allais chercher les livres de médecine de Vivienne et les feuilletais, en quête de traitements psychologiques contre l'angoisse, la codépendance, les adultes victimes de maltraitance dans l'enfance, les enfants d'adultes alcooliques, le divorce, les troubles alimentaires, la toxicomanie, le stress, la dépression et l'opération de changement de sexe.

Cela aussi était plus facile à dire qu'à faire, vu qu'il y avait plus de solutions que de problèmes.

Art-thérapie. Thérapie aversive. Biofeedback. Thérapie cognitive. Analyse des rêves. EMDR. Thérapie freudienne. Gestalt. Thérapie jungienne. Thérapie rationnelle émotive. Analyse transactionnelle.

Pour n'en citer que quelques-unes.

À nouveau, le matin je restais sous les couvertures le plus longtemps possible, un oreiller sur la tête pour bloquer les horreurs qui me rongeaient de l'intérieur. Quand je ne pouvais plus procrastiner, je posais une jambe flageolante sur le sol froid et me traînais jusqu'à la salle de bains, pensant à la boulimie de Mme Lewis. Sur le chemin de la gare, en voyant les magnolias, je pensais à l'acrophobie de Mme Harvey. Dans le train qui m'emmenait au travail, au moment où des gens montaient à Majestic Meadows, je pensais à la collectionnite de Mme Clifford.

Savez-vous combien il y a de mots pour désigner la souffrance ?

Accablé. Affligé. Anéanti. Chagriné. Contristé. Effondré. Malheureux. Misérable. Peiné. Torturé. Tourmenté.

La seule note positive dans cette histoire tragique, même si je doute que vous la considériez comme telle, c'est qu'il y avait beaucoup moins de synonymes pour *souffrance* que pour *chatte*.

Deux enveloppes, source potentielle d'ennuis, étaient arrivées dans le courrier. Je ne les ouvris pas tout de suite. Je n'en avais pas la force. Finalement, je pris mon courage à deux mains et déchirai la première : dedans, je trouvai un calendrier publié par les sponsors du concours Miss Infrarouges.

Hope y figurait, parmi d'autres concurrentes, en maillot de bain sexy.

La seconde provenait d'une agence de voyages.

Sur le reçu joint était griffonné un autre de mes secrets les plus sombres.

JE NE ME SUIS JAMAIS SENTI AIMÉ INCONDITIONNELLEMENT.

Le smiley qui l'accompagnait était plus grand que d'habitude.

Le montant du reçu s'élevait à 594 dollars, comprenant un aller-retour Californie-New York et quatre nuits dans une auberge YWCA.

L'avion de Hope faisait escale à l'aéroport Fort Worth de Dallas à 11 h 59, pendant mes heures de service, le matin du 14 février.

LE JOUR DE LA SAINT-VALENTIN !

Ma rage flamba, comme le soir où j'avais frappé Arthur.

Même si c'était prématuré, j'allai sur Internet pour voir si un pilote avait été assigné à son vol. À ma grande joie, c'était le cas, le même pilote qui avait raté trois contrôles de compétence et avait été soupçonné de fatigue.

Les voies du Seigneur étaient bel et bien impénétrables.

L'espace aérien est divisé en ce qu'on appelle zones contrôlées et non contrôlées. Une zone contrôlée, c'est la portion du ciel où le trafic est si dense qu'une surveillance stricte s'impose pour éviter les collisions. Les zones non contrôlées, c'est tout bêtement le reste. Ici opèrent les petites compagnies régionales et la plupart des avions de tourisme, même s'ils utilisent souvent l'espace contrôlé pour décoller et atterrir. C'est aux pilotes qu'il incombe de prévenir les abordages, de par le fait notamment de voler à des altitudes différentes. Les procédures relatives à l'espace non contrôlé, soit dit en passant, ont toujours été sujettes à controverse, aussi loin qu'il m'en souvienne.

Je gère également le sol.

Les gros avions paraissent peut-être gracieux là-haut dans le ciel, mais sur le tarmac, ils sont lourds et peu maniables et nécessitent un guidage de tous les instants. Pour ce faire, je me sers de la technologie moderne, à savoir les quatre écrans qui composent mon poste de travail.

ÉCRAN PRINCIPAL : une carte du secteur affiche la position de tous les aéronefs présents dans l'espace contrôlé, signalés par différentes sources de données – radar, informations du vol, surveillance automatique de la position réelle de l'avion.

ÉCRAN RADAR MÉTÉO : montre les fronts qui se déplacent, ainsi que les prévisions météorologiques.

PANNEAU DE CONTRÔLE DES COMMUNICATIONS VOCALES : un écran tactile me permet de choisir la fréquence radio nécessaire pour parler aux pilotes et au personnel au sol, et un Interphone me relie aux autres contrôleurs.

ÉCRAN SECONDAIRE DES DONNÉES DE VOL :

je peux accéder à un large éventail d'informations à communiquer aux pilotes.

Il y a aussi tout un réseau de radiotéléphonie VHF pour rester en contact avec les pilotes, même si l'échange par messagerie électronique devient de plus en plus fréquent.

En dépit de toutes ces protections technologiques, le système n'est pas infaillible et, dans des circonstances extrêmes, peut aboutir à une catastrophe.

La conclusion était simple.

Hope était cuite.

Pour la première fois de ma vie, j'allais découvrir ce que ça fait de se lever le matin, de s'habiller, de prendre le petit déjeuner, d'aller au travail et d'assassiner quelqu'un.

Elle n'était pas désagréable à regarder. Cheveux courts un peu inégaux devant parce qu'elle les coupait elle-même. Poids correct. D'immenses yeux bleus. Comme Peggy, elle avait l'air de quelqu'un qui ne ferait pas de vieux os, même si elle ne se plaignait pas et exhibait son goût pour l'autodestruction comme une médaille d'honneur... fière de n'avoir tiré aucune leçon de la vie.

Elle fouilla dans son sac, en sortit un paquet de Marlboro, en alluma une.

« Tu crois que c'est raisonnable ? demandai-je en gardant les yeux sur la route.

– Pourquoi ? C'est mauvais pour ce putain de bébé ? »

Elle aspira une énorme bouffée et suivit du doigt le contour du tableau de bord.

« Tu aimes le sexe oral ? »

Perdant momentanément le contrôle, je fis une embardée et manquai emboutir un poteau téléphonique.

« Je te suce si tu me laisses conduire au retour. »

Quand nous entrâmes dans la clinique, j'eus un choc. Il y avait là plein de filles qui semblaient tout juste sortir de l'école primaire. Certaines étaient accompagnées de leurs petits copains qui paraissaient plus jeunes encore, et qui n'étaient pas près de muer. D'autres étaient venues avec un parent, généralement la mère. Ou avec des copines qui mâchaient du chewing-gum et papotaient comme dans une fête paroissiale.

« Diane est en train de flipper grave, dit-elle pendant qu'on signait le formulaire des admissions.

– Ta maman se fait du souci pour toi.

– Alors pourquoi elle n'est pas là ? »

Je ne sus que répondre.

« Elle a peur qu'on la voie. Voilà pourquoi.

– Je suis sûr qu'il y a une autre raison.

– Je devrais le garder, tiens, rien que pour l'emmerder.

– Layla Burton. »

Un homme derrière le comptoir fit un geste dans sa direction, et Layla bondit sur ses pieds.

« Tu veux que je vienne avec toi ?

– Ça va pas, non ? T'es fou ou quoi ? »

Sur ce, elle tourna les talons et rejoignit l'homme.

« Vous pouvez m'épargner votre sermon à la con. »

Tandis qu'elle le suivait dans le couloir, une jeune personne assise à ma gauche posa brièvement sa main sur la mienne.

« Tout se passera bien pour votre fille. Ne vous inquiétez pas.

– Elle n'est pas ma fille.

– Ah.

– Et elle n'est pas ma copine, si c'est ce que vous pensez.

– Ah.

– Sa maman n'a pas pu se libérer.

– Ah », répéta-t-elle.

Celui-là me sembla plus compréhensif, même si sa voix était frêle et apeurée.

« J'ai déjà deux filles, dit-elle. Cinq et neuf ans. Mon ami s'est collé un fusil sur la tempe quand il a su que j'étais en cloque. »

Ses yeux débordèrent.

« J'adore les gosses, mais quel homme voudra d'une femme avec trois enfants ?

– Je suis sûr que ça ne changera rien. »

Elle parut surprise.

« Vous croyez ? »

Je hochai la tête.

Tirant un crayon et un bout de papier de son sac, elle griffonna quelque chose.

« Tenez, mon numéro de portable. »

Elle mit le papier dans ma main, qu'elle pressa légèrement. Dix minutes plus tard, elle était toujours en train de me caresser la main quand Layla reparut dans le couloir avec un sac en papier.

Nous nous dirigeâmes vers la sortie. Elle sourit.

« Alors comme ça, on ramasse une fille dans une clinique d'avortement. Ben, mon cochon. Je t'ai sous-estimé. »

Je me figeai.

Des équipes de télévision et des centaines de personnes étaient massées devant l'entrée, protégée maintenant par un cordon de sécurité. La plupart des gens brandissaient des pancartes avec des fœtus à divers stades de développement ou de décomposition, même si quelques-uns étaient venus protester contre le projet de loi en faveur des gays dans l'armée. D'autres préconisaient la stérilisation des politiques qui voulaient améliorer le système de santé. Une poignée réclamaient l'interdiction dans les écoles publiques de la littérature communiste subversive, dont *Avec un grand M* de Vivienne. Il y avait même cinq ou six jeunes femmes en minijupe pour faire la démonstration du nouveau hula hoop : elles avaient confondu la clinique avec l'aile pédiatrique de l'hôpital voisin.

C'était le trente-cinquième anniversaire de l'affaire Roe-Wade[1].

Pendant que nous nous frayions un passage parmi les manifestants en colère, ignorés des policiers chargés de contenir la foule, j'eus une illumination. Si je voulais dormir tranquille la nuit, il fallait que j'arrête de coucher avec les femmes de Lone Star. Plutôt discuter entre nous, unir nos forces et nos expériences pour régler les problèmes qui nous minaient.

Ce que Vivienne avait initialement prévu de faire avec papa.

Nous affronterions le monde de concert. Engagés. Vulnérables. Comme un seul homme.

« Je conduis », dit Layla, m'arrachant les clés alors que je trébuchais sur un câble relié à une demi-douzaine de caméras.

C'est la dernière chose dont je me souviens parce qu'une des filles au hula hoop ramassa une pierre et me la lança à la tête.

Jamais il ne me serait venu à l'esprit qu'une femme éconduite pourrait chercher à se venger.

Une croix fut brûlée sur la pelouse devant ma maison.

On me pendit cinq fois en effigie.

---

1. Arrêt rendu par la Cour suprême des États-Unis reconnaissant l'avortement comme un droit constitutionnel (1973).

On tira une décharge de chevrotine par la fenêtre de la cuisine.

Un matin, je trouvai l'extrémité aiguisée d'un talon de sept centimètres fichée dans mon phare droit, bien que je ne voie pas comment quelqu'un avait pu pénétrer dans un garage fermé.

Plus personne, excepté Mme Fairweather, ne répondait à mes coups de fil ; on me menaça même de porter plainte si jamais je m'approchais à moins de cent mètres.

Jusqu'à Mme Gentry qui dit non pour la première fois de sa vie.

Je pris alors conscience de deux autres choses :

1. Quelque part, mon père devait secouer la tête, se demandant pourquoi je n'avais pas écouté ses confessions à lui.

2. À l'exception de Mme Fairweather, et quels que soient leur âge, taille, forme ou couleur, toutes les femmes étaient des ordures sans foi ni loi.

Le temps s'était enfin éclairci après deux semaines de pluie. Mme Fairweather entra sur le court central et resserra les lacets de ses tennis. Puis elle entama une série de vigoureux exercices d'échauffement en m'assurant que c'était exactement ce qu'il me fallait.

Quelle différence entre elle et les femmes contre lesquelles mon père m'avait mis en garde ! Non seulement elle ne cherchait pas à masquer sa vulnérabilité, mais elle jugeait nécessaire d'en parler. Pour elle, c'était un soulagement. Pour moi, il était important de connaître les forces et les faiblesses d'une femme, si je voulais devenir quelqu'un d'empathique.

« À moi de servir », cria-t-elle, se positionnant sur la ligne de fond, le soleil dans le dos.

J'acquiesçai d'un signe de la tête.

« N'oubliez pas, dis-je, tout ça est nouveau pour moi. »
Je ne vis pas la balle franchir le filet.

« Ça, annonça-t-elle fièrement, c'est le coup qui a remporté le concours du service rapide de Jiffy Lube au profit des sans-abri.

– C'est seulement la troisième fois que je joue », lui rappelai-je.

Le coup d'après me fit lâcher ma raquette.

« Trente-zéro. »

Les deux suivants furent des aces, courbes et puissants, qui rebondirent au-dessus de ma tête.

« Plie les genoux », fit-elle avant de me lancer les balles.

Ma première monta dans les airs à deux mètres de hauteur et retomba, inoffensive, dans le filet. Ma deuxième flotta par-dessus le filet comme une bulle de savon soufflée par un enfant. Rapide, utilisant toute la force de ses jambes et de son torse, elle me renvoya un smash, et la balle passa en sifflant devant moi sans que j'aie le temps de lever ma raquette.

Elle gagna le premier set en neuf minutes.

« On change de côté.

– Ça ne doit pas être drôle pour vous, dis-je.

– Ça va. Allez, deuxième set. »

Les quatre premières parties furent à l'avenant. Elle m'expédiait balle sur balle, m'obligeant à courir jusqu'à ce que je n'aie plus de souffle. Elle était en train de servir pour la cinquième partie quand, tout à fait par hasard, j'employai un revers : la balle toucha le filet, rebondit sur le sol et s'arrêta avant qu'elle ne puisse l'atteindre.

« Joli coup. »

Et elle se détourna en marmonnant dans sa barbe.

Elle frappa une balle longue, tout comme la suivante.

Je remportai ma première manche.

« La chance du débutant », lâcha-t-elle.

Je la vis grincer des dents tandis qu'elle se préparait à recevoir mon service. Pour une raison inconnue, mon jeu s'améliora ; mes coups nets et précis l'obligèrent à commettre erreur sur erreur, renvoyant la balle dans le filet ou par-dessus la clôture.

« Je me sens mieux », déclarai-je.

Elle secoua la tête, dégoûtée, et son marmonnement se fit plus distinct.

Elle était en train de mener 4 à 2 quand ses coups recouvrèrent leur précision. Elle gagna aisément la manche suivante et retrouva le sourire.

« C'est l'heure de la leçon. »

Je ne touchai plus jamais une seule balle. N'en expédiai pas une seule par-dessus le filet. La balle de match arriva, et elle la liquida d'un ace au centre du carré de service : la balle frappa la ligne, me dépassa et poursuivit sa trajectoire.

« Troisième set. »

Le soir après le match, Mme Fairweather invita ses deux plus vieilles amies à dîner avec nous.

D'emblée, elles se prirent de sympathie pour moi.

C'était dû en partie à mon équanimité. Elles ne se sentaient pas menacées. Et en partie à mon assurance nouvellement acquise. Surtout, c'était la façon dont je les traitais. J'écoutais chaque mot, sans les interrompre, avec tout le respect qu'elles méritaient. Quand je prenais la parole, j'étais tout aussi capable de parler de la pluie et du beau temps que de choses plus graves. Ce que je disais n'était pas forcément la vérité, mais c'était leur vérité, et de ce fait irréfutable.

Papa aurait été fier de moi.

Le dîner terminé et les amies parties, j'arrivais à peine à garder les yeux ouverts. La faute aux trois portions de rosbif et les sept sets que nous avions joués par une température de 37 degrés.

Je m'assoupis.

Quand je me réveillai, mes chevilles et mes poignets étaient attachés au lit de Mme Fairweather. Le nœud qui me liait les poignets était un nœud de chaise. Les chevilles étaient maintenues par un windsor.

Je m'en souvenais depuis sa démonstration.

« J'espère que je n'aurai pas à recourir au nœud de potence », dit-elle avec le même sourire que sur le court, quand elle avait trouvé un second souffle.

Et de m'expliquer que la vie ne valait pas la peine d'être vécue si on n'était pas prêt à expérimenter.

Elle avait une idée précise en tête.

Un jeu de rôles.

Elle voulait qu'on joue à être quelqu'un d'autre. Moi, à part mon père, je ne voyais personne, mais ça, c'était hors de question. Mme Fairweather, de son côté, savait exactement qui elle voulait être.

Pam Shriver.

Dans les années quatre-vingt, elle avait été classée parmi les dix meilleures joueuses de tennis du monde, atteignant la troisième place du classement mondial. Comme elle n'avait ni les capacités innées ni la force de joueuses telles que Chris Evert ou Martina Navratilova, elle cherchait en permanence à se dépasser.

Lorsque je lui avouai que je n'avais toujours pas la moindre idée du personnage que je voulais être, Mme Fairweather m'asséna une claque sur les fesses, si fort que je gardai l'empreinte de sa main. Maintenant que j'y pense, c'était pour me punir d'avoir remporté ces deux manches. Cela dura au moins pendant une heure et, pas de doute, elle se révéla aussi inventive que Pam Shriver elle-même.

« On n'est pas vivant tant qu'on ne sait pas qu'on vit. » Cette phrase, écrite sur le mur de l'atelier de Modigliani, représentait, comme l'ensemble de son art, tout ce qui était cher au cœur de Mme Fairweather.

« L'artiste le plus talentueux du XXe siècle. »

Elle m'appela à l'instant où elle avait lu que son exposition itinérante arrivait à Dallas.

La Servante. Jeanne Hébuterne au grand chapeau de paille. Portrait de Chaïm Soutine. Jacques Lipchitz et sa femme. Jeune femme brune. Ces toiles et des dizaines d'autres étaient exposées pour la première fois aux États-Unis, et tout le monde pouvait les admirer, sauf Mme Fairweather.

Elle avait une heure de retard.

Je dus téléphoner chez elle six ou sept fois, mais ça ne répondait pas. Je supposai qu'elle était en route, mais une demi-heure plus tard, elle n'était toujours pas là.

Dépité, je sortis attendre dehors, mais il faisait plus de 40 degrés, et au bout de deux minutes, j'eus la gorge sèche. Ayant repéré un distributeur, toujours aussi bienvenu, en face d'un motel, je traversai la rue et insérai les pièces requises. Tandis que j'attendais que l'appareil régurgite ma cannette de Coca, j'entendis des bruits venant de la chambre de droite. Ce fut bientôt un vrai vacarme. Un choc sourd. Des rires. De longs gémissements. Des meubles renversés.

Tout y était, comme pendant ma nuit de noces.

J'allais partir quand la porte s'ouvrit. Un bouquet de fleurs à la main, Mme Davidow tira sur l'ourlet de sa jupe et se dirigea vers le parking, balançant les hanches dans un mouvement pendulaire.

« Madame Davidow. »

Je dis son nom mentalement avant de le prononcer tout haut.

Je ne crois pas qu'elle m'ait entendu, car une fois au volant de sa voiture, elle démarra sur les chapeaux de roues. Je me retournai, et là, une surprise encore plus grande m'attendait. Le patron de mon père sortit de la même chambre. Comme j'avais vieilli depuis la dernière fois qu'il m'avait vu, il ne me reconnut pas. Lui, en revanche, n'avait pas changé. Pas un cheveu qui dépassait, pas un pli sur ses vêtements, les chaussures brillant d'un lustre militaire.

Avec un geste en direction de Mme Davidow, il sourit sans modestie, exhibant une bouche remplie d'or.

« Sacré numéro, fit-il, me gratifiant d'un clin d'œil comme le faisait mon père. Tous les vendredis après-midi, qu'il pleuve ou qu'il vente, et ça depuis quinze ans. Elle n'en a jamais assez. Cette femme est une sainte. »

Une fois de plus, je me sentis perdre l'équilibre.

Je commençai à gîter, avec l'impression que j'allais sortir de mon corps. Sans un lit auquel s'amarrer, il ne restait qu'une seule solution possible. Sous le regard éberlué de l'ancien patron de papa, je m'assis au milieu de la rue.

Vingt minutes plus tard, je frappais à la porte de Mme Fairweather. Lorsqu'elle finit par ouvrir, son visage était bouffi à force d'avoir pleuré, et elle avait l'air malade, un état que je reconnus sur-le-champ. Au lieu de demander ce qui lui arrivait et où elle avait été, je me mis à jacasser nerveusement, parlant du temps qu'il faisait et du film que j'avais loué, celui que j'avais promis de voir. Enfin, à court de sujets, je lui pressai l'épaule, mais elle grimaça et se dégagea ; ce que j'avais à dire ne l'intéressait visiblement pas.

« Ça doit être terrible de trimballer toute cette colère, Henry.

– Hein ? »

Adossée au chambranle de la porte, elle me considéra avec reproche.

« J'espère pour toi que c'est dû à ta jeunesse. Je n'imagine pas quelqu'un, un adulte, se comporter aussi odieusement que tu l'as fait.

– Je ne vois pas de quoi vous parlez, madame Fairweather.

– Alors ça doit être l'âge. Tant mieux pour toi. »

Elle parlait toujours sur le même ton agacé.

« Je nous croyais parvenus à une compréhension mutuelle, l'estime de ce qu'on pouvait s'apporter réciproquement. Mais après le coup de l'autre soir, après t'avoir vu saboter outrageusement notre relation, je me suis demandé : qui est cet individu totalement dénué de gratitude ? Certainement pas le jeune homme exceptionnel pour lequel je le prenais. Et s'il ne l'est pas, est-ce que je lui laisse le bénéfice du doute ? Est-ce que ça vaut le coup d'attendre, le temps qu'il devienne exceptionnel ? Est-ce inévitable ou juste un vœu pieux ?

– Je n'ai pas la moindre idée de ce que j'ai fait, dis-je.

– Il n'y a pas de limite à ton arrogance, si ? »

Elle exhala un long soupir de dégoût.

« Tu ne m'as pas aidé à faire la vaisselle.

– Mais j'étais crevé. Je vous l'ai dit.

– Ce n'est pas une excuse.

– Vous ne m'avez pas demandé.

– Je n'avais pas à te demander. »

Elle fit un pas en avant, et je vis la colère creuser son visage en partant de la commissure des lèvres, jusqu'à ce qu'il se plisse comme son chemisier, avec lequel elle semblait avoir dormi.

« Toute ma vie, j'ai connu des gens qui attendaient que je leur dise quand j'avais besoin de quelque chose. Ce n'étaient pas de vrais amis. Les vrais amis savent quand on est physiquement et moralement au bout du rouleau. Les vrais amis savent quand on a besoin d'un break dans les tâches quotidiennes pour décompresser et se recentrer. Les vrais amis, ils viennent et font ce qu'il y a à faire. »

Cette fois, elle fit un pas en arrière.

« Tu n'as absolument aucune empathie. »

Et elle me claqua la porte au nez, comme nos voisines autrefois, quand Vivienne débarquait avec un gâteau à la crème à bout de bras.

Mon père avait aussi omis de me dire ceci :

Le problème dans une liaison, c'est qu'on se sent vide lorsque l'autre s'en va. Comme quand on est riche en temps de crise et qu'on se voit devenir de plus en plus pauvre chaque jour.

Splendeur et misère.

C'est ce que j'avais ressenti le soir de mon premier anniversaire de mariage. C'est ce que je ressentais sur le chemin de Travis Street, le seul endroit où je savais qu'on m'accueillerait à bras ouverts.

Je frappai deux fois.

Faute de réponse, j'ouvris la porte moustiquaire et passai la tête à l'intérieur pour voir s'il y avait quelqu'un.

Mme Scott était dans le salon. Vêtue d'une chemise de nuit râpée et d'un peignoir éponge, elle sanglotait, assise au bord de son canapé.

Du mieux qu'elle put, elle me raconta ceci :

L'avant-veille, peu avant minuit, elle avait été réveillée par un gémissement aigu. Se levant, elle vit Arthur, en ombre chinoise devant la fenêtre, le ventre enflé comme une barrique.

Elle le sortit immédiatement, mais au bout de quelques pas, se rendit compte que ce n'était pas un problème de vessie. Trois minutes plus tard, ils filaient aux urgences vétérinaires de Majestic Meadows.

Arthur adorait la voiture.

Il s'asseyait sur le siège passager, se penchait par la vitre ouverte et savourait le vent dans la figure et les arbres qui défilaient à toute allure. Cette nuit-là, il s'appuya de tout son poids sur l'épaule de sa maîtresse, comme un ado dans un drive-in.

Arthur avait pour habitude de ne jamais la regarder dans les yeux quand il avait mal. Elle n'aurait su expliquer pourquoi, mais jusque-là, elle n'y avait pas accordé d'importance.

Se redressant, il posa la patte droite sur son épaule droite, la gauche sur son épaule gauche. Tandis qu'elle écrasait l'accélérateur, il enfouit sa truffe dans son cou et serra avec les deux pattes. Comme s'il l'étreignait. Lorsque la voiture prit de la vitesse, Arthur s'écarta et fixa Mme Scott jusqu'à ce qu'elle tourne la tête. Leurs regards se croisèrent ; il aboya une fois, sauta sur la banquette arrière et mourut, son corps se soulevant comme hissé par les fils invisibles d'un magicien.

Le véto attribua d'abord sa mort à son âge avancé : Arthur avait survécu à la plupart de ses congénères. Mais en raison du gonflement, il pensa à une torsion d'estomac, chose courante chez les gros chiens et les chevaux. Après un examen minutieux, il révisa son diagnostic. Le cœur d'Arthur faisait trois fois sa taille normale, ce qui avait causé un court-circuit.

Arthur, ajouta Mme Scott, se conduisait bizarrement. Il était sorti un soir, pour aller me voir, pensait-elle, et était revenu abattu. Il ne s'en était jamais remis.

Contrairement aux prématurés de Vivienne, Arthur savait ce qui l'avait frappé.

Ce qu'on aurait dû inscrire dans ses gènes, c'est l'instinct de conservation. Une sorte de kung-fu canin contre les humains qui ne connaissent rien à l'amour inconditionnel ni, s'il plaît à Dieu, à l'empathie.

Il aurait pu rester en vie.

J'aurais voulu consoler Mme Scott, lui prodiguer des paroles de réconfort, mais tout ce que je trouvai à offrir, c'était aller lui chercher à boire.

En ouvrant son frigo, je tombai sur une carafe d'eau froide et remplis le plus grand verre que je réussis à dénicher. Je disparus ensuite dans l'arrière-cuisine à la recherche de chips ou d'autre chose à grignoter.

Tout autour de moi, du sol au plafond, il y avait des étagères chargées de boîtes de conserve et autres produits de base. Soupes Campbell. Thé Lipton. Cacao. Sacs de pommes de terre. Énormes boîtes de thon. Ketchup. Vinaigre. Épices. Confitures. Tubes de Cheese Whiz et – mon cœur manqua un battement – des séries de poêles et de casseroles, des encyclopédies, des aspirateurs et des cartons intacts de fournitures de bureau.

À l'instant même où je sortis pour rentrer chez moi, je levai les yeux vers le ciel et hurlai : « Espèce d'enfoiré ! Sale con, va ! Comment as-tu pu faire ça ?! »

Il avait anéanti un animal qui n'avait rien fait sinon apporter de la joie au monde.

Le Bâtard, il en avait juste rien à foutre.

Une demi-heure plus tard, je pénétrai en traînant les pieds dans ma propre entrée, allumai la lumière et trouvai une lettre glissée sous la porte.

C'était encore une facture, cette fois-ci pour un sur-vêtement Chanel d'une valeur de cinq mille dollars.

Un petit mot au dos exprimait mon angoisse de l'éjaculation précoce en caractères noirs et gras.

Soudain, la maison se mit à empester le moisi comme le jour où Vivienne était partie à Paris.

Mon premier réflexe fut de m'ouvrir les veines, mais je n'avais pas la volonté de Peggy. Qui plus est, la vue du sang me donnait la nausée. Surtout si c'était le mien. Une balle dans la bouche, c'était hors de question. Je n'aurais pas le courage de presser la détente. Ou alors je me raterais. Et puis, je savais que ça ferait mal, très mal, ne serait-ce qu'une fraction de seconde.

L'électrocution. La pendaison. La suffocation. Les cachets. La noyade. Le sens commun me soufflait que ce n'était pas la bonne méthode.

Je m'approchai du fauteuil à tapisserie et battis le coussin plusieurs fois avant de m'affaler et d'attendre l'illumination. Au lieu de quoi, je sentis une douleur aiguë dans ma cuisse droite. Je me levai et découvris le livre de cuisine française de Vivienne coincé sous le coussin.

Comme avec la plupart des jalons, un événement apparemment anodin finit par se révéler décisif.

Je sus ce que j'avais à faire.

J'allais me goinfrer à mort.

La nourriture qui me servait de refuge, de source de plaisir ineffable, cette même nourriture mettrait fin à une existence devenue morose et gangrenée.

Malheureusement, entre le poulet basquaise et les pâtes au beurre, il y avait tout un monde.

Dès lors, je veillai tard dans la nuit, lisant et me fami-liarisant avec les termes et les procédures. Je me levais trois heures avant d'aller travailler pour pétrir la pâte et préparer des sauces, notamment champignons des bois, pesto et échalotes glacées au vinaigre balsamique. Je faisais du bouillon : très vite, j'en vins à préférer le canard et le veau au poulet et aux légumes. Le temps d'aller prendre le train, tout était mélangé et réduit.

En rentrant chez moi, je préparais les filets de poisson, braisais ce qui avait besoin d'être braisé et m'assurais que c'était plein de graisse ; je ne dégraissais surtout pas les viandes.

Les poulets étaient plumés.

Les jambons, séchés.

Les herbes fraîches, hachées, et les légumes amenés à la température ambiante.

J'en faisais suffisamment pour qu'il y ait toujours des restes car mes collègues, ça les rendait fous ; leurs nez envieux frétillaient en humant ce que la France avait à offrir de mieux.

Blanquette d'agneau au vin blanc.

Sauté de veau aux carottes.

Baeckeoffe de poissons.

C'était une religion que Vivienne n'aurait pas abjurée. Son Dieu n'était pas un trouduc caractériel et n'aurait jamais songé à la trahir.

Son Dieu était fait d'épinards à la crème, légèrement brunis sur le dessus. La seule obligation, chaque fois qu'on s'agenouillait pour l'adorer, était de sourire et de dire une petite prière de remerciement.

Une fois que tout le monde était arrivé et avait pris place dans le cercle, Ethan fit un pas en avant. Il avait beaucoup réfléchi aux propos du docteur Coonan sur les effets possibles de l'agression passive et tenait à leur signaler que jamais, durant toutes ces années, il n'avait connu de maladie grave ni de problèmes pour bander. Pendant que les autres hommes sifflaient et applaudissaient, le docteur Coonan pratiqua la respiration abdominale profonde. Comme ça ne marchait pas, il but deux verres d'eau. Comme ça ne marchait pas, il pensa au voyage qu'il avait fait avec sa famille dans le Grand Canyon. Comme ça ne marchait pas, il s'imagina dans la peau de Gandhi, éliminant toutes les mauvaises pensées. Comme ça ne marchait pas, il se dit que son stage était un succès et que chacun en tirait un énorme bénéfice. Comme ça ne marchait pas, il dit à Ethan, d'une voix douce et affectueuse, de s'asseoir pour qu'ils puissent commencer. Comme ça ne marchait pas, il évoqua en plaisantant ses propres prouesses sexuelles, espérant arriver à la cheville d'Ethan. Comme ça ne marchait pas, il fit rouler ses épaules et son cou et s'étira jusqu'au plafond. Comme ça ne marchait pas, il prit la chaise vide sur sa droite et fracassa le crâne d'Ethan, le tuant sur le coup.

À l'instar de Vivienne, il ne me fallut pas longtemps pour passer de normal à enrobé, puis à bedonnant.

Quatre-vingt-sept kilos. Cent. Cent sept.

Le matin, je me réveillais trempé de sueur ; ce n'était donc qu'une question de temps avant que mon cœur, comme mon père, son père, Vivienne et maintenant Arthur, ne me lâche.

Au bout de six mois, la veste de Jack m'allait pile poil. Au début, je la laissais sur sa patère près de la porte : sa forme avachie montait la garde comme moi, jadis, j'avais monté la garde auprès de Vivienne. Au fil du temps, puisqu'elle n'avait pas réussi à me protéger, de même que mes propres efforts avaient fait long feu, elle aussi finit aux bonnes œuvres.

C'était un vendredi, si mes souvenirs sont bons, vers la mi-juin. J'étais épuisé après une longue et stressante journée de quasi-collisions. Je n'avais pas le courage de cuisiner. J'avais à peine la force de respirer ; au vu de ma nouvelle corpulence, le moindre trajet à pied prenait les allures d'un marathon.

Heureusement, mes priorités n'avaient pas changé. Je posai donc ma mallette sur la table de cuisine et ressortis d'un pas traînant.

Vingt minutes plus tard, je me garais devant un restaurant réputé pour la taille de ses portions plutôt que pour la qualité de sa nourriture. Il manquait sur son enseigne quelques ampoules rouges, blanches et bleues, mais le message était clair.

VDREDI ROSBF À VONTÉ

Une côte de bœuf de sept cents grammes grillée à la demande et découpée devant vous. Elle s'accompagnait de deux pommes au four dégoulinantes de beurre, avec par-dessus un monceau de pétales de bacon, du fromage râpé, de la ciboulette et une louchée de crème fraîche, que je rallongeai en allant me servir au bar à salades.

Ce n'était pas ce que la France avait à offrir de mieux, mais il y avait là de quoi boucher une bonne dizaine d'artères.

J'étais en train de déchiqueter un pain chaud lorsque je l'aperçus, en partie cachée derrière le menu du jour. Elle dévorait la plus grosse coupe de glace à la fraise que j'aie jamais vue, recroquevillée comme un animal échappé du zoo.

Un quintal au bas mot… ses vêtements la moulaient comme s'ils étaient agrafés à sa peau.

Malade à l'idée qu'une femme, que n'importe qui, puisse se laisser aller à ce point-là, je dus détourner les yeux.

Le temps de regarder à nouveau, elle était partie.

Je la revis la semaine suivante, assise à la même table, enfournant une autre glace. Quand je me levai pour aller au bar à salades, nos yeux se rencontrèrent, et elle m'adressa un signe de tête.

La seule image qui me vint à l'esprit fut celle de lions festoyant autour d'un gnou, les yeux de la pauvre bête se révulsant de plus en plus à chaque bouchée.

Je me détournai à nouveau.

Une semaine plus tard, incapable de la quitter des yeux, je la regardai, fasciné, revenir du bac à glaces avec une coupe débordante de volutes vanille-chocolat.

En observant sa façon de manger, de porter la cuillère à sa bouche avec ses petits doigts boudinés, de fermer les yeux avant d'avaler, je réalisai la force du lien qui nous unissait.

Cela n'avait rien d'écœurant.

J'étais prêt à aller me présenter, comme l'aurait fait Jack, mais mes facultés mondaines m'abandonnèrent brusquement, et je retrouvai ma gaucherie d'adolescent. Il m'aurait été plus facile de jouer dans l'équipe des Dallas Cow-Boys le jour de Thanksgiving que d'aborder cette femme et de lier conversation avec elle. Et puis, de quoi lui parlerais-je ? Ce serait un long monologue rasoir sur mon mariage raté ou sur la gestion de l'espace aérien jusqu'à ce qu'elle s'excuse pour rentrer soigner son pékinois malade.

Tant pis.

Je me levai d'un bond et traversai la salle au pas de charge, le cœur battant à tout rompre. Le temps d'arriver à sa table, j'avais les doigts et les orteils engourdis, comme Mike le soir de ma véritable naissance. J'entamai les présentations quand j'aperçus une coulée de crème glacée sur son menton. Avant que la glace ne tombe et ne lui tache le col, je sortis mon mouchoir et l'essuyai. À l'inverse de certaines que mon geste aurait offusquées, elle le trouva touchant et sourit, même si elle évitait de me regarder en face.

Elle se prénommait Audrey, semblait vulnérable et un peu perdue, comme moi quand mon père me parlait de ses conquêtes féminines.

Une fois de plus, je repensai à la philosophie de Vivienne.

« Dieu a une raison pour tout. »

Je ne sais toujours pas si notre rencontre porte les traces de Ses doigts graisseux, mais après tant de crève-cœur, je décidai que la loi des probabilités jouait en ma faveur. Par ailleurs, la nourriture a le don de transformer de parfaits inconnus en amis de longue date.

Nous commandâmes tous les desserts de la carte.

Voici ceux dont je me souviens :

BROWNIE OBSESSION : un brownie tiède nappé de chocolat fondant de chez Ghirardelli, avec glace vanille, sauce caramel et noix de pécan.

CHEESECAKE VANILLE : fait avec de la vanille mexicaine et des couches de mousse au chocolat blanc, enrobé d'une croûte de biscuits à la vanille et servi avec une compote de fraises.

GÂTEAU AU CHOCOLAT ET AU BEURRE DE CACAHUÈTE : croûte de biscuits Graham au beurre de cacahuète, fourrée avec de la ganache et de la mousse légère au beurre de cacahuète, décorée de crème fouettée et d'un moelleux au chocolat et au beurre de cacahuète.

BANANA SPLIT : trois boules de glace, marbrures de caramel, cerises amarena et volutes de truffe au café, avec fondant chaud, marshmallows et caramel au beurre fondu.

Quelque part entre le pudding tiède au rhum et la tarte à la limette, Audrey se pencha en avant, fit tomber ses chaussures et me regarda dans les yeux comme Vivienne le jour où elle m'avait parlé d'amour.

À la suite d'un gros chagrin, elle avait décidé de se goinfrer à mort, les méthodes plus expéditives étant exclues en raison de son aversion pour le sang.

Le lendemain, elle emménageait chez moi.

Elle avait apporté très peu d'affaires, mais, dit-elle, cela n'avait pas d'importance puisque nous n'en avions plus pour longtemps.

Pour une fois, il n'était pas question de sexe.

L'un comme l'autre, nous accordions plus de valeur au raccourcissement de la durée de vie qu'à la stimulation de la libido. Cela dit, nous mangions avec l'excitation de nouveaux amants ; chaque gramme de graisse était un attrait dénué de tout désir d'intimité, de confiance ou d'aspiration à enrichir notre vie par la présence d'un minuscule, hurlant, incontinent paquet de chair qui nous collerait aux basques pendant qu'on le nourrirait, le vêtirait et le distrairait, jusqu'au jour où il serait assez grand pour nous voler de l'argent afin de s'acheter de la drogue.

S'il nous arrivait de partager le même lit, c'est parce que la table de la salle à manger n'était pas assez grande.

Nous jetions les oreillers par terre, rabattions les couvertures et disposions les plats pour un festin pantagruélique. Au bout de quelques semaines, nous retournions le matelas qui commençait à s'affaisser, de peur que le rembourrage ne dégouline comme les tartes à la crème que nous engloutissions dessus.

Nous mangions sur la pelouse.

Nous mangions perchés sur le comptoir de la cuisine.

Sur des tables.

À califourchon sur des chaises.

Même dans la penderie à côté de la porte d'entrée.

Nous vidions des pots de confiture entiers pendant que nous étions aux toilettes.

Nous finissions les cakes aux fruits en prenant le bain.

Nous mangions dans la voiture.

Nous mangions en faisant les courses.

Nous mangions à la station-service et, le temps de faire vérifier les niveaux d'eau et d'huile, nous liquidions un gâteau marbré au caramel pour huit personnes.

Faute de pouvoir manger vingt-quatre heures par jour, nous prenions des quarts… comme sur un bateau. Nous dormions quatre heures, puis nous nous réveillions pour manger. Nous nous recouchions deux heures, et c'était reparti pour un tour.

Au début, Audrey était comme ces femmes de Lone Star qui avaient snobé les plats de Vivienne le jour de l'enterrement de mon père. Elle était plus à l'aise avec les escalopes de poulet et les cheeseburgers qu'avec des plats à consonance exotique. Petit à petit, et j'en suis extrêmement fier à ce jour, sa vision des choses changea. Les rêves de *corn dogs*[1], de frites pimentées et de tapioca s'effacèrent devant le canard rôti, le risotto et le flan.

Je lui enseignai également l'étiquette d'usage.

Rien n'était plus frustrant que de consacrer son temps et son énergie à cuisiner un mets délicat après l'autre pour qu'elle les enfourne ensuite dans sa bouche comme un coyote en train de manger un chat.

1. Saucisses frites dans de la farine de maïs.

Le bon côté, c'est que, contrairement aux femmes de Lone Star que j'avais fréquentées, l'appétit d'Audrey ne déclinait jamais.

Nous marquions notre poids sur la porte de la salle de bains à côté de la balance, un peu comme Vivienne avait mesuré ma taille au fil des ans. Nous notions les changements le matin à notre réveil et le soir avant d'aller nous coucher, célébrant la moindre prise de poids de la façon dont les familles de Lone Star fêtaient leurs petits-enfants.

Avant d'aller travailler, je préparais le déjeuner et des en-cas pour la journée d'Audrey. Des sandwiches essentiellement. Autant que mon temps me le permettait. Au jambon cru, avec des tranches de saint-nectaire et des morceaux de figue. Ou avec des tomates confites, du fromage de chèvre et de la poitrine fumée. Le vendredi, je préparais des beignets de crabe sur du pain de campagne avec de la sauce aux poivrons rouges.

Je cachais des surprises un peu partout dans la maison avant de partir pour la gare, façon chasse aux œufs de Pâques. Scones avec confiture de fraises, lemon curd et crème fraîche épaisse. Gâteaux aux noix. Portions individuelles de moka au café et éclairs au caramel.

Pendant le trajet, je surprenais Audrey en lui offrant un ballotin acheté à la Maison du Chocolat, nouvelle boutique du terminal international spécialisée dans les friandises haut de gamme. Après m'avoir déposé, elle en mangeait la moitié sur le chemin du retour et rangeait le reste dans son sac à main, avec l'occasionnel magret de canard, à consommer au moment où elle viendrait me chercher.

Nous roulions vitres fermées pour éviter que les arômes ne s'échappent.

J'essayais de ne pas penser à la nourriture pendant mes

heures de travail. J'essayais de me concentrer comme d'habitude sur les avions au départ et à l'arrivée, mais cela m'était impossible.

Vouloir mourir, ça creuse.

Quelquefois, je déconnectais complètement et restais assis là à songer au clafoutis aux poires ou à la crème brûlée. Même si aucun signal d'alarme ne se déclenchait, je suis sûr qu'il y avait des avions qui volaient dangereusement près l'un de l'autre.

Les coups de fil personnels n'étaient pas autorisés pendant le service. Comme nous avions chacun simultanément jusqu'à six avions sur notre écran, cela requérait une attention de tous les instants. J'étais obligé d'attendre la pause, toutes les trois heures, ou le déjeuner pour discuter avec Audrey de nos prochains menus.

J'emportais les photocopies des recettes que j'avais choisies pour pouvoir la guider dans les préparatifs de base, histoire de nous faire gagner un temps précieux à mon retour.

« Hache l'oseille menu et mets-la dans une poêle avec trois noix de beurre. »

« Trempe les cuisses de grenouille dans du lait salé et poivré et roule-les dans la farine. »

« Dispose les tiges de salade dans un plat profond en cercles concentriques, mélangeant les différentes variétés pour imiter les pétales. »

« Retire le chapeau de l'orange et pèle-la finement en partant du bas. »

S'il manquait des ingrédients, je lui indiquais où les acheter et comment bien choisir… tuyaux acquis à force d'observer Vivienne pendant toutes ces années.

Palourdes : entrechoquez les coquilles. Si ça sonne comme des pierres, alors leurs occupants sont vivants et comestibles.

Poisson : les yeux doivent être brillants et la langue humide. La peau doit être glissante, pas gluante.

Agneau : doit avoir une couleur délicatement rosée. Un agneau rouge est de qualité inférieure.

Tomates : si elles sont fraîchement cueillies, on sent l'odeur à un mètre de distance.

Cresson : les feuilles doivent être fines et d'un vert si luisant qu'on dirait qu'elles ont été polies.

Laitue : ferme et croquante. Si on l'a trempée dans l'eau pour la raviver, l'intérieur sera farineux.

Brocolis : ne choisissez que ceux qui ont des tiges courtes et croquantes.

Patates douces : préférez celles qui ont la peau lisse. S'il y a des radicelles, elles seront immangeables.

Café : le sillon dans la fève devrait être indétectable. Sinon, s'il est grand ouvert, la saveur et l'arôme seront amoindris.

Si une recette se révélait trop complexe, je lui substituais volontiers un plat plus simple.

La plupart du temps, Audrey mangeait avant mon retour tout ce que je lui avais préparé. Auquel cas elle devenait irritable et m'appelait au travail.

Dieu merci, M. Davidow était plus qu'un employeur. C'était un mentor bon et empathique. Connaissant mon attachement pour lui et mon métier, il me laissait quitter mon poste afin de répondre à Audrey.

J'essayais de prendre un ton rassurant.

Ce n'était qu'une question d'heures avant qu'on ne se goberge d'une mousse au chocolat ou d'une tarte au citron. Et on collapserait joyeusement en plein milieu d'une phrase, comme presque tous les soirs, à cause du pic glycémique.

Quelquefois, ça la calmait.

Et quelquefois non.

Dans ce cas-là, je restais au téléphone le temps qu'il fallait, guettant M. Davidow du coin de l'œil. Si je le voyais arriver, je raccrochais, me cachais pour le laisser passer, puis rappelais Audrey. S'il me repérait, j'inventais une excuse, genre crampe que je devais soulager en marchant ou mon permis de conduire qui était tombé de mon portefeuille.

Je pense qu'il ne me croyait pas, mais tout comme les femmes de Lone Star, il n'avait aucune raison de mettre ma parole en doute.

Lorsqu'elle venait me chercher à la gare, Audrey tremblait d'impatience et se jetait à mon cou dès que je posais le pied sur le quai. Contrairement à Hope, son attitude n'avait rien à voir avec le sexe. C'était juste de la gratitude pour le repas que nous nous apprêtions à consommer.

Sur le chemin de la maison, elle racontait avec force détails son après-midi passé à tout mettre en place afin que rien ne me retarde, une fois le four allumé. Au moment de tourner dans notre allée, mon cœur battait la chamade comme pendant mon voyage de noces, et je me ruais vers la cuisine.

Il n'était pas rare de trouver la portière de la voiture grande ouverte quand je partais prendre mon train le matin.

Maintenant, nous évoluions nous aussi comme un couple de danseurs dans une chorégraphie bien réglée.

Cette fois, je menais avec entrées et desserts. Audrey suivait avec salades et amuses-gueules.

Au bout de quelques mois, elle raffolait de choses auxquelles elle n'aurait jamais songé auparavant.

Les huîtres.

Les tripes.

Les encornets.

La langue.

« Les aliments qu'on croit qu'on ne va pas aimer, c'est ceux-là qu'on finit par préférer. »

Cette transformation la surprenait autant qu'elle me comblait, alors qu'elle aurait dû éveiller mes soupçons.

Puisque Audrey faisait partie intégrante de mon projet de suicide, il était important qu'elle ne perde pas sa motivation. Au lieu de dormir pendant notre premier quart de nuit, je potassais livres et revues de cuisine en quête de nouvelles recettes susceptibles de lui plaire.

Vivienne aurait été fière de moi.

Nous prîmes quinze kilos en deux mois, nos estomacs se dilatant proportionnellement à leur capacité accrue, le tout dûment noté et consigné sur la porte de la salle de bains.

Nous allâmes faire les magasins pour renouveler notre garde-robe car nous ne rentrions plus dans nos vêtements ; notre choix s'arrêta sur des caftans assortis dans des couleurs de base. Ce fut particulièrement gratifiant : pour la première fois depuis que Vivienne avait cessé de choisir mes habits, je n'avais plus à me soucier des chemises qui juraient avec les pantalons et vice versa.

Les cauchemars qui étaient revenus furent supplantés par des rêves de bisque de homard et de glaces maison.

Si par hasard on croisait des voisins en allant déjeuner ou dîner, ils nous saluaient et souriaient, prenant un gros ventre pour la glorieuse manifestation de l'amour à Lone Star.

Tout marchait comme sur des roulettes jusqu'au jour où, pendant que je préparais un mi-cuit au chocolat, Audrey se mit à examiner mes doigts de la façon dont mon père inspectait les filles sur la place.

« Tu as de très belles mains, dit-elle. Ça ne te sert à rien dans ton boulot à la con. Tu ferais mieux de rester à la maison et de cuisiner pour moi. »

Si j'avais été plus doué en amitié, je l'aurais peut-être vue venir, mais là-dessus, je tiens de mon père.

Beaucoup de relations et peu d'amis.

J'expliquai que les prix des denrées alimentaires avaient flambé depuis ce fatidique vendredi du Rosbif. Si je n'avais pas de travail, nous ne pourrions plus continuer à manger de cette façon-là. Nous perdrions le poids que nous avions pris, et ce serait le retour à la case départ. Elle dit qu'elle comprenait, et tout alla bien jusqu'à ce que je sorte de la douche le lendemain matin.

Elle pleura pendant tout le trajet jusqu'à la gare.

Il y avait bien des choses que je pouvais endurer à l'époque. Des choses désagréables. Voire pire. Tout sauf voir une femme pleurer.

Je pris deux semaines de congé sur les trente qui m'étaient dues pour essayer de remettre de l'ordre dans notre vie. M. Davidow n'était pas ravi, mais, comme je l'ai déjà dit, c'était quelqu'un de compréhensif. Il trouva rapidement un contrôleur pour me remplacer.

Mon cœur bondit dans ma poitrine.

Quinze jours sans rien faire d'autre que manger.

Dès le lever du soleil, nous nous rendîmes au marché fermier de Majestic Meadows pour acheter de quoi préparer les repas de la journée. Plus que ça et la qualité en aurait souffert, la fraîcheur étant le cheval de bataille de Vivienne, au même titre que le savoir-vivre.

Audrey en vint rapidement à préférer le lapin à toutes les autres viandes.

Le lapin aux olives vertes[1] la plongeait dans une extase athéromateuse ; son arôme chatouillait les narines de nos voisins comme les reliefs de mes repas narguaient celles de mes collègues. Qui plus est, c'était le genre de plat qu'on pouvait mettre au four et oublier pendant un bon moment.

Elle aimait commencer par une tartine chaude au bleu des Causses et au jambon cru et terminer par le riz au lait.

Le lapin à la moutarde venait en deuxième position. Ce plat-là avait une histoire : c'était un grand classique de la cuisine de bistrot en raison du mélange des saveurs. Et il ne demandait que très peu de préparation. Audrey préférait que je le serve avec des nouilles au beurre doux.

Les deux plats de résistance étaient fortement chargés en ail qu'Audrey épluchait à notre retour du marché. Les desserts allaient du flan à l'ananas frais à la tourte de blettes.

Nous forcions également sur le sel qui favorisait la rétention d'eau.

Plus nous mangions, plus nous avions faim.

Véritable trait de génie, j'ajoutais une touche d'Italie à chaque repas.

Raviolis au saumon fumé et au beurre blanc à l'aneth.

Gnocchis à la mousse d'épinards et de ricotta.

Cheveux d'ange au fromage de chèvre, brocolis et pignons grillés.

Le tout noyé dans le beurre et la crème fraîche, jamais la margarine dont la composition est celle du plastique, à une molécule près.

Après le dîner, pendant qu'Audrey se préparait pour

1. Tous les noms des plats français qui suivent sont en français dans le texte original.

notre premier somme de la nuit, je venais dans sa chambre, m'asseyais au bord du lit et lui faisais la lecture.

Pas les histoires de tortures et d'avilissement des saintes mythiques, non.

Surtout pas.

« La veille du jour où vous prévoyez de servir le plat, mettez les tomates, les oignons, l'ail, le fenouil, l'huile d'olive, l'apéritif à la réglisse, le safran, les herbes aromatiques et l'assaisonnement dans un faitout induction. Mélangez bien. »

« Quand les graisses sont chaudes mais non fumantes, assaisonnez le poulet abondamment, mettez-le dans le poêlon et laissez dorer d'un côté jusqu'à ce que la peau prenne une couleur uniforme brun doré. »

Les alléchantes bribes des menus dont nous avions discuté dans la journée la faisaient défaillir.

Pendant qu'elle dormait, je préparais d'autres desserts. Si j'innovais, si le résultat s'avérait moins que sublime, j'allais frapper à la porte d'une voisine et le lui tendais à bout de bras. Au début, elles étaient choquées. Elles croyaient que l'invasion pâtissière avait pris fin avec Vivienne. Mais une fois qu'elles avaient flairé l'odeur, elles m'arrachaient le plat des mains en maugréant : « Comme ta fichue mère, tout pareil ! »

Et elles me claquaient la porte au nez.

Le lendemain matin, le plat était mis dehors. Ni lavé ni accompagné d'un mot de remerciement, mais toujours raclé de fond en comble.

Contrairement à ma « fichue mère », j'avais hâte de les voir avec des kilos en plus, de l'hypertension et, pour finir, un bracelet d'alerte médicale.

Nous reprîmes cinq kilos et l'inscrivîmes sur la porte comme si nous signions la Déclaration de l'Indépendance.

J'en étais à cent trente-cinq tout net.

Audrey faisait pencher la balance du côté des cent quatorze.

Plus nous touchions au but, plus je tâchais de lui manifester ma gratitude.

À présent, je dressais la table avec de la porcelaine fine, de l'argenterie, des serviettes en lin et une nappe que je lavais après chaque repas.

J'allumais des bougies avant de servir.

Si Audrey avait une envie particulière, je laissais tomber ce que j'étais en train de faire, me précipitais au marché et revenais dare-dare.

« Tout ce que tu voudras, ma nouvelle meilleure amie. »

Nous restions des heures à table avec, pour seule musique, le raclement des fourchettes et couteaux sur les assiettes.

Comme ensuite elle avait souvent des tensions aux épaules et au cou, je me mis à la masser avec les huiles laissées par Hope, pour soulager l'inconfort dû à l'indigestion.

Si elle avait mal aux pieds à force de rester debout sur le sol dur de la cuisine, je les frottais avec une pierre ponce.

Le troisième jour de mes vacances, je commençai à prendre conscience des différences majeures entre Audrey et Hope.

Hope avait des taches de rousseur, pas Audrey... Dieu merci. Hope se teignait les cheveux. Audrey avait gardé sa couleur naturelle. Hope était grande, mince et parfaitement proportionnée. Audrey était petite, grassouillette et solidement charpentée. Hope avait des yeux perçants et verts comme des émeraudes. Ceux d'Audrey étaient inexpressifs et bruns comme un gâteau au chocolat.

Hope avait des doigts longs et gracieux de pianiste. Ceux d'Audrey étaient courts et charnus comme des pieds de cochon. En parlant de pieds, ceux de Hope étaient fins et délicats. Audrey avait la même pointure que moi, mais son pied était plus large et plus cambré que le mien.

Hope grappillait dans son assiette.

Audrey mangeait comme un homme, enfournant tout ce qu'on posait sur la table.

C'est ce qui m'attendrissait le plus chez elle.

Le cinquième jour, je me rendis à Dallas et lui achetai un bloc dix-huit pièces Twin Gourmet de J. A. Henckels accompagné d'une vidéo expliquant l'usage de chaque couteau.

Le septième jour, pendant qu'Audrey pelait et coupait les poires pour les tartes aux fruits, je lui dis que j'allais acheter du pain et que je serais de retour dans moins d'une heure.

C'est la seule et unique fois que je lui mentis.

Je me rendis à Costco dans Majestic Meadows même.

Je voulais lui faire une surprise, quelque chose qui calmerait ses angoisses une fois que j'aurais repris le travail.

Le soir même, avant notre somme, j'entrai dans sa chambre, m'assis au bord du lit et commençai à lire tandis qu'elle rajustait pudiquement les couvertures pour cacher les parties du corps qu'elle aurait découvertes par accident. Cette fois, je lui lus la brochure qui venait avec son cadeau, énumérant les caractéristiques du réfrigérateur encastrable à porte vitrée qui lui permettrait de voir toutes nos denrées alimentaires quand elle aurait un coup de blues.

Je lisais un extrait, scrutais son visage pour voir sa

réaction, puis reprenais, faisant rouler les mots dans ma bouche.

« Constructeur : Amana, numéro un mondial. Le mieux noté de tous les modèles pour le contrôle de la température et l'économie d'énergie, ainsi que les performances essentielles dans le domaine du froid.

Largeur : 1 m.

Profondeur : 75 cm.

Deux portes battantes avec triple vitrage isolant, étanches et à fermeture automatique.

Extérieur vinyle blanc résistant aux chocs et aux éraflures.

Capacité : 991 litres.

Huit clayettes ajustables en vinyle blanc.

Éclairage intérieur fluorescent.

Poids : 325 kg. »

J'allais me lever pour partir, mais elle se dressa sur le lit, envoya valser la brochure et m'attira sur elle, comme une de ces baleines échouées de mon enfance. Je n'étais pas sûr que ce fût une bonne idée, mais j'étais incapable de résister. La douceur, l'opulence de sa chair eurent raison de moi.

Elle lécha mes doigts.

Mes orteils.

L'intérieur de mes cuisses.

Elle faisait l'amour comme elle mangeait, et ses cris m'excitèrent au-delà de tout entendement. La dernière chose dont je me souviens, lorsqu'elle pressa avec force ma bouche sur ses seins, c'est que ses aréoles étaient de la même couleur que les truffes belges de la Maison du Chocolat.

Deux heures plus tard, j'étais allongé à côté d'elle pendant qu'elle dormait, un peu désarçonné par ce qui venait d'arriver. Je distinguai ce qui ressemblait à un cri de coyote, l'espèce de glapissement aigu qui salue une chasse réussie. J'entendis aussi striduler la grande sauterelle verte, une sorte de cliquetis bref et répétitif destiné à attirer les femelles et à éloigner les rivaux.

J'avais envie de me lever tout doucement, de rassembler mes affaires et de quitter la chambre sur la pointe des pieds, comme quand on ne veut pas déranger quelqu'un qu'on aime. Une fois dans le couloir, je partirais au petit trot. Pour arriver au sprint à la porte d'entrée. Mais au fond de moi, je savais que mes jambes n'avaient pas la force de distancer l'image accrochée à mon cerveau telle une sangsue, ses trois mâchoires dentées vouées à m'infliger de petites plaies jusqu'à la fin de mes jours.

Le sexe avec Audrey était un tire-quatre-chasses.

« Le général Ethan Parks, 72 ans, vétéran de la guerre de Corée et résidant à Dallas, est décédé le 4 décembre à Huntsville, Texas, d'une commotion cérébrale suite à un accident du travail. Né en Alabama le 8 juin 1932, Ethan a choisi de vivre à Houston où il est entré dans l'armée : ce fut le début d'une carrière militaire qui a duré toute sa vie. Il a par ailleurs trouvé le temps de faire partie de la brigade des sapeurs-pompiers de Houston et a été décoré à de nombreuses reprises pour les services rendus à la communauté. C'était aussi un nageur émérite et, en tant que membre de l'équipe de plongée de l'armée américaine, il a voyagé dans le monde entier, prenant part à des compétitions nationales et internationales, comme au Salvador, au Venezuela, au Tchad, à Sarajevo, en Colombie et en Corée du Nord. Ceux qui l'ont bien connu à l'époque évoquent le don qu'il avait de se faire des amis partout où il allait. C'étaient toutefois son dévouement à sa famille et sa foi en Dieu qui lui valaient l'admiration de tous. Après trente-cinq ans de mariage, il laisse son épouse Aileen et leurs trois enfants, Tony, Wendell et Rickey C, tous domiciliés dans la région de Houston. La famille recevra de 19 heures à 21 heures à la maison funéraire de Mid-Houston, et un service religieux aura lieu samedi à 11 h 30 à l'église méthodiste de Houston dont il avait été un membre actif. Ni fleurs ni couronnes, mais des dons peuvent être envoyés à la Maison d'accueil chrétienne pour l'enfance maltraitée.

La brigade des sapeurs-pompiers de Houston rendra hommage au général Parks en l'emmenant pour son dernier voyage dans leur camion de collection, entre la maison funéraire et l'église. »

À la fin de la notice figurait une de ces formules provocatrices dont Ethan avait le secret.

« Je respecte quiconque a les couilles de me tenir tête, mais si on touche à ma famille, on aura ce qu'on mérite. »

Julie posa le journal sur la table de cuisine et entreprit de découper soigneusement la nécrologie d'Ethan qui faisait la une du *Lone Star Chronicle*, à cause des liens de Peggy avec ma famille.

Le réfrigérateur fut livré le lendemain matin. Je constatai à l'expression d'Audrey, au changement de son timbre de voix qui monta d'une octave, qu'elle était galvanisée par sa présence.

Je faillis dire « C'est bien, ça c'est une bonne fifille », mais je me retins car c'est comme ça que je parlais à Arthur quand il me rapportait un bâton. Plutôt que de me vautrer dans la honte et les regrets, je préparai des club sandwiches avec du thon frais de l'Atlantique, du guacamole, du fromage bleu et une pointe de chutney.

L'accalmie dura une journée.

Après m'avoir déposé à la gare, Audrey se planta devant le frigo, contemplant la nourriture dans l'éclairage fluorescent à faible impact écologique, exactement comme dans les pubs à la télé ou dans les magazines. Elle écouta son bourdonnement sourd et régulier et trouva incroyable que je ne sois pas là, à ses côtés, au moment où elle avait le plus besoin de moi.

Elle m'appela trois fois avant que je n'arrive au travail.

Au début, elle voulait juste que je lui lise des recettes. Je m'exécutai volontiers, en chuchotant si bas qu'elle fut la seule à m'entendre. Sur ce, elle me supplia de rentrer pour faire la cuisine. Je lui répondis que c'était impossible. J'avais des responsabilités.

« J'ai des responsabilités ! »

Elle m'imita d'une voix haut perchée et m'accusa d'être égoïste, hurlant si fort que mes collègues l'entendirent à l'autre bout de la salle.

Y compris M. Davidow.

Saint homme dans son genre, il me recommanda de remettre de l'ordre dans ma vie privée et promit de me couvrir pendant mon absence.

Je hélai un taxi dans la file stationnée devant le terminal. Ce fut deux fois plus rapide que le train, mais cinq fois plus cher, d'autant qu'il dut attendre pendant que je me ruais dans la maison pour cuisiner.

Le temps de retourner au travail, j'avais dépensé la moitié de mon salaire journalier.

Il y eut un avantage à cela que je me dois de mentionner. Après un mois de déjeuners impromptus, avalés à la hâte, notre tour de taille s'épanouit. La porte de la salle de bains pouvait en témoigner. Je frôlais les cent cinquante kilos. Audrey me suivait à dix kilos près, la peau tellement tendue qu'elle ressemblait à une saucisse.

Les semaines passant, nous cessâmes de sortir dîner. Audrey préférait la nourriture que nous avions à la maison et qui était facilement accessible. Je préférais être quelque part où les gens ne se démanchaient pas le cou comme si nous étions un accident mortel sur le bas-côté de la route.

Une nuit, pendant que je compulsais mes livres et magazines, mon regard tomba par inadvertance sur l'horloge. Il était 2 heures du matin. Je ne pus m'empêcher de sourire en songeant à tout le chemin parcouru. Posant ma lecture sur la table de chevet, j'allai à pas de loup jusqu'à la chambre d'Audrey, entrebâillai la porte et risquai un coup d'œil à l'intérieur.

Roulée en boule comme une enfant, elle dormait à poings fermés, et j'eus l'impression de la voir pour la toute première fois.

Sous ces amas de chair, il y avait tout ce que Hope faisait semblant d'être. Quelqu'un de terre à terre. De tendre. D'affectueux. D'humble.

Une fois de plus, je regrettai de ne pas avoir les mots pour exprimer mes sentiments à l'instar de mon père, mais rien ne me vint à l'esprit jusqu'à ce que je m'approche de la fenêtre pour regarder les étoiles.

Audrey se réveilla quelques heures plus tard. Je l'attendais dans la salle à manger, apprêtée avec le soin habituel. Je tirai une chaise et l'aidai à s'asseoir, puis je m'excusai et m'éclipsai dans la cuisine.

Le hors-d'œuvre était un consommé épicé, quelque chose qui allait la booster après un sommeil profond. Heureusement, son apathie se dissipa au bout de quelques minutes. Le plat principal se composait de tendrons de veau avec ce qu'Audrey appelait la « tarte Henry », gratin de pommes de terre, de tomates et d'oignons. Il était suivi d'une salade d'épinards frais aux gésiers sautés. Au moment du dessert, j'esquissai un geste élégant, théâtral en direction du jardin et suggérai d'aller le prendre au frais.

La Grande Ourse brillait suspendue au-dessus des arbres lorsque j'escortai Audrey à travers la treille qui menait au jardin. Encore une fois, je l'aidai à s'asseoir, à la table de pique-nique au milieu des arbres, noyée dans le jasmin de nuit.

On se serait cru dans un monde enchanté.

Au centre de la table, il y avait quatre bougies et un bol en cristal taillé rempli d'une eau pure et limpide avec quelques fleurs d'oranger cueillies sur les treilles alentour. Me penchant, je soufflai les bougies et désignai le bol ; la Grande Ourse dans toute sa splendeur scintillante se reflétait dans l'eau.

« Ma nouvelle meilleure amie, dis-je en levant une cuillère de service en argent, c'est un plaisir pour moi que de te servir un morceau du ciel dans lequel je volais quand j'étais petit. »

Elle garda le silence pendant quelques secondes avant de commencer à s'impatienter, se demandant où était le véritable dessert. Je voulus savoir si elle était heureuse, mais ma question parut la gêner.

« Comparé à il y a six mois, quand on s'est rencontrés, insistai-je, te sens-tu mieux dans ta peau ? »

Elle réfléchit un moment.

« Peut-être.

– Alors, si on est à ce point compatibles dans la mort, imagine un peu toutes les possibilités que la vie a à nous offrir. »

Stupéfaite, elle me regarda avec des yeux de merlan.

« Que cela nous plaise ou non, continuai-je, nous sommes tombés amoureux. Peu importe que ce soit de la nourriture. La plupart des couples n'ont même pas ça en commun au bout de vingt ans de mariage. Au fond, notre amour en sort grandi car c'est quelque chose de pur et qui assure la subsistance de toute la planète.

– Je ne comprends pas ce que tu veux, rétorqua-t-elle.

– Du temps. Je veux que tu reprennes une alimentation saine et équilibrée, que tu retrouves la forme et que tu vives. »

Elle se recula sur le banc.

« L'idée de passer le reste de ma vie avec toi me fait plus envie qu'un gâteau à la crème. »

Un instant, je crus lire la résignation sur son visage, un calme comme quand on arrive à destination après un long vol plein de turbulences.

Je me trompais.

Levant le bol au-dessus de sa tête, Audrey le fracassa contre une pierre.

« Je ne te connais pas.

– Je ne te connais pas non plus, répondis-je.

– Arrête de me copier ! Tu me prends pour une buse ? Tu crois que je ne sais pas qu'un accord verbal peut être contraignant ? Je pourrais te coller un procès au cul !

– Si on buvait un autre verre de vin ? proposai-je.

– Tu essaies de me saouler pour que je consente à quelque chose qui ne me convient pas. Ben, tu peux toujours te brosser. Je ne te connais peut-être pas, mais je me connais, bordel ! »

Elle rentra en trombe dans la maison, monta dans sa chambre et refusa de sortir tant que je ne respecterais pas notre contrat d'origine.

Trois jours plus tard, Audrey continuait à bouder, retranchée dans la chambre. Je fis venir des déménageurs pour enlever le frigo à porte vitrée et le remplacer par un modèle plus classique, avec un compartiment congélateur, comme dans mon enfance. Malgré sa plus petite taille, il pouvait contenir une foule de provisions. Le plus gros inconvénient de son design était aussi son plus gros avantage. Il fallait se baisser pour accéder aux denrées les plus courantes.

Ce n'était pas du *high impact aerobic*, mais c'était un début.

Quand Audrey finit par émerger, j'étais au travail. Elle téléphona, hurla, et je l'entendis casser des choses d'un bout à l'autre de la maison.

Elle voulait voir sa nourriture.

Cela dura deux semaines. M. Davidow ne savait plus à quel saint se vouer.

Puis, un vendredi après-midi, les appels cessèrent.

Ce soir-là, lorsque je descendis du train, Audrey m'attendait sur le quai. Elle avait réfléchi à ce que j'avais dit et s'était rendu compte que j'avais raison. L'amour de la bonne chère était un lien que peu de gens avaient le privilège de partager. Elle s'excusa pour sa conduite.

Comme avec Arthur, nous devînmes inséparables, un vrai couple soudé à la mode de Lone Star, et menâmes la vie dont Vivienne avait rêvé quand elle avait rencontré mon père.

Tandis que je travaillais dur pour regagner la confiance de M. Davidow, Audrey s'employait à regagner la mienne.

Elle se mit à tondre la pelouse tous les dimanches car elle raffolait de l'odeur d'herbe fraîchement coupée.

Elle adorait les parfums du chèvrefeuille et du jasmin de nuit. Ils lui libéraient l'esprit de tout ce qu'elle considérait comme mesquin et petit.

Si elle voyait passer un oiseau, elle observait ses ailes minuscules battre dans le vent.

Elle s'émerveillait devant les rayons du soleil qui brillaient, tels des diamants, dans la rosée matinale.

Elle remit en état mon tour et répara ma tonnelle.

La seule chose que je ne comprenais pas, c'est pourquoi, dans les mois qui suivirent, je fondis alors qu'Audrey continuait à s'arrondir.

Je n'achetais que de la nourriture bio. Plus de viande rouge, plus de pain, plus de sauces riches en calories.

Quelques féculents.

Beaucoup de légumes.

Fromage allégé en sel et rien de sucré.

Plus elle grossissait, moins elle était inhibée. En rentrant à la maison, je la trouvais en train de se pavaner nue devant la grande psyché dans ma chambre, de tortiller des fesses et de chantonner comme une petite fille. J'en fus gêné au début, mais elle le faisait si souvent que je m'y habituai.

Avec Hope, la nudité n'était pas quelque chose qui allait de soi. Dieu sait que j'aimais ça, mais en même temps, j'avais l'impression d'empiéter sur son intimité.

Avec Audrey, cela semblait être son état naturel.

Pendant qu'elle dormait, je me replongeais dans ma collection de livres et de magazines. Je cherchais les aliments recommandés par l'Association américaine du cœur. Dans la mesure où Audrey mangeait de tout, ce n'était pas comme se retrouver en cure de désintoxication où l'on est brusquement privé de ce qui nous est le plus cher. La modération, d'un autre côté, était un effort constant, comme réapprendre à marcher après un grave accident. On espère recouvrer l'usage de ses jambes et pouvoir bouger comme avant sans avoir à penser « une, deux, une, deux » ni si c'est le moment de poser le pied droit devant le pied gauche.

Je cessai de faire à manger avant d'aller au travail. Petits déjeuners normaux. Déjeuners normaux. Pas d'en-cas entre les deux. Je cessai d'appeler pour donner des instructions. Je téléphonais toujours pendant les pauses, mais seulement pour lui dire combien elle me manquait, comme le ferait n'importe quel homme marié de Lone Star.

Sa conduite à elle, en revanche, devenait de plus en plus bizarre.

Un soir, alors que je m'étais coupé un orteil avec un éclat de verre, elle sourit, s'adossa aux placards de cuisine et dit : « Tu n'as qu'à le mettre sur la table, et je te le lécherai, chéri. Dieu sait que j'ai tenu pire dans ma bouche. »

Elle commença à m'appeler « mon chou » et « bébé » et à employer un langage cru durant nos conversations téléphoniques. Elle était nue. Elle était couchée sur le lit en train de se caresser. J'avais la plus grosse queue qu'elle ait jamais vue, et rien que d'y penser, elle mouillait comme une malade.

Je tâchais de ne pas m'attarder sur ses propos après avoir raccroché, mais c'était beaucoup plus dur que d'essayer d'ignorer un ragoût de légumes ou un caviar d'aubergine.

Mes objectifs et mes calculs stratégiques cédaient la place à une érection si raide et douloureuse que les yeux me sortaient de la tête.

Je décidai de travailler à l'heure du déjeuner sans téléphoner à la maison, et je voyais bien à l'expression de M. Davidow qu'il appréciait mon sacrifice.

Un jour, il vint me voir plusieurs fois à mon poste pour me dire qu'il aurait à me parler après le service.

Comme c'était la première fois, j'en déduisis que j'allais être renvoyé.

Je l'avais déçu, comme toutes les autres personnes qui avaient compté dans ma vie.

Ça, c'était une certitude.

En me dirigeant vers son bureau, je me sentais comme un condamné en route pour le gibet. M. Davidow me pria de fermer la porte derrière moi. J'obtempérai, me préparant à accueillir la mauvaise nouvelle. Au lieu de quoi, il me serra la main et me félicita d'avoir remis de l'ordre dans mes affaires. Il avait connu beaucoup d'hommes au fil des années, personnellement et professionnellement, qui avaient perdu le sens des priorités et ne s'en étaient jamais remis.

Puis il m'annonça quelque chose qui me prit complètement au dépourvu. À la suite des nombreuses plaintes déposées au nom de la sécurité des passagers, on le poussait à prendre sa retraite. À dire vrai, il s'y attendait depuis longtemps. Les lois qui protégeaient les lanceurs d'alerte ne s'appliquaient pas à lui, mais compte tenu de sa longue carrière, on lui offrait une porte de sortie avant que les choses ne se gâtent sérieusement.

Tout ça n'était pas bien grave, m'assura-t-il. L'excitation des débuts n'y étant plus, il était prêt à se retirer. Il avait beau paraître convaincant, je sus qu'il mentait, ne serait-ce qu'à lui-même.

Il me recommandait pour lui succéder.

Abasourdi, je l'écoutai m'expliquer que j'étais le seul à prendre le travail aussi au sérieux que lui. J'étais le seul en qui il avait confiance. J'étais celui qu'il savait que je deviendrais depuis le jour de notre rencontre.

À cet instant, je passai de l'enfance à l'âge adulte, et j'eus du mal à ne pas crier la joie qui me gonflait la poitrine.

Pour la première fois, je me sentais plus vrai que nature.

Finalement, moi aussi j'étais irréprochable.

En sortant, je courus au terminal international et achetai une bouteille de champagne.

Mon train entra en gare de Lone Star une heure plus tard, et je sautai littéralement sur le quai. J'avais hâte d'annoncer la nouvelle, de savourer ma réussite, mais Audrey n'était nulle part en vue.

Quand mon taxi s'arrêta devant la maison, je fus surpris de voir toutes les lumières allumées, comme si Audrey donnait une fête, mais sitôt la porte franchie, je sentis qu'il y avait anguille sous roche.

« Ohé ? »

J'entendis un bruit dans la cuisine, y trouvai le robinet ouvert et mis de l'eau à chauffer pour la tisane.

« Ohé ? »

Au début, je ne distinguai que le bruissement des grillons dans les feuilles mortes. Leur murmure montait et retombait avec le vent. Puis je captai un autre son, difficilement identifiable, mais qui ne présageait rien de bon.

Le visage en feu et le cœur battant, je longeai à pas feutrés le couloir qui menait à la chambre, redoutant ce que j'allais découvrir. Je poussai la porte et eus l'impression de recevoir un coup de poing dans l'estomac.

« Comment as-tu pu me faire ça ?! »

Vautrée sur notre matelas avachi, Audrey évita mon regard comme quelqu'un qui se sent coupable, mais sans cesser de piocher dans la dizaine d'assiettes disposées devant elle.

Tartine chaude au bleu des Causses.

Tranche de gigot d'agneau à la crème d'ail.

Raviolis au saumon fumé et au beurre blanc à l'aneth.

Gnocchis à la mousse d'épinards et de ricotta.

Cheveux d'ange au fromage de chèvre, brocolis et pignons grillés.

Riz au lait.

Flan à l'ananas frais et tourte de blettes.

Chaque bouchée baignait dans la crème fraîche et le beurre ; chaque plat était exactement comme je lui avais appris à le préparer.

« Ne touche pas au flan », se borna-t-elle à dire, la voix crispée, tout en continuant à s'empiffrer.

Pétrifié, je la regardais avaler sans mâcher. Lorsque mon pouls fut revenu à la normale, je brandis la bouteille et expliquai ce qui m'arrivait.

« J'avais envie de fêter ça. »

Audrey prit la bouteille, dévissa le bouchon avec ses doigts boudinés et pouffa quand le liquide déborda sur sa main, puis sur la moquette en longues giclées pétillantes.

« Allons faire un tour, suggérai-je, m'efforçant de garder mon calme et de parler sans élever le ton.

– Je ne peux pas.

– Pourquoi ? »

Elle abaissa la bouteille, et son expression fraîchit.

« J'ai des responsabilités. »

Une demi-heure plus tard, nous roulions à travers une zone déserte, à l'abandon, tout l'opposé de ce qui faisait le charme de Lone Star Springs.

Il n'y avait pas d'herbe.

Pas de collines.

Pas d'eau.

Les rues étaient jonchées de détritus.

Les monts-de-piété étaient plus nombreux que les banques. On rencontrait plus d'entrepôts délabrés que d'arbres, et les sans-abri, tapis dans les ruelles, tiraient sur les mégots jetés par d'autres fumeurs.

Nous étions arrêtés à un feu rouge quand un cabriolet Mercedes flambant neuf freina à notre hauteur. Sitôt qu'Audrey le vit, son visage s'illumina comme si elle avait gagné au loto.

« Quand je serai riche et célèbre, déclara-t-elle, j'aurai une voiture comme celle-ci. Je ne relèverai jamais le toit, même s'il pleut, pour que tout le monde me voie. »

Le feu passa au vert, et la Mercedes démarra, faisant jaillir une pluie de gravillons. Audrey la suivit des yeux comme une mère qui regarde partir son enfant le jour de sa première rentrée scolaire. Alors seulement elle se confia à moi ainsi qu'elle l'avait fait le soir de notre rencontre.

Son gros chagrin à elle n'avait rien à voir avec le mien.

Elle m'expliqua qu'elle avait été virée du BBW, une boîte de strip-tease pour amateurs de femmes obèses. Suite aux nombreuses plaintes des clients, le patron s'était séparé d'elle à contrecœur parce qu'elle n'était pas assez grosse.

Après que je lui eus servi la Grande Ourse, que je l'eus convaincue que la vie valait la peine d'être vécue, elle se rendit compte que tout n'était pas perdu. Si elle continuait à manger, si elle prenait vingt kilos de plus, elle pourrait récupérer sa place. Elle était trop jeune pour se fixer de toute façon, surtout dans un bled paumé comme Lone Star Springs. Elle ne voulait pas se dire, arrivée à vingt-cinq ans, qu'elle avait sacrifié son rêve de devenir une star, le glorieux destin auquel elle était promise, alors qu'elle avait été à deux doigts de le réaliser.

« Vingt-cinq ans ? »

Elle hocha la tête.

« Mais quel âge as-tu ?

– Je suis assez vieille pour avoir des belles choses », répondit-elle fièrement.

Jusqu'ici, je n'aurais pas pensé à associer le mot « vieille » à la notion de beauté.

« J'ai dix-neuf ans, finit-elle par avouer. À mon âge, maman était déjà divorcée deux fois. »

Nous poursuivîmes le trajet en silence, puis elle me dit de tourner à gauche devant le Circuit City, un magasin d'informatique et de jeux vidéo qui avait fait faillite. Elle m'enjoignit de tourner à nouveau dans le parking du BBW ; je me garai à côté d'une limousine dont le chauffeur était en train de fumer un joint devant un salon de tatouage à côté d'une galerie de jeux d'arcade.

Peint en orange vif, le club était construit entièrement en béton, sans fenêtres. Maintenant que j'y pense, il avait une chose en commun avec Lone Star Springs. Leur marketing était d'enfer.

« Numéro un du sein dans le Midwest. »

« Qu'est-ce qu'on vient faire ici ? demandai-je.

– C'est là qu'est le pognon. »

Audrey claqua la bise au videur athlétique à l'entrée et m'entraîna dans un couloir orné de posters de filles nues, deux cents kilos et plus, dans des postures si peu naturelles qu'elles en semblaient inhumaines, leurs parties intimes cachées par des cercles de papier mal découpés.

Pas d'horloges, comme à Vegas.

L'endroit était bondé, même si d'après Audrey c'était une petite affluence à cause des alertes d'orage.

Sur la scène de la grande salle, deux filles portant en tout et pour tout des talons de dix centimètres exécutaient ce qui ressemblait à une danse tribale, tournoyant sur une musique saturée de basses. Leur public se composait de cow-boys de haute taille, à l'allure intimidante et au regard d'acier, qui souffraient du complexe de Napoléon et avaient la même expression qu'Audrey quand elle avait faim.

Pendant que nous nous frayions un chemin vers une table au premier rang, je commençai à dire « pardon », puis arrêtai de peur de déclencher une bagarre.

Jouer des coudes.

Ça, c'était une attitude virile qui inspirait le respect.

Ces hommes-là étaient différents de ceux avec lesquels j'avais grandi à Lone Star Springs. C'étaient des ouvriers dont la force tenait à leur dur labeur et non au fait de s'échiner sur un rameur dans leur salon. Des hommes qui avaient commis des erreurs, n'avaient rien appris et qui s'en fichaient. Des hommes qui se raccrochaient à la violence comme Vivienne à Dieu, la rage à fleur de peau ; ça pouvait exploser d'un instant à l'autre, et je serais incapable de l'empêcher.

Certains d'entre eux avaient reconnu Audrey et l'interpellaient avec entrain.

« Bella ! »

Leur seul avantage, de mon point de vue, c'est qu'ils n'allaient pas prêcher la morale et la religion comme ceux de Lone Star Springs.

Mais... jamais ils ne sauraient préparer des gnocchis à la mousse d'épinards et de ricotta.

Électrisée par les applaudissements, Audrey rejeta ses cheveux en arrière, sauta sur la scène et se mit à danser avec les deux autres, se tortillant comme elle le faisait devant ma psyché et enlevant maladroitement ses vêtements un à un.

Pour ne rien arranger, je connaissais la chanson.

L'interminable frisson
De l'attente.
Qui me nargue implacablement.
Mes oreilles
Occultent le bruit
Des longues et lourdes enjambées.
Bras ballants quand il marche
Comme s'ils étaient suspendus
Avec l'interdiction
De toucher son propre corps.

« Arrête », hurlai-je, mais elle s'était déjà tournée vers quelqu'un d'autre.

Même si elle avait regardé dans ma direction, il lui aurait été quasiment impossible d'entendre ce que je disais.

« Viens, on rentre à la maison ! »

J'avais l'impression de disparaître, de rapetisser un peu plus à chaque note assourdissante.

« Je suis heureuse, cria-t-elle, plus intéressée par le tempo que par mes discours.

– Je ferai rapporter le réfrigérateur. »

Je grimpai sur la scène et lui saisis le poignet.

« Viens, on rentre.

– Je n'ai plus besoin d'écouter tes conneries. »

Sur ce, quelqu'un m'empoigna par-derrière et me traîna vers la sortie. Le videur. Il était encore plus costaud qu'il n'en avait l'air, et je n'eus pas la force de résister, ni l'envie du reste car ses gros bras devaient faire très mal.

Une fois dehors, il me jeta sur la chaussée, et je glissai sur un bon mètre de distance, le nez sur le bitume, comme un galet à la surface d'un étang.

« Personne ne touche à mes filles ! »

Je crus que c'était fini, mais il me rejoignit en deux enjambées et m'asséna un coup de pied dans les côtes.

« Si tu reviens, je briserai tous les os de ta vilaine carcasse. Compris, mec ? »

Pas la peine d'avoir inventé le fil à couper le beurre.

« Regarde-moi quand je te cause ! »

J'avais le nez en sang et la pommette droite explosée. Cependant, ce n'était pas le pire. Le pire, c'est quand j'aperçus mon sang, mon ADN durement gagné, sur la manche de la veste qui m'avait protégé autrefois.

Sur le chemin du retour, je fus pris de nausées comme le soir où Hope était partie. J'avais mal aux jambes. Je respirais avec difficulté. J'avais les mains qui tremblaient.

Peggy avait-elle ressenti la même chose en traversant nue le hall de l'hôtel ? Je la comprenais maintenant. C'était bien plus facile de péter un câble que je ne l'imaginais, une simple question de lit – ou d'absence de lit – auquel se cramponner au moment où le monde chavirait.

À ce stade-là, j'aurais pu tout naturellement rejeter la faute sur Dieu. Il avait brisé la vie de Vivienne. Et celle de Peggy. Sans parler de Son Fils sacrificiel. Il n'y avait nulle raison de croire que je passerais à travers les mailles du filet, mais même Dieu ne pouvait être tenu pour responsable de la cervelle d'une fille de dix-neuf ans, chose que mon père m'avait serinée à maintes occasions.

« Tout ce que tu peux attendre d'une fille jeune, c'est qu'elle y mette du sien. »

Une personne, une seule, était responsable de mes malheurs, et ce en dehors de toute intervention divine.

Hope.

Si elle n'était pas entrée dans ma vie, rien de tout ceci ne serait arrivé.

HOPE HOPE HOPE HOPE HOPE HOPE HOPE HOPE
HOPE HOPE HOPE HOPE HOPE HOPE HOPE HOPE
HOPE HOPE HOPE HOPE HOPE HOPE HOPE HOPE
HOPE HOPE HOPE HOPE HOPE HOPE HOPE HOPE
HOPE HOPE HOPE HOPE HOPE HOPE HOPE HOPE
HOPE HOPE HOPE HOPE HOPE HOPE HOPE HOPE
HOPE HOPE HOPE HOPE HOPE HOPE HOPE HOPE
HOPE HOPE HOPE HOPE HOPE HOPE HOPE HOPE
HOPE HOPE HOPE HOPE HOPE HOPE HOPE HOPE
HOPE HOPE HOPE HOPE HOPE HOPE HOPE HOPE
HOPE HOPE HOPE HOPE HOPE HOPE HOPE HOPE
HOPE HOPE HOPE HOPE HOPE HOPE HOPE HOPE
HOPE HOPE HOPE HOPE HOPE HOPE HOPE HOPE
HOPE HOPE HOPE HOPE HOPE HOPE HOPE HOPE
HOPE HOPE HOPE HOPE HOPE HOPE HOPE HOPE
HOPE HOPE HOPE HOPE HOPE HOPE HOPE HOPE
HOPE HOPE HOPE HOPE HOPE HOPE HOPE HOPE
HOPE HOPE HOPE HOPE HOPE HOPE HOPE HOPE
HOPE HOPE HOPE HOPE HOPE HOPE HOPE HOPE
HOPE HOPE HOPE HOPE HOPE HOPE HOPE HOPE
HOPE HOPE HOPE HOPE HOPE HOPE HOPE HOPE
HOPE HOPE HOPE HOPE HOPE HOPE HOPE HOPE
HOPE HOPE HOPE HOPE HOPE HOPE HOPE HOPE
HOPE HOPE HOPE HOPE HOPE HOPE HOPE HOPE
HOPE HOPE HOPE HOPE HOPE HOPE HOPE HOPE
HOPE HOPE HOPE HOPE HOPE HOPE HOPE HOPE
HOPE HOPE HOPE HOPE HOPE HOPE HOPE HOPE
HOPE HOPE HOPE HOPE HOPE HOPE HOPE HOPE
HOPE HOPE HOPE HOPE HOPE HOPE HOPE HOPE
HOPE HOPE HOPE HOPE HOPE HOPE HOPE HOPE
HOPE HOPE HOPE HOPE HOPE HOPE HOPE HOPE
HOPE HOPE HOPE HOPE HOPE HOPE HOPE HOPE
HOPE HOPE HOPE HOPE HOPE HOPE HOPE !

Pendant que je criais son nom encore et encore, un lièvre de la taille d'un petit terrier surgit sur la route. Je donnai un brusque coup de volant à gauche, traversai le terre-plein, fonçai dans le champ et tentai de le percuter.

L'herbe paraissait compacte, mais dessous, c'était de la boue, au moins sur sept à huit centimètres de profondeur, et je m'enlisai. Je fis osciller la voiture d'avant en arrière, en vain. Je glissai des branches sous les roues… ça ne marchait pas non plus. Elles étaient trop petites. Du coup, je cherchai un morceau de bois suffisamment grand pour me fournir de la traction.

Les arbres étaient encore en bourgeons, si bien que malgré l'heure tardive, on y voyait encore clair, et loin. Cela me rappela le bon vieux temps, et soudain, j'eus envie de faire quelque chose qui me manquait cruellement.

Je courus aussi vite que je pus.

Je gambadai dans les hautes herbes et bondis par-dessus les arbres couchés. Je sautai en l'air. Je feignis d'attraper un bâton dans ma bouche et de chasser les jaguars. Mes yeux voyaient tout, mes oreilles entendaient tout.

Tout sauf une souche pourrie couverte de champignons vénéneux.

Je perdis pied et m'étalai. Même si mes mains amortirent la chute, je tombai comme une masse, déchirai mon pantalon au genou et me tordis la cheville. Affalé à terre, je maudissais ma maladresse quand j'entendis un bruit qui ne m'était pas familier. Je regardai à l'intérieur de la souche et vis deux chatons, âgés de quelques semaines tout au plus, blottis l'un contre l'autre pour se réchauffer et se protéger des dangers du monde. L'un des deux était tout blanc comme Hope le jour de son départ. L'autre avait un pelage tigré, avec les mêmes marques qu'Arthur. Ses yeux aussi avaient la même teinte jaunâtre. Je les pris doucement et les mis chacun dans une poche de ma veste avant de repartir en quête de bois.

Une fois à la maison, je cherchai sur Internet la meilleure façon de soigner les animaux abandonnés.

Les premiers mois de la vie d'un chat, découvris-je, étaient les plus importants en termes de croissance et de développement. En l'absence de la mère, je devais agir vite si je voulais que les chatons restent en vie.

Je réunis quelques vieilles serviettes suffisamment épaisses pour les tenir au chaud, absorbantes et dépourvues de fils dans lesquels ils risquaient de s'empêtrer. Je sécurisai la maison, fermant les placards, les cagibis et rabattant les couvercles des toilettes. Je me rendis chez Pet Smart, la nouvelle animalerie à Majestic Meadows, et achetai des biberons, une énorme boîte de lait maternisé riche en protéines, une litière mécanique autonettoyante et un grattoir pour qu'ils se fassent les griffes ailleurs que sur les meubles.

Je montai la garde vingt-quatre heures sur vingt-quatre, vérifiant et revérifiant les couvertures, m'assurant qu'ils respiraient correctement.

Je potassai des livres et des revues vétérinaires qui parlaient de puces et de parasites.

Je les caressais doucement, leur frottais le dos, passais la main sur leur minuscule poitrine, faisais courir mes doigts le long des muscles et appendices, les massais en profondeur jusqu'à ce qu'ils miaulent et roucoulent.

Bientôt, ils se mirent à grimper partout, à faire leur toilette et à chahuter ensemble. J'étais stupéfait de la rapidité avec laquelle ils s'étaient approprié leur territoire. Le petit tigré, un mâle, était plus affectueux que sa sœur qui était aimante, mais sur son quant-à-soi. Elle aimait bien être près de moi, mais sans forcément me coller. Lui, en revanche, me suivait de pièce en pièce, prêt à attendre le temps qu'il fallait si je fermais la porte derrière moi. Sitôt que je me posais, il se catapultait dans les airs, atterrissait sur ma poitrine ou mes genoux, levait les yeux sur moi et se mettait à ronronner comme la Cadillac de papa.

Il dormait également avec moi.

Lové le plus près possible, tandis que sa sœur préférait le plancher. Évidemment, j'étais aussi ravi de leur compagnie qu'ils l'étaient de la mienne.

J'enfouissais le nez dans leur pelage.

Je les grattais derrière les oreilles.

Je leur pétrissais le ventre, comme ils le faisaient avec moi, les imitant quand ils avaient envie de téter.

Nous cavalions après les balles de ping-pong et les bobines en bois.

Nous regardions les émissions de voyage, même s'ils étaient plus intéressés par les lueurs mouvantes sur l'écran que par leur contenu.

Nous nous lancions dans des courses folles à travers la maison.

Je leur lisais du docteur Seuss, tout sur son chat pas comme les autres : ils adoraient.

Au contraire de Hope et Audrey, leurs yeux étaient d'un jaune rayonnant.

Au contraire de Hope et Audrey, ils ne picoraient pas dans leur assiette ni gobaient la nourriture façon aspirateur ; ils préféraient manger des petites portions plusieurs fois par jour.

Contrairement à Hope et Audrey, ils étaient capables de s'élancer de très haut et, après un saut périlleux, retomber sur leurs pattes.

Ce dernier trait m'enchantait tout particulièrement.

À la fin de la troisième semaine, j'allai à Dallas et leur achetai à chacun une souris avec de l'herbe à chat qui disait « Je t'aime » quand on lui appuyait sur le ventre, ce qui ne m'empêcha pas de les surveiller, guettant le moindre signe d'addiction.

Je ne me sentais plus seul.

Pour la première fois de mon existence, je découvrais le luxe d'aimer sans souffrir. Qui plus est, mes compagnons tenaient la population des rongeurs à distance.

Cela n'allait pas plus loin.

Le seul inconvénient, c'est quand je partais travailler. J'avais l'impression d'être amputé d'une partie de moi-même, comme si je m'étais réveillé avec une jambe ou un bras en moins. En rentrant, je les trouvais toujours assis sur le canapé face à la fenêtre ; ils m'attendaient, fascinés par l'univers auquel je les avais soustraits. Je compatissais, mais n'avais aucune intention de les lâcher dans la nature.

Rien de bon ne les attendait dehors.

La pluie tombait sans discontinuer ce jour-là, quand je rentrai du travail avec un sac de litière de vingt-cinq kilos. Je montai le ranger au grenier, sans me douter que le toit ignifugé commençait à jouer et à se disloquer, provoquant des fuites qui ruisselaient sur les murs et endommageaient les plâtres et le plancher. Lorsque j'ouvris la porte du grenier, les cartons et les souvenirs baignaient dans cinq centimètres d'eau. La robe de mariée de Vivienne, tachée et jaunie, flottait telle une adolescente se prélassant dans la piscine d'un motel.

Les objets de mon enfance suivaient dans le désordre.

Pyjama en flanelle avec cow-boys jouant de la guitare.

Nounours avachi jaune et brun, dont l'œil gauche pendait à un fil.

Badge bleu avec l'inscription « Félicitations, c'est un garçon ».

Je repêchai le tout du mieux que je pus et redescendis pour examiner de près ce qui pouvait être sauvé. En attendant le plombier, j'allai jeter un dernier coup d'œil pour m'assurer de n'avoir rien oublié.

C'est alors que je l'aperçus.

Tapi dans un coin, il y avait un dernier carton, fatigué mais sec. Je ne l'ouvris qu'une fois dans la cuisine, et son contenu me laissa sans voix.

Sur le dessus se trouvait le bulletin scolaire de mon père, classe de terminale. Rien que des A, à l'exception d'un A+ en arts plastiques. Il était fixé à une poupée de ventriloque, Jerry Mahoney si je ne m'abuse. Dessous, il y avait deux lettres, une ouverte, une cachetée, et une toile roulée avec un élastique autour.

Je posai la poupée et les lettres sur la table de cuisine avant de retirer l'élastique et de dérouler la toile.

C'était un dessin exécuté alors que mon père avait seize ans, à en juger par la date, le portrait du vieillard qu'il pensait devenir… une réalisation remarquable pour quelqu'un de son âge.

Le visage était dans l'ombre, et partiellement dissimulé par un chapeau qui semblait faire partie de lui, un chapeau ceint d'un fin ruban rouge. Rabattu sur les yeux, il n'arrivait cependant pas à cacher les cernes gros comme un dollar en argent.

Les années imaginaires avaient laissé leur empreinte.

La douleur de mon père, sa tristesse, ses batailles s'affichaient au grand jour.

Mais il y avait autre chose que de la souffrance.

On reconnaissait bien le garçon, le bon parti, celui que tout le monde aimait parce qu'il était capable de détendre l'atmosphère dans n'importe quelle situation.

On captait les choses qui lui tenaient à cœur.

L'imagination.

La passion.

La fantaisie.

Je ne pense pas que Dwight ait vu ce portrait. Sinon il n'aurait jamais tenu ces propos-là. Et il n'aurait pas été déçu non plus car le visage vieilli de mon père reflétait les valeurs que Dwight chérissait par-dessus tout.

Le bon sens.

Le dévouement.

Une absence totale de vanité et d'affectation.

Tout d'abord, je crus que c'était sa manière d'affronter sa propre mortalité : il ne s'attendait pas à vivre au-delà de trente-trois ans. J'imaginai aussi que c'était une façon de conjurer le sort. S'il pouvait se représenter vivant jusqu'à un âge avancé, son vœu deviendrait peut-être réalité. Pour finir, je m'arrêtai sur une hypothèse plus plausible.

Jack ne supportait pas l'idée de connaître la déchéance physique et psychique au crépuscule de sa vie.

La fragilité.

L'atrophie.

Et ne parlons pas de pensée positive ni d'acceptation, vu qu'on ne pouvait ni le réparer ni le renover.

C'était fichu d'avance.

Pas terrible, comme scénario, pour un jeune garçon ou un représentant de commerce.

J'étalai avec précaution le dessin sur la table et lestai les coins avec la salière et le poivrier, avant de sortir la lettre de son enveloppe ouverte.

D-TANNERIE Sarl
Traitement cuirs et peaux
15, cours du Porc-Épic,
Waxahachie, Texas

Cher Jack,

Je devrais être au travail en train de passer les commandes pour la rentrée. Au lieu de quoi, j'ai jugé nécessaire de m'asseoir pour écrire ceci. Si c'était quelque chose de nouveau, je n'aurais pas perdu mon temps. Mais ce sont des choses que tu as déjà entendues et qui, visiblement, n'ont pas laissé la moindre trace sur ton armure têtue et curieusement résistante.

Tu as quatorze ans. Quatorze ans, c'est très jeune. Mais compte tenu de ta maturité physique et morale, ta mère et moi te traitons comme quelqu'un de plus vieux. Nous t'emmenons avec nous et te faisons faire des choses que, à notre sens, tu es capable de gérer. Et tu te montres à la hauteur, sauf sur un point.

Le sexe.

Je me souviens, maman est descendue une nuit et t'a trouvé dans les bras d'une fille. Ce n'était pas plaisant pour elle de voir deux jeunes se conduire de cette façon-là, crois-moi.

Pour toi, c'est un signe de virilité. Pour nous, c'est le comportement d'un enfant qui veut prouver qu'il est un homme.

Les temps changent. Les normes aussi. Pas la morale.

Je te redis encore une fois toute ma déception. J'étais sûr de pouvoir compter sur toi pour aider ta mère pendant que je travaillais si dur. Au lieu de cela, tu lui causes du souci. Ce n'est pas juste. Vois-tu, je suis ce qu'elle a de plus cher au monde. C'est réciproque, bien entendu, et la séparation nous pèse. Elle sait, Dieu merci, que c'est nécessaire et accepte ce sacrifice de bon cœur.

Pour ton bien, pour le mien aussi, j'espère qu'un jour tu suivras son exemple à la lettre.

Je te quitte sur quelque chose que mon père m'a raconté quand j'avais ton âge.

C'est l'histoire d'un homme qui a été renversé par une auto. Bien que souffrant terriblement, il a refusé d'aller à l'hôpital. Plus tard, on a su pourquoi. Ce jour-là, il ne s'était pas lavé les pieds et il avait honte à l'idée que quelqu'un voie la crasse. L'analogie, à mes yeux, c'est que tu peux toujours te retrouver dans une position où tu dois montrer ce qu'il y a sous tes vêtements. Ne te laisse pas prendre avec de la crasse, même dans tes poches. Les gens feraient le rapprochement avec ta mentalité, et ça, c'est dur à faire oublier.

Papa

Cette lettre avait été écrite deux semaines avant le quinzième anniversaire de Jack parce que sa mère avait trouvé une boîte non entamée de préservatifs dans la poche de son pantalon.

C'était aussi un mois avant qu'elle ne se rende à Majestic Meadows : elle était allée chercher un repas à emporter et n'était jamais revenue, s'étant enfuie en Italie avec Alberto, un serveur rencontré pendant qu'elle commandait une grosse pizza aux trois fromages.

Tandis qu'elle patientait, Alberto lui montra la lettre d'une bonne amie, Ilona Staller, dite « la Cicciolina », une ex-star du porno élue au Parlement italien et qui avait proposé de coucher avec Saddam Hussein en échange de la libération de tous les otages étrangers.

Bluffée, la maman de Jack s'envoya en l'air avec Alberto dans son camion de livraison garé devant le restaurant. Il aurait pu s'agir d'un simple moment d'égarement si, alertés par les hurlements, les voisins inquiets n'avaient pas appelé la police.

À partir de ce jour, Dwight ne prononça plus jamais son nom.

La lettre cachetée était adressée à moi. Elle était de mon père... je reconnus son écriture sur-le-champ.

Mon très cher Henry,

Depuis quelques semaines, j'essaie de trouver le courage de te parler, mais pour une raison ou une autre, je n'y arrive pas. Tu as beau jurer que tu vas très bien, il y a quelque chose que je reconnais dans ta voix, un abattement qui m'a poursuivi toute ma vie.

Il y a des années, j'ai rencontré une serveuse qui m'a catalogué dès notre premier rendez-vous. Elle a employé un mot allemand dont je ne me souviens plus. Mais je me souviens de ce qu'il signifiait : « le poids du monde ». Elle a dit que j'avais l'air de le porter sur mes épaules.

Il y avait de quoi. Quelquefois, c'était à cause d'une fille. Quelquefois, c'était parce que j'avais l'impression d'avoir raté ma vie. Ou parce que je faisais mon possible pour accomplir quelque chose et que j'échouais. Ou parce que j'avais trop peur de me lancer.

Le plus souvent, c'était à cause de mon père.

Je ressens encore ce poids de temps en temps,

c'est pourquoi je ne veux pas que ça t'arrive, et encore moins par ma faute.

Je ne sais pas si ça va te servir, mais vivre à tes côtés m'a fait comprendre deux ou trois choses que je regrette de ne pas avoir découvertes plus tôt. Tout est possible. Si tu fais de ton mieux et que tu échoues, recommence. Ce n'est pas un drame. Personne n'aime se prendre des gamelles, mais ça fait partie de la vie. Le truc, c'est ce que tu fais une fois que tu t'es remis debout.

En même temps, le bonheur n'a pas grand-chose à voir avec le succès, les filles ni même les pères. C'est ce que tu ressens quand tu te réveilles le matin et que tu regardes le monde en face. C'est ce que tu ressens quand tu te couches le soir et que tu fermes les yeux.

Si tu salues le nouveau jour et le quittes en sachant que tu as fait de ton mieux, tu peux commencer le suivant avec le sourire.

J'ai conscience de m'être planté parfois et d'avoir fait des choses qui t'ont rendu malheureux, mais je voudrais que tu saches ceci. Je te trouve formidable. Tu es un gamin extraordinaire. Une personne extraordinaire. Un cœur d'or.

Tout ce que je veux, c'est que tu te réveilles le plus souvent avec le sourire.

Je t'aime énormément.

Papa

Reprenant depuis le début, je relus la lettre lentement, comme si c'était le livre le plus précieux de Peggy.

D'une façon ou d'une autre, j'étais résolu à me réveiller chaque matin avec le sourire.

La femme qui entra dans la quincaillerie ce mercredi après-midi n'avait rien de spécial. De loin, elle était habillée et coiffée comme n'importe quelle ménagère de Lone Star. Elle déambula sans hâte dans les rayons, prenant son temps pour examiner l'outillage électrique, les ventilateurs de plafond et les raccords de tuyaux. Chaque fois qu'un vendeur l'approchait, elle le congédiait poliment sans lui laisser le temps de proposer ses services ; elle préférait se débrouiller seule. Mais quand elle se dirigea vers le fond du magasin, ces mêmes vendeurs remarquèrent une différence. L'ourlet de sa robe était déchiré. Le vernis rouge sur ses ongles était inégal et écaillé. Ses chaussures étaient éculées, le talon droit fendu en deux, avec des traces de colle débordant de la fissure.

Ils ignoraient en revanche que dans ses poches, il y avait les factures impayées d'électricité et de téléphone, des catalogues de Noël et, soigneusement pliée, la notice nécrologique du général Ethan Parks.

Au rayon gadgets, elle attrapa une petite boîte à gâteaux métallique et la fourra dans son sac. Arrivée au comptoir de la poste, elle sourit à la guichetière qui discutait avec une stagiaire, une fille que j'avais connue au lycée. Occupées à bavarder, les deux femmes ne firent pas attention à elle.

« Noël est une période censée rapprocher les gens, vous ne croyez pas ?

– Bien sûr, répondit la guichetière, se tournant vers la femme qui souriait.

– Même les gens qui se méprisent devraient mettre leurs différences de côté et trouver le moyen de s'entendre.

– Tout à fait », acquiesça la guichetière.

La femme se pressa contre le comptoir.

« Mieux vaut chercher ce que l'autre a d'humain, même s'il n'a pas l'habitude de le manifester.

– Amen, dit la guichetière.

– On devrait respecter quiconque a les couilles de nous tenir tête, mais si quelqu'un touche à notre famille, il aura ce qu'il mérite.

– M'dame ? »

La stagiaire eut un rire nerveux. Tandis qu'elle plaquait sa main sur sa bouche, la femme, toujours souriante, fouilla dans son sac, repoussa la boîte à gâteaux, sortit un pistolet de calibre 22 et lui tira une balle dans la gorge. La guichetière n'eut guère le temps de réagir. La femme souriante l'abattit également. Au moment où la balle lui traversait le crâne pour se loger dans le lobe occipital, elle se souvint vaguement d'une photo dans le portefeuille de son amant, la photo de cette même femme entourée de quatre enfants, trois garçons et une fille. La femme souriante tira deux coups de plus, regardant chaque projectile pénétrer dans le corps qui avait volé son mari et brisé sa vie.

Le temps que la troisième balle ressorte par l'arrière de la tête de la guichetière, sectionnant le tronc cérébral, la photographie avait définitivement disparu.

Julie replongea la main dans son sac pour y prendre une bouteille de Coca remplie d'essence sans plomb. Pendant qu'une femme en bottes de cuir verni se précipitait dehors en hurlant, elle vida le contenu sur sa tête et mit le feu à sa personne.

Les flammes se propagèrent à une vitesse stupéfiante, franchirent le rayon gadgets et jaillirent en rugissant. En l'espace de cinq minutes, des fragments du plafond se mirent à tomber comme des étoiles filantes dans des gerbes d'étincelles, tandis que la peau de Julie noircissait, se crevassait et partait en lambeaux. En dix minutes, les vitres s'illuminèrent et explosèrent. Quand les pompiers arrivèrent, l'incendie avait gagné la station-service Chevron et l'ancienne boîte de mon père ; il n'en restait que la puanteur de la peinture, du caoutchouc, du métal surchauffé et les débris calcinés des fichiers, témoins de la gloire passée de Jack. Le tout cerné par d'immenses langues de feu et de suie ; les colonnes de fumée s'élevaient si haut qu'on pouvait les voir depuis Majestic Meadows.

Il devenait de plus en plus dur de commencer la journée avec le sourire.

Un mois après que le feu eut ravagé une bonne moitié de Lone Star, le gouvernement fédéral décida que la commune ne comptait pas assez d'habitants pour rouvrir un bureau de poste.

Le courrier fut redirigé sur Majestic Meadows qui possédait trois agences. S'ils voulaient leurs lettres et leurs colis, les résidents de Lone Star devaient se rendre dans l'une des trois.

Comme avec Captain Kangaroo, la municipalité organisa une réunion à l'issue de laquelle on rédigea une lettre de protestation. Comme avec Captain Kangaroo, elle ne sembla susciter aucune réaction, jusqu'au jour où le conseil municipal reçut une réponse du ministre des Postes et Télécommunications en personne. Il réitérait la position du gouvernement, mais laissait la porte ouverte, comme Dieu en avait le secret, si la population de Lone Star atteignait le minimum requis.

Entre-temps, les habitants de Lone Star durent se déplacer en maugréant.

Il arriva alors une drôle de chose.

Pendant qu'ils étaient à Majestic Meadows, ils se mirent à faire leurs courses là-bas, profitant du choix offert par les nombreux centres commerciaux, en particulier celui avec une patinoire. Wal-Mart et le nouvellement construit 7-11, qu'ils avaient résolument banni, étaient leurs préférés : ils prospéraient grâce à un nouveau produit importé de France, un camembert parfumé vendu séparément au chocolat, à la fraise et à la vanille, ou les trois à la fois, façon tranche napolitaine.

Après les courses, et en fonction de l'heure, ils s'arrêtaient manger un morceau. S'il était tard, s'ils avaient bu de l'alcool, plutôt que de risquer le long voyage de retour, ils restaient dormir dans l'un des douze motels de Majestic, avec le petit déjeuner continental compris.

Le tohu-bohu de la civilisation moderne, à leur grande surprise, se révélait bien moins débilitant qu'ils ne l'avaient cru.

Sauf pour le café de Bee.

Pour la première fois depuis qu'elle l'avait ouvert, Bee était obligée de jeter des tartes à l'heure de la fermeture. Elles n'étaient pas aussi bonnes le lendemain que le jour de leur confection, or contrairement aux restaurants de Majestic Meadows, elle refusait de servir des produits de moindre qualité. Six mois plus tard, elle déposait le bilan et déménageait à Miami Beach où elle s'étouffa avec une vis autoperceuse à tête hexagonale qui s'était fichée, allez savoir comment, dans la croûte d'une tarte au citron achetée à la pâtisserie du coin appelée Chez Maman. Cela, plus qu'autre chose, galvanisa mes concitoyens qui non seulement devaient croître en nombre, mais remplacer Bee qui à présent leur manquait terriblement. À la suite d'un grand débat, le conseil municipal échafauda un plan censé régler les deux problèmes en même temps.

Ils feraient venir un supermarché 7-11.

Lone Star Springs, dans toute sa splendeur du XIXᵉ siècle, était prêt à entrer dans le nouveau millénaire.

L'ouverture était prévue pour le début du printemps. Tout au long de l'automne, j'observai anxieusement la structure qui prenait forme, accompagnée par une sérénade de marteaux, scies et perceuses. Il y avait toujours des sceptiques, bien sûr, pour qui ce magasin serait le Waterloo de Lone Star, mais la plupart des gens étaient optimistes.

Il ouvrit avec une semaine d'avance, et le succès fut immédiat. Résultat, d'autres sociétés décidèrent de s'installer à proximité. Le conseil municipal accordait les permis de construire à tour de bras : plus la ville se développait, plus vite ils atteindraient le quota d'habitants requis.

En l'espace de six mois, on commença la construction d'un Super Wal-Mart. Banana Republic. Timberland et Liz Clairborne.

D'autres commerces suivirent.

Les bulldozers démolissaient les routes pittoresques et rasaient les forêts pour faire passer les fils électriques, les canalisations et les conduits d'égouts.

On rajouta une bretelle d'autoroute nécessitant murs et barrières qui empêchaient les cerfs de se nourrir, sans parler de déambuler dans les rues. Bon nombre d'entre eux durent aller cohabiter avec les renards, les lapins, les opossums et quelquefois les faisans. Et, comme leur territoire était en train de rétrécir et que la nourriture se faisait rare, les coyotes se mirent à chasser hors de leur habitat naturel.

Un matin, en allant chercher des œufs au jardin pour le petit déjeuner, je trouvai les corps éparpillés, à moitié mangés, de mes poulets, avec des bouts de chair manquants par-ci par-là comme dans un puzzle inachevé.

C'était la première attaque de coyotes dans toute l'histoire de Lone Star Springs. Du coup, tout le monde, y compris moi, crut à une anomalie.

Je me trompais.

Un agent de sécurité qui patrouillait dans Eddie Bauer se fit mordre par un coyote qu'il avait surpris par hasard en train de fouiller dans des sacs d'ordures ménagères jetés à la sauvette.

Un joggeur se fit pincer à la cuisse.

Un père et son fils furent agressés dans le parc alors qu'ils déchargeaient la voiture pour le pique-nique familial.

Et il y eut pire.

Les deux chiennes de Heather McAndrew – Améthyste, un bichon maltais de cinq ans, et Cannelle, huit ans, mélange de Jack Russell et de shih tzu – jouaient dans le jardin pendant qu'elle préparait le dîner. En entendant du bruit, Heather cessa de hacher les piments habaneros et alla voir ce qui se passait. Sitôt la porte franchie, elle se trouva face à deux coyotes, chacun avec une de ses petites bêtes dans la gueule. Instinctivement, elle saisit un fauteuil de jardin en teck et se mit à le balancer dans leur direction. Elle parvint à libérer Améthyste en l'abattant sur le cou de l'un des coyotes, mais l'autre traîna Cannelle dans les buissons sans qu'elle ait le temps de la sauver.

Améthyste dut être euthanasiée le lendemain matin : elle avait une trentaine de plaies perforantes et des écorchures sur la tête et le haut du corps.

Les mêmes coyotes furent soupçonnés d'avoir attaqué un couple de personnes âgées sur le sentier de randonnée aux abords de la ville. On les suspectait également d'avoir pénétré dans l'école primaire de Lone Star et agressé un élève de CM1 par-derrière en mordant son sac à dos. L'instituteur leur jeta des pierres et des bouteilles d'eau, et les coyotes prirent la fuite en pinçant d'autres enfants au passage.

Donald Trevor jouait au Frisbee avec sa fille de cinq ans, Jenny, lorsqu'il entendit le téléphone dans la maison. En temps ordinaire, il l'aurait laissé sonner, mais quelqu'un avait imité sa signature sur six chèques et les avait utilisés dans six magasins différents de Majestic Meadows. Il avait près de mille dollars de découvert sur son compte. Pensant que c'était peut-être la banque, il se précipita à l'intérieur.

Au moment où il décrochait et disait « Allô », Jenny fut renversée par un coyote femelle d'une vingtaine de kilos. Elle essaya de se défendre, mais l'animal était trop grand et trop fort, et il lui lacéra le visage et le cou avec ses dents.

Après avoir convaincu le directeur de l'agence que son identité avait été usurpée, Donald revint à temps pour voir le coyote traîner sa fille, par la tête, de l'autre côté de la rue. Affolé, il s'élança à sa poursuite, mais le coyote refusa de lâcher Jenny tant que les voisins n'étaient pas sortis voir ce qui se passait.

Donald fonça aux urgences de Florence-Nightingale, brûlant tous les feux rouges. Les médecins firent leur possible pour sauver la fillette, mais ses blessures se révélèrent incurables.

À partir de ce jour-là, les enfants n'allèrent plus à l'école à pied.

Tous les journaux télévisés, que les habitants regardaient maintenant, en parlèrent, parmi d'autres catastrophes et tribulations dans le monde : viols collectifs, attentats suicides, enlèvements d'enfants et individus qui s'entretuaient pour une paire de baskets.

Du coup, les braves gens de Lone Star durent admettre

qu'ils avaient vécu dans une bienheureuse ignorance, sans imaginer l'étendue des malheurs qui rongeaient l'humanité.

Les ventes de fusils de chasse quintuplèrent.

La colline que nous descendions autrefois en luge, mon père et moi, se couvrit de maisons bancales avec des bouts de terrain de mille mètres carrés, construites avec des matériaux bon marché, des fausses briques et des fausses pierres. La raison, c'est que dans sa hâte d'obtenir un bureau de poste, la municipalité de Lone Star accorda des permis à tous les promoteurs qui faisaient jouer la quantité au détriment de la qualité, un peu comme mon père. La commission d'urbanisme repoussa même les limites de la commune pour y inclure une vieille plaine inondable, non répertoriée dans le cadastre, faute de dix résidents – ce qui aurait représenté une majorité simple – pour voter contre.

Les chemins de randonnée étaient maintenant jonchés de papiers gras. Les amants se réfugièrent dans les bois. Les pelouses jadis soignées étaient par endroits envahies de mauvaises herbes, et les drapeaux américains sur les boîtes à lettres, piquetés de rouille. L'arrosage automatique se mettait en marche et s'arrêtait tout seul et, quand on roulait dans le chemin Davy-Crockett avec la vitre baissée, on sentait l'odeur des égouts qui montait des fosses septiques ou les effluves des ordures jetées dans les lacs, les étangs et les réservoirs d'eau malgré les panneaux d'interdiction.

Les prix de l'immobilier chutèrent, si bien que le quartier vit arriver une nouvelle population, des gens des classes défavorisées. On avait du mal à les comprendre quand ils parlaient anglais, pour ceux qui le parlaient. Ils roulaient dans des vieilles Volkswagen et des voitures japonaises qui finissaient souvent éventrées sur la pelouse avec le reste de leurs affaires, après qu'ils avaient touché le fond et s'étaient fait jeter dehors par les banques de Majestic Meadows ayant financé leur prêt.

Quelquefois, un incendie leur épargnait cette déconvenue, causé ou non par une défaillance du système électrique.

Après avoir abandonné leur maison, ces mêmes individus se manifestaient aux feux rouges avec une bouteille remplie d'un liquide bleu et savonneux dont ils vous inondaient le pare-brise jusqu'à ce que vous n'y voyiez goutte. Vous aviez beau leur dire d'arrêter et de s'en aller, ils vous ignoraient et devenaient belliqueux si vous refusiez de rémunérer leurs efforts.

On les aperçut également derrière les stands de feux d'artifice qui avaient poussé derrière la zone commerciale et sur le cynodrome installé à la sortie de la ville. Celui-ci se trouvait à un jet de pierre du circuit de stock-car en cours d'aménagement, à l'échelle du Bristol Motor Speedway, la célèbre piste de vitesse dans le Tennessee qui accueillait les manifestations de la Winston Cup.

Tous les jours, des tuyaux de cuivre étaient volés sur le chantier.

Des graffitis recouvraient les sièges des balançoires et toutes les surfaces disponibles dans le parc, y compris les arbres fruitiers à l'écorce déjà gravée de cœurs et d'obscénités et infestée de parasites que les indésirables avaient apportés dans leurs bagages.

Le nombre d'accidents de la circulation s'était accru, entre dix et vingt en moyenne tous les six mois, un peu plus que celui des adolescents qui ouvraient le gaz et enfonçaient la tête dans le four à cause du cyberharcèlement.

En allant se coucher le soir, les femmes rêvaient d'hommes plus jeunes et se réveillaient avec le sourire car elles savaient qu'il n'y avait rien de meilleur au monde. Leur mari ne leur manquait pas quand il était au travail, et c'est tout juste si elles le saluaient quand il rentrait… s'il rentrait, du reste. Les hommes évitaient leurs femmes tout autant. Nouvelles tenues. Coiffures impeccables. Repas chauds. Ils n'y faisaient plus attention car leurs épouses, à moins d'avoir un amant, s'en fichaient et se laissaient aller.

Les enfants ne pensaient pas aux anniversaires, n'écrivaient jamais de mots de remerciement et avaient les dents jaunes à force de fumer des cigarettes et du crack. Ils s'enfermaient dans la salle de bains parce qu'ils étaient boulimiques, jouaient à des jeux comme « Pas de quartier », se battaient, baisaient et buvaient jusqu'à s'écrouler, inconscients, dans leurs propres excréments. Une fille sur trois avait des piercings. Deux sur quatre étaient enceintes en sortant du lycée, pile au moment où le divorce des parents était enfin prononcé.

Le Paxil était l'antidépresseur le plus prescrit, malgré les suicides et autres crimes violents qu'on attribuait à son action.

On apprit que Pat Robertson, le bon pasteur, avait un milliard de dollars sur son compte en banque et vivait au sommet d'une montagne en Virginie, dans un manoir avec piste d'atterrissage privée.

Le jour de la Saint-Patrick, deux des filles chargées d'accueillir les nouveaux arrivants furent arrêtées pour racolage devant le Palais des Plaisirs, un sex-shop qui vendait des articles érotiques baptisés « La griffe géante » et des culottes cloutées fièrement exhibées dans la vitrine, comme sur les dessins de mon père.

Pendant que la police poussait les filles dans le fourgon, un homme à l'autre bout du parking, une larme tatouée sur la joue, plaça trois cartes à jouer sur une table pliante. Il les mélangea en les croisant et les faisant tourner, tout en apostrophant les passants pour offrir entre cinquante et cent dollars à celui qui trouverait la dame de cœur.

Cela signifiait une seule chose, que même mon père n'aurait su expliquer.

Lone Star Springs avait regardé le diable en face et commis une grave erreur.

C'est 7-11, et non Captain Kangaroo, qui était l'Antéchrist.

Suite à la mort tragique de Jennifer Trevor, le conseil municipal convoqua les habitants de la ville à une nouvelle réunion.

Il était urgent de faire quelque chose contre les coyotes, mais quoi, personne ne le savait, faute d'informations.

Mitch Jonas leva la main.

Il avait appelé son neveu qui occupait un poste haut placé au ministère de l'Agriculture. Le coyote, lui expliqua le neveu, était sans doute le plus intelligent de tout le règne animal. Il était quasiment impossible de le capturer car il était rusé et méfiant. Avec l'agressivité et l'audace dont il faisait preuve depuis peu vis-à-vis des humains, il faudrait le chasser à distance. Bien que le ministère de l'Agriculture ait connu un certain succès en ayant recours aux pièges et appâts contenant un gaz toxique, le mitraillage aérien était de loin leur mode d'action préféré. Malheureusement, les instances gouvernementales n'étaient pas autorisées à fournir de la main-d'œuvre, de l'assistance et encore moins des hélicoptères à une commune trop petite pour avoir son propre bureau de poste. Néanmoins, il promit de faire son possible pour contourner cette interdiction.

Donald Trevor fit un pas en avant.

Ils n'avaient pas besoin du ministère de l'Agriculture pour chasser les coyotes. Compte tenu des informations fournies par le neveu de Mitch, la meilleure arme serait le fusil Savage, modèle 24F. Le problème, c'est qu'il était le seul à en posséder un. Ou du moins, ils étaient peu nombreux. Mais s'ils ne s'équipaient pas, d'autres enfants risquaient de subir le sort de sa petite Jenny.

La question fut immédiatement soumise au vote.

Ceux qui étaient d'accord allaient lever la main quand Bobby Gilchrest s'avança à son tour. Il avait un souci avec le 24F. Le mécanisme d'éjection peinait à repousser la cartouche vide, si bien qu'on aurait du mal à la retirer dans le feu de l'action.

Donald objecta.

La crosse synthétique, camouflée, du Savage compensait largement n'importe quel prétendu défaut de fabrication. Pour tuer un coyote, c'était ce qu'il y avait de mieux. Il le garantissait. Inutile, rétorqua Bobby, car sur les modèles récents, la crosse synthétique était argentée ; il risquait donc d'y avoir des reflets.

Donald se mit à transpirer ; on aurait dit qu'il sortait de la douche. Son visage vira à l'écarlate, et il éclata en sanglots. Bobby était embêté. Cela se voyait à la façon dont il s'approcha, passa un bras réconfortant autour des épaules tremblantes de Don et lui donna une petite tape.

« Je sais que tu es malheureux, Donnie, personne ici ne peut t'en vouloir. Mais ça ne change rien au fait qu'il nous faut le meilleur équipement possible et, regardons les choses en face, le Savage n'est pas au point. »

Se redressant, Donald plongea son regard dans celui, compatissant, de Bobby.

« La ferme. »

Et il lui envoya un coup droit en pleine figure.

« Tu entends… la ferme ! »

Bobby tomba, et il le frappa à nouveau. Puis il sauta sur lui et fracassa son nez, déjà cassé à deux reprises, d'un coup de coude, ainsi que sa pommette droite, le sang ruisselant sur son avant-bras.

Je comprenais maintenant ce que Vivienne avait ressenti, confinée dans la salle d'attente de l'hôpital.

« MAIS QU'EST-CE QUE JE FOUS ICI, BON SANG ?! POURQUOI ÇA M'ARRIVE À MOI ? AIDEZ-MOI, QUELQU'UN ! J'AI PEUR À EN CREVER ! AU SECOURS ! AU SECOURS ! SORTEZ-MOI DE LÀ ! »

Au lieu de partir, je levai la main et l'agitai frénétiquement pour attirer l'attention de la salle.

J'avais vu un reportage sur la chaîne Voyages consacré à un homme, Ken Hartman, qui chassait les coyotes avec les greyhounds ou lévriers anglais, pratique qui remontait au président Theodore Roosevelt lui-même dans les années 1900. Ces chiens-là, qui passaient pour être calmes et doux, n'en étaient pas moins des tueurs-nés. Ils avaient la chasse dans le sang. M. Hartman, qui vouait un immense respect aux coyotes en raison de leur intelligence, jurait que les greyhounds étaient encore plus malins.

En retirant une touffe de poils fauves et pleins de bave de la gueule d'un de ses chiens, il avait affirmé que c'étaient les bêtes les plus propres du monde. Si elles avaient su cuisiner, il en aurait épousé une.

Au moment où Bobby se rasseyait, désorienté, en se frottant le nez, Allison Bradley leva la main.

« Même si c'était vrai, dit-elle, ne va-t-on pas rencontrer le même problème qu'avec les fusils ? Où en trouverons-nous en nombre suffisant ? »

Je suggérai alors de contacter le propriétaire du nouveau cynodrome. Les lévriers, une fois qu'ils étaient vieux ou inaptes à la course, on s'en débarrassait comme on jette les ordures. Cela aussi, Vivienne et moi l'avions vu sur la chaîne Voyages, un documentaire tourné dans le New Jersey qui nous avait empêchés de dormir pendant plusieurs semaines. Plutôt que de les abattre, peut-être qu'il en ferait don à la commune. La municipalité, de son côté, pourrait joindre M. Hartman et l'engager comme dresseur.

L'assemblée, et notamment Allison, persuadée qu'animaux et humains étaient là pour une raison précise, fut dûment impressionnée.

« Tout le monde y gagne », déclara-t-elle avant de se diriger vers la fontaine à eau qui portait encore l'écriteau *Personnes de couleur*.

On me confia la responsabilité du projet.

Le lendemain, j'allai voir M. Rossi, le propriétaire du cynodrome qui, après discussion, accepta de nous céder les chiens pour dix dollars pièce. Je trouvai le téléphone de M. Hartman sur Internet, l'appelai et lui exposai la situation. Il offrit ses services sans hésiter, gracieusement qui plus est.

Il viendrait à Lone Star Springs – deux bonnes journées de route – et entraînerait les greyhounds à chasser et tuer pour le plaisir.

Lorsque j'ouvris la porte, Allison Bradley était là avec une bouteille de champagne texan et un harmonica diatonique.

« Ça y est ! » annonça-t-elle.

Passant devant moi, elle alla s'asseoir sur le canapé, replia les jambes et sourit.

Allison avait un perroquet, une amazone à nuque d'or nommée Roy en hommage à son défunt époux.

Elle l'avait acheté dans un élevage alors qu'il avait seulement un mois, trop jeune pour se nourrir par ses propres moyens. Chaque jour, elle avait dû préparer un mélange spécial et le lui donner à l'aide d'un biberon. Comme à un nourrisson. Lorsqu'il fut assez grand pour absorber de la nourriture solide, elle lui avait appris à croquer les graines. Résultat, Roy prenait Allison pour sa mère.

Elle lui taillait les ailes, pratique courante pour éviter aux oiseaux domestiques de se blesser en se cognant aux murs et aux vitres.

Elle lui apprit des tas de chansons, de blagues, d'extraits de best-sellers et toutes sortes de choses qui lui passaient par la tête.

Son histoire préférée, poursuivit-elle, était celle du charpentier qu'elle avait engagé pour construire une terrasse en bois de séquoia.

Il avait juré que cela prendrait sept semaines, pas plus.

Sept mois plus tard, il était toujours là.

À un moment donné, elle le pria, poliment, de l'avertir s'il comptait la laisser en plan. Elle savait bien qu'il était débordé. Qu'il avait d'autres chantiers en cours. Elle voulait juste savoir s'il venait ou pas, dans la mesure où elle organisait sa journée en fonction de lui.

L'homme acquiesça.

Une semaine passa, et tout allait bien jusqu'au jour où il débarqua à 6 heures du soir. Quand Allison lui demanda pourquoi il n'avait pas téléphoné, sa réponse fut aussi simple qu'exaspérante.

« J'suis là, non ? »

Elle dut aller dans la cuisine pour essayer de se calmer.

Le charpentier, lui, s'approcha de la cage de Roy et agita la main.

« Bonjour, petit oiseau. »

S'aidant de son bec pour se déplacer dans la cage, Roy passa la tête à travers les barreaux et lui dit d'aller se faire foutre.

Avec la voix d'Allison.

Elle aimait Roy comme elle n'avait jamais aimé un animal de compagnie. Ni ses deux maris. Elle voulait absolument lui témoigner sa reconnaissance, mais ne voyait pas comment jusqu'à ce qu'elle entende M. Hartman parler des droits innés.

Elle cessa de tailler les ailes de Roy.

Ce matin-là, lorsqu'elle le sortit de sa cage, elle ouvrit la porte et le laissa s'envoler.

Elle fit sauter le bouchon du champagne, avala une grande lampée et me tendit la bouteille.

« Sans vous, je ne l'aurais jamais fait. »

Je bus une gorgée tandis qu'elle se rapprochait de moi.

« J'aimerais vous exprimer ma gratitude. »

Elle leva l'harmonica et joua *Peg O'My Heart*, chanson rendue célèbre par les Harmonicats en 1947.

Quand elle eut terminé, les deux chats surgirent dans la pièce, bondirent sur le canapé et se lovèrent à côté de moi.

« Oh, dites donc ! »

Elle n'en revenait pas.

« Est-ce qu'ils vous laissent des petits cadeaux à la porte ? »

Je ne compris pas le sens de sa question.

« Des souris ou des oiseaux. Quand j'avais des chats, ils faisaient ça tout le temps. C'est leur façon de montrer leur affection. Vous avez déjà vu un chat manger une souris ? Ils grognent comme des animaux sauvages. Mon dernier chat m'en a apporté une et l'a mangée sur mes chaussures, laissant la tête et les pattes. Dégoûtant mais prodigieux.

« Ils ne m'ont jamais fait ça, dis-je.

– Ne vous inquiétez pas. Ça viendra.

– Je ne les laisse pas sortir. »

Elle eut l'air interloquée.

« Comment ça ?

– Ce sont des chats d'intérieur.

– Vous ne les laissez pas sortir du tout ?

– Je ne veux pas qu'il leur arrive un pépin. »

Fourrant son harmonica diatonique dans sa poche, elle se leva et se précipita vers la porte.

Après son départ, je montai dans ma chambre, enlevai le plateau de mon bureau et grimpai dedans.

Quand Ken Hartman arriva au hangar afin de récupérer ses chiens pour la chasse du lundi, une cinquantaine de personnes étaient massées devant l'entrée, dont aucun visage connu, plus une équipe de télévision. Alertée sur les déboires de Lone Star Springs avec les coyotes, la Société protectrice des animaux était là pour protester contre les traitements inhumains infligés aussi bien aux coyotes qu'aux greyhounds.

Le tout figurait au journal télévisé de 18 heures.

Dans une interview de dix minutes, Ken expliqua au correspondant d'ABC que ce qui se passait à Lone Star Springs n'était pas un incident isolé. Un peu partout, fermiers et éleveurs se désespéraient car les coyotes étaient en train de décimer leurs troupeaux. Maintenant qu'ils s'en prenaient aux bichons et aux enfants, les exterminer était devenu une nécessité. Et pour ce faire, le moyen le plus propre, le plus naturel, c'étaient les greyhounds.

« Les chiens lancés aux trousses d'un coyote, qui filent comme des flèches, ça c'est du sport. »

Sue Burnham, la porte-parole de la SPA et résidente

de Lone Star Springs, exprima vigoureusement son désaccord.

Les coyotes aidaient à contrôler la population des rongeurs et faisaient partie intégrante de l'écosystème. Même en tenant compte du terrible drame qui avait frappé la commune, des canidés qui égorgent d'autres canidés n'avait rien d'un sport. C'était pareil qu'un combat de chiens ; d'ailleurs, tous les États interdisaient la chasse au coyote avec les greyhounds, sauf le Texas et l'Oklahoma.

Ken répéta que les greyhounds étaient nés pour chasser, mais rien n'y fit. Qui disait dressage, disait collier à chocs électriques : dans tous les cas de figure, leurs instincts naturels étaient bridés.

Ken invita tout le monde dans le hangar pour montrer que ses chiens ne portaient pas de collier. Peine perdue. La seule et unique raison, expliqua Mme Burnham, c'est que plusieurs bêtes s'étaient déjà rompu le cou quand leur collier s'était pris dans les barbelés. Lesquels barbelés leur lacéraient aussi la peau, fine comme du papier. Ils ne portaient peut-être pas de collier maintenant, mais sans ça, impossible de les dresser ou, plus grave encore, de maîtriser leurs instincts de tueurs. Encore un peu, et les greyhounds allaient poser le même problème que les coyotes.

Ils avaient des photos pour illustrer leurs dires, des restes d'animaux domestiques attaqués par des greyhounds, même si on ignorait d'où provenaient ces images, ni comment elles avaient été obtenues. D'autres photos montraient le contrecoup de la chasse. Plusieurs chiens avaient des plaies ouvertes au front et sur les pattes arrière. D'autres avaient été mordus à la mâchoire et avaient le museau en sang. Sur une photo, on voyait sept cadavres de coyotes empilés dans le pick-up Ford de Ken, modèle 1977. Ils avaient la gorge déchiquetée, les nerfs et les artères à l'air. Ken posait à côté, avec un fusil et un large sourire aux lèvres.

Ils disposaient d'un enregistrement vidéo.

On y voyait Ken en train de charger ses seize chiens dans des compartiments aménagés à l'arrière du pick-up. Il se rendait aux abords de Lone Star Springs pour guetter les proies à l'aide d'une paire de jumelles. En l'occurrence, ses chiens avaient été les premiers à sentir quelque chose : ils geignaient et aboyaient, comme s'ils ne supportaient plus d'être enfermés. Ken avança son camion, descendit et hurla « Hallali » à tue-tête avant d'actionner une poulie pour relâcher ses lévriers. Ils parcoururent environ quatre cents mètres et disparurent dans un bosquet. Des glapissements aigus et de sourds grognements en jaillirent. Malgré la distance, on arrivait à les distinguer, se battant contre une meute de coyotes qu'ils attaquaient au cou et aux pattes arrière pour tenter de sectionner tendons et artères.

Ils disposaient d'un enregistrement audio.

« Quand je les lâche, je ne sais jamais combien je vais en récupérer au retour. Des fois ils tombent dans un ravin et se brisent le cou. Ou l'épaule. Ou la hanche. Une fois, j'ai perdu quatre chiens qui ont dévissé d'une saloperie de falaise. Mais je ne peux pas me permettre de passer mon temps à pleurer. C'est le risque qu'on prend quand on chasse le coyote. »

Le fait qu'il gardait un hémostatique et des bandages dans son camion n'y changeait pas grand-chose.

Imperturbable, Ken retourna dans le hangar tous les matins à l'aube ; il rassemblait les chiens et se mettait au travail pour tenter de nous débarrasser de l'horreur qui nous assiégeait. Chaque jour, la SPA était là pour protester, comme jadis les habitants de Lone Star avec le médecin avorteur. Au bout d'une quinzaine de jours, les plaintes s'amoncelèrent, aboutissant à une interdiction pour Ken de poursuivre la chasse tant que la Cour n'avait pas rendu son jugement. Faute de solution viable, il chargea ses caisses et retourna dans sa ville natale de Duluth, Minnesota.

Avant de partir, il cria « Hallali » et lâcha ses chiens dans la nature.

À chaque inspiration, il semblait que la vieille femme inhalait quelque chose de tranchant, comme cet avaleur de sabre roumain que Jack et moi avions vu au cirque. Elle ne comprenait pas pourquoi elle n'arrivait pas à trouver la dame de cœur, alors que tant d'autres avant elle avaient réussi et étaient repartis avec un billet craquant de cinquante dollars.

« La chance est de votre côté, ma p'tite dame. Allez. Pour cinq dollars, vous en avez cinquante. Pour dix, cent. »

La vieille femme sortit un billet de dix dollars de son sac.

« Cent pour dix », dit-elle en donnant l'argent au bonhomme.

Il lui montra la dame rouge avant de battre les cartes et de les faire tourner, plus lentement que les six fois précédentes. Lorsqu'il s'arrêta, la vieille femme sut qu'elle allait gagner. À elle la victoire. Elle pointa la carte de droite, se contenant à peine.

« Payez-moi. »

Elle tendit la main. L'homme retourna la carte. C'était un trois de trèfle.

« Vous devez être heureuse en amour, ma p'tite dame. »

Il battit les cartes sans découvrir les deux autres.

« Vous avez triché, dit la vieille femme.

– Écoutez, m'dame…

– Je viens de dépenser soixante dollars.

– Vous voulez quoi, que je vous les rende ?

– Oui. »

Il la considéra d'un air incrédule.

« Vous vous foutez de moi ?

– J'appelle la police », déclara-t-elle.

On sentait l'amertume dans sa voix.

Pivotant imperceptiblement, l'homme à la larme tatouée fit signe à un comparse encore plus baraqué que le videur du BBW, qui tapa du pied en serrant et desserrant ses gros poings. Il empoigna la vieille femme par le bras, la ploya et voulut lui arracher son manteau.

« Lâche ça, fit-il.

– Non.

– Je vais t'exploser.

– Pas le renard. »

La main droite de l'homme la saisit à la gorge. Il serrait si fort qu'elle crut que sa trachée allait éclater.

« Donne-moi ce putain de manteau.

– Jamais », haleta-t-elle.

De sa poche arrière, il tira ce qui ressemblait à un stylo-plume noir et luisant avec un bouton-poussoir argenté à l'extrémité. Son doigt effleura le bouton, et un éclair d'acier jaillit du manche.

Il la poignarda trois fois en plein cœur, et personne n'intervint lorsqu'elle s'affaissa sur le sol.

Avec le peu de force qui lui restait, la femme du pasteur releva la tête et regarda, horrifiée, son cher manteau, accroché au bras droit de l'homme, disparaître dans la foule d'adolescents camés et de voyous avec de grossiers tatouages faits en prison qui disaient « Plutôt mort qu'honnête ».

Ses dernières paroles furent : « Putain, pisse, crotte. »
Les gens ne parlèrent que de ça.

Les habitants de Lone Star n'arrivaient pas à croire que la femme du pasteur ait connu une fin aussi prématurée. Tout comme feu son époux, elle avait été un pilier de la communauté. Très aimée par son entourage, c'était une femme intègre jusqu'au bout des ongles ; toute sa vie, elle avait combattu l'avarice et la luxure, un trait rare dans une société en proie à la faillite morale.

Malheureusement, cela aussi contredisait l'une des thèses favorites de mon père, et je devais m'assurer d'en avoir tiré une leçon.

« Même avec des lentilles de contact, on peut ne pas voir venir. »

Je m'apprêtais à partir pour la gare quand j'entendis de la musique par la fenêtre de la cuisine, le désormais familier *Peg O'My Heart*, bien que dans une version transposée, avec la quarte augmentée. J'écartai les rideaux et vis Allison traverser la pelouse d'un pas décidé. L'harmonica dans une main, dans l'autre elle tenait une pancarte, droit devant elle, comme les majorettes à la mi-temps d'un match des Dallas Cow-Boys.

En m'apercevant, elle cessa de jouer, fourra l'harmonica dans la poche de son manteau et le remplaça par un porte-voix.

« LIBÉREZ LES CHATS ! »

Le même message figurait en lettres noires et austères sur sa pancarte recto-verso.

Je sortis sur le pas de la porte.

« Qu'est-ce que vous faites ?

– Vous détruisez la vie de deux animaux qui devraient être en liberté et vivre en accord avec leur nature profonde !

– Ils sont très bien comme ça, répondis-je.

– Vous n'en savez rien. »

L'une de nos voisines, une femme âgée que Vivienne fréquentait autrefois à l'église, ralentit et se pencha par la vitre de sa voiture.

« Que se passe-t-il ? »

Allison pointa un doigt accusateur dans ma direction.

« Il est en train de détruire deux pauvres bêtes.

– Absolument pas, rétorquai-je, élevant légèrement la voix.

– Ils ont besoin de courir, de jouer et de chasser comme il convient à leur espèce.

– Ils ont besoin de vivre. »

La vieille femme mit ses feux de détresse et descendit de la voiture.

« Vous devriez avoir honte.

– Connasse. »

Je rentrai dans la maison et claquai la porte.

Au moment où je regagnais la cuisine, un violent coup de tonnerre secoua les murs. Le temps de regarder dehors, le ciel s'était couvert de gros nuages noirs, le vent ployait les arbres qui semblaient sur le point de se rompre, et Allison courait se mettre à l'abri.

Le lendemain matin, j'étais en train de verser le café quand j'entendis à nouveau la musique, suivie d'un piétinement. Elles étaient une poignée de protestataires cette fois, Allison ayant recruté quelques-unes des voisines aigries et obèses que Vivienne et moi avions gavées pendant des années.

« LIBÉREZ LES CHATS ! », cria-t-elle.

Les autres femmes se joignirent à elle en imitant de leur mieux un chœur grec.

Je tirai les rideaux, décidé à les ignorer.

Je terminai mon café.

Je m'assurai que mes cheveux étaient bien en place. Que mon costume n'avait pas un pli.

Il me restait pile un quart d'heure pour me rendre à la gare. Au moment où je sortais la voiture du garage, Allison accourut, me fit signe de baisser la vitre. Celle-ci n'était descendue qu'à moitié quand elle ricana et me cracha au visage.

En vingt-quatre heures, son action militante avait pris de l'ampleur. Une douzaine de femmes, dont certaines avec lesquelles j'avais couché, arpentaient maintenant ma pelouse en brandissant des pancartes. Allison était en tête, plus déterminée que jamais.

Elles étaient toujours là quand je rentrai du travail.

Cinq jours plus tard, elles étaient trente, Mme Holloway sur les talons d'Allison. Comme elle passait devant la fenêtre de la cuisine, j'entrevis son bras droit. L'espace vide n'était plus vide. Sous la boîte de chocolats Russell Stover, à droite du prince Charles lorgnant sous les jupes de Camilla, elle avait fait tatouer un portrait peu flatteur de moi.

« LIBÉREZ LES CHATS ! »

À la fin de la semaine, je reçus un courrier du conseil municipal de Lone Star m'enjoignant de relâcher les chats. Je faisais de la publicité négative pour la commune alors qu'ils étaient en pleine négociation avec Nike pour l'ouverture d'une usine qui emploierait un millier de personnes.

Je refusai.

Il y avait une cinquantaine de manifestantes sur la pelouse lundi à 7 heures du matin ; beaucoup venaient des quartiers voisins et ne savaient même pas pour quoi elles manifestaient.

J'étais en train de savourer ma quatrième tasse de

café quand une pierre fit voler la vitre en éclats… que je faillis me prendre dans les yeux.

Un mot était attaché à la pierre.

« L'extrémisme pour défendre la liberté n'est pas un vice. »

Dessous, il y avait la photo d'un fœtus démembré.

La vieille grand-mère, qui m'avait vu aux infos avec Layla devant la clinique, crut que j'avais quelque chose à voir avec le médecin avorteur qu'elle avait naguère contribué à chasser de la ville. Du coup, elle décida de venir à bout de ma résolution, en même temps que de ma fenêtre.

Et cela marcha à nouveau.

Comme mon prédécesseur, je mangeai, m'habillai et me promis de ne plus jamais remettre les pieds ici. À quoi bon continuer à vivre dans une maison où je ne me sentais plus à l'abri ?

Et puis, nous étions le 14 février, jour de la Saint-Valentin, et je ne comptais pas revenir de toute façon.

Je sortis sur le perron avec un chat sous chaque bras et lâchai mes compagnons chéris dans une nature qu'ils méritaient… du moins, selon l'opinion générale. Que je ne partageais pas.

Pendant qu'ils gambadaient sur la pelouse qu'ils avaient contemplée la majeure partie de leur jeune existence, les femmes exultèrent, trop occupées à se congratuler pour me prêter attention. Je me dirigeai vers le garage et, tandis que j'attendais que la porte automatique se lève, j'entendis marcher derrière moi. Je me retournai et vis deux greyhounds foncer sur mes chats, les attraper chacun par la peau du cou, le sang giclant partout, et filer en direction des bois.

Bien que choqué et atterré d'avoir perdu encore une fois des êtres que j'aimais, je ne pus m'empêcher de songer à la satisfaction sordide de mon père quand il avait appris le cancer de son père à lui.

Les femmes cessèrent de se réjouir et poussèrent un cri collectif.

Aussitôt après, on entendit un bruit de rotor.

Un hélicoptère de l'armée s'éleva au-dessus de la colline, pareil à une bête mythologique, avec l'inscription « Ministère de l'Agriculture » sur sa peinture de camouflage. Il était impossible de distinguer le pilote derrière les vitres fumées, mais l'homme penché hors de la cabine, harnaché pour plus de sécurité, nous était familier : Donald Trevor, l'œil collé au viseur d'un fusil Savage 24F. Alors que l'appareil survolait les chiens les plus rapides du monde qui frôlaient déjà les quatre-vingt-dix kilomètres à l'heure, le doigt de Donald se crispa sur la détente, et son « Hallali » à vous faire glacer le sang résonna dans tout le voisinage.

Le Red Lion était fermé lorsque je montai sur le trottoir pour pénétrer sur leur parking et m'arrêter juste en face de l'entrée. Je cachai les clés sous le tapis de sol côté conducteur. Je collai un mot sur le pare-brise avec instructions détaillées pour l'entretien et les avantages d'élever cette voiture au rang d'objet de culte.

Quand je descendis, les nuages s'écartèrent, et un rayon solitaire illumina la calandre de la Caddy, comme le jour de ma naissance fictive. Plus sidérant encore, un oiseau magnifique, une sorte de perroquet strié de jaune et de bleu vibrant sur le ventre et les ailes, vola vers moi et se posa à l'endroit où devait se trouver l'ornement de capot, si on ne l'avait pas supprimé au profit d'une ligne plus fluide. C'était un présage. Je le sus aussi sûrement que je savais respirer, et pour la première fois depuis mon tragique anniversaire de mariage, je fus submergé par une vague d'optimisme.

La vie n'était peut-être pas si mauvaise, tout compte fait.

Le meilleur était peut-être à venir.

Dieu s'était peut-être finalement penché sur moi, et c'était Sa façon de me signifier quoi faire, ou plutôt ne pas faire.

« Bonjour, petit oiseau, dis-je affectueusement.

– Crève, salope », répondit-il, la ressemblance avec la voix d'Allison aussi nette et frappante que le revers de Mme Fairweather.

J'étais au travail depuis moins d'une heure quand le Cessna Citation Excel sur mon écran atteignit la vitesse de décollage et commença son ascension. En donnant les consignes au copilote, je sentis le redouté cordon ombilical se resserrer autour de mon cou, et les crises de vertige qui s'ensuivirent. J'eus envie de me sauver, de trouver un bureau accueillant sous lequel me cacher, mais impossible de m'esquiver, avec M. Davidow dans les parages et le désastre qui se profilait.

Me renversant sur mon siège, je respirai lentement par la bouche, mais rien n'y fit. La sensation d'étourdissement persistait.

Paniqué, je fermai les yeux, serrant les paupières de toutes mes forces.

Vous n'allez pas croire ce qui est arrivé ensuite. Cela devait être tellement ancré, enfoui au fond de moi, comme si j'étais un chantier de fouilles archéologiques, que je fus pris complètement au dépourvu.

Tombant à genoux tel un humble pénitent, je priai. Pas Dieu, non. C'était toujours un connard sans cœur comme mon ex, qui ne connaissait ni justice ni compassion. Et puis, Il n'avait qu'à saisir les perches qu'on Lui tendait.

« Ô très saint apôtre Jude. Toi qui es honoré et invoqué aux quatre coins du monde comme patron des causes désespérées, sache qu'aujourd'hui est ton jour de chance. Ma vie tout entière n'a été que désespérance. Alors s'il te plaît, montre-moi un peu de compassion. Fais que mon plan ne tombe pas à l'eau. Pour une fois, que la justice soit faite. »

Lentement mais sûrement, je recouvrai mon sens de l'équilibre, et mes angoisses cédèrent la place à un calme absolu, comme quand je m'asseyais dans le fauteuil à tapisserie.

Tout à coup, je sentis que je volais. Tête en arrière. Bras écartés. Là-haut, par-dessus les champs que j'aimais tant, avec les enfants joyeux, les rues pavées, les toits rouges et les routes sinueuses. Par-dessus mes collègues et leurs minables bavardages.

Par-dessus les infidélités de mon père.

Par-dessus l'abandon affectif, linguistique et littéraire de Vivienne.

Par-dessus les trahisons de Hope et d'Audrey.

Jamais la Grande Ourse n'avait été aussi brillante.

Quelque part au loin j'entendais crier, mais je n'avais pas l'intention de revenir, pas même quand M. Davidow hurla que le Cessna se dirigeait droit sur un 767 qui avait entamé sa descente, le même type d'avion, comme par hasard, que celui du vol 516.

Ce serait la faute du pilote. M. Davidow y veillerait. Je m'étais arrangé pour qu'il ait toutes les informations à portée de main et que personne ne songe à un acte de sabotage, mon cadeau pour le remercier de la bonté qu'il m'avait témoignée durant toutes ces années. Je lui offrais l'occasion de sécuriser ses chères voies aériennes et de conserver son poste.

Pendant que je voguais, emporté de plus en plus loin, je remarquai le visage d'un enfant dans un champ en contrebas. Si je n'avais pas su que c'était impossible, j'aurais juré que c'était moi au même âge. La ressemblance était saisissante, et je fus rempli de remords à l'idée de n'avoir pas eu un fils, à qui j'aurais appris à pêcher, que j'aurais emmené voir des matches de foot et boire des milk-shakes au caramel. Je lui aurais même appris à faire du vélo, sachant pertinemment que je lui donnais ainsi la possibilité de découvrir mes secrets.

Et lorsque viendrait le moment de s'asseoir sur la place pour une conversation entre hommes, je savais exactement ce que je lui dirais. Je ne lui conterais pas de fables pour le mettre dans le droit chemin. Il verrait tout de suite clair dans mon jeu. Mon fils serait beaucoup plus malin que je ne l'étais à son âge.

Je lui dirais la vérité.

« Profite de chaque jour, car chaque jour qui passe, tu changes toi aussi. Et n'aie pas peur de vivre dans l'incertitude. Tu ne sais peut-être pas ce qui t'attend, mais personne ne le sait. Peu importe que ce soit bon ou mauvais. Et, quand sonne l'heure, si en regardant en arrière tu entrevois un moment inoubliable, un seul, alors tu n'auras pas vécu en vain. »

Contrairement à ce qu'on pourrait penser, je me ferais fort de transmettre aussi l'enseignement de mon père.

« Ce n'est pas par hasard que le monde tourne autour du sexe. Le sexe, c'est fabuleux. Celui qui te dira le contraire est un menteur. Seulement, vois-tu, le sexe sera toujours là. Tout arrive en temps voulu. Je te dis ça pour une simple raison. Sitôt que le sexe deviendra une obsession, sitôt que tu t'y mettras, tu pourras dire adieu à ton enfance. Alors je te conseille d'attendre. Reste gamin aussi longtemps que possible, avec un cœur et une âme d'enfant, et profite de tout ce qu'aiment les enfants. Compte les jours jusqu'aux grandes vacances. Ris. Non. Pouffe de rire. Ne te fixe pas d'objectifs et, pour l'amour du ciel, laisse tomber les priorités. Ça va te saper le moral et, tout ce dont tu te souviendras en regardant en arrière, c'est que tu as été malheureux.

– Et combien de temps devrais-je attendre ? »

Il me posera la question car, étant mon fils, il aura besoin de précisions. Les précisions sont autant d'indices. Les indices écartent la présomption.

Je le regarderais droit dans les yeux, comme le faisait mon père, et répondrais : « Le plus longtemps possible.

– C'est-à-dire ?

– Si j'étais à ta place… »

Je me pencherais afin de donner plus de poids à mes paroles.

« Si c'était à refaire… »

Encore plus près, pour qu'il voie à quel point je regrettais mon propre cœur, ma propre âme d'enfant.

« J'attendrais l'heure de ma mort… et encore. »

« Henry. »

La vie ne commence pas la première fois qu'on fait l'amour avec une femme. Elle s'arrête. On cesse de désirer autre chose.

« Henry ! »

Si j'avais un fils, il serait héroïque, il n'aurait peur de rien. Il se lèverait le matin, confiant dans ses capacités. Il se ferait un nom ; il saisirait, téméraire, toutes les occasions. Il serait fou amoureux, marié et fidèle à la même femme formidable. Il aurait des centaines, non, des milliers de moments inoubliables gravés dans sa mémoire, dont il se souviendrait une fois que son heure aurait sonné.

Et il se coifferait toujours avec la raie à droite.

« Henry ! »

Un instant, je crus que c'était Vivienne qui m'apostrophait, pour m'avertir de ne pas aller plus loin, sinon il y aurait des conséquences.

« Henry ! »

C'était M. Davidow qui répétait mon nom encore et encore.

Je ne pus m'empêcher de sourire.

Si j'avais un fils, je lui manquerais quand je mourrais.

« Mais qu'est-ce qui t'arrive, bon sang ? »

Il ne ricanerait pas, ne se réjouirait pas une seconde.

« Henry, je t'en prie ! »

Dieu qu'on me regretterait.

Dallas, Texas, 14 février. Les équipes de secours luttèrent pendant cinq heures contre la pluie et le vent violent pour atteindre l'unique survivante de la catastrophe aérienne qui avait fait quatre cents morts.

Le mauvais temps empêchant l'évacuation immédiate, la rescapée dut être soignée au départ dans un abri de fortune.

Lorsque les conditions météo l'avaient permis, Steve Harris, directeur de la Protection civile de Dallas, déclara à l'AP que la jeune femme de trente et un ans avait été transportée sur un brancard dans un endroit où pouvait se poser un hélicoptère. Elle fut ensuite héliportée à l'hôpital Florence-Nightingale dans un état stable, souffrant d'hypothermie, de contusions et de lésions musculaires.

« Mlle Maisey ne se rappelle pas grand-chose de l'accident, expliqua le docteur Donald Mousseau, chef de l'équipe soignante. Elle a perdu connaissance et se souvient seulement de l'avion tombant dans un nuage. »

La durée de l'hospitalisation, selon le docteur Mousseau, serait d'environ un mois.

L'enquête préliminaire montrait qu'un jet privé, un Cessna Excel, avait heurté le 767 et s'était désintégré, projetant corps et débris vers le sol. Le 767 se coupa en deux : l'avant plongea en vrille dans le lac Ray-Hubbard tandis que l'arrière détruisait un bar-restaurant, le Red Lion, non loin du centre-ville.

« Les gens tombaient du ciel comme s'il en pleuvait », disaient les témoins interrogés par KCBS-TV.

« C'est inouï que quelqu'un ait pu survivre à un tel choc », commenta le porte-parole de United Airlines. Et il sourit, pour la première fois depuis le drame. « C'est un miracle. »

La cause exacte du crash n'était pas encore connue, mais la déposition du chef du contrôle du trafic aérien à l'aéroport de Dallas-Fort Worth laissait penser à une erreur humaine.

Les seules paroles de Mlle Maisey, quand on l'avait retrouvée, furent : « Henry m'a sauvée. » Au bout d'une semaine, elle avait recouvré suffisamment de forces pour expliquer ce qu'elle entendait par là.

« La seule chose dont je me souviens avant l'accident, c'est cette écrasante sensation d'angoisse. Comme si on m'avait saisie par la peau du cou et qu'on me disait de me préparer. En même temps, je savais que tout irait bien. Quelqu'un priait pour moi, et je serais sauvée. Puis tout est devenu noir. À mon réveil, la seule personne à qui j'ai eu envie de parler, c'était mon ex-mari, Henry. J'ai appelé à son travail, mais son chef m'a dit qu'il était entré dans une sorte de transe juste avant le crash ; il priait tout haut et pleurait si fort qu'on craignait la rupture d'une artère. Là, j'ai compris que c'est Henry qui m'avait sauvée. Il n'y a pas d'autre explication. Après tout ce que je lui ai fait subir, le fait qu'il ait une pensée pour moi, et surtout qu'il prie pour ma survie, est un miracle. J'ai honte de moi et je compte bien me racheter le jour où je sortirai de l'hôpital. Quoi qu'il arrive, quel que soit le temps que ça prendra, plus jamais je ne le quitterai. »

C'était dans *Dallas Morning News*, et Hope me le lut à haute voix. Tant pis si j'étais incapable de répondre. Tout comme Claude avec Peggy, elle semblait savoir que j'entendais et comprenais chaque mot. Lorsqu'elle eut terminé, elle posa le journal par terre et tira de son sac un exemplaire relativement neuf du deuxième livre de Vivienne.

La vie n'avait aucun sens.

Mon père avait raison.

Les gens qui auraient dû vivre étaient morts. La seule personne que j'aurais voulu voir morte était en vie.

Tandis que Hope feuilletait le bouquin, je vis qu'elle avait corné une page près de la fin.

« Je sais que c'est un truisme, mais ce n'est pas un hasard si les truismes existent et se transmettent de génération en génération. Le jour de votre naissance, vous pleurez et, autour de vous, tout le monde sourit. Tout part de là. Alors que vous luttez pour survivre, vous découvrez, du moins je l'espère, que vivre bien n'est pas une question d'argent ou de pouvoir. Il ne s'agit pas de vous faire du mal ni de faire du mal à autrui. Ce n'est pas non plus une question d'alimentation, même si cet aspect-là n'est pas à négliger. La vie, c'est la tendresse, la découverte de ce qui nous touche, nous émeut au plus profond de nous-mêmes.

Qui plus est, sachons que les obstacles rencontrés tout au long du chemin peuvent être surmontés d'un seul mot. Le pardon. Pardonnez à vous-même. Pardonnez aux vôtres. Pardonnez à ceux qui vous ont causé du tort. Faites-le et, quand votre heure sera venue, c'est vous qui sourirez et tous les autres pleureront. »

J'éprouvai soudain du remords en pensant à ces quatre cents morts. C'était un drame, mais quelquefois, il y en a qui doivent mourir pour que d'autres puissent vivre. Comme à la guerre. En l'occurrence, des centaines de milliers de vies seraient épargnées parce que les voies aériennes seraient plus sûres. C'était pour le bien commun, et j'espérais qu'on se souviendrait des victimes à cette occasion. Collectivement, sinon à titre individuel.

L'infirmière entra pour annoncer que l'heure des visites était terminée. Hope referma le livre doucement, comme si elle avait placé une fleur entre les pages, et m'embrassa.

« Je prie pour mourir la première, chéri. Si tu pars avant, franchement, je serai incapable de vivre un jour de plus. »

Elle promit de revenir le lendemain matin. À 8 heures précises. Hope était réglée comme une horloge. Elle était triste de partir, bien sûr, mais les prévisions météo étaient pessimistes. Un front orageux arrivait sur nous avec des rafales de vent à cent soixante kilomètres à l'heure et vingt jours de pluie, voire plus. Elle voulait aller chez moi pour s'assurer que toutes les fenêtres étaient bien fermées.

En la regardant partir, j'entrevis soudain mon reflet dans le miroir à côté de la porte, les mètres de tuyau en plastique et les électrodes pour surveiller mon rythme cardiaque et faire des prélèvements sanguins. Et si l'infirmière revenait pour me tapoter le dos et me masser jusqu'à ce que je glousse et roucoule ? Cette idée me fit presque rire jusqu'à ce que j'aperçoive une épaisse mèche rousse sous sa coiffe.

Mes yeux se mirent à papilloter.

L'instant d'après, je volais à nouveau.

Contrairement aux vols précédents, celui-ci fut de courte durée et me déposa dans l'allée devant chez moi en lieu et place de la campagne française. Comme d'habitude, je tournai à droite au porche et pénétrai dans le jardin. Sitôt que j'eus poussé le portail, je me figeai. Ma prof. Le principal. Les amis de Jack. Les filles qui me tapaient sur les nerfs. Personne n'était là, peut-être parce que la prophétie s'était réalisée. Enfin si, il y avait quelqu'un.

Mon père, assis sur un cageot d'oranges.

Pas un cheveu qui dépassait.

Pas un pli sur ses vêtements.

Visiblement, certaines habitudes sont plus longues à disparaître que nous-mêmes.

« C'est fou ce qu'on peut être aveugle, fiston. »

On aurait dit une de ses histoires quand il rentrait de voyage. J'en frémis d'impatience.

« L'amour que tu avais désespérément cherché auprès de ta mère, de Vivienne et de toutes les autres femmes par la suite, c'est Hope qui te l'a donné. D'accord, c'était du pipeau, mais un pipeau incroyablement généreux. Ta mère faisait passer ses priorités avant toi. Vivienne. Audrey aussi. Mais pas Hope. Elle t'a méprisé depuis le début. Alors, maintenant qu'elle est revenue, cet amour est authentique et la preuve que tu n'es pas comme les autres. Tu devrais l'en remercier plutôt que de la haïr. D'ailleurs, estime-toi heureux. C'est si rare d'être aimé de nos jours. On s'en fout, du mauvais départ. Elle t'a baisé, et après ? À la longue, ça ne compte plus. »

Il se leva lentement et, passant un bras autour de mes épaules, m'attira contre lui.

« J'espère que tu as remarqué sa façon de marcher. »

Il m'ébouriffa les cheveux.

« Comme un pendule. »

J'ouvris les yeux.

À ma stupéfaction, mon père était toujours là, assis au bord du lit. J'attribuai sa présence aux médicaments injectés dans mes veines, mais, quand j'aperçus le bouquet de fleurs dans un vase près de la télé, il me parut trop réel.

Il me saisit la main, et son débit ralentit, comme quand il imitait son propre père. Cette fois, cependant, sa voix s'adoucit, à l'instar du sourire qui peu à peu avait envahi son visage.

« Je me souviens du jour de ta naissance, dit-il, les yeux dans le vague.

Le grand-duc voit plus loin que tous les autres oiseaux de notre planète. La baleine grise nage plus longtemps que n'importe quel poisson ou mammifère. La sterne arctique, lorsqu'elle migre, parcourt des milliers de kilomètres, depuis le pôle Nord jusqu'au pôle Sud où vit le pingouin Frisquet. »

Il était lancé, comme tout bon commercial. Face à un auditoire captif, ils sont pareils que moi, quand il m'emmenait à la foire annuelle. Ils ne veulent plus repartir.

« Et maintenant, imagine des champs de lupin bleu à perte de vue ondoyant sous une brise douce et fraîche. »

J'aimais mon père plus que jamais en cet instant, plus que je ne l'aurais voulu ou imaginé, et je me mis à inspirer profondément pour graver l'histoire de ma naissance dans chaque cellule de mon corps, sachant très bien que le souvenir seul n'était pas fiable.

Lorsqu'il eut fini, Jack prit quelque chose derrière son dos. Un paquet-cadeau, soigneusement emballé, orné de rubans et d'images de cow-boys, qu'il tint à bout de bras.

« Qu'est-ce que c'est ?

– Demain, c'est ton anniversaire, fiston. »

Son sourire s'estompa.

« Trente-trois ans. Tu n'as pas oublié ?

– Non, mentis-je.

– Ouvre-le. »

Toujours obéissant, je déchirai le papier.

« Je pense que ça va te plaire. »

Je ne sais pas pourquoi, mais plus je me rapprochais du contenu du paquet, plus la vérité m'apparaissait, telle que Vivienne l'avait définie.

Sans les nuances de gris.

Ma crainte de perdre le contrôle n'avait rien à voir avec le fait de blesser quelqu'un. C'était la profonde, l'insurmontable tristesse affleurant sous la colère qui me faisait peur. Si je laissais aller, si je dépassais la rage, je me retrouverais face à une peine incommensurable. C'était là la vraie raison de mon angoisse et du malaise que je ressentais en présence de Peggy, qui était toute tristesse.

Les révélations affluaient en masse.

Les gens qui croisaient mon chemin, ils n'étaient pas là par hasard. Depuis que j'étais né, ils avaient traversé mon existence pour me donner des leçons de vie. C'était une chance, ces personnes qui créaient des situations me permettant d'avancer. Certaines me rendaient meilleur. D'autres non. D'autres encore me rendaient plus humain. Mon père, par exemple. Lillian. Vivienne. Audrey. Hope. Même Mme Fairweather. Sans eux, je n'aurais jamais su qui j'étais ni ce que je deviendrais.

« Je suis sûr que ça va te plaire », répéta Jack, désignant le paquet avec un clin d'œil.

Je m'arrêtai.

« Un problème, fiston ? »

Je ne me souciais guère de ce qu'il y avait dans ce paquet. C'était un cadeau. Cela me suffisait. De toute façon, j'étais incapable de me concentrer sur autre chose que les révélations encore plus cruciales qui défilaient maintenant devant mes yeux.

Les réponses à toutes les questions, à toutes les énigmes de l'Univers depuis le commencement des temps.

Stonehenge.

Les extraterrestres.

L'antimatière.

La conscience.

Même le moyen de prévenir l'éjaculation précoce.

C'était une version Reader's Digest, mais tant pis.

Comme prévu, ce fut ma plus grande victoire. D'avoir finalement lâché prise. De renoncer au contrôle. D'improviser. De prendre des risques. De voler libre comme un oiseau au-dessus de la Grande Ourse où les pieds n'étaient jamais sales.

Si je pouvais avoir la photographie de l'unique instant dont je voudrais me souvenir jusqu'à la fin de mes jours, un instant en tout point parfait, ce serait celui-là.

Il était tout à fait logique que je le partage avec mon père. Je lui devais tant. Plus que jamais j'aurais voulu avoir ses dons oratoires, mais de ce côté-là, rien n'avait changé. Tout ce que je pourrais dire serait, au mieux, maladroit. Du coup, je ne dis rien. Tandis que mes lèvres esquissaient un sourire de repos absolu, je tendis la main pour lui toucher le visage.

« Attends une minute. »

Les révélations cessèrent aussi brusquement qu'elles étaient apparues.

« Tu ne m'as pas décoiffé, là ?

– Mais, papa… »

Il me tourna le dos, catégorique et apparemment indifférent. Je voulus attirer son attention, m'expliquer, mais il se retourna, m'enfonça le doigt dans les côtes et sourit.

« Ce ne sont que des cheveux, Henry. »

Et il sortit un étincelant dollar en argent de derrière mon oreille. Puis il s'excusa pour son absence prolongée. Il y en avait pour qui la mort était le prétexte tout trouvé, mais ce n'était pas son cas à lui. Où qu'il soit, quoi qu'il se passe, il serait toujours là si j'avais besoin de lui.

« Il n'y a que deux choses au monde sur lesquelles on peut compter, poursuivit-il.

– Les pères et les fils. »

Son sourire s'élargit.

« C'est moi qui ai dit ça. Si quelqu'un connaît la vie, c'est bien moi. »

Je sentis le sang bourdonner à mes oreilles, et mon cœur se mit à battre la chamade.

« T'ai-je parlé du meilleur moyen de savoir si tu plais à une fille, Henry ? »

Bien qu'occupé à respirer régulièrement, je secouai la tête.

« Quand elle est près de toi, regarde si elle rougit. »

Je fus pris de nausées.

« Mais fais attention tout de même, car il y en a de deux sortes. Les bonnes et les mauvaises. »

Je ressentis un petit picotement à la base de la nuque, comme une ampoule qui grille ou comme quand on crève un ballon.

« Un, elles te prennent en pitié. Ça, c'est mauvais. »

Tout ralentit.

« Deux, leur sang s'échauffe, elles sont excitées et pressées de faire toutes ces choses contre lesquelles leurs parents les ont mises en garde. »

Avec le peu de force qui me restait, je touchai le visage de mon père, soulignant chaque contour.

« Ça, c'est bon. »

J'étais redevenu immortel.

Enfin, Dieu sourit.

POST-SCRIPTUM

Très cher Morgan,

Les dix-neuf et quelques années depuis que tu as prononcé « Les baleines se baignent nues » ont été pour le moins intéressantes, quelque part entre *Le Monde de Christina* et *Le Jardin des délices*. Pendant ce temps, j'ai expérimenté tous les sentiments qu'un père peut éprouver à l'égard de son fils. L'euphorie. La déception. L'anxiété. La peur. Je t'ai bercé dans mes bras et t'ai serré contre moi à en pleurer. Je me suis glissé dans ta chambre pendant que tu dormais pour essayer de te faire disparaître, comme l'assistante d'un magicien.

Je ne regrette pas une seule journée de ce temps-là.

J'espère que tu le sais.

Pas le moindre petit moment.

Parfois, je l'avoue, je me suis senti dépassé – un accablement comme si je portais le poids du monde sur mes épaules.

Mais plus maintenant.

Tu m'as donné des leçons de vie.

Aujourd'hui, j'ai l'impression que tout est possible. Si je me lance et que j'échoue, je recommence. Ce n'est pas un drame. Personne n'aime se prendre des gamelles, mais ça fait partie de la vie.

Le truc, c'est ce que tu fais une fois que tu t'es remis debout.

Dieu sait que je te l'ai dit des dizaines de fois, mais je suis masochiste, et malgré tout, ça vaut le coup d'être répété.

Le bonheur n'a pas grand-chose à voir avec les filles ou le succès. C'est ce que tu ressens quand tu te réveilles le matin et que tu regardes le monde en face. C'est ce que tu as ressenti quand tu t'es couché la veille et que tu as fermé les yeux. Si tu salues le nouveau jour et le quittes en sachant que tu as fait de ton mieux, tu peux commencer le suivant avec le sourire.

Tout ce que je veux, c'est que tu te réveilles le plus souvent avec le sourire.

Tu as toute la vie devant toi, fils. J'imagine que tout se passera bien, mais s'il y a des jours où tu sens le poids du monde sur tes épaules, souviens-toi de deux choses :

1. En ce qui me concerne, tu es déjà un héros, téméraire, capable de faire face à toutes les situations.

2. Chaque jour qui se lève est une seconde chance.

Je serai toujours là pour toi et, s'il le faut, je me mettrai devant un camion lancé à toute allure pour te protéger. Je n'hésiterai pas une seule seconde, bien que, pour être tout à fait franc, j'espère ne jamais en arriver là.

Je t'aime,

Papa

RÉALISATION : NORD COMPO À VILLENEUVE-D'ASCQ
IMPRESSION : CPI BRODARD ET TAUPIN À LA FLÈCHE
DÉPÔT LÉGAL : MARS 2014. N° 113681 (3003350)
Imprimé en France.